中国西部文学论

云儒文汇 — 陕西师范大学出版总社

肖云儒 著

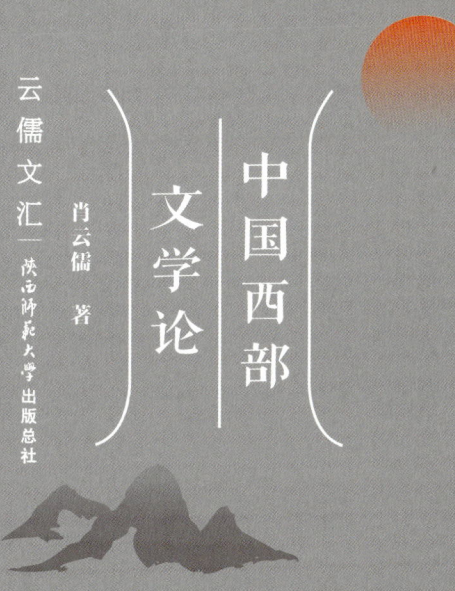

图书代号　SK20N1497

图书在版编目（CIP）数据

中国西部文学论 / 肖云儒著. —西安：陕西师范大学出版总社有限公司，2020.7
（云儒文汇）
ISBN 978-7-5695-1712-5

Ⅰ.①中… Ⅱ.①肖… Ⅲ.①中国文学—文学评论—文集　Ⅳ.①I206-53

中国版本图书馆CIP数据核字（2020）第101569号

中国西部文学论
ZHONGGUO XIBU WENXUE LUN
肖云儒　著

出 版 人	刘东风
责任编辑	张旭升
责任校对	刘存龙
出版发行	陕西师范大学出版总社
	（西安市长安南路199号　邮编 710062）
网　　址	http://www.snupg.com
印　　刷	陕西龙山海天艺术印务有限公司
开　　本	680mm×1000mm　1/16
印　　张	20.25
插　　页	4
字　　数	255千
版　　次	2020年7月第1版
印　　次	2020年7月第1次印刷
书　　号	ISBN 978-7-5695-1712-5
审 图 号	GS（2020）3580号
定　　价	88.00元

读者购书、书店添货或发现印刷装订问题，请与本公司营销部联系、调换。
电话：（029）85307864　85303635　传真：（029）85303879

肖云儒

绪言 / 1

第一章　中国西部文学的界定、兴起、分类 / 17

第一节　人文地理界定 / 18

第二节　兴起的原因 / 25

第三节　几种分类 / 33

第二章　中国西部自然和人文地理特色及其对文化艺术的影响 / 39

第一节　山之根，河之源 / 40

第二节　地老天荒的营养 / 46

第三节　"世界人种博览区" / 49

第三章　中国西部文化结构 / 51

第一节　隔离・衔接・交汇 / 52

第二节　民族在西部的交融 / 61

第三节　宗教在西部的交汇 / 65

第四节　艺术在西部的交汇 / 75

第五节　由交流到振兴

——中外文化史的一个规律 / 83

第四章　中国西部生活精神 / 87

第一节　对西部生活精神的不同理解 / 88

第二节　具有主导倾向的多元动态结构 / 93

第三节　三个精神对子的两级震荡 / 97

第五章　中国西部艺术意识 / 113

第一节　西部艺术意识在新时期文学实践中的形成 / 114

第二节　按艺术意识的变化对中国西部文学分期 / 118

第三节　新时期西部文学审美品格的变化 / 121

第六章　中国西部文学中现实主义的深化与浪漫主义的浸润 / 125

第一节　西部文学中的现实主义深化 / 126

第二节　西部文学中的浪漫主义浸润 / 139

第七章　中国西部文学的美学风貌（一） / 151

第一节　刚美为主的多种审美形态的结合 / 152

第二节　人民——中国西部文学的共同母题 / 158

第八章　中国西部文学的美学风貌（二） / 177

第一节　开掘人和自然关系的新层面 / 178

第二节　以整体审美意识全方位观照生活 / 194

第九章　中国西部文学的美学风貌（三） / 219

第一节　悲壮、沉郁之美通体流贯 / 220

第二节　对西部生活的雄性审美创造 / 239

第十章　中国西部文学在新时期文学中的两点探索 / 257

第一节　对多民族聚居区杂色心态的描写 / 258

第二节　对现代社会流动群体生活的描写 / 271

第十一章　中国和世界文艺格局中的西部文学 / 299
　　第一节　中国文学与世界文学大潮相迎合的一个重要表征 / 300
　　第二节　中国文学当代化过程中防止倾斜的一个支点 / 316

绪　　言

> 道路一旦踏出来，不会后继无人。因为这个园地具有丰富的蕴藏。
>
> ——恩格斯
>
> 希望人们不要把它看作一种意见，而要看作一项事业，并相信我们在这里所做的不是为某一宗派或理论奠定基础，而是为人类的福祉和尊严……
>
> ——弗兰西斯·培根

一、潮音乍起

中国的西部和中国的东部，存在着空间差和时间差。这种时空差既是自然的，又是人文的，以致西部的文学事业和这里的经济发展一样，似乎受到经度的制约，常常不能走在前面。进入新时期以后，潜藏在西部文学深处的自为意识，开始苏醒、搏动。由创作而理论，由理论而创作，由群体而个体，由个体而群体，终于演成自觉的文学群落活动，引起了中外文艺界的关注和认同。

新华社记者曾三度采访笔者，了解中国西部文学的创作研究情况。这些采访分别写成新闻《追求阳刚之美　刻画炽烈之情——"西部文学"在文坛上独树一帜》、通讯《中国文学新流派——西部文学》、综述文章《文坛出现一批具有西部风格的作家》，被《人民日报》（海外版）、《大公报》、《明报》、《香港商报》等报刊采用。这些报道虽然有些提法稍显简单，有的也不尽准确，但指出了一个基本事实："一种以描写中国西部生活为主的文学作品——西部文学，目前正在中国崛起。"经过创作、评论界的进一步努力，

"它必然在中国当代文学园地里占有它应有的位置"。1986年9月,中国社会科学院文学研究所在北京召开了"新时期文学十年学术讨论会",会间曾分别召开了五个专题研讨会,中国西部文学问题被列为其中之一。①会后,《中国日报》《人民中国》向海内外做了报道。《文艺报》在报道此次专题研讨会时云:"来自西部的与会者们认为,新时期西部文学的实践,是当代社会发展和当代文学发展在中国西部的一个有力应和。短短几年中,这方面的作品长篇逾卅,中篇逾百,短篇逾千,诗歌、散文其数不计,在全国性各项文学评奖中获奖50人次以上。"②笔者作为这次会议的正式代表,还要补充一句:关于中国西部文艺的理论研究文章也有百万字左右。

这些引起广泛影响的报道如实地反映了西部文学创作、研究的实际。

1. 涌现一批卓有成效的作家

进入20世纪80年代以来,西部的文艺创作,像全国一样,进入了一个思想解放、探索创新、气度非凡的时代。在文艺的反光镜上,我们能看到风云际会的历史变迁,万象云屯的社会迹象,雄奇博大的自然生命,愤悱启悟、如歌似泣的回溯检视,砥砺奋发、壮心不已的进击精神,茫茫寰宇、上下求索的智睿目光和感应生活、蕴涵丰富的颤动心灵。新的、丰腴的艺术土壤不断被开垦,西部生活的全部丰富性、多面性在新时期西部作品中呈示出来,广阔的社会内容、深邃的思想把握和微妙的心灵感应,使西部文艺创作向广度和深度齐头并进。创作主体意识得到充分的高扬,并对生活客体进行着能动的渗透。生活素材的性质与作家的艺术素质相契合,在情感的驱动下,或沸腾升华,或冷凝结晶,或分解变形,熔铸成一批批艺术产品。

短短的几年中,涌现出了一批描绘中国西部生活卓有成效的代表性作家:

---

① 五个专题研讨会分别是青年评论家对话会,文学与文化研讨会,文艺新观念、新方法研讨会,新诗潮研讨会,中国西部文学研讨会。

② 《西部文学发展迅速 引人注目》,载《文艺报》1986年9月27日第1版。

王蒙、张贤亮、张承志、贾平凹、路遥、杨牧、周涛、章德益、昌耀、马原、祖尔东·沙比尔、察森敖拉、艾克拜尔·米吉提、降边嘉措、扎西达娃、李斌奎、朱春雨、王家达、唐栋、李本琛、陈忠实、邹志安、京夫、赵熙、陶正、戈悟觉、王戈、景风、牛正寰、梅绍静、秦文玉、杨镰、李镜、马丽华等等。无疑，其中有的人在中国当代文坛上是第一流的。①

新疆的"新边塞诗"派、西藏带有魔幻色彩的现实主义和陕西作家群在中国新时期文学中别具一格，占有了自己的位置。陕西作家群在农村与现代文明的结合部，在北京作家群和湖南作家群的内在联结上找到了他们的天地。"新边塞诗"派则在用诗的语言倾诉着变革时代所带给人们的激奋昂扬的时代情绪。尽管他们从来不直接去讴歌改革者，但那种开拓和创造的精神却寄寓在无垠的荒漠、沉思的冰山、悠远的丝路和奔马飞鹰的诗美意象之中了。

2. 在当代文学的创新中占有自己的位置

在近年来锐意创新而影响日见扩大的几类小说中，无不有西部作家作品响亮、深沉的声音：乡土文化小说——贾平凹的商州系列和王家达的西部黄

---

① 这里不妨引一位评论者对中国当代文学的评估以为佐证："这部作品（指《绿化树》）浪潮般的巨大力量却令人难以抵御，特别是在《北方的河》（张承志）的冲击波尚未平息的情况下。这两部作品相继发表于甲子年初，恐怕不仅仅是一种巧合。毫不夸张地说，《北方的河》的广度和《绿化树》的深度，即便不能算作文学新纪元到来的标志，至少也显示了日趋成熟的中国当代文学的崭新高度。就象《绿化树》二十五岁的主人公感觉到体内细胞的分裂成长、听见胸中激情'海潮般的音响'那样，建国以来的小说创作（除去十年动乱的空白期，恰巧也是二十五年）又一次迎来了质的飞跃。""就象王蒙在评论张承志《北方的河》时所说的，中国当代文学的发展已经证明，文学巨人时代不复到来的论调未免悲观。……如果有十几个或几十个各自创作出几部或十几部象《杂色》、《人生》、《北方的河》、《绿化树》这样有分量的作品，那么当代中国文学的国际地位便不可动摇了。"（夏刚：《在灵与肉的搏斗中升华》，载《当代作家评论》1984年第3期）论者在谈到中国当代文学的成熟、飞跃、新纪元和国际地位时，全部以西部作家的作品来印证，却不是偶然的，这证明西部作品在中国当代文学中举足轻重的地位。

河系列作品;哲理象征小说——张承志的《北方的河》《大坂》,马原的《冈底斯的诱惑》;纪实小说——艾青的《绿洲笔记》,王蒙的《在伊犁》;心态小说——王蒙的《杂色》,扎西达娃的《冥》;探讨人性人情小说——张贤亮的《绿化树》《男人的一半是女人》;当代军旅小说——唐栋、李斌奎的冰山题材作品和朱春雨的基地题材作品;西藏有的青年作者如马原、扎西达娃、张艳兵,还对假定性小说做了尝试,他们以作者的插入,制造离间效果,破坏读者的心理幻觉,突出小说内容的虚拟性、说明性、象征性,以提醒观众以自主的思考代替他主的激情。寻根小说实际也在西部取得成果,不过不是"文化寻根",而是"原始寻根"和"审美寻根"。由于西部寻根作品大都写生活在大自然中的"化外之民",而不是写生活在传统文化环境中的"化内之民",青年评论家李书磊认为,"普遍表现出一种崭新的人格理想,表现出了同生活的进步相谐调的审美意向","而当前这种原始生命也就是对一种烂熟传统文化的否定",是"在今天我们振兴民族的时代呼唤一种原始生命强力来挣脱这种已经腐朽了的文化束缚,不能不给人以崇高的美感"。①

还有西部电影文学的创作,令人刮目相看。《牧马人》《黄土地》《人生》《野山》在国内外得奖,引起了轰动;《瀚海潮》《默默的小理河》《沉默的冰山》《故乡的旋律》《盗马贼》《拓荒者的足迹》《盲流》……势头又何其猛!

3. 理论和创作同步发展、相互促进

大约发生了什么事情,大约埋伏着什么必然。分明听到了一种声音,分明获得了一种感受。当具有西部文学气质的作品随着20世纪80年代的钟声跨入文坛之后,作家、评论家以自己的艺术敏感和理论声纳接受着艺术实践的信息,加以检波、放大。1982年,甘肃酒泉《阳关》杂志首先提出关于创

---

① 李书磊:《从"寻梦"到"寻根"》,载《当代文艺思潮》1986年第3期。

建"敦煌文艺流派"的理论探讨,这主要是从地域性的风格流派提出问题的。1983年,新疆、甘肃进一步提出"开拓者文学"和"新边塞诗"的概念。有的论者提出,所谓西部开发者文学,就是"用开发者精神,反映开发者生活,塑造开发者形象"的作品,它并不是一个艺术流派,"它是一个特定题材类别集聚的艺术综合体","大西北这块雄丽、犷悍、旷漠、神妙的传奇土地,是当代开发者奔驰征战的疆域,是当代开发者建功立业的国土,同时也是当代'开发者文学'萌芽的温床,当代'开发者文学'成长的摇篮。它渗透了开发者的英雄气质,托举起开发者的民族尊严,蕴藏着有待开发者开掘的无尽的物质和精神宝藏"。而"新边塞诗"派则是"开发者文学"的"一个重要组成部分",它是指"建国以来描绘新疆边塞生活题材而又具有边塞气质和风骨的诗歌"。[①] 可以看出,这时对开发者文学的理解虽然已经超越了风格流派范围,却主要还是从题材的角度,对新中国成立以来的反映西部开拓者生活的作品做一个归类,并力图从中国西部生活和当代开拓业绩与时代精神的应和上来把握其内在品格。1984年,著名电影评论家、全国电影评论学会会长钟惦棐在西安电影制片厂的讲话中,提出以西影为基地发展中国西部电影的设想,得到了广泛的响应。西影决心"打自己的牌",以此作为本厂艺术创作的重点。钟惦棐在与笔者的交谈中指出:

> 我们的片子要多写一点泥土和油污,少一点脂粉气。要有更多的编导从茶杯风波中跳出来,跃上高原。要有一批人立下志向,在开发大西北的生活中,开发大西北的精神世界和文化堆积,传达大西北的雄风壮美,为大西北人造影立传。
>
> 艺术只有在艺术总库里提供别人没有的东西,才能传之久远。

---

① 余开伟:《试谈"新边塞诗派"的形成及其特征》,载《当代文艺思潮》1983年第1期;余开伟:《绿洲飘扬着"开发者文学"的旗帜》,载《绿洲》1984年第2期。

艺术家不能拾人牙慧，要立志打出自己的牌。比方说，西影要不要有一个长远的艺术目标？比方说，能不能搞我们中国的"西部片"？①

接着，笔者在几家报刊发表了《美哉，西部》《西部电影五题议》等几篇文章，已被十几家报刊转载、介绍，从内容上看，是对钟惦棐设想的充实、发挥。"西部文艺"这个词从此进入了大西北的文坛，并由此走向各个文艺领域。

这一年年末，《新疆文学》和《电影新时代》两个刊物分别更名为《中国西部文学》和《西部电影》，它们和《绿风》、《绿洲》、《伊犁河》、《青海湖》、《朔方》、《西藏文学》、《新疆艺术》、《西安美术学院院刊》（后改为《西部美术》）、《小说评论》、《阳关》等刊物，相继设置了有关西部文学的专栏或刊发相关文章。20世纪80年代中期在全国广有影响的西北第一家文艺评论刊物《当代文艺思潮》，更是以它对这个问题深层次的理论创见，起到了学术引领的作用。1985年1月，张贤亮在《〈灵与肉〉泰文本序》中向国外文坛这样介绍了中国西部文学：

现在，西北地区又崛起了一种特殊风格的小说和诗歌。这些小说和诗歌都以粗犷、雄健、恢宏的笔调和结构来描写人与严酷的命运和严峻的大自然的斗争；故事多半带有传奇色彩，然而这种传奇却是真实的，在曲折艰难的生活中表现了人类积极的本质。

接着，在西安和兰州召开的大西北文学与科学讨论会和中国当代文学总会年会上，作家、评论家的各种声音在论争、交流中趋同存异，为这年8月西北五省区在中国西部边陲伊宁市召开的第一次中国西部文艺研讨会奠了基。伊宁会议和此后（11月）的天水会议（甘肃省现代文学研究会讨论西部

---

① 肖云儒：《要打自己的牌——访钟惦棐》，载《陕西日报》1984年3月14日第1版。

文学的专题会议），标志着文艺舆论对中国西部文学这个命题的认同（自然并不是各方面观点的一致），意味着对这个命题的讨论由感受、印象进入科学论证，由作品评论和态势分析进入科学理论的建设。也许它将作为一个界碑：中国西部艺术意识，由个体的自为进入了群体的自觉。研究层次，也由题材风格深化到西部文化心理、西部生活精神和西部审美意识。研究的范围，由文学、电影、乐舞、戏剧等单个艺术部类逐步交融、升华为宏观的研究。同时，一方面和过去，和中国文学史，特别是当代文学史、少数民族文学史相衔接，一方面向当前和未来伸展。20世纪80年代提出西部文艺问题，不是对已有历史的被动回顾，而是站在历史和现实文化堆积的顶端，用新的观念和意识处理生活题材，创造出有别于过去的西部题材作品来。

所有对中国西部文学认真深入的理论思考，无论是赞成或是反对，或有所保留、有所疑虑，都将对中国西部文艺的建设做出有益的贡献。应当提到在这个领域耕耘的一大串理论工作者的名字：谢冕、谢昌余、余斌、唐祈、孙克恒、雷茂奎、周政保、魏珂、管卫中、陈柏中、沙比尔·艾克拜尔、余开伟、浩明、张凌、丁子人、何西来、王愚、陈孝英、郑定宇、薛迪之、白烨、柴效峰等等。加拿大女王大学英文系罗伯特·C.科斯贝教授也热心地寄来了《西部情调随想》的文章，在国内刊物发表，并为中国读者开列了一份书单。

西部文学乍起的潮音，拍击着文坛，涌动于文人学子的胸间。西部文艺之河，正在开辟一段新的风景线。

二、研究特色

中国西部文学的评论研究，应该是一种什么性质的工作？它有哪些特色？我理解主要有这么几点：

1. 用当代意识熔铸西部生活、观照西部历史

它要求用当代意识观照、熔铸中国西部生活，观照、熔铸中国西部的

历史文化传统。我们的研究、评论不能将创作引向对中国西部生活题材自发的描写上。文学创作中，创作主体在生活客体面前任何被动性、非自觉性，都意味着创作主体放弃了对题材能动的、深刻的感知。这里所指的自觉和非自觉，不仅指理性的自觉，也包括感性的、意绪的自觉。总的说，就是主体对客体的主动地、自觉地渗化。辩证唯物主义的能动的反映论认为，文学作品作为作家与现实生活的中介，一方面反映客体，另一方面也反映着主体。过去我们正确地强调了前一方面，却有意无意地压抑了后一方面，使得作家被题材、被生活的表层真实牵着鼻子走。作品虽然不可避免地会反映出创作主体的面貌，但这种反映的自觉性却很差。西部文学在20世纪80年代的崛起，就其实质看，乃是作家的当代意识自觉地、强烈地渗透进西部生活的结果。

我们应该研究、评论作家更新了的表现力、创造力、道德力、审美力在创作过程中的主动作用，寻找在过去创作中一度丧失了自身，促进创作主体现代意识对西部作品的渗透。有人说，"西部电影乃是艺术家的现代电影观念的对象化"[①]，可谓一语道破。这个看法，同样可以适用于西部文学和其他部类的西部艺术。我们就是要研究这个对象化过程，促进这个对象化过程。又有人说，西部文学是中国西部这块土地上生长起来的文学，同时又是中国和世界的文学。"观念、意识、思想、哲学、美学等，是具有当代精神的，又是为西部的地理、自然、历史、社会、人文、心理等等所溶化了的，简言之，是当代精神和西部精神的熔炼而成就的一种新的素质。"[②] 这种表达也十分确当。我们就是要研究当代精神和西部生活怎样熔炼而成为一种新质的文学，研究这种新质的内容及其在创作中的动态表现。

---

① 薛迪之：《试论西部电影的兴起》，载《西部电影》1985年第5期。
② 谢昌余：《寻求突破的一次学术会议》，载《当代文艺思潮》1985年第6期。

2. 立足于文化社区、文化圈层的宏观俯察

研究西部文学，无可避免地要触及艺术创作的风格流派问题，但它基本上不是一种风格流派的微观研究，而是立足于文化社区、文化圈层，把西部的文学艺术群落作为一种文化精神现象进行研究。以德国的格拉勃纽和奥地利的密施特为代表的文化历史学派，有一个主要观点，认为世界各地存在着由不同的文化特质构成互相关系的复合素，转辗传递影响，属于同一复合素的社区文化则被称为文化圈。这种文化圈既包括地理上的明显文化关系，也包括文化内容上的相似与相关。这种观点后来在美国发展为"文化区"论，以此来研究一个区域经济的、文化的、艺术风格的，以及社会价值体系的特征。这种研究的立足点和方法论，脱离不同社会经济基础的发展，片面强调文化事实发生的时序和个别历史人物对文化传播的作用，不能说十分科学，但它对我们从文学艺术区域性的横向影响和从对类似地区文艺的比较研究的角度来思考、研究西部文艺问题是有启发的。这样的研究，着眼于宏观整体，着眼于文化心理，着眼于多元联系。

初步的创作实践已经表明，西部文学必不可免地反映了西部生活中蕴藏着的共同性的实践和精神规范，以及作为这些规范在审美形式上的凝聚，例如某些共同的艺术手段技巧，但它远不只有一种风格流派、一种色调。它是社会主义新时期中国西部各民族、各地区、各种风格流派的文艺作品在共同的当代意识和文化意识的指向下汇成的艺术河流，是所有有志于此的作家、艺术家在相近而不相同的艺术实践中所构成的群落性的文艺生态，是一种处于不断发展中的历史过程。[①] 西部文学本身是一方以西部生活为土壤的百花坛。共同的土壤上开出不同的花朵，共同的土壤又必然要对这不同的花朵产

---

① 笔者在西部文学讨论之初，对这个问题的看法比较表面。随着讨论的深入，得到争论双方各种观点的营养、启发，才形成了现在的看法，特此说明。

生潜在的深刻的制约。这种制约，主要是文化心理的制约。

现代文艺的发展，使得作为艺术描写的风格愈来愈个性化、主体化、内心化。罗兰·巴特尔说过，"风格是你自己的身体的一部分，就象你的指纹一样是完全属于你的，而且谁也无法替代你的风格。丧失了风格，在现代主义中，也就等于丧失了自我"①。在这种情况下，原有意义上的流派在今后愈来愈难以形成。因而西部文学的研究，不是通常意义下的流派风格研究（例如山药蛋、荷花淀流派的研究），而是对特定时空范围内美学风范和文化逻辑的研究。它着重从中国西部文化的心理这一系统的各方面进行分析，对这一地区文化心理在历史传统中的守恒与在当代的转换进行分析，既讲文化对现实生活的反映，又讲文化在历史上的积淀，从文化心理的角度来关注现实生活和历史生活对创作的影响。它着重从社会、自然和人的总体关系中，研究创作主体、创作过程以及作品本身各要素所受到的影响。这些影响有些是显见的，更多的是潜在的，需要我们去破译，在作品的深处去捕捉、寻找各种隐秘的规范所起的隐秘的作用。我们正是要通过这些隐秘的特殊规范，来解释西部作家作品中那些超越一般规范的现象。我们承认西部文学群落内部的不同风格，目的却是要适度地舍弃这种不同，以群落内部的认同去比较出和其他文化群落的相异之处来。

3. 从地域、民族和文艺思潮、审美风范的关系中展开论述

西部文学研究，也不是一般的地域文学的研究，而是从地域、民族和文学思潮、审美风范的关系中研究文艺现象的一种尝试。我们企盼通过这种研究，接触到经济、文化落后地区的文学艺术如何崛起，走向全国、走向世界的一些规律性问题。如果说20世纪四五十年代研究文艺的民族化、地方化，

---

① 弗·杰姆逊：《后现代主义与文化理论——杰姆逊教授讲演录》，唐小兵译，陕西师范大学出版社1986年版，第164页。

主要是促进文艺作者和文艺作品的群众化、乡土化，那么，20世纪80年代的地域文学、民族文学新势头的出现和对这种现象的研究，便是在这个基础上，进一步促进文艺创作树立起全方位的宏观审美意识，树立起全国的和世界的眼光，以使得本地区、本民族的创作既能在群众中扎根，又能在全国和世界文学中占有一席地位。事实上，中国西部文学和以前的地域性文学不同之处，正在于此。它是以中国西部文学急于改变自己的落后闭塞状态，急于加入全国和世界文学的格局，与世界文学对话为动因的。它是西部作家放眼世界，受到世界文艺思潮影响的产物。前者重在"扎下去"，后者不但注重"扎下去"，更其注重"打出去"。这是方位上的不同。

有同志说，西部在中国的形象，也就是中国在世界的形象——的确，久远丰厚的历史沉积、相对落后的现实存在和奋起振兴的炽热愿望，在这里构成奇特的反差。马克思主义关于物质生产和精神生产不平衡的原理如何给西部文艺的崛起提供了理论依据？西部在古代拱起的文艺高峰和新中国成立以来的文艺繁荣，给西部文学的崛起提供了哪些历史的经验？西部生活实践和文化构成又给我们提供了哪些特有的优势？我们如何在感知生活和创造作品的过程中，在艺术规律的可以容受的范围内来发挥这些优势？这些问题，是西部文学关注的重要方面。

就发掘和发挥优势来说，西部作为20世纪中华腾飞的一个重点和21世纪中华腾飞的一个基地，将如何催动西部作家的自主、自强意识？新生活的实践又如何和传统文化心理中沉滞的一面相冲突，并迅速被整合到西部文化心理结构之中，成为它的一个有机组成部分？如何反映西部独有的社会现象和心理现象？譬如各民族杂居和大量移民流动所造成的异质文化之间的直接接触、交流互补和多元组合所构成的文化板块结合部，西部游牧心理、贬谪心理、"盲流"心理、移民心理、开发屯垦心理的交混，西部忧患意识和达观意识的并存，以及这些心理、意识在西部崇山荒漠映衬下所产生的多层面的孤独感和群体感、离异感和归属感，等等。西部在我们面前打开的精神宝库，真是炫人心目。我们的研究，就是要从文化的、审美的坐标上，奋力开掘西部之美，催动西部文艺工作者增强历史使命，觉醒艺术意识，并将创作个性在探索中零散的声音和光点，收纳、聚焦，形成声浪和光速，给在新的历史转变之前，萌发于大家心头的躁动不安和创造的愿望，提供现实社会的、思想心灵的空间，以促进西部文艺自身价值的实现，促进西部文艺的崛起和成熟。

西部文学创作和评论，就目前情况看，还刚刚起步。但作为一种文化和文艺现象，丝毫不会降低它的研究价值。美国著名文学批评家奥尔德里奇曾经这样说过：正如蚂蚁和大象作为生物学家的研究对象具有同等价值，任何国家和地区的文学，无论小国或大国，东方或西方，对于批评家都是合法的研究对象。任何民族、地区的文学在这里都存在于同一平面上。这并不是说每部作品都与其他作品平等，而是说，从丰富人类知识、完善人类精神所做贡献这个角度来看，从同时都作为文学研究的材料来看，它们都是平等的，没有理由把某种文学捧得高于另一种文学。①

4. 以辩证唯物主义为基点的多学科交叉

因此，西部文艺的研究方法也就相应地具有一些特色。毫无疑问，它是以马克思主义的辩证唯物主义与历史唯物主义为指导的，是中国社会主义文艺理论批评的一个组成部分。但这并不意味着在我们的研究中简单地用马克思主义排斥或取代其他的批评方法，相反，倒是应该在研究的实践中，以马克思主义为基点，科学地寻找和发现辩证唯物主义、历史唯物主义及当代其他批评方法，特别是进步的、唯物主义的批评方法实际存在的联系（哲学上的），寻找和发

---

① 参见《知识分子》1987年春季号，第6页，美国出版。

现潜藏在这些方法中的合理内核和闪光碎片并加以改造、吸收。只有这样，马克思主义才能够涵括各种相互对抗、差别很大的现代批评方法的狭窄视野，去芜存精，赋予各种方法切实的、局部的有效性。保存这些方法局部的有效性并整合到马克思主义系统中来，才能从理论立足点上否定对方、坚持自身。马克思主义的纯洁性常常表现在它的丰富性之中。我以为，每一种研究当代文艺的新观念、新方法，诸如比较的方法、系统的方法、文化人类学、原型批评、现象学、结构主义、符号学等等，都是研究西部文学的理论源泉，自然，也常常互为论辩的对手。我们所希望的是，在这种碰撞、驳诘和汲取的矛盾运动过程中，摸索一条坚持发展马克思主义的西部文学理论路子。

中国西部文学的研究，是以社会学、文化学、心理学和美学为中心的多学科交叉的宏观研究。热心关注西部文学研究的社会科学家贾春峰同志说得好："关于'西部文学'的讨论，涉及到经济开发、政治生活、自然环境、社会心理、民族性格、文化传统、民情风俗、审美特色、宗教信仰等问题。从这个意义上也可以说，'西部文学'的讨论并不是纯文学的讨论。因此，参加这个讨论的，可以是多种学科的研究者，即是说，不限于文学、美学研究者，也应该有对这个问题有兴趣的从事哲学、经济学、社会学、政治学、心理学、法学、民族学、宗教学研究的同志。社会科学中学科之间的交叉和渗透，是个很值得重视的发展趋势。不同学科的同志参加同一课题的讨论，往往能拓展视野，打开思路，引起新的思考。据我所知，一些搞哲学、社会学、经济学的中青年理论工作者对于'西部文学'的讨论是感兴趣的，不妨听听他们的意见和想法。"①

但我还要补充一句：这种多学科的交叉研究，应该是以社会文化心理学和

---

① 贾春峰：《振兴西部文艺：开发西部的子系统工程》，载《当代文艺思潮》1985年第6期。

美学为中心，也就是要以一种大文化观念，将西部作家、作品和西部文艺问题放到整个西部、整个中国和世界的文明发展格局与发展历程中去分析认识。特别要注重对西部社会文化心理结构的研究，研究由中国西部一系列共同的历史地理条件，特别是经济生活所形成的心理素质、价值体系和思维方式的总和。西部地区的人民群众正是凭借这种内在的文化心理结构来认识把握客观世界。客观世界的内容只有通过这种文化心理结构的过滤和整合，才能成为主体意识。文化心理结构作为一种传统，具有遗传性、守恒性，这是我们在研究中不能忽略的。但也要注意到这个结构既有封闭自足的一面，又是动态的、开放的。它不断吸收生活的新信息，经过整合和自我调节，产生不同程度的转换、更新。还要注意到中国民族文化心理结构是一个系统，注意到它的各个子系统、各个单元、各个要素之间的关系，以及这种关系如何反过来影响文化心理在认知活动中的整体功能。这是一个充满矛盾和同一、排斥和吸引、相抵和互补的复杂运动过程。从大文化的角度，从文化心理的层次上来研究中国西部文艺问题，实际上是从生活的深处来观照创作，从精神现象学的角度来理解艺术，有利于帮助我们从根本上把握中国社会主义西部文学的规律。

西部文学的研究，应该将经验归纳和科学预测结合起来。经验归纳法是三十多年来我国当代文学主要的研究方法，它在今天和今后仍然有着巨大的生命力。目前西部文艺的研究主要还处在陈述印象感受和设想建构阶段，认真地、细致地、系统地从一个新的角度出发来研究西部生活和西部作品的内在特征，还做得很不够。以致在文艺舆论界产生了一种误解，认为西部文学纯然是理论界的构想，并没有充分的创作实践。这是一方面。更要看到，多年来我们文艺理论批评的致命弱点是自我意识差，跟在创作后面做诠释、论证性的工作，远多于站在创作前面牵引、开拓。由于具有思想启动力的预测性研究少、高屋建瓴的宏观比较研究少，理论批评对创作和欣赏的吸引力、对作者和读者的指导作用受到削弱。中国西部文学这个课题首先是由理论界提出来的。理论界从文艺创作客观存在的现象中提炼出共同的内在精神和美学追求，从而照亮、点燃了作家西部意识的觉醒。这是理论对创作起牵引、促进作用的一个很好的例证。没有理论支持的文学运动，不可能是一个自觉的、持久的文学运动。马克思在讲到理论的发现意义时，这样说过："一个社会即使探索到了本身运动的自然规律，——本书的最终目的就是揭示现代社会的经济运动规律，——它还是既不能跳过也不能用法令取消自然的发展阶段。但是它能缩短和减轻分娩的痛苦。"①我们的研究自然不可能代替西部文艺的实际建设，却可以总结经验，开拓思路，促发西部文艺的成熟。以此故，我们的研究要在进一步对生活和创作现状充分剖析的基础上，在历史和现实的延长线上，对未来的发展进行规律性预测。这不是要去给创作开空洞的理论药方，而是给我们的文艺创作提供一些新的思考材料、新的方法手段、新的视角和坐标。

西部文艺的研究应该注意将科学的精确性和模糊化结合起来。规律性的东西一般需要精确的论证表述，但在相当多的文化艺术问题上，带有模糊性、朦胧性、多义性的特征。特别是随着当代文学（也包括西部文学）的发展，这个特征愈益明显和强化。譬如从形象的塑造看，当代文艺创作正在由人物造型的深层性、人物心理与行为之间的非纯因果性和作家创作的非决定论这样一些传统的特点，向人物造型的深层性、人物心理与行为之间的非纯因果和作家创作的非决定论这样一些新的特点转化。形象塑造上这样的新特点，带给欣赏者一种朦胧的、飘忽的、非确定性效果，我们在欣赏与研究中，也就应该将因果性的准确把握和大致统一的情绪性、印象性感受结合起来。事物现象不确定性在整体上的总和，就是模糊性。它是多变量综合的结果，不是单一变量的特征。它反映的是事物的系统性、多因性和动态性，有利于避

---

① 中共中央马克思恩格斯列宁斯大林著作编译局编：《马克思恩格斯选集》（第二卷），人民出版社1972年版，第207页。

免机械论和简单化。我们还可以将当代一些新的研究方法,例如结构主义、"新三论"和中国古典美学的重欣赏、重感悟的一整套范畴、概念和审美方式结合起来。不然,很多探讨就无法进行。中国西部文学作为新时期群落性文化精神现象,本身就是一个意向鲜明然而边缘不清晰的模糊集合体。模糊化才能使我们的研究具有包容性,才能有利于中国西部各种风格流派的文学艺术家发挥各自不同的优势,从各个侧面丰富西部文学的理论和实践。否则,水至清则无鱼,我们在很多问题上可能走进狭隘的小胡同,或者得出单纯、明晰却过于简单的结论。模糊才能使研究具体化,即可以使一些共同性的东西和具体的作家作品交融一体。显然,这里说的模糊不是通常理解的朦胧,而是以边沿的模糊去保证中心的清晰,以现象的模糊去含蕴本质的清晰。和作品在欣赏中可以构成"艺术空筐",收纳、寄寓由作品引发的各种感受、联想一样,西部文学的理论研究也可以构成一个"思维空筐",包容由这个问题引发出来的各种总体意向一致,具体意见却不尽相同的思考。

第一章 中国西部文学的界定、兴起、分类

第一节　人文地理界定

一、三种界定各有道理，第三种较为科学

关于中国西部的地理界定，从来没有明确的划分。在这个问题上，大致有三种看法：一种是指西北五省区，成为大西北的代称；一种是指新、甘、青、宁、藏五省区；一种是指新、甘、青、宁、藏和内蒙古及陕西西部。对第二种界定，余斌阐述得最为充分。兹介绍如下：

> 从民族地理讲，湟水流域（青海湖以东）及渭水上游地区（甘肃黄河以东地区），乃是当今汉藏语系诸民族在历史上先后分手的十字路口。发祥于湟水流域的古羌人先后分为三支：一支奔青藏高原，发展为今天的藏族；一支沿川西走廊南下，发展为今川西及滇西北藏缅语族各民族（其中一部分古羌人半路留下，在岷江流域发展为今天的羌族）；最大的一支（炎帝族）越黄河沿渭水东徙黄河中下游，与其他部族（黄帝族）融合为今天的汉族……
>
> 另从文化地理讲，也不宜将黄河以东的甘肃河东地区和陕西划入西部。人所共知，西安是我国最著名的古都，先后有十一个王朝建都于此，历时长近千年，它与黄河中下游的洛阳、开封联为一线，构成我国的古代文化之轴。我国第一部诗歌总集《诗经》所代表的地域虽不能完全确定，但据专家研究，占《诗经》篇目总数百分之四十的《周颂》《秦风》《大雅》《小雅》《豳风》所指地域，基本上都在关中平原及其周边。由于复杂的历史原因，中国的文化中心逐渐由西向东，由北向南移动，陕西及甘肃河

东地区也就被默默地划入了西北的地图。但这一地区毕竟与真正的"大西北"有所不同，故解放前又有"内西北"之名特称之。如果再考虑到汉文化特有的戏曲的地理分布，注意到秦腔不但是最古老的戏曲剧种之一，而且在作为秦腔摇篮的"内西北"以西再未出现过别的戏曲剧种这一事实，那么……陕西就不宜划入西部了。

陕西作家很多，"东部意识"又强，不特虎视（潼）关东，直欲问鼎京沪。……关于西藏，无论自然地理还是人文地理，与青海本为一体，限于篇幅，不赘。

据此，就可将文学"西部"的范围界定为甘、宁、青、新、藏五省区，其自然标志为黄河的第一个南北走向段和川西走廊。这当然是一个象征性的粗线条，对文学本身的研究则不必过分拘泥。①

这是极有见地的论述。就立足于民族文化来展开思路看，和笔者基本一致。但我又认为，对民族文化的区域划分，要防止静止、孤立地看问题；要注意到民族文化区划在历史发展中的变迁，还要将这种划分放到我们所论述的西部文化的基本格局和特征中来考察。因而笔者主张第三种界定。

二、陕西划属西部的历史文化依据

本书之所以采用第三种界定，是因为以下几点原因：

第一，从中国西部这个概念的历史衍变看。

"西部"是一个相对的概念，又是一个含义不断变化的概念。"西部"是相对于中部、东部而言的。一般来说，中部指国家、民族的政治、经济、

---

① 余斌：《论中国西部文学》，载《当代文艺思潮》1986 年第 5 期。

文化的中心部位。相对于这个部位，西部指与中心部位相比，政治、经济、文化相对落后，正在开发或等待开发的西部息壤区。而中部所指属的地区，实际上是随着政治、经济、文化和民族发展的起落不断变化的，我们在界定西部时，也就不能以一种固定的眼光代替变化的历史进程。美国西部地区的划分是一条南北走向的游动的线，实际上它指的是广大的待开发地区。18世纪的最后20年，在最早的移民时代，整个美国本土，还包括加拿大、澳大利亚和新西兰，都是世界文化中心欧洲的"西部"。到了19世纪，在大约100年内，美国采取部分战争，部分收买的方法，领有了北美大陆的全部版图，从原先13个东部殖民地一直扩展到太平洋沿岸。在美国大致是两股移民向西推进，一股是带着奴隶的农场主，一股是去西部谋生的穷人。他们在西进的途中大量掠夺了土著的土地，1850年西部被占土地140万英亩，1855年则激增到1500万英亩，这时期每年有40万流亡者由欧洲赶往北美。而随着他们对西部的开发，作为文化概念的西部不断西移。19世纪中叶，美国中部堪萨斯和内布拉斯加是移民的重点，那时，这里还算在"西部"范围内。所以马克·吐温写的《汤姆·索耶历险记》中虽然地域在密西西比河一带，仍然被一些人划入西部文学的范畴。在南北战争之后，由于奴隶制度的废除和西部土地的无偿分配，美国资本主义迅速向西推进，而传统的西部线，也便随着经济文化的开发，逐步西移至落基山脉。现在我们看到的美国早期西部片中所展示的风光，实际上今天已经不能算是西部地区了。

  我国西部的概念也应作如是观。在夏、商两代，陕西明显地属于西部。夏的中心地区在黄河中游的河、洛流域的黄土地带，即西起今河南西部和山西南部，沿黄河东至河南、河北、山东三省结合部，南接湖北，北入河北。陕西当时还是羌人活动的地区。《说文解字》称："羌，西戎牧羊人也。"[①]

[①] 许慎：《说文解字》，中华书局1963年版，第78页。

商的中心地区开始在黄河下游,后来达到黄河中游的商丘一带。商的版图很大,将包括属国在内的广大地区划分为"五方",即中商(简称商,中心地区)、北土、南土、东土、西土。"西土"就是指今河南西部、陕西中部、南部,四川北部。这时陕西也属于"西部"。到周代以后,情况有了变化,全国的政治、经济、文化中心西移至陕西。由于西周以岐山之南的周原为中心,建立了中国古代史上疆域空前广大的奴隶制国家,使中国的奴隶制达到了顶峰。进入封建社会之后的秦、汉、唐,亦定都长安一带,所以陕西成为中国文化的闹市。① 到宋代以后,政治、经济、文化中心又逐渐东移,这样,就像余斌指出的那样,陕、甘东部也就"默默地划入了西北"的地图。这"默默地划入",不应理解为"勉强"或"随意",而是因为有内在的规律在"默默地"主宰使然。这个规律就是宋代以后一直到近、现代陕西及甘东的闭塞落后,物质和精神上的亟待开发。陕、甘在近、现代的再度进入西部,和它在周秦汉唐时代划出西部一样,都是应该认可的历史事实。特别是人民群众已经约定俗成,承认了陕西作为西北一部分的这个历史事实。新中国成立以来,在行政区划、经济计划各方面,也明确将陕西划入"西北"和"西部"(见"七五"计划草案)的范围,似无必要硬行将陕西划出。文化地理的划分,固然不见得照搬政治、经济区划,也不见得完全跟着社会既定的习见看法走,但文化的社会性、群众性、综合性极强,政治、经济、社区、民俗,都是文化的内容,它们不能不影响到文化区域的划分,划分文化区域也不能不考虑在内部条件具备时和其他领域划分区域的同步,这样只能对研究有利。

第二,从西部文化的主要特色看。

西部文化最主要的特色是板块结合和色彩交汇(这点后面要展开谈)。陕西和甘东不但具有这种交汇文化的典型表现形态,而且是形成整个西部文

---

① 参见徐杰舜:《汉民族历史和文化新探》,广西人民出版社 1985 年版。

化这种特色的重要原因之一。先从陕西汉族的形成历史看。姑按余斌引述的史料设论，发祥于湟水、洮河流域的古羌人先后分为三支，一支去青藏高原，一支沿川西走廊南下，最大的一支越黄河沿渭水东，与其他部族融合为今天的汉族。陕西周民族的远祖是古代夏族的一支，传说始祖名弃，母叫姜嫄，"厥初生民，时维姜嫄"①。"姜""羌"古为一字，"羌"字甲骨文作"羌"或"羌"，从羊，从人，即西戎牧羊人。羌在"克商"的过程中形成和崛起。这个"克"的过程，也是西羌与中原的商族交融结合的过程。《诗·公刘》和《史记·周本纪》详细描述了公刘率族人满装干粮，携带弓矢干戈，一路察看地形，寻找水源在豳定居的情况。在迁徙过程中，周部落与其他一些部落杂居起来，农牧文化互相渗透："公刘虽在戎狄之间，复修后稷之业"，而"百姓怀之，多徙而保归焉"。各地各族人的投奔和杂居，说明周部落在豳开始杂居，血缘开始向地缘关系转化。这才是民族形成的开始。②陕西中部和北部，是羌、周杂居之地，而北部长城线上，是西夏族、蒙古族与汉族的杂居区。陕西和青、藏、甘、宁一样，从民族生成开始就带有强烈的西部交汇特色。

再从周秦汉唐，即陕西已成为中华民族的政治、经济、文化中心，而暂时从西部划出这一漫长的历史阶段看。恰恰在这一历史阶段，我们中华民族出现了三次大混血和大同化（一次是秦汉，一次是魏晋南北朝，一次是辽金元）时期，我们的民族文化出现了两次大开放、大交流（一次是魏晋南北朝，一次是唐代）。据史籍记载，从东汉末年到三国、两晋、南北朝时期，由于中原地区战争频繁，尤其是延续16年之久的西晋"八王之乱"，引起了西北边疆各族如氐、羌、鲜卑、羯、匈奴等先后迁入内地，同汉族杂交居住。

---

① 《诗·大雅·生民》。
② 参见徐杰舜：《汉民族历史和文化新探》，广西人民出版社1985年版。

在汉族封建生产方式影响之下，开始逐渐向定居农业过渡。新中国成立后，在内蒙古呼和浩特美岱村鲜卑族墓葬中发现的腿部细长的龙首柄锥斗，就是明显的汉文化影响下的产物，其中的铜釜和饰牌则含有匈奴文化的因素，记录了这一时期民族文化交往的真实状况。而作为唐与粟特两种文化给予回鹘以影响的象征之一是为回鹘保义可汗所立之记功碑。此碑用回鹘语、粟特语及汉语三种语言写成，以汉文最清楚。这表明到了回鹘时代，中原和西方两种文化在这里的合成作用变得显著起来。唐王朝实际上是在这种"民族大融合"的背景下建立起来的。当时西域各族不但留驻长安，封官领爵如安禄山者亦不在少数。这是唐代与西域文化大开放大交往的一个重要原因。

正是以长安为都城、以陕西为基地的两次历史上的文化大交流，奠定了今天西部文化板块结合的基础。所谓文化板块的结合部，主要是指波斯文化（伊斯兰教文化）通过新疆，印度文化（佛教文化）通过青藏，汉族文化通过陕甘在中国西部的渗透融会。这是一个稳定的三维结构。在这个结构中，陕西、甘东对于构成西部文化的作用，和新疆、青藏处于同等地位。而每一种结合和交融，总有一个基点，一种溶解剂。我们既然研究的不是西部各民族各自的文化，而是研究各民族文化的整体关系，即中国的西部文化、西部文学（特别就目前的创作评论情况来看，西部文学的重点，主要放在西部的汉族文学上），那么，应该说这个基点和溶解剂，只能是汉族文化精神。如果抽掉陕西和甘东，三足缺一，西部文化的三维结构会造成严重倾斜，西部文化的一些主要特点也就无法论述清楚，甚至根本无法谈起。

第三，从陕西和西部各省汉族的民族来源、生活习俗、文化艺术影响看。

在漫长的历史进程中，陕西事实上与整个西部结成了一体。正如余斌指出的，陕西人的祖先是古代的炎帝族，而炎帝族与黄河中下游的黄帝族不同，它和西部的藏族以及西南部的藏缅语族一同发祥于湟水流域的古羌族。从语言看，陕、甘、宁、青各省的汉语语言相近，而自成一格，与相邻的豫、川、晋各省汉语语音构成鲜明的区别。以这种语言为基础的秦腔,据牛龙菲的《敦煌乐史资料概论》称,"原为'甘肃调'",在发展过程中汲取了古代"西音"和"西凉乐"的激昂慷慨风格,现已成为西北各省群众所喜爱的、共同接受的戏曲,在艺术文化上也自成格局。此外,在民情风俗方面的相近和类似更是尽人皆知。陕西作为西部的有机组成部分,是被群众认可的,被内在的文化纽带联系着的。

第二节　兴起的原因

我们可以认为，中国西部文学的诞生，之所以与以前的西部题材创作不同，是由于生活客体和艺术意识双方面变化、交融的结果。客观生活显露了当代性的转机，同时，艺术意识出现了当代性的高扬。前者使西部文学的审美反映对象进入了新阶段，后者使西部文学创作主体对客体审美把握的立点、视角、方法、追求进入了新阶段，两方面不可缺一。有同志认为，从新时期生活的变化来谈西部文学的诞生是"表面""肤浅"的，他们只是从当代观念对西部作家创作主体的影响这一方面来谈问题。笔者不敢苟同。离开生活客体的变化纯精神地探讨一个地区文学在整体上的变化，是抓不住根本的。就是当代观念、当代艺术意识，虽然它的产生往往有更深更广的原因，但西部作家所以在新时期选择了它，它又所以在新时期的今天改变了西部一代作家，应该说都莫不与新时期的中国、新时期的西部客观生活的变化有内在联系。外因是变化的条件，内因是变化的根据。单纯的观念横移，催发的艺术之花是易萎的。新观念的催化剂只有通过和当地生活土壤的化合，才能培育出有生命力的花朵。

下面，我们从现实生活和艺术观念两方面提出一些思路。

一、从现实生活的流向看

党中央明确提出了开发大西北的奋斗目标，提出了21世纪我国经济开发战略重点西移的设想。生活指向的变化，在一定程度上会引起时代情绪、时代兴趣的变化，并通过这个途径来影响文学艺术的流向。德国文化社会学家马克思·韦伯，认为文化价值是时代"兴趣"所决定的。这种时代兴趣构成历史的一般目标,它比单纯的个人兴趣更具有客观历史性。在中国这样的社会主义国家,执行党中央的每项决策对社会实践和社会舆论的影响是极大的。当传播工具和社会舆论经常地谈论战略西移、开发大西北时,西部就会自然地成为社会民众兴趣关注的目标。人们对西部生活、西部精神、西部人了解的欲望,与之交流并参与其中的欲望与日俱增,作为这种了解交流手段之一,西部文艺的社会文化价值就相应提高了。这主要还只是在题材的层次上来谈的。

二、从时代精神的对应看

20世纪80年代的中国,是开拓的、开放的、振兴中的中国,是在挣脱"左"的桎梏后,以加速度告别贫困落后、封闭保守而走向政治上民主、思想上解放、经济上现代化的中国。西部中国正是整个中国的缩影。凝重的历史感,坚毅的奋斗精神,落后却又不甘落后,保守却又不安现状,封闭却又急切地要求冲破封闭走向开放。要变,要追,要腾飞,这既是我们的时代精神,又是发自西部生活深处的最强音。时代精神需要通过文学艺术提炼出来,凝聚起来,反映出来,并且反馈放大回社会,促进社会变革。西部生活实践,西部振兴要求,正是可以充分寄寓时代精神的最好的对应物之一。任何一种文学艺术中,都存在着、包孕着、流动着特定时代的社会意识和群众情绪,这种意识和情绪在社会变革时期更为明显。哪一方面的生活形象和人物形象能够更多地寄寓、传达这种社会意识和群众情绪,就会被社会所关注。

三、从艺术意识的觉醒看

目前,西部中国的文学艺术和它的经济一样,不能说是先进的。但在我们国家伟大的历史转变面前,在新时期生活的催动下,在当今社会加速度发展的牵引下,西部的文学艺术感到苏醒的震颤。它要跃出新的地平线,在新的社会心理空间舒展自己的枝叶,以实现自己的价值,担负起新的历史责任,回答时代和生活的挑战。西部文学的出现,是西部作家在一种相同的时代温度下共同的艺术意识的觉醒。它表明跃动在西部艺术家心中的开放、开拓、振兴、腾飞的创造要求,已经结晶为创作和理论的实体。

时代的生活实践和内在精神、觉醒了的艺术意识、西部生活及其内在精神三者之间,出现了大致的同向、同步、同构现象。时代精神的加速器激发了西部生活之铀的裂变,形成了西部文艺强大的推进力。这样的表述,当然太简单了些,有"对应论"之嫌,但宏观地看,问题的实质,最终恐怕是这样的。

四、从社会审美心理的流变看

社会心理变化一系列否定之否定,审美心理一系列的起伏和逆反,也促进着西部文艺的发展。

接受美学把文艺作品的接受者(欣赏者)在发展中的地位和影响提到了举足轻重的地位。社会对文艺作品的接受程度,主要受着社会心理(包括社会审美心理)的制约。社会经济生活和各种意识形态对文艺欣赏的影响,常常在演化为社会心理之后起作用。粉碎"四人帮"之后的十来年中,我们国家的社会心理大致是以不封闭圆圈的轨迹深化着的。

十年浩劫给我们国家、我们民族的肌体留下了深深的伤痕。受伤之初的反应,首先是痛苦的呼喊,是哭诉,这种社会情绪凝聚为文艺创作中的"伤痕文学"。随之而来的是深沉的思考:这场历史悲剧是怎样酿成的?除了政治的原因,历史的、社会的、文化心理的原因又在哪里?这种社会性的思考,又凝聚为文艺创作中的"反思文学"。接下来,就是苦苦地追寻:一方面表现为精神的追寻,就是文化上和文艺上的"寻根"热。这主要是追寻现实社会弊病的历史文化原因及疗救办法。不但上溯十七年,而且上溯到民族历史发展的上游。于是，文艺创作写开了小生产思想、封建思想、愚昧落后的习惯势力同极左思潮的关系。有一部分作家的眼光于是转向中国的腹地，探究民族本源精神的优劣利弊，希图在久经离乱的心境中沉淀出理性的结晶，在鱼龙混杂的信念中，寻求民族精神复兴的支柱。这是一种深化。

另一方面表现为在实践活动中的追寻。创伤和屈辱使弱者哀鸣，却使强者勃起。十年的历史歧路转化为要改革、要振兴的时代强音，转化为要通过新的实践将中华民族引向历史发展坦途的不懈努力。表现在文学艺术上，便是改革的题材，强者的精神、硬汉子的形象大受青睐。这是社会心理通过社会审美表现出来的又一个流向。当"伤痕时代"和"伤痕文学"告一段落之后，不但文艺界产生了分化，整个社会的群众、社会心理和情绪也发生了分化。一部分历史责任感较强、知识层次较高的升华到反思、振兴的境界，另一部分历史责任感稍差、知识层次稍低的，则沉醉于娱乐性较强的各类通俗文艺。作为对极左路线统治下肃杀的生活气氛和审美气氛的逆反，在一种市民趣味、软性精神中寻找心理平衡和情绪补偿。文艺的娱乐作用正是因为文艺的创作者和接受者中有这样的分化，在相当一部分人中提到了较高的地位。而振兴的时代精神、雄风壮美的社会审美心理，却往往能在西部的自然和社会环境中，在西部人民自古以来改造自然和改造社会的宏伟实践中，找到可以纵马驰骋的空间。张承志的创作就给人这样的印象：狭小的自然和社会空间难以容纳他对现实和历史的思考。在这种情况下，选择西部，写《北方的河》《大坂》那样的作品，对他来说几乎是一种必然。

还有，我们在"假、大、空"中生活了多年，假言、假行、矫情、矫态，已经使群众不堪其害，也不胜其烦。社会心理渴望着对"真"的回归。当一部分人（包括创作者）在潜在的心理和感情中，还不能完全将"假、大、空"现象和正在克服这种现象的社会主义社会剥离，而今天的现实生活中"假、大、空"又不可能完全绝迹，在这种情况下，他们愿意选择自然景观或遥远而古老的土地作为对现实生活思考的参照坐标,用古朴纯真的生活形态来承载对未来的情思,使当代性和历史感在这一类作品中接壤,不也是十分自然的么?这中间,或者还不能排除这样的可能性,即一部分读者和作者,由于还不能正确地运用马克思列宁主义来分析生活的复杂性,譬如辩证地看待经济改革后出现于繁荣之中的混乱,经济开放后随风而入的精神尘埃,而自觉不自觉地产生一种对现代化,特别是对现代文明的失望。这种心情使他们在审美的客体和主体两方面走向自然,走向苍凉古朴的西部,去描绘、去欣赏那些节奏比较舒缓、空间比较辽阔的生活。这也是一种逆反。

以上主要是从社会心理的角度来谈的,有的地方涉及了审美心理,也是将其放在社会心理之中来谈的。就审美心理本身看,这些年也在不断地逆反,不断地深化。审美心理本身的规律也是一方面对习以为常的对象发生疲劳,另一方面又不断追求新鲜和陌生的感受,而呈现为否定之否定的不封闭圈线。某种美学风范的作品,在社会审美市场上流行过久,而且非常单一,社会审美心理就容易产生疲劳感,就会出现需要变化的要求。

譬如,在"十七年"中,由于我们简单、片面地理解群众化、民族化,那些平面的、线性的戏剧结构的作品,仅仅将心理活动作为刻画人物的一种手段而忽视塑造内部形象的一味由外写到内的作品,就使欣赏者和创作者中一些创新欲求强烈的人感到疲劳,于是部分社会审美心理一度逆反为不加选择、不加消化地西化。这类作品一时在诗歌、小说、电影、戏剧各艺术部类风行。不过由于它们脱离了我国的民族文化环境,脱离了中国社会目前的审美水平,不久,又走向逆反,这恐怕是通俗文艺风起云涌的一个审美上的原因。又过了一段,这类作品又在某种程度上产生了欣赏疲劳,功夫片、推理片上座率开始下降,而从审美内容和审美形式上"寻根"的作品则开始崛起。这类作品,由于力图在深层次上,用当代观念展示民族文化心理,很快受到社会关注。

又如，新中国成立以来的作品大多仅仅从社会斗争这一角度来揭示人生、揭示人物，这当然是对的。但人生和人物远不是这么单调。只有社会的一面，只有斗争的一面而没有其他。和由言行构成的可见的外在生活相对应，还有一个由思想、感情、意绪构成的不可见的内心生活。内心生活又是多层面的。纯粹从一个层面表现生活的作品太多了，哪怕是正确的，甚至是精彩的，社会审美心理也会出现疲劳，在疲劳中产生新的渴望，譬如渴望从自然环境以及人的内宇宙的各方面来揭示人生和人物的作品。这样一些社会心理和审美心理的变化都是有利于西部艺术的发展的，可以说是审美接受市场对西部文艺的一种呼唤。

五、从文艺创作的宏观走向看

文艺创作的发展除了受现实生活以及社会心理、审美心理的左右，自身也要求一种生态平衡。当一种创作思潮和创作现象发展到破坏生态平衡的地步，就会出现相反的倾向，出现和原有的追求相悖的意外的结果，正像大量开荒种地最后带来的是大地的荒凉一样。这也许可以说是霍雷斯·瓦尔坡发现的"不虞现象"之一种吧，文学艺术也是"不虞国"的领地。在这里，事情常常走向和愿望相反的方向。这个运动过程，从宏观上看，是文学创作在汲取了生活、思想、艺术以及社会欣赏各方面的信息之后，通过内部自我调节机制实现的。在微观上，它总是通过一些有识见、有创新能力的作家在自己的艺术实践中来实现。

文艺创作在发展中的哪些不虞现象可以用来作为发展西部文学的助力呢？比如，在极左思潮影响下，我们历来总是有意无意要求文艺作为某种精神的号筒，这是造成不真实的根本原因之一。结果，正是这种创作现象培养了一大批要求写真实的读者和作者。文学进入新时期以后，社会舆论和文学舆论都要求直面人生，真切入微地写出生活中的弊病、遗憾，就是在写生活的光明时，也要求写出这种光明中所包含的各种色彩。所谓杂化、淡化、小化、非英雄化，一度成为许多作者的追求。但又正是当这种追求成为新时期文学的一种趋势时，另一种声音也就出现了。这便是对文学艺术阴盛阳衰的遗憾，对表现我们时代的磅礴大气、雄风壮美的呼唤，对过分拘泥于生活现象的写实的疑虑，对象征哲理、写意传神的向往。可不可以让原先完全再现式的描写转到多少有一点表现式的描写，在探索那种浸透着当代观念的中国小说美学中迈出更大的步子呢？可不可以由原来的直、露、白、实，到艺术形象的包容性更大一点，在更大程度上使作品的内涵超越作品的主体描写，让审美欣赏的"空筐"更大一点，欣赏者再创造的空间更大一点呢？"新边塞诗"作为一个流派或准流派所以能够和传统的自由诗、现代的朦胧诗三足鼎立于新时期诗坛，当然是由一个合力支撑着，不能不认为这种创作要求是这股合力的一个重要组成部分。

又比如，粉碎"四人帮"之后，我们的文艺创作在艺术上由粗糙简单愈来愈走向精致，由粗糙地甚至粗暴地（如十年浩劫中的帮派文艺）描写生活的表象，到细致地描写人物微妙的内心活动和比较深刻的人生哲理。现在又转化为对粗犷风格（当然再不会是粗糙和粗暴）的某种兴趣。

这几年，作为对以前写工农兵生活狭隘、片面理解的平衡，文艺的表现内容向着生活中文化层次较高的人物靠拢。文化人在作品中的地位有了明显的改善，人物活动的场景也日益向着现代化程度比较高的城市集中。高雅的谈吐、豪华的设备、全新的现代文明生活，得到了大量的描绘。许多作品中的主人公都爱好或者懂得现代科学、现代哲学、古典的或现代的艺术。这种趋势又为最近一个时期回到大自然或者回到和大自然十分贴近、打上了鲜明的大自然的烙印的社区生活中来，在人与自然、文明与愚昧的冲突中去表现当代生活和当代人，做了铺垫。很明显，这方面西部文艺具有难得的优势。

这里谈到了近年来审美心理和创作的一些流向。在文学艺术和审美趣味愈来愈多样化、多元化的今天，在实践过程中它们并不表现为单一的流向，而是多种流向、趋势的丰富交汇。我们在这里只是从利于西部文艺繁荣的角度，有选择地来谈这个问题。至于准确地表述出近年来文艺创作发展趋势的丰富性和规律性，由于本书题旨所限，那是需要专文来完成的。

第三节　几种分类

在短短的几年中,具有新质新态的西部文学产生了大量作品。我们可以从两个逻辑角度对其分类。

一、从题材学的角度可分五类

从题材学的角度,可以对西部文学做五方面的划分。

1. 西部民族文学

西部各兄弟民族自古以来就有自己独立的、自成格局的文化传统和文化积淀。许多民族有着自己的经典作家和经典作品,其中被誉为"东方艺术明珠"和"东方艺术之花"的不在少数。中华民族和世界的文化养育了它们,它们为中华民族乃至世界艺术宝库增添了宝贵的财富。新时期以来,在老一代作家的培养下,各兄弟民族都形成了一支以中青年作家为骨干的作家队伍。拿西北各省区来说,像维吾尔族的祖尔东·沙比尔、阿拉提·阿斯木、卡哈尔·劼力,哈萨克族的艾克拜尔·米吉提、居玛拜·比拉勒、居玛获尔·玛曼,藏族的多杰才旦,蒙古族的察森敖拉、太白,回族的张武,柯尔克孜族的艾斯别克·阿吾汗,塔吉克族的西仁·库尔班,等等,以及许多这里没有提到名字的作家,他们都取得了程度不等的成绩。在全国第二届(1981—1984)少数民族文学创作评奖中,新疆共有8个民族、22位作家的19篇作品获奖。艾克拜尔·米吉提的小说《努尔曼老汉和猎狗巴力斯》获得全国短篇小说奖。青海多杰才旦的作品也获得过全国少数民族文学创作奖。西北各省区兄弟民族中青年作家在思想观念和知识结构上比较新,因而能够对自己民族的历史和现实生活从新的方位和层次上进行透视。

西藏地区兄弟民族文学近年来"以一种喷发状态，犹如一股奔涌多年的洪流，在文学这个契口倾泻出来"。① 在饶阶巴桑、伊丹才让、汪承栋之后，降边嘉措的藏族当代第一部长篇小说《格桑梅朵》，挟带着强烈的时代精神和浓郁的民族气息出现了。作品雄浑的手笔、严峻的主题、广阔的艺术画面，引起了各族读者的注意。接着益希单增、多吉才旦、丹珠昂奔一批中青年作家的长篇脱颖而出，显露出当代藏族作家非同寻常的活力。这些作品以浩繁的篇幅，真实地再现了藏族社会的艺术画面，流露出对历史和现实的深沉思考。中篇小说《三姐妹》《漫漫转经路》《雨中的花瓣》《才朗多吉兄妹》《清晨》《金塔》《娘札拉姆留下的孩子们》等作品，艺术触角深刻而敏锐。不论是采用传统的诗文合体的形式，还是吸收现代手法，都无一例外地深入人民的心灵，体验和表现了他们对于历史和今天生活的认识和感受。短篇小说更是丰饶多姿，有的强悍、粗犷，如一支面对自然的严酷和命运的艰难却依然回旋的生命之歌；有的宁静、悠远，如一支由时代旋律为基调的时而哀怨、时而激越的无词牧歌。那些反映被挟持到国外，远离故乡、寄人篱下的藏胞生活的作品，哀婉动人，充满着对祖国、对故土、对亲人刻骨铭心的思念。特别要提到令人耳目一新的拉萨青年题材小说，它冲破了许多人意识中对西藏文学固有的印象——翻身农奴在新社会明朗而又质朴的生活，再不把富于创造力的个性塞进僵结板滞的框架，塑造了一批在大变革、大发展、新生活、新潮流的社会情势下不同类型的青年，在描绘他们对生活的态度、选择和追求时，真实而发人深思。扎西达娃是他们中优秀的一员。藏族诗人正在探索的"雪野诗"，也因为着意追求雪山草原般的粗犷雄浑，着意表现饱经磨难、坚韧刚毅的伟大民族精神，而初露特色。

---

① 岗仁曲成、史坤：《澎湃发展的藏族当代文学》，载《西藏文学》庆祝自治区成立20周年特刊。

蒙古族文学在新时期也有了长足的进展。三中全会以来，内蒙古自治区有35篇（部）作品在全国各种文学评奖中获奖。在自治区内各次作品的评奖中，用蒙文创作的作品由1981年占到总数的39.1%，上升到44%；蒙古族和其他兄弟民族的作品由1981年占总数54.2%，上升到60%。除了老一代蒙古族作家如玛拉沁夫、扎拉嘎胡、敖德斯尔、安钦柯夫、布林贝赫、超克图纳仁等外，又有一批中青年作家崛起，如哈斯乌拉、莫·敖斯尔、卓·格赫、乌·达文罕、扎拉丰嘎、伊德可夫、力格登、乌雅泰、查干等等。因为西部文学只包括内蒙古西部地区的创作，恕不赘言。①

2. 西部乡土文学

系指长期生活在西部地区的汉族作家在新时期的作品。这些汉族作家和兄弟民族作家一起，为西部文化的开发建设做出了贡献。他们的眼界宽阔，思路开放，能用当代观念去感知生活。西部是他们的家乡，他们将自己的生命、感情融化在这块土地上，在他们的作品中，西部之美云蒸霞蔚，西部之爱凤鸣龙吟，充满了乡土之情和文化之美。

3. 西部开发文学

主要指反映新中国成立以来历年参加西部开发事业的人们的生活，特别是西部各省区建设兵团生活的作品。我觉得，在西部开发者中，也应包括在各个历史时期因为各种原因，例如天灾人祸、"左"倾思潮而投进西部阔大胸怀，将自己的青春、生命献给西部的同志。这类作品最鲜明的特点，就是塑造了一批硬汉子形象，表现了内地人的西部化过程。

4. 西部军旅文学

这是西部文艺中实力雄厚的一支劲旅。新时期崛起的西部军旅文艺，因

---

① 中国西部文学主要是研究在一种思想和创作观念下的写作实践，由于笔者对民族文学涉猎较少，后面的论述以汉文作家为主，故在这里做较详细的介绍。

为它的奇险艰苦的戍边生活、坚毅强健的好男儿形象熔铸进西部国境线雪山冰川的崇高美之中，而取得了特有的品格。这种品格正是新时期重铸国民精神所急需的，因而获得了以前军旅文学所没有的宽阔的社会共鸣。由于部队生活和西部生活双重艰苦性的叠印，由于当代军人和当代青年双重身份的交织，使这类作品在塑造大山性格和好男儿形象时带了强烈的社会主义新人的色彩，在通过军营生活反映社会问题，即探讨新时期军事题材社会化方面，卓有成效。

5. 西部行旅文学

这些作品的作者虽然不是西部人，他们只在西部短暂地羁留过，或者来这里旅游采访，却写出了很多好作品。陌生而新颖的西部风情启动着他们敏锐的艺术感受和思考，外地人的眼光和从整个国家的格局中感受、认识问题的角度，往往使他们的作品具有新意。①

二、从主题学的角度可分三类

从主题学的角度，对中国西部文学可以做三个类型的划分。

1. 政治、经济、道德和法

张贤亮、路遥、冯苓植、陶正、秦文玉、赵熙、王戈、景风、戈悟觉，以及唐栋、朱春雨、李斌奎、李本琛等部队作家的作品大都属于这一类。

2. 自然、历史、文化和人

张承志、马原、扎西达娃、王家达、董立勃、邵振国、牛正寰、张艳兵等作家的相当一部分作品属于这一类。

3. 感觉、意象、心理与情

杨牧、周涛、章德益、昌耀、白渔、梅绍静、子页、林梁、张子选、闻

---

① 王蒙、张承志、朱定等是不应算在西部行旅作家之列的。

频等西部诗人的许多作品属于这一类。

这三个类型是交叉的，某个作家的不同作品也是交叉的。这里只是为了论述的方便才做这种本来不可能做的明晰的划分。

应该说，"五四"以来新文学运动在中国西部留下了未开垦的处女地。延安时期革命文学运动虽然中心在"内西部"的陕甘宁地区，其思想辐射和艺术影响是面向全国的，且主要是一种以政治为本位的生活观照，西部文学仍在积累质变和等待开发之中。只有进入新时期后，西部文学自主的、开拓的艺术意识才在创作和理论的实践中全面觉醒和确立。作家、评论家对西部生活的观察由以政治为本位的立足点转到文化的、哲学的、美学的感受和思考。这种感受和思考，由观念到方法都注入了当代精神，而进入一个新的层次。西部文学的上述几类作品都在全国产生了重大影响，这影响既是以个体，又是以相近的美学特色和内在精神取胜，并且在理论上得到了一定程度的阐述。对西部生活感知的这种深化和内化，不但使西部文学和西部生活在更深层次上契合，也使西部文学大幅度地超越反映对象本身的时空局限而和当代生活、当代思潮合流。故而我们完全可以将新时期西部文学的实践看成是文学当代性在中国西部的一个有力应和。

第二章 中国西部自然和人文地理特色及其对文化艺术的影响

第一节　山之根，河之源

> 没有人能说得清楚／从什么时候开始／西部／成了一种象征／成了真实的存在／与虚幻之间的一块／谁也不稀罕的空白
> ——马原《西海无帆船》开篇诗

冰山，黄土，草原，羊群，大漠；森林，戈壁，骏马，飞鹰，长河。在许多人心里，中国的西部遥远而神秘。其实，西部的存在，丰富而实在。特别是社会主义新时期的中国西部美，内涵发生了根本的变化。既有自然和历史的古朴淳厚，又绝不是旧时代的呻吟和布尔乔亚的牧歌；有拓荒历险的魅力，又绝不是西方式的猎奇和刺激——古漠驼铃，城堞烽烟，长河旭日，丝路新城，盐湖牧场，油田井架，是今天中国西部独有的大气磅礴。它有的是古朴的新奇，沉重的升腾，艰辛的甘饴，遥远的亲切。它是青春的锻锤、人生的熔炉，是人类精神强度和生命力度的试验场。

西部中国的自然作为西部人民世世代代特定的生活环境，构成了他们能够在其中直观自身本质力量的对象物，从而成为独特的审美对象。特定的自然孕育着生活于其中的民族，是他们形成自己社会文化、心理结构和审美情趣的重要原因之一，这是我们在研究西部文化和审美特点之前立专章论述这个问题的原因。

西部自然地理和民族地理的特点，及其对西部民族性格、社会心理的影响主要有这几点：

一、地球的至高点

中国西部是地球的至高点，是山之根、河之源，深含着恢宏博大的历史感、崇高感。

我国西陲的帕米尔山结，矗立在欧亚大陆的中心。帕米尔向四面八方辐射出许多山脉，像一条条拱起的脊梁，支撑着这块世界最大的陆地，组成了亚洲山脉的伞形结构。在东面的中国境内，除了东北和浙闽，几乎所有地区的山脉，都是帕米尔山结的延展。黄河、长江，还有额尔齐斯河、雅鲁藏布江、伊洛瓦底江就从中国西部大山的褶皱中发源出来。黄河是中华民族的摇篮。塔里木河是塔里木盆地的命脉，是维吾尔语"母亲的河"的意思。在汉代，历史地理学认为，黄河、塔里木河是同一条河。据《史记》《汉书》记叙，黄河发源于新疆的昆仑山，流出昆仑后形成塔里木河，并注入罗布泊。之后，河水潜于地下，又从积石山涌出地面，才形成流贯中原的黄河。这就是黄河的"重源说"。这种看法未必科学，却蕴含着中华各族古老文明一脉相承、肇于一源的深意。[①]

亘古永存、万川源一的山与河，在时间和空间上将西部和中国、世界结为一体，使我们的思绪、感情有着阔大的驰骋天地。拔地而起的中国西部，使整个中国（包括整个东亚）的自然地图，呈一个倾向太平洋的斜面。这种东低西高的地形走向和南低北高的气候走向相叠，不能说与历代中国文化风习的南北和东西差异没有某种相关性，也不能说与近代中国经济开发程度由东南而西北渐次降低没有某种相关性。也许正是这种自然地理、历史文化地理和经济政治地理的相关性，形成了由内蒙古东部向西南斜贯陕、川至西藏的弧线，划出了我们习见的西部地区（见图1）。

[①] 杨镰：《中国西部文明与西部文学》，载《中国西部文学》1985年第6期。

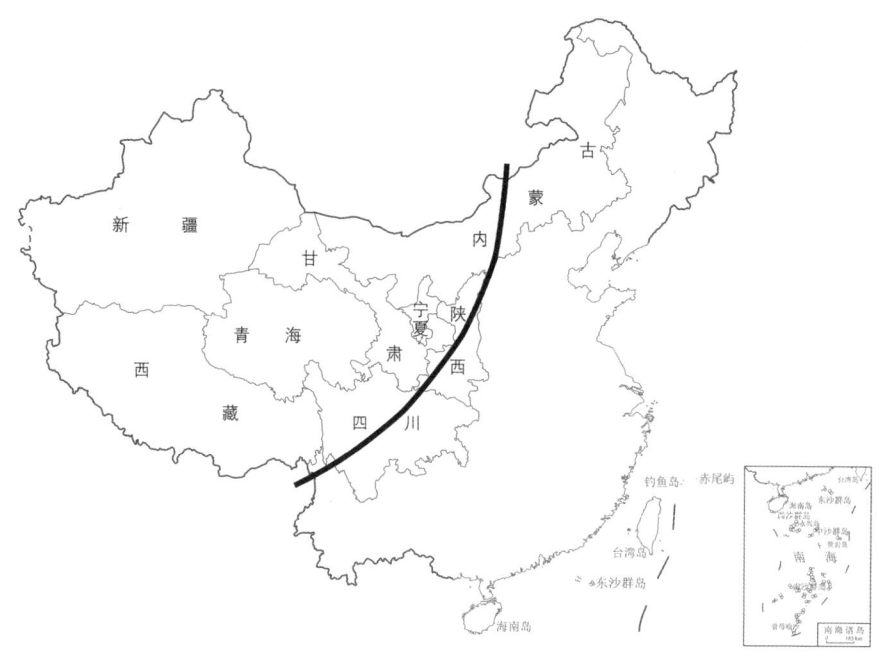

图1 东、西部的界定

这条弧线既是历史的又是现实的,既模糊又清晰,不但体现在政治、经济区划上,在改造世界的实践活动中发挥作用,更在文化心理上呈示出来,在认识世界、审美地把握世界中发挥作用。黄河、长江、昆仑、珠峰、青海湖、黄土地,成为我们国家和民族的象征,激荡起我们心中多少历史感、人生感、崇高感,激荡起我们心中对父辈和母亲的敬爱。

横空出世,莽昆仑,阅尽人间春色。飞起玉龙三百万,搅得周天寒彻。夏日消溶,江河横溢,人或为鱼鳖。千秋功罪,谁人曾与评说?

而今我谓昆仑:不要这高,不要这多雪。安得倚天抽宝剑,把汝裁为三截?一截遗欧,一截赠美,一截还东国。太平世界,环球同此凉热。

毛泽东一阕《念奴娇·昆仑》,在西部山川的群像中,树起了民族精神的高标。

二、民族的内在力源

西部是民族的力源，黄河、黄土地便是输送这力的根系。请看张承志在《北方的河》中于极大的审美高度上，对陕北黄河的俯瞰：

朝着黄河，整个陕北高原都在倾斜。

陕北高原被截断了，整个高原正把自己勇敢地投入前方雄伟的巨谷。他眼睁睁地看着高原边缘上的一道道沟壑都伸直了，笔直地跃向那迷蒙的巨大峡谷，千千万万黄土的山峁还从背后像浪头般滚滚而来。

他看见在那巨大的峡谷之底，一条微微闪着白亮的浩浩荡荡的大河正从无尽头蜿蜒而来。藏青色的崇山如一道迷蒙的石壁，正在彼岸静静肃峙，仿佛注视着这里不顾一切地倾斜而下的黄土梁峁的波涛。

西部地层的深处潜藏着无尽的热源，当历史的春天来临时，青海湖厚厚的冰层也开始炸裂了，请看杨志军在《环湖崩溃》中的描述：

"嘎啦啦……"一阵巨响从远方传来，冰面上顿时有了立体的皱褶。"开湖了！"我大喊。……身后，严酷的威势赫赫的开湖还在进行，蓬勃向上的充满活力的冰块还在爆起。冰障移动着，沉稳有力而所向无敌。观潮山，挺身湖畔而骄傲孤独的观潮山，终于开始颤动了。碎石从山顶峭壁上刷刷落下。从中更新世时期到现在的三百万年间，观潮山从来没有动摇过。即使在十三万年前的那次青海湖由外流湖变为内陆湖的造山运动中，它也安之若素，像个清癯乐观的长者，饱览了地貌地物的可歌可泣的隆起和消逝。可如今，在雄壮的开湖乐潮里，在冰浪和水浪交织的大湖的悲歌声中，它似乎就要崩塌了，倒在血色的湖光和冰色的乌有之中。……

观潮山没有倒，巍然耸立着，任大冰大浪砸击坚实的身体。大湖被激怒了，将冰块一层一层朝上推去，顿时淹住了观潮山的脖颈。紧接着，又一个冰峰崛起，观潮山没顶了，漫天冰浪盖住了牧人们威武的群像。远处，大湖漫荡，如黑云冉冉而来，也送来了高古的创世年代的悲壮旋律。混沌荒风，原始水浪，恢弘的地平线，立定脚跟的观潮山——黑铁色的上帝，无边的地壳板块，和大气层一样厚重的坚不可摧的寂寞，茫茫天穹下，奥博辽远的大荒原——一个神话世界，一个密宗天地。

历史、社会、自然、人，在春的热力中融合，这是西部独有之景，独有之文。

三、历史的哲学沉思

西部有着哲人的沉思。"在严寒统治的领域思索／身躯牢牢焊接在大地／以金字塔宽大的底座／保证思想的高度"，这是新疆诗人周涛在《一座名叫博格达的峰峦所塑的雕像》中为西部塑的像。这种思考，经过冰山冷月的沉浸、荒漠骄阳的蒸腾，常常飞过社会、人生、历史无垠的天宇，进入生存意识的领域。西藏的阿里是喜马拉雅和冈底斯两大山系间的谷地，有雪山白云交叠的壮观，有因空气稀薄纯净而透明得失真的天空，有神话般神奇的夜色。马原在《冈底斯的诱惑》中做了这样的描绘：

> 雪已经停了一些时候，满地素白色，空间很亮，可以看出去很远。不远处的湖面竟像沸水一样腾起老高的白气。天是暗蓝色的，没有月亮，星星又低又密；白气柱向上似乎接到了星星，袅袅腾腾向上浮动着。我相信这景致从没人看见过，我甚至不相信我就站在这景致跟前。这是一条通向蓝色夜幕的路，是连接着星星的通道。

在这样的景物面前，因生命和宇宙产生着直接的交流而引起人"浩渺连广宇"的思索。

西部是正在运动着的历史地图,光阴的年轮在这幅地图上随便留下自己的印迹。这样充满历史感的风景画,西部俯拾皆是:"世界化成了斑斓的地图。在分水线上,他同时看见了山脉两侧的,准噶尔和吐鲁番两大盆地。唐代敦煌文书描述的古道正静静地深嵌在弯曲的峡谷之底。山顶的一块巨石上铭文剥落,旁边堆着一匹驿马的骸骨。大地峥嵘万状地倾斜着,向着南方的彼岸俯冲而去。这是从海拔四千米向海平面以下伸延的大地的俯冲。剧烈抖动的气浪正从吐鲁番低地淡白色的中央地带扶摇而起,化成长长的一片海市蜃楼。在赤褐色的南侧深涧里,嵌着一条蓝莹莹的冰川。"(张承志《大坂》)对地貌的准确把握,不只是证明作者渊博的历史地理知识,更证明了地理是如何作为一个重要的因素进入文学创作的。

第二节　地老天荒的营养

一、地域辽阔、人烟稀少、地老天荒

中国西部地域辽阔，人烟稀少，地老天荒中的西部人被锻打出少有的内忍和强毅精神。

中国西部的新、藏、宁、青、甘和内蒙古、陕西西部，人口不足5000万，不到全国1/20，面积接近600万平方公里，超过全国的3/5。在西部这块土地上，每平方公里仅7人，东部和中部每平方公里则达205人。社区与社区之间间隔距离大，交通联系极不方便。人类生活的封闭和自然条件的险恶也许是西部在近代史征途中步伐沉缓、经济开发滞后的一个原因。但正如杨牧在《我骄傲，我有辽远的地平线》中所写的："准噶尔人呵，失去的恐怕比别人更多，／因为他偏僻，但也失去了华贵的缱绻。／准噶尔人呵，得到的恐怕比别人更少，／因为他边远，但却得到了难得的辽远。"

地理和人文的不利，也给西部人带来了优势，譬如——

西部人与自然的直接交往密切而深刻，对自然美的各种形态有较强的感悟能力，并善于将人类生活和感情不露痕迹地融解其中。周涛在《野马群》中这样写生命与自然的关系："兀立荒原／任漠风吹散长鬃／引颈怅望远方天地之交／那永远不可企及的地平线／二五成群／以空卸天地间的鼎足之势／组成一组相依为命的画面"。昌耀在《赞美：在新的风景线》中也感到人与自然息息相通，互相感应："我从驼峰想到浩天大漠中／那曾使万物觳觫的一声狼的长嗥／原不过是大自然本身固有的律动"。

中国西部辽阔荒凉的地域，将像四轮葡萄叶那样联结一体的欧、亚大陆

和波斯文化、印度次大陆文化拉开，并以险山大泽将其隔离开来。也许正因为有这种隔离，才使得这柄葡萄叶的四个叶轮产生了相异的欧洲、中国、波斯和印度文化。西部荒原则造成了陆上的文化阻隔，也实现了文化封存——这就使本土的各民族文化保持着历史的纯净，又促进了文化衔接——正是西部辽阔的地域，将这些地区联成一体，葡萄叶四轮的文化，便通过中国西部这个叶掌，交汇融合到一起。这一点，下一节将详细论述。

二、强悍坚毅、内忍沉郁、古道热肠

世世代代在中国西部险恶的自然环境和频繁的社会灾害中搏斗，无论是胜利还是失败，这里的人民皆具有多舛的命运、坚忍的气质。这种气质有时表现为含蓄内忍，有时表现为达观自信，都闪射着凝重的忧患意识的光彩，它促使西部人确认自身的社会责任。

自然面前个人力量的微不足道，使群体力量成为维持生存的支柱。这使得人们互助的需要更为迫切，互助互爱精神成为传统。而大自然对人精神上的直接启悟，又铸就了西部社会心理的纯洁朴质。多情多义、古道热肠、坦白率真，伦理重于功利，道德超越历史，成为西部文化心理的一个特色。

自然，也使得这里内向的、狭隘的、稳态的社区意识（民族意识、地域意识、部落意识、宗族意识）较为浓重。章德益的《我应该是一角大西北的土地》用西部环境锻造出来的坚毅达观精神，重新熔铸了西部自然："大西北，雄伟辽远的大西北／奔驰着：风、云、烟沙、马蹄／列祖列宗开发的地方／悍野的自然，强者的领地／红柳丛点亮风沙中的辉煌／地平线展开梦幻般的神秘／遥远的沙柱摇摆着地球的旗语"。而年轻的战士王小未，更是刻画出西部山川塑铸的边防战士的西部之魂："龙卷风它疯狂地冲出来冲出来／暴风雪它乱纷纷降下来降下来／高高的沙柱它竖起来牵住了太阳／倒真像是太阳的把柄／大漠要用它褐黄的染料要整个地／把士兵的灵魂染了，士兵也乐于接受／有一个兵把灵魂当做籽种种进了大漠／立刻就长出一座雄伟的山峦来／但和这大漠却是浑然一体"。

西部那辽阔的大地，那草原和黄土，成为养育人的母体，并且常常和人民和母亲的形象合为一体。当《唯物论启示录》中的章永璘离开这块受难的土地去向远方时，张贤亮在《男人的一半是女人》中如此深情地描绘了他对朔方大地的母亲般的感情：

> 田野上，荒草滩上，林带地的杂树林里，全是一片坦荡的、毫无保留的、透明的光辉。大自然成熟了，于是她愿意将自己纤毫毕露地呈献在人们眼前，从而也就把整个世界拥抱进她的怀里。
>
> 黄土高原的台地，这片一边毗邻内蒙古沙漠，一边紧靠着黄河的河套地区，起起伏伏的原野展现了有节奏的青春的活力。那旋律既开阔又有弹性，马蹄敲击在上面，奏出了不可过止的热情的鼓点。不，秋季不是衰老的季节！
>
> 一阵秋风从西边的群山刮来，原野上所有的林草树叶都飒飒地奋起抗争，保卫自己的生命，保卫自己生存的权利。

在张承志的《黑骏马》中，土地和母亲也是融为一体的："暮霭轻轻飘荡，和远方盆地里的晚炊融成一片。我骑着钢嘎·哈拉，向罩着蓝红色晚霞的西方走着。""在分开伯勒根河流域和外部草原的那条峥嵘的山谷里，我追上了快要逝尽的落霞。这是一条人迹罕至的山沟。""如果细细察看的话，可以看见，那高得齐腰的幽深野草中有一簇簇白得晃眼的东西。那就是一代代长辞我们而去的牧人的白骨。他们降生在这草中，辛劳在这草中，从这草中寻求到了幸福和快乐，最后又把自己失去灵魂的躯体还给这片青草。我亲爱的银发额吉，同时给我以母爱和老人之爱的奶奶，一定也天葬在这里。"

第三节 "世界人种博览区"

一、多民族聚居区

中国西部是一个多民族聚居区,这里生活着汉、蒙古、回、藏、维吾尔、哈萨克等43个民族,被称为"世界人种博览区"。仅在新疆、宁夏两个兄弟民族自治区的13个自治州、18个自治县内(不包括其他地区)就居住着1100多万兄弟民族。而这个地区的汉族人,又大多是内地各省的移民,呈现出各族各社区文化支系的杂处状态。这里曾是中华民族的摇篮,曾是中华民族的文化发源地。我们的祖先,自古以来就在关中平原、汉中平原、陕北高原、黄河湟水流域、河西走廊,以及被人称为"西域"的土地上繁衍生息、辛勤劳作。各族劳动人民,用自己的智慧与劳动创造了这里光辉的历史和丰厚的物质文明、精神文明。

二、多民族文化的反差、冲突、相似、相关、交流、共进

不论从现实和历史的角度看,中国西部都是多民族的西部,是多民族之间在交往、争斗、互助、融合中结成一个难于分割的有机整体,统一在祖国怀抱中的西部。这是我国西部地区的根本特点。西部社会生活和人的精神风貌都是从这一根本特点中生发出来的。甚至西部的自然环境、山光水色也无不染上这一色彩。这是西部社会的基调、底色,是我们认识西部的基本出发点。

在这个地区,多民族、多地区人群聚居的交流、竞争,既形成了各民族文化习俗、性格心理的相似和相关(这种相似和相关,使西部文化相对地作为一个有特色的整体,存在于中华文化的总格局中),又构成各自之间一定

的反差和复杂的冲突，有时甚至激化为征战。这种反差和冲突是西部中国社会文化发展内部运动的一个重要力原，也是西部文化具有自我更新和随机发展的重要原因。因而，对西部文化的总体如果稍作分解，又可以看到，其中包含着许多相对独立的多民族、多社区的文化艺术群落。许多民族和许多社区的文化都自成格局，自成历史，各个作家群、文艺圈、文化区之间，影响着、折射着，形成有统一基调的斑斓驳杂的色彩。其中最主要的，是土地文化和游牧文化两大板块的相接相间相晕染。

此外，西部中国还有着丰富的地下和地上资源。资源的丰富和空间的博大，使得这个地区在新中国成立以来成为国家开发的重点，并且即将进入大规模开发的新阶段。这对西部文化心理新态势的形成已经产生了巨大的影响。大规模的经济开发呼唤着新高度的、新质的西部文化，同时为这种文化的诞生提供了现实基础。

以上是中国西部地理和人文的一些主要特色及其对西部文化的影响。在这个基础上，我们将要从社会历史进程中展开对西部文化地理特色的描绘。

第三章 中国西部文化结构

第一节　隔离·衔接·交汇

中国西部在世界文化地图上有着举足轻重的位置。

一、世界四大文化源流的衔接和隔离

世界各民族文化从源流上看，大致可以分为四大系统，即中国文化、西欧文化、波斯文化、印度文化。这四种文化在基本人生态度、情感方式、思维模式、致思途径、价值尺度等各方面有很大差别，这种差别是由不同民族与自然、社会、历史三重现实不同的对象性关系所决定的。与西欧和印度比较，作为中华民族生存条件的上述三重对象性关系，分别具有以下特点：

第一，从磁山、裴李岗文化以来约八千年中，以农耕为主的与自然做物质交换的特殊方式一直在中华民族的全部经济生活中占统治地位，因而它的文明既不是古希腊式的商业文明，也不是印度式的"森林文明"（泰戈尔语），而是一种农业文明。自"禹、稷躬稼而有天下"（《论语·宪问》）起，中国素称"以农立国"，列朝统治者都把"重本抑末"作为"理想之道"。

第二，在中华民族古代社会形成过程中，既没有像古希腊那样把氏族社会消失殆尽，也没有产生出印度式的按职业划分、实行内婚制的种姓家庭，而是一贯地保留了原始氏族共同体的农业经济组织形式，并与奴隶制和封建制的经济关系、政治关系融为一体而延续下来。氏族社会的解体在我国完成得很不充分，氏族社会的宗法制度及其意识形态的残余大量积存下来，又由于自然经济的长期延续，给宗法制度、宗法思想的继续流行提供了丰厚的土壤。所以，中国的奴隶社会是宗法奴隶制，封建社会是宗法封建制。而这两种制度的国家，始终是父家长制政治政体，父亲在家庭"君临一切"，君主

则是全国的"严父",宗法社会渗透到社会生活的最底层。

第三,中国社会几千年在经济上和社会生活上封闭而停滞不前,然而,它的文明恰恰又是各古老民族中唯一没有被外力冲击而化散中断的,形成世界史上少有的根远脉长的文化高山。按地理环境的差异,人类可粗略地区分为大陆民族与海洋民族。希腊、罗马、斯堪的纳维亚诸国、英吉利、日本都是典型的海洋国家,人民栖息在半岛或群岛上,享有海运之便,因而商业发达较早,人员交流频繁;又由于这些岛屿或半岛腹地比较狭窄,更促使人们朝外展拓。因而,一般说海洋民族的文化心理较为外向,文化系统处于一种较为动态和开放的状况。埃及、巴比伦与希腊间,希腊与罗马间,多次发生文化交融,在当时条件下,这些交融的规模都是很可观的,以致世界史学界已经开始采用"东地中海文明区"的概念。而中国的情况则别具一格。我们的先民自古生活在东亚大陆上,东濒茫茫沧海,西北横亘着漫漫戈壁,西南耸立着世界上最险峻的青藏高原。这种内陆交通极不便利,而内部回旋余地又相当开阔的环境,造成了一种与外部世界相对隔绝的状态,这对中国文化类型的形成,其影响是不可低估的。由于中国古代文化系统从半封建的大陆性地理环境中获得了比较完备的"隔绝机制",中国古文化始终保持着自身的风格和系统,而没有出现类似印度文化因雅利安人入侵而被摧毁,埃及文化因亚历山大大帝占领而希腊化,罗马文化因日耳曼蛮族南侵而中绝那样的"断层"。

中国古文化上述特点,决定了她的文化心理素质与西欧民族和印度民族的差异。从基本人生态度来看,中华民族既不像希腊人那样充满着探索自然奥秘的好奇心和进取精神,也不像印度人一生中常从自身与自然相游乐走向以生为苦从而追求超自然,却以其不离日用之常为独特风采保持着一种"赞天地之化育"的参与精神。

从感情方式来看,差异不在于情感与欲望的偏盛,而在于追求情感与理性和谐的途径不同。中华民族既不像西欧人那样更多地将情感诉诸精神境界，通过体验美的宗教纯感情来求得情与理的和谐，也不像印度人那样虽然主观上想达到情理和谐，但由于视情与理为根本对立，遂导致沉湎于情感的奔流，或潜心于灭情的理智，而是在家族关系中履行着一种将血缘情感与实践理性融为一体的情感方式。

从思维模式来看，中华民族既与意识到一和多、个体和类的对立进而追求统一与和谐的西欧人不同，又与严格的种姓区分下的印度人在世俗生活中强调多和个体的差异，在幻想中则极力泯灭一和多、个体和类的区分的思维模式不同；而是一种将部分和全体交融互摄的思维模式：人作为客体融化于自然图式中，个体作为一个环节依附在家族伦理关系的总链条中。

从致思途径来看，中华民族的致思途径既不同于注重思维活动的反省和观念的反思，以理性思辨作为主要致思途径的西欧人，也不同于虽然比西方人更多地运用直觉，却同样注重逻辑思维的印度人，而是主要借助于经验的直觉去洞察对象的本质，以求把握宇宙人生的根本原则。

从价值观念来看，中华民族的价值尺度既与以进取创新为核心的西方价值尺度根本对立，也与不重视现实生活的价值评价，却以与最高的实在("梵")融为一体的一种解脱之道为最高价值的印度人不同，而是以上古的"黄金时代"为价值取向，以恪守宗法伦理道德作为最高的人格理想（"人皆可以为尧舜"），以宗法社会的传统（所谓王之道，圣人古训）作为价值评判的准则。

中国、西欧和印度不同的民族文化心理素质，都是在各自文化发生的过程中形成，并在文化隔离中巩固起来的。而中国西部就是造成东西方这种文化隔离的重要原因。

但是，几乎所有的文化与历史研究者又都指出，广阔的中国西部处在世界四大政治、经济、文化的中间地带，由于封闭贫瘠，政治上从来没有也不可能建立持久的强盛的国家（14世纪末出现过的强大的帖木儿帝国，是当时亚细亚诸国衰败的情势所致,可以说是一个历史的例外),经济从来没有也不可能成为繁华昌盛的中心,或者建构起坚实的、自成体系的文化主体。这个地区一贯是历史的后院和政治、经济、文化的过渡地带。这个特征,使得中国西部成为将世界四大文化隔离开来的地区,又是唯一从陆地上将四大文化衔接起来的地区。联系前面提到的欧洲、印度、波斯、东亚的四轮葡萄叶由中国西部隔离、衔接的比喻,可以下面象征性图表示(见图2)。

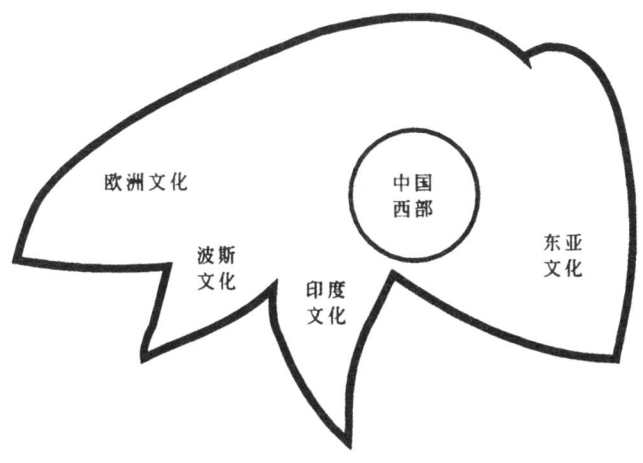

图2 西部与周边文化示意图

中国学者冯天瑜在《中国古文化的"土壤分析"》一文中,一方面指出了中、西、印和波斯文化被中国西部隔绝的现象,另一方面又指出"从秦汉到隋唐,中原文化曾与中亚、西亚的草原文化以及南亚次大陆的佛教文化进行过颇有声色的交流"[①]。日本学者羽田亨在《西域文化史》中对此有更详尽的论述,不妨引出来,以说明问题:

> 东方中国、南方印度、西方波斯、阿拉伯、希腊、罗马[②]等诸

[①] 冯天瑜:《中国古文化的"土壤分析"》,载《光明日报》1986年2月17日。
[②] 即通过阿拉伯衔接的东地中海文明区,欧洲文化的基石。

方文明的交流传播情况，是历史上最有兴趣的现象，也是重要的研究课题。而这种文明的交流传播，不言而喻，是以相互间的直接或间接交通的存在为前提的。东西交通在海路交通发达以前，中央亚细亚是最普通的通道。就是在海路发达之后，如取陆路也必须经过此处。不仅从波斯、阿拉伯、欧洲东来，就是从南方印度来中国，通常也是先北上进入中亚，然后再折向东方。对当中西交通之初、和前后开拓的蒙古地方与西方交通而言，无疑也是经过这一地区的一部分。所以在东西交通史上或东西文明传播史上，此地区的历史也具有很大的意义。但应强调指出，从来在这一点上认识到西域意义的人，只是注意到东西交通通过此处，东西文明经过这里相互传播，而进一步对它如何行于此地，如何发展等方面，则未太注意。这是西域史研究尚处于开创时期不可避免的情况。凡如文明的传播等现象，在过去主要靠陆路交通的情况下，从甲地传到乙地，原则上一般都是渐次波及相互邻近的地区，然后才间接地传到远方（飞越中间地方是极少的特殊情况。海路交通只经过比较少的港口，与陆路不同）。例如西方诸宗教的东传，在其传入中国以前，必须经过地当通道的西域地方，也即经过富有宗教热情和思想的伊兰人种或与其类似的人种居住的地方。这些宗教先传入此地，然后再从这里传入中国内地，这应是很自然的事。艺术和学术的传播也是如此。要之，在东西文明相互传播上，此地区起一种纽带作用。这一点也与上面所谈这一地区对周围诸国政治方面的位置相当。作为其间的纽带，诸方文明在这里或因相互融合，或因当地民族加进了自己的东西而产生一些变化，甚至出现与本来面貌很不相同的东西，但仍以本来名称更向东西传播。在这种情况下，如不研究此纽带地区的文明，而径直研究处于两端的东西,那是不能得其正鹄的。所以,对于此地文化史的研究,除有其自身的重要意义外,对周围诸国文化史的研究也具有重大意义。①

从文化学的角度看,任何一种文化的传播和发展,都是从一个文化场进入另一个新文化场的过程,因而必然要经过新文化场的中介物的过滤和折射,一方面做新的解释,一方面和本地文化交融,实现文化重构。

我们搞清楚了中国西部文化的这个特点,明确了中国西部文化的这个地位及意义,就会懂得,中国西部文学为什么不是美国西部文学的简单移植,为什么它是根植在中国西部现实生活与历史文化的土壤中的。我们要研究这种文化的隔离与交汇的现象,是如何渗透进中国西部的现实生活和社会心态之中,又如何以自觉的审美形态在文艺作品中得到深刻反映的。这是一个远比美国西部文艺要古老得多的文化问题,只是我们的艺术家和评论家今天才在新的理性和感性层次上发现了它,把握了它而已。

二、多层向心交汇的文化结构、四圈四线的文化地图

世界四大文化在中国西部是怎样交汇的呢?我认为它是以一种多层向心的结构形态实现交汇的。也就是说,四大文化在这个地区不是直接碰撞衔接的,而是渐次波及邻近地区,经过多次传递才交汇的。大致说来,即欧洲文化通过波斯、西域文化传入,波斯文化(其中渗透着地中海文化)通过新疆地区传入,印度文化通过新疆和西藏地区传入,华夏文化通过陕甘传入(见图3)。

---

① 羽田亨:《西域文化史》,耿世民译,新疆人民出版社1981年版,第4—5页。

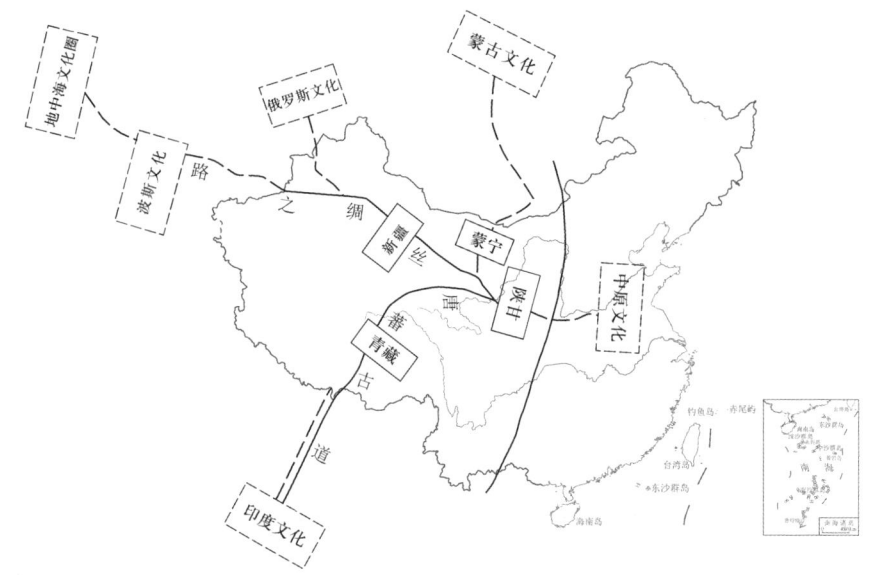

图 3　世界四大文化在西部交汇

　　这种文化交汇运动常常是和经济交汇、民族迁徙及政治、军事斗争结合在一起进行的。长期的文化交汇运动的结果，使中国西部内部构成了四圈四线的多维文化交汇格局。

　　从全景图上看，这个地区是内陆文化区，将镜头移近，则可以看出，这里是内陆文化区内各种板块非常典型的结合部；从地理环境看，是东亚、南亚、西亚、北亚文化结合部；从生产方式看，是土地文化和游牧文化的结合部；从宗教哲学看，是伊斯兰教、喇嘛教和儒道互补哲学的结合部；从民族类别看，是汉族文化和其他文化（回鹘文化、吐蕃文化、蒙古文化）的结合部；从社会组织看，是以中国宗法制为主，又渗透着欧洲等级制度和印度种姓制的结合部。在中国西部，作为大陆文化的中国本土文化和大陆文化中的非本土文化经过衔接、撞击、结合，构成一个多元有机整体，与中国东部大陆文化的本土文化和海洋文化的某种程度的结合，形成一种结构上的均衡和内容上的反差。

过去我们对来自东部海洋的文化新因素给予中国本土文化更新的促进和推动注意较多，这无疑是符合历史实际的。诚如台湾学者张荫麟先生在《论中西文化的差异》一文中强调的：过去中国文化始终是内陆农业的文化，而西方文化自其导源便和海洋结下不解之缘。从克里特到罗马、希腊的繁荣，从中世纪到文艺复兴时期，从12世纪西南欧准市府经济到现代西方海洋帝国主义经济的继续发展，是和希腊、罗马的海外开拓一线相承的。这种差异从内陆文化和洋海文化比较中可以看出。"洋海的文化乐水，内陆的文化乐山；洋海的文化动，内陆的文化静。""洋海的文化恰如智者，尚知；内陆的文化恰如仁者，尚德。洋海的文化动：所以西方的历史比较的波澜壮阔，掀扬社会基础的急剧革命频见叠起。内陆的文化静：所以中国历史比较平淡舒徐，其中所有社会的大变迁都是潜移默运于不知不觉，而予人以二千多年停滞不进的影象。洋海的变化乐水：所以西方历史上许多庞大的政治建筑都是其兴起也勃焉，其没落也忽焉，恰如潮汐；而中国则数千年来屹立如山……要了解中西文化在其他方面的差异，也不可不注意西方航海事业的传统。"①

但是，问题还有另一方面。在我们对来自西部内陆的文化影响，从沉滞、闭塞的角度考虑的同时，从中发掘西部文化的影响在中国本土文化更新中的积极作用，则显得不够。这正是我们今天研究中国西部文化、中国西部文艺的意义和目的所在。

各民族在各方面不同的贡献中互相依赖、互相支援，是促进历史发展的重要动力，而在物质文明建设中的互相学习和交流，各民族经济、政治发展的共同需要，是这种支援的基础，也是中国西部文化通过多层内射结构达到

---

① 周阳山主编：《中国文化的危机与展望——文化传统的重建》，时报文化出版事业有限公司1982年版，第159—160页。

多种文化交融的基础。棉花是从海上和新疆两路传到中原的,我们以马代步,以坐椅代席地跪坐,也是从古代西北兄弟民族那儿传进来的;而汉族却给他们供应了盐、茶、铁器。马克思主义经典作家指出:"在古代,每一个民族都由于物质关系和物质利益(如各部落的敌视等等)而团结在一起……"[①]"各民族之间的相互关系取决于每一个民族的生产力、分工和内部交往的发展程度。"[②] 还说过人们买进了商品,同时也就买进了一个观念这类意思的话,对物质文明交流和精神文明交流的辩证关系做了深刻的说明。事情正是这样,观念附着在商品上,文化渗透在物质中,在历史进程中不断实现着交流。对此,本书不拟全面论述,只从民族、宗教和艺术三方面的交汇,举一些例子,以窥全貌。

[①] 中共中央马克思恩格斯列宁斯大林著作编译局编:《马克思恩格斯全集》(第三卷),人民出版社1960年版,第169页。

[②] 中共中央马克思恩格斯列宁斯大林著作编译局编:《马克思恩格斯选集》(第一卷),人民出版社1972年版,第25页。

第二节　民族在西部的交融

一、汉族、维吾尔族、回族等的交融

毛泽东指出过："各个少数民族对中国的历史都作出过贡献。""汉族人口多，也是长期内许多民族混血形成的。"①中华民族在发展过程中，也曾吸收过印欧、中亚及南亚民族的血统和文化。在秦汉时期、魏晋南北朝时期、辽金元时期，我国发生过几次大规模的民族大同化。这种同化常以两种方式进行：一是汉族统治者将中原地区的汉族移到落后的边陲，或者将其他少数民族移往文化较高的中原；一是当时比汉族落后的游牧民族，如两晋十六国时的匈奴、鲜卑、羯等族进入中原，征服汉族，结果或同化于汉族，或改变了自己民族的血统文化，形成新的族系。今天生活在中国西部地区的许多少数民族，就是这种民族迁徙、混居、融合的产物。这里根据一些民族学和民族关系史方面的著作，选择介绍一下。

维吾尔族远在公元前就已活动于我国北部和西北部，和汉族以及其他各族有着密切的政治、经济、文化联系。9世纪中叶（唐代）西迁新疆地区后，在相当长的历史发展过程中，不断与汉人、吐蕃人、蒙古人、契丹（原始蒙古族）人和突厥语系各族，以及居住在新疆南部焉耆、龟兹、于阗各部族（古为吐火罗人，属印欧语系的一支）混血、同化，逐渐壮大发展，成为现代的维吾尔族。维吾尔族和汉、蒙古两族关系更为密切。曾受唐朝政府册封为藩属，即回鹘汗国，并促进维吾尔族进入封建社会。元代统治者大量录用维

---

① 《毛泽东选集》（第五卷），人民出版社1977年版，第278页。

吾尔族人才，帮助蒙古人创造文字，将中原一些名著译成回鹘文、蒙文，将佛经译成汉文、蒙文、回鹘文，还参加了辽、金、宋史的纂修工作，在文学、天文学、化学上卓有成效，对丰富发展中华民族文化起了重要的作用。

回族的诞生与壮大，更是中亚、西亚各族与汉族同化的结果。13世纪蒙古贵族西征期间，波斯、阿拉伯和中亚各族被迫东迁，他们和一部分从唐宋以后来我国的波斯、阿拉伯商人，因久居中国，在经济、文化、婚姻等方面与汉族同化（也有的和蒙古人、维吾尔人同化），血缘关系加上地缘关系，形成了新的回回族（简称回族）。在元代，回回族还操着不同的语言，主要是阿拉伯语和波斯语，后来逐渐发展为以汉语为共同语言，但宗教信仰却保留了中亚、西亚的伊斯兰教。这个民族产生于中国西部的民族交汇，不但对中国与阿拉伯各国的文化交流起了很大的促进作用，而且在缔造中华文化方面做出了许多贡献。有的人，如明代思想家李贽，在中国哲学、历史、文学方面有举足轻重的地位。

分布在甘南的裕固族，自称为老呼尔或西拉裕固尔。他们的前身是唐朝时割据在河西张掖的甘州回纥，北宋时，因和西夏发生战争，迁到嘉峪关外，明代又迁入关内，经长期与周围民族混血和自然同化而形成一个民族，清代称黄番、散里畏兀儿等。曾经使用过突厥和蒙古族的"恩格尔"语，没有文字，现在通用汉语和使用汉文。新中国成立后经本民族协商确定，以裕固族作为本民族名称。

撒拉族，又名撒蓝回回、撒喇、沙剌族，语言属突厥语族，乌古斯语组。他们是在元朝蒙古帝国统治下，由中亚撒马尔罕东迁到青海省循化县一带，由于长期与周围汉、藏、回诸族混血和自然同化而成现代撒拉族。本来没有文字，现在壮年人以下通用汉语，一部分人讲藏语，语言中有藏语借词。

土族，语言属蒙古语族，自称蒙古勒或蒙古尔札（蒙古人之意）或察汗蒙古（白蒙古之意），分别聚居在青海、甘肃湟水沿岸。他们的祖先原先活动于辽宁省凌海市西北。4世纪初,由部落首领吐谷浑(藏称,汉称霍尔塞)率迁青海,建立政权达350年之久(政权亦称吐谷浑,《新唐书·吐蕃传》《西藏王统记》《魏书·吐谷浑传》《旧唐书·吐谷浑传》《新唐书·吐谷浑传》均有记载)。公元663年(唐高宗龙朔三年)为吐蕃所并,部分迁入内地,留居青海故地的吐谷浑有些同化于藏族,有些在元代与蒙古人通婚,成为鲜卑、蒙古、藏、汉交混而成的新民族。据《旧唐书》、《新唐书》和《五代史》载,吐谷浑后称"土浑"。这是一个蒙古、汉、鲜卑三种语言混合形成的称谓。"土"来源于鲜卑语的"吐",受到汉语的影响变为"土","浑"则是蒙古语的"人"。今天,土族除了保留蒙古语外,蒙古文已失传,久已应用汉文。

据《元史·文宗本纪》及《元史·兵志》载,东乡族是13世纪以来甘肃河州地区的蒙古屯田军队由"军户"逐渐转为"民户"后,与当地回、汉等族长期自然同化而成的一个民族。因河州有东、西、南、北四乡,他们活动地域在东乡,故称。语言属蒙古汉语,但很早就使用汉文。

这里举的中国西部六个民族的形成,可以从一个侧面看出儒道、回鹘、吐蕃、蒙古四个文化圈的交汇趋势,也折射出中国、印度、波斯和欧洲文化在外层的向心趋势。还可以举出藏族的八思巴创制蒙古语的例子,也许更能典型地说明这个问题。

二、蒙古族与兄弟民族的交融

蒙古族兴起较晚,在公元13世纪以前,蒙古族没有自己的文字,主要靠刻本、结绳记忆大事,各部落之间的交往也靠口头传授。随着国家的建立,疆土日渐扩展,经济、政治、军事活动频繁,没有文字已经不能适应社会的发展了。一度曾用畏兀儿字(即回鹘文)记录法令、户籍,用汉文抄录公文,但都不能完全满足蒙古语表达的要求。

1252年，主管漠南军政诸事的忽必烈征战云南，占领了大理国，但巩固在大理的统治却十分困难，因为这里佛教盛行，不了解佛教，很难在当地立足。于是忽必烈请来了西藏萨迦教派名僧、年仅18岁的八思巴，以师僧之礼相待，并由他对其全家主持了密教灌顶的受戒仪式。从此便将八思巴留在身边。1260年，忽必烈取得了大汗之位，封八思巴为"国师"，赐以玉印，要求他为蒙古设计文字。八思巴参考藏文字母，反复钻研，创制了一套蒙古新字。这套文字共计41个字母，由字母拼合成的音节共1000多个。造字时，仍以谐音为原则，既适应了蒙古语言的特点，同时还能译写其他民族的语言，主要是汉族的语言。而我们知道，藏文字母在创制时，松赞干布曾派出16名吐蕃贵族子弟去印度学习梵文和其他西域文字，归国后，将这些文字的优劣加以分析比较（主要依据阗文加以简化），创制出30个笔画简单明确、易于书写的藏文字母和几种文法歌诀。因此，藏人八思巴为蒙古族创造的文字，实际上是以蒙古语的表达方式和谐音为基础，吸收了印度梵文和西域其他文字的第一层影响，又吸收了汉、藏文字的第二层影响而成的，是一种典型的双层内射结构。1269年，忽必烈特地颁布了诏书，将这套新字定为蒙古国字。整个元朝，皇帝的诏制和国家的一切文告、法令、印章、牌符、钞币等，一律使用国字，并用来翻译汉文的经、史等文献，供蒙古贵族子弟学习。

第三节　宗教在西部的交汇

在中国西部地区，由于宗教信仰在民间的深入、普及，以及和民族生成、阶级统治的直接结合，往往使之成为熔哲学观念、人生态度、价值观念、思维方式、艺术文学、民俗风情于一炉的最主要的文化载体。一些宗教徒为了向其他民族传播宗教，也随之将自己掌握的生产知识、生产工具、农牧产品（包括种子）、手工制品、建筑、绘画、科技医药、历算，传入其他民族。在喇嘛教中设有医学部和时轮学部，当喇嘛教传入蒙古，对蒙古医学产生了很大的影响。传教师在翻译传播宗教经典的同时，也译介一些天文、地理、科技和哲学方面的著作。因此，约略了解一下各种宗教在西部的交汇、叠加、变迁、互补，对于中国西部文化双层交汇的特点，可能会有更深的体会。

一、佛教在西部的流变

世界三大宗教都起源于奴隶社会，完善、发展于封建社会。三大宗教都信奉、崇拜一个至高无上的主神，佛教信奉"佛"释迦牟尼，基督教信奉"上帝"，伊斯兰教信奉"真主"安拉。以佛教为例，在中国西部时空的漫长流传过程中，不断汲取各地的宗教及文化，产生了程度不同的变异。

古印度佛教（主要是大乘佛教）于公元1世纪即东汉初年，由印度传入我国新疆塔里木盆地，再传入我国汉族地区和西北一些少数民族中。佛教传入我国中原地区后，一个最大的变化，就是由极端出世型的宗教，适应了中国思想在先秦以来新具有的明显的"人间性"倾向和中国人强烈的入世心理，开始了明显的由出世到入世的转向。这个转向，由于魏晋以来中国社会的动乱，"此世"不足留恋，"入世"未必为佳，表现得还不够明显；唐代中兴之后,蓬勃向上的时代精神和开拓创造的实践活动,使得出世思想愈来愈失去了自己的现实基础,入世转向的速度明显加快,惠能(638—713)所创立的新禅宗也就应运而生。惠能主张立教"直指本心""得意忘言"。对经典主张自由解经而不"死在句下"。修行"在家亦得,不由在寺","但愿自家修清净,即是西方"。禅宗把人的觉悟从佛寺以至经典的束缚中解放了出来,认为每一个人"若识本心,即是解脱"[1]。这实际上包含了宋代大慧宗师"世间法即佛法,佛法即世间法"的意思,是带有革命性的突破。这一突破被社会接受后,使得印度出世型的佛教与中国入世的儒家学说和民族心理取得了相当程度的和谐,使佛教在汉族地区扎根有了思想基础。百年之后,禅宗南岳的百丈怀海(749—814)在《百丈清规》和他所正式建立的丛林制度中,进一步在佛教经济伦理方面有了突破性发展,他一反印度原始的佛教经济理论,主张佛徒不事生产,乞讨为生,即所谓"佛家遗教,不耕垦田,不贮财谷,乞食纳食,头陀为务"[2]。主张劳动和节俭,要求佛徒"常思古人一日不作,一日不食之诫"[3];主张"朝参夕聚,饮食随宜,示节俭也"[4],并且身体力行,"师凡作务,执劳必先于众"[5]。怀海的这一主张,不仅是对佛教经济理论革命性的突破,更是对入世人生哲学的一种认同,实际上是肯定了人在实践活动的价值。主张佛徒应该用一种超越而严肃的精神来尽人间的本分。这符合中国封建社会盛期的现实需要,使佛教在中国生根不仅有了思想基础,而且有了实践的基础。

与此同时,佛教为了在中国站住脚,还要与中国本土的宗教,特别是道

---

[1] 引言均见纪录惠能禅语的《坛经》。
[2] 《百丈清规》卷上"函性章"第九。
[3] 《百丈清规》卷下"大众章"第七。
[4] 《宋高僧传》卷十《怀海传》。
[5] 《五灯会元》卷三"百丈怀海章"。

教相融合。从初期（魏晋）的情况看，佛家像适应儒家思想一样，也尽量迁就着中原道教。研究界所说的这一时期的佛道融合，实际上是佛融于道，佛迎合道。以至于入世的僧人认为"魏晋虽有佛法，而道风讹替"，不合佛教的标准。①

经过隋唐时期的三教鼎立，走向宋明以后的三教合同，在中原形成了以儒家为中心的儒教。佛、道两教形式上走向衰微，实际上佛、道的宗教精神已经渗透到儒教内部。学界所说的宋明理学其实都是外儒内佛，就是指程朱这些理学大师，尽管表面上以"辟佛"者自居，骨子里几乎无一例外地都在佛教禅学中撷取思想养料以滋补自己，也就是明儒黄绾总结性的那句话："宋儒之学，其入门皆由于禅。"② 儒教在中国之成为宗教，应该说多得力于佛道两教为其支柱，尤以佛教的作用为大。至此，可以说，印度佛教在中国完成了第一个层次的向心融合。

公元7世纪，经历了在汉地第一次融合的佛教，通过文成公主经唐蕃古道传入西藏。这前后，尼泊尔尺尊公主出嫁吐蕃，松赞干布同时派人去印度学习梵文，佛教也从南面传入西藏。经过和当地民族文化风习的结合，并与吐蕃原有的苯教进行了长达200年的斗争，终于融合了苯教，形成藏传佛教，即喇嘛教。取得胜利的喇嘛教，实际上汲取了苯教许多精义。善慧法日在《宗教流派晶镜史》"苯教之数理"一节中说，"莲花生（将印度佛教密宗引入西藏的高僧——笔者按）收伏西藏鬼神之后，给他们灌顶，令受三昧耶戒，将他们分为三类，成为世间有利眷属"。实际上隐喻了佛教将苯教的某些神祇和法术容纳于自己神灵世界的做法。旧密咒宁玛派的许多护法神，像差遣非人（驱魔神）、猛咒

---

① 任继愈、季羡林、蔡尚思等：《中国佛学论文集》，陕西人民出版社1984年版，第98页。

② 任继愈、季羡林、蔡尚思等：《中国佛学论文集》，陕西人民出版社1984年版，第111页。

咒诅（诅咒神）和世间供赞（宇宙崇拜神）等都是由苯教神转化的。有趣的是敦煌等地的古藏文写本文书卷中，发现有这样一则祈愿文："嬷嬷敬献发辫一穗，祈赐福寿吉祥！愿得安康解脱！"①嬷嬷是吐蕃时期的苯教女性卜者的尊称，也是赞普的奶娘。嬷嬷成了佛教的祈愿人，这表明佛教已经把职业苯教徒也拉进佛教的行列中了。佛教与苯教在斗争中融合了。

喇嘛教的形成，还和内地佛教密不可分。唐蕃古道在当时应该说是仅次于丝绸之路的、联系中国西部和中原的一条古道。自唐代佛教传入西藏起，汉藏之间的宗教关系一直绵延不绝。松赞干布时，有汉法师安寿大和尚与端美桑布等共译佛经。②赤松德赞时，有入藏汉人后裔"桑布"（禅师之音译）到长安取经，唐朝给予大批经籍。汉僧大乘和尚（摩诃衍）等在逻些传播禅宗，信众极多，连赞普王妃没卢氏亦从和尚出家。781年，唐朝廷应吐蕃请求，派僧人良琇、文素赴藏讲法，两年一换。③824年，又有吐蕃使者到灵武节度使求五台山寺庙图。④特别是中原佛教宗派禅宗在西藏影响很大。有的论者认为禅宗顿悟成佛的禅定，和西藏密教的即生成佛"无有差异"。赤松德赞时，在修建桑那寺时设有禅拿部，专修禅定，与密宗部同列。禅宗虽一度被禁，对喇嘛教的影响却永远深厚。由于唐、蕃文化的交流密切而广泛，汉译佛经在藏地广泛流布，对藏译佛经产生了很大影响。不少音译梵文词语已经成为汉语中的常用词，如"佛""僧""三昧""忏悔""劫难"等。中国佛教中的一些词语，如"坐禅""檀施""偈颂""贝叶"等，其中"禅""檀""偈""贝"可说是半截梵字，而"坐""施""颂""叶"则是汉字。这种连缀起来的梵汉复合词，不正是中印文化交流的历史见证吗？这里还要顺便提及一件有趣的

---

① 黄文焕：《河西吐蕃文书简述》，载《文物》1978年第12期。
② 布敦：《西藏佛教源流》，第79页。
③ 《册府元龟》卷980，"外臣部通好"。
④ 《册府元龟》卷999，"外臣部请求"。

事,不知什么朝代,汉族地区所崇拜的关云长神像,竟也被喇嘛教加以"调化","委为护法神了"①,在桑那寺和扎布仑布寺等地建有其神殿,被藏人敬信祀奉,而且上以"革塞结波"(藏语"格萨尔王")的尊号,将其藏化了。

西藏佛教在长期历史过程中,将印度佛教、汉地佛教和苯教兼容并包,互相融合,产生了自己的特点。正如范文澜指出的:"吐蕃从天竺也从唐朝输入佛教文化,又从唐朝输入汉族文化。这些文化与吐蕃原有的文化融合起来,形成吐蕃文化,或者说吐蕃的佛教文化。"②交融激活了生命力,喇嘛教声威大振,自元代以后,又反转扩展传播到我国其他地区,包括印度、尼泊尔和中原汉族地区,除了藏族之外,还成为蒙古、裕固、锡伯、土、柯尔克孜、门巴、珞巴等中国西部十来个民族的宗教。元以后,汉藏之间的宗教关系出现了新情况,藏地僧人到汉地传法讲经的人反倒多起来。蒙古族统治者多次邀请喇嘛高僧到北京、南京等都城讲法传经。佛教在中国西部的发展传播历史,便是这样呈现出一种多层内射性交融的结构图像。

二、伊斯兰教在西部的流变

伊斯兰教和伊斯兰文化在中国西部的传播也是如此。伊斯兰教大约是公元7世纪伴随着阿拉伯人入侵中亚传入我国的。到了晚唐,回鹘部族从漠北西迁,占据了中央亚细亚,改变了该地长期形成的人种分布图,促成了这些地方文化史上的一大转变期——回鹘部族所携带的蒙古文化和伊斯兰教所携带的西方文化,与随着唐王朝的强大传到这里的中原汉文化交相融合,使得

---

① 善慧法日的《宗教流派镜史》(西北民族学院研究室,1980年10月版),认为这是隋朝三论宗的智者吉藏所为,"大师所调化,委为护法神"。

② 范文澜:《中国通史简编》(第三编第二册),人民出版社1965年版,第485页。

这里的文化原野上开放了前所未见的变种之花。① 回鹘助唐平定安史之乱后，唐与回鹘的关系更加密切，往来或居留唐地的回鹘人日渐增多，唐人入回鹘地区的也很多，唐文化给予回鹘之影响也愈加显著。到公元 10 世纪，伊斯兰教为了在中国扎根，一方面自觉地汲取儒家思想，以逐渐适应中国封建社会的需要；一方面它的中国信徒本系世代接受儒家文化熏陶的百姓，使回教在接受儒家影响时，有了群众基础。自唐初穆斯林来华，历经唐宋元明四朝，中国穆斯林积极认真地学习古老的汉族文化，世代接受儒家思想文化的熏陶，涌现出一大批学习、宣传、研究儒家文化的哲学家、文学家、艺术家和诗人。其中，像王岱舆、马注、刘智、马德新及蓝昀等中国伊斯兰教学者，被称为"怀西方之学问（指伊教），习东土之儒书"的"回儒"，他们甚至可以说是儒、释、道、回"四教兼通"的宗教学者。积以时日，使得中国伊斯兰教成为伊斯兰教中具有特色的一支。这个特色，最主要的就是中国儒家文化对其之渗透。据冯今源《从中国伊斯兰教汉文译著看儒家思想对中国伊斯兰教的影响和渗透》②一义介绍，这种影响在哲学上的表现有四点：

第一，儒家客观唯心主义世界观和伊斯兰教"认主独一"的教义结合起来，原则上接受了理学家们关于太极说中万物统一于五行，五行统一于阴阳，阴阳统一于太极，太极本无极的说法，创造了"真一"说。伊斯兰教学者所说的"真一"，同理学家所讲的"太极"一样，本身虽超绝于一切时间、空间，无动无静，是普遍而永恒的存在，但一切事物的生灭动静，又都是"惟兹实有"的真一作用的结果。

第二，将儒家格物致知的认识论搬进自己的著作，为解释教义服务。马注在他的《清真指南》中专门讲了"穷理"和"格物"的问题。刘智在《天

---

① 羽田亨：《西域文化史》，耿世民译，新疆人民出版社 1981 年版，第 83 页。
② 甘肃省民族研究所：《伊斯兰教在中国——西北五省（区）伊斯兰教学术讨论会（兰州会议）论文选编》，宁夏人民出版社 1982 年版，第 257—281 页。

方典礼择要解》卷三《识认篇》中也谈到他对格物致知的认识。他们接受了朱熹关于认识主体是人心的知的思想，提出"万物之理，莫不尽讨于人""心能格万物之理"。他们也接受了"天下之物，莫不有理"这一认识对象是事物的理的思想："天有天理，人有人理，物有物理。理之与物，盖若意之与字也。"他们也认为认识事物的方法在于格物，认识事物的目的在于穷理："夫致知格物，乃万学之先务也。不能致知格物，而曰明心见性，率性修通，皆虚语也。"他们同样认为，格物要通过具体事物。刘智说："盖凡天下之物不出二端，有有形者，有无形者。有形者，以形色见之；无形者，以踪迹推之。天下无不可识之物矣。"只要通过具体事物的形色、踪迹去格物致知，天下就没有不可认识的事物。他们也接受了朱熹关于通过已知之理推论未知之理的思想，提出："今夫见草木之偃仰，而知有风；睹绿翠之萌动，而知有春；视己身之灵明，而知有性；参天地之造化，而知有主。必然之理也。"所不同者朱熹的"穷理"是无穷尽的，认识具体的物，并不能掌握真理的全体，因而需要求助于积累到一定时候产生的"顿悟"，这就带着一定的禅宗的色彩；而伊斯兰教学者的"格物致知"却更简明："我不见一物则已，第见一物，便认得主。"更符合伊斯兰教"认主独一"的基本教义。

第三，将儒家"人性论"的论述作为自己立论的根据，用来为信真主、信使者（穆罕默德）的伊斯兰教信仰服务。孔子的"性相近也，习相远也""惟上智与下愚不移"，孟子的性善说，董仲舒的性三品说，一直到朱熹的天命之性与气质之性说，在中国伊斯兰教汉文著述中都有反映。如"性即圣，性本善也；命即主，习相远也。经之，知性贵乎知其性之根也；知命贵乎知其命之原也"；"知性知命，认主之道也。儒孟子谓。知其性则知天矣"。（《天方正学》卷四《性命发明》）

第四，将儒家"三纲""五常"的伦理道德观接受过来，与伊斯兰教的天命五功并列。他们将先秦孔孟讲君臣、父子、兄弟、夫妇、朋友五伦，称为"五典",作为"天理当然之则,一定不移之理"的"常经",与本教的天命五功相表里:"圣教立五功,以尽天道,又立五典,以尽人道者,天道人道,原相表理,而非二也。"他们认为,只有尽心维护这种所谓"人道五典"的封建秩序,又能坚守"天道五功",才算完成了做人的任务。这就是"天道人道尽,而为人之能事毕矣"的实际含义。这样,中国伊斯兰教学者就将伊斯兰教的教义改造成为我国封建统治的理论基础的一个组成部分。

冯今源在将中国伊斯兰教汉文译著中有关哲学上的一些基本观点拿出来,与儒家思想做了上述简要的对比之后,得出了这样的结论:"我们走进中国伊斯兰教汉文译著的大门,打开它的哲学之窗,发现里面陈列的那些伊斯兰教珍品上,大多盖有中国儒家的印记——不仅有儒家的语言,更有儒家的思想,尤其是以朱熹为代表的宋明理学的思想。……打开它的教义之窗、典礼之窗、民常(包括饮食、衣饰、婚姻、丧葬等)之窗、语言之窗、寺院之窗等等,也同样会发现这种儒家印记。如果我们将这些译著与传统的伊斯兰教义加以比较,同样会发现,中国伊斯兰教学者们并没有机械地照搬《古兰经》中对造物主的那些平铺直叙的简单肯定和赞词,也没有满足于重复伊斯兰教传统教义中那些简单的善恶伦理道德说教。他们用儒家的思想、儒家的语言系统地研究、整理伊斯兰教教义,使之进一步系统化、理论化,从而使这些教义愈趋具体、完备并更富于哲理性,带有中国哲学的风格和特色。这就不能不使我们得出这样一个结论:中国伊斯兰教确实受到儒家思想非常明显的影响和渗透,而这正是中国伊斯兰教区别于其他国家伊斯兰教最突出的一个特点"[①]。而这个特点一旦形成,中国伊斯兰教又在朝西部的逆向流传中,对儒家文化渗透到西部各伊斯兰教民族中起了促进作用。

---

① 甘肃省民族研究所:《伊斯兰教在中国——西北五省(区)伊斯兰教学术讨论会(兰州会议)论文选编》,宁夏人民出版社 1982 年版,第 275—276 页。

三、基督教等在西部的流变

以基督教为例,古罗马君主坦丁堡大主教聂斯托里及其追随者创建的"聂斯托里派",传入波斯和西域(包括我国新疆)一些地方,唐贞观九年(635)传入中原,取名景教。唐太宗为之建寺,名波斯寺,唐玄宗时更名为大秦寺,唐代建宗二年(781)在长安立《大秦景教流行中国碑》,可以说完成了第一个层次的内射。唐武宗以后,因尊崇道教,景教遭到禁止,便由长安流布到喀什噶尔、叶尔羌、凉州、西夏以及部分蒙古族居住地区。蒙古语将基督教统称"也里可温",意为"有福缘的人"。清代学者洪钧认为"也里可温当即景教之遗绪"。① 这就是第二个层次的内射了。

文化的交流、影响、结合,是非常复杂的社会现象,常常不是用清晰的内射层次能够表达明确的。文化的传播,常常像声波一样在漫长的时间、空间中折射、回应、交混、消失。因此,共时地看我国西部出现过多种宗教文化混成的教派,如唐代在我国回鹘民族中广泛传播并有许多教徒移居内地的摩尼教,就是集佛教、祆教和基督教教义而成的。这个教派曾被1120年的方腊起义用作组织形式。历时地看,中国西部各民族的宗教信仰也不是一成不变的,往往随着历史的演变、民族的交往和各种宗教的传播而变化。例如蒙古族早期主要信仰萨满教,后来部分改信佛教或基督教("也里可温"),最后信奉喇嘛教。也有少数蒙古人改信伊斯兰教的,如阿拉善旗和额济纳旗的蒙古回回。我国西北的维吾尔等民族早期也信仰萨满教,8世纪中叶,摩尼教传入,维吾尔族改信摩尼教。从回鹘西迁到11世纪,佛教也在维吾尔族中盛行,10世纪以后,伊斯兰教传入维吾尔族中,直到16世纪,维吾尔族才完全改信伊斯兰教。这种宗教的融合和信仰的变迁,既是中国西部各种文

---

① 洪钧:《元史译文征补》(卷29),见《元世各教名考》光绪二十三年(1897)刻本。

化流脉交融和文化板块结合的重要表现，又是对这种交流和结合的有力促进。

有的时候，宗教信仰的这种变化，甚至导致整个民族文化的完全改观，使民族成分发生变化。在西部，有些汉族改信伊斯兰教以后，就同化在回族之中。最典型的例证是青海省化隆回族自治县卡力岗地区的"昔藏今回"的民族学现象。在这个地区的德恒隆乡和阿石隆乡有59.2%的回民（80408人）使用典型的安多方言，保持着浓厚的藏族的风俗习惯，却又和其他群众一样信奉着伊斯兰教。他们原来是地道的藏族，信仰传统的喇嘛教，后来由于宗教信仰的改变和族别的变异，才成为回民的。这个地区的回民居住区，不但保持着藏族千户、百户、百长部落制度的历史印痕，而且至今保留着许多类似藏族的生活习惯，如婚嫁仪式、迎客礼节、茶具、炊具的构造和使用，以及拣晒牛粪、割贮青草、妇女背水等生产生活方式和房舍建筑特点，都与藏民极为相似。在卡力岗地区，这部分回民被称为"哦回"（藏回）。此外，这里还有"加回"（汉回），指历史上由中原迁入的汉民变迁为回民的那一部分。藏回、汉回和土著回族和谐地生活在一起，组成一个民族共同体。卡力岗可说是中国西部文化结构的一个小小的切片。

第四节　艺术在西部的交汇

东方和西方文学艺术在中国西部的交融，不但为古往今来的历史家和文艺家所认可，而且一直是中国史学与文艺学热衷研究的重要课题。如羽田亨在《西域文化史》中所说的，在中国西部这块文化处女地上播下的所有种子都得到了发育生长。在这些不同的文化之间，随着时间的推移，自然产生了融合混成之势。在唐以前，西域人和汉人各保有自己的传统文化，从而未能表现出明显的融合，到中晚唐时代，出现了摄取西方系文化和东方系文化两种文化的新的合成状态。这方面材料十分丰富，囿于本书的主旨，我们只拟从各文学艺术部类摘取一些例证来说明。

一、文学的共生和交融

文学方面。例如，随着摩尼教在中国西部的流行，古希腊的《伊索寓言》曾翻译到我国，在回鹘人中流传过。[1] 日常生活中的占卜，也是使用东西方两个系统的方法：一方面从基督教《圣经》中随便选出一些文句，以此来占卜吉凶祸福；另一方面也输入了中国易卜的知识。[2]

作为中印文化在中国西部交流的重要文献，唐代玄奘留下的重要著作《大唐西域记》，已经受到史学家的重视，但是，从文学渊源的角度对这部著作进行研究还少有展开。王家广在《中印文化交流与法相宗》一文中提出了这样的见解：我认为我国著名的古典文学著作《西游记》与《西域记》（指《大

---

[1]《高昌出土突厥语摩尼教文献》（Ⅲ），第33页。
[2] 羽田亨：《西域文化史》，耿世民译，新疆人民出版社1981年版，第87页。

唐西域记》）有密切的关系。虽则《西游记》并未直接从《西域记》取材，而书中几个典型人物也完全出自作者的创造，故不能说《西游记》是从《西域记》脱胎来的。《西游记》问世以前，"唐僧取经"的故事在民间尚有广泛的流传，这跟《西域记》以及玄奘本人的亲身经历有关。《西域记》中所历述的灵异佛迹，种种怪异，对《西游记》作者无疑有很多的启发、影响，进而唤起创作想象是完全可能的。《西游记》中的某些情节，如对流沙河等等的描绘，我们可以从《西域记》中摘抄几段来与之对照。……我们可以说，由于"唐僧取经"促进了中印文化的交流，其结果是，在史学界获得了一部《大唐西域记》，在文学界获得了一部《西游记》。①

"我们从佛经文学中，还可以看出中印两大民族在神话故事的创作上，有许多共同的特点，使人发生极大的兴趣。"王家广指出关于"月兔"和"吴刚伐树"的传说，中印两国都有，只是内容稍异而已。晋人傅咸的《拟天问》有句："月中何有？玉兔捣药。"《法苑珠林》就记载有："复何因缘月宫殿中有影现？此大洲中有阎浮树，因此树故，名阎浮洲。其树高大，影现月轮。"依《西国传》云："过去有兔，行菩萨行。天帝试之，索肉欲食。舍身火中。天帝悯之，取其焦兔置于月内，令未来一切众生举目瞻之，知是过去菩萨行慈之身。"他指出，关于"龙"的传说，也有"中国龙"和"印度龙"两大派系的区分。"龙"，梵语"那伽"，长身无足，蛇属之长也，八部台之一，有神力，变化云雨。《智度论》曰："那伽，秦言龙。"中国龙，质朴，近乎写实，带政治色彩，演世间生活；印度龙超凡出世，一派浪漫情调。龙的传说在中印两国流传，各自带上了自己的民族文化色彩。从神话看，可以说是龙王联宗，月兔同种。

美国学者W.埃伯哈德在概述他研究中国民间故事的结果时，发现其中的

---

① 任继愈、季羡林、蔡尚思等：《中国佛学论文集》，陕西人民出版社1984年版。

文化交流有三种情况：（一）东亚本土的民间故事，大多见之于中国古典文学。（二）印度民间故事，从公元1世纪起随佛教经中亚传入中国。（三）只在东南沿海流传的民间故事，14世纪之前中国文学作品未曾涉及，这些故事源出于近东。其中，第二种情况在中国西部是很常见的。[1]

新疆民间传说与中国史书暗合之处也不在少数。据西部作家杨镰介绍，新疆有这样一则传说：颟顸的国王听农民申诉由于天气关系，棉花收成很坏，便自以为是地说："你们为什么不种羊毛呢？羊毛不怕旱涝呀！"这和中原地区晋惠帝司马衷听老百姓没粮食吃就吃惊地问："你们可以吃肉羹呀，干嘛挨饿？"真是异曲同工。北京的钓鱼台、花园村和魏公村这三个地名，都是因维吾尔族人而起的，具有六七百年的历史了。钓鱼台本是元世祖宰相廉希宪的花园，廉是世居新疆的维吾尔族人，爱花成癖，带动了附近的居民养花，钓鱼台——廉园一带就被称为"花园村"了。魏公村实际是维吾尔村的讹读，即畏吾村，是元代新疆维吾尔族人在北京的主要居民点。元代第一流散曲家贯云石就在这里出生，他是用汉语写作的维吾尔族人。他在一首散曲中写道："靠蒲团坐观古今书，赓和新诗句。浓煎凤髓茶，细割羊头肉。与江湖做些风月主。"汉语用得熟练、流畅、清新，反映的却是维吾尔族习俗，把新疆人的气质注入作品中，为元曲带来了一股新风。[2]

二、造塑艺术的共生和交融

绘画方面。在中国西部各地残存的千佛洞（突厥语叫明屋，Ming-Vi）和各处佛塔废墟的许多绘画雕塑中，都可以看到犍陀罗美术及其遗风。研究犍陀罗美术的权威、法国学者符歇（Foucher）认为，这种美术是印度的感

---

[1] W.埃伯哈德：《近东和中国民间故事研究》，载《中外文学研究参考》1985年第5期。

[2] 杨镰：《中国西部文明与西部文学》，载《中国西部文学》1985年第6期。

情与希腊美的协调的结合。自希腊大夏朝之德米特里乌斯王将自己的势力扩展到兴都库什山脉以南以来，二百年内希腊人统治着包括犍陀罗在内的喀布尔河流域。他们对当地文明采取了容忍的态度。后来，这里成为佛教信仰区，他们在钱币上印法轮、佛像，并用莲花、菩提树和塔作为佛教的象征，作为图案装饰，逐渐发展成为一种有独立风格和内容的艺术，影响遍及亚洲各地。这种艺术传入中国西部之后，又融入了当地的审美趣味，最后还受到中国中原美术的影响。所以符歇又进一步提出，犍陀罗美术的形成仅仅看到希腊文明与佛教的结合是不够的，他提出，还要考虑到工艺家、施主和有关制作定购三种要素。施主应为佛教徒的印度人。从雕像的头发，椭圆的颜面，鼻梁与额成直线，以及其他眼、口、衣褶等特征都有希腊风来看，工艺家应是希腊人，尤其是佛陀蓄发这一点与佛典不合，但又很难认为纯粹的希腊工匠能这样深入地体会佛教的宗教感情，极可能是由东方化的希腊人和印度人的混血美术家所制作，结果这种美术，既不是纯希腊风也不是纯印度风，而是两种融合后的第三种美。①

在考察佛教艺术的外表"基因"如何与本土固有文明结合时，不外乎要从内容与形式两方面来着手。当外来题材要在敦煌传播时，它首先要表现为群众所喜闻乐见的形式。新题材的一些固有仪轨用本土形式、技法来表现，必然要出现"变态""奇异"，这是很自然的。新题材的出现刺激了传统技法的发展。时代的变迁，中原文化不断的影响，外来关系的变化，也使犍陀罗艺术不断地变异、发展，表现出一种在佛教艺术基础上，以固有的审美习惯、布局结构、制作经验为主体的融合趋势。我们可以由西往东看它的融会变迁。

新疆西部少数民族聚居地的绚烂美丽的龟兹壁画，主要是克孜尔千佛洞

---

① 羽田亨：《西域文化史》，耿世民译，新疆人民出版社1981年版，第69页。参考符歇《佛陀的早期图像》（日文资料）。

的壁画，其发展可分为三个阶段。第一阶段，形成期，4至5世纪，初期壁画较多吸收了外来的艺术手法，人物形象也存在一些印度壁画的特征，与本地民族风格并存。第二阶段，繁盛期，6至10世纪，具有鲜明的当地民族风格，内容更为丰富多彩，艺术水平达到了前所未有的高度。第三阶段，衰微期，10至13世纪，回鹘人带进了摩尼教，佛教统治地位下降；但由此地传往中原的佛教艺术，在吸收汉族艺术传统之后，在这时又回流到西部。龟兹的艺术家们大量吸收了汉风壁画技巧，并构成龟兹回鹘时期壁画的重要特色。据《新疆艺术》1984年第6期袁亭鹤的文章《龟兹风壁画初探》中介绍，在克孜尔千佛洞的壁画中，佛像造型具有三类风格：一类是额骨宽扁高朗，系龟兹风人物（据玄奘《大唐西域记》屈支条记，龟兹人常用木头压孩子的头，使其宽扁）；一类是面型丰肥、渠眉距离窄，眼细长略方上斜，系汉风；一类是人物脸略长，眉眼距宽，眼眶大，鼻高直，系印度风。在龟兹风壁画中，可以鲜明地看出上述三个时期的发展过渡，也可以看到中、印、西三种文化并存的画窟。如79窟内有汉、回鹘、龟兹三种文字的题记，证明在很长一段时期内这三种文化的并存及其逐渐的融合，产生了新的壁画风格。这里壁画的色彩也像唐晚期一样，用大面积的白底，人物花纹设色淡雅，但人物形象却与唐风有较大距离。盛唐时期吴道子创造了鲜明的个人风格，它设色简淡，着重线的表现力，被誉为"吴装"。在中原，"吴装"的壁画与重彩形成一种并行的画派，并逐渐传到高昌、龟兹，被当地融入自己的传统之中。

往东，在吐鲁番能看见佛教艺术反映当地民族文化和汉文化相融合的形态。而进了阳关、玉门关，佛教艺术就到了这个有较高封建农业与封建文化的汉族聚居区。一方面，矜庄、沉思、稳重的佛教，给处在战乱频仍中的民众一个宁静、和谐的虚幻境界，所以广被汉人接受；另一方面，塑造这些佛像的汉地工匠，却是带着汉族传统的审美习趣、汉族泥塑惯用的构思、设色、技巧来进行艺术劳动的。他们塑造深居于"兜率天宫"里的"弥勒菩萨"，但谁也没有见过"兜率天宫"是什么样子，便将汉时的宫阙殿堂、楼台亭阁搬进了天宫。

在艺术技巧方面，史苇湘在《敦煌佛教艺术产生的历史依据》①一文中多次谈道：从敦煌的建筑布局所显示的肃穆的对称统一的秩序感来看，和天竺地方、西域各地的石窟有明显区别，是"左昭""右穆""天下尊于一"等汉族宗法社会和封建皇权理论形成在佛教石窟中的应用，从故事画多横卷式处理，并以人物为主，配上榜题，常采用"人大于山""附以树石"的构图方法看，很容易使我们想起汉武梁祠画像石的传统，著名的《萨埵那舍身饲虎》一画，主要人物萨埵太子的形象，五次出现在画幅上，每出现一次，都以人物为中心组构一个情节，整个故事的全貌和情节发展所需要的时间、空间，全是用人物活动形象地表现出来。这种构图，在汉武梁祠画像石，南阳、徐州、沂南诸地画像石上不难看到它的依据。从本生故事壁画中人物车马与空间的关系看，又使我们浮现出汉画像石《荆轲刺秦王》《孔子问礼于老子图》等画面。

三、乐舞的共生和交融

乐舞方面。据牛龙菲的《敦煌乐史资料概论》②所叙，在中国乐史上，自远古起，"西音"一直领导着潮流。春秋"雅"声大作，"雅"也是中国西部之乐。秦汉以来，"西音"与"南音"结合。降之魏晋，陇右河西，形成了一个声名显赫的地方性乐舞流派——西凉乐。隋朝开国，西凉乐被尊为"国伎"，历代十分看重。南宋郑樵《通志》云："凡是清歌妙舞，未有不从西出者。""国家之乐，本在酒泉"，"唐时唯西音最盛"。直至清代，

---

① 载《敦煌研究》1981年第1期。
② 载《新疆艺术》1984年第6期。

仍认为"高调依然在五凉"。西凉乐是传存楚汉音乐文化而又有所发展的隋唐时凉州之地的地方性乐舞流派。敦煌更是中西音乐文化交流的咽喉,这里有许多文献记载着古河西陇右之地,作为中国文化的源头之一,作为华夏之声西播的前沿,作为西域文化东渐首站的重要地位。

从秦汉、魏晋时代,内地与西域在乐器方面的交流值得提出的就有好几种,如巴比伦、埃及长颈琵琶经西亚、中亚传入中国之后,秦地之民便以原先固有的乐器观念,称其为"弦鼗",后又俗称其为"秦汉子",今谓之"三弦"。同时,中国内地的"鼗鼓",作为古代神话系统的法器,后来夏、商、周三代的礼器,楚汉音乐文化的代表性乐器之一,输入中国西部之后,又远播中亚、西亚,至今还是萨满教和藏传密教的法器。在秦末迁居西域的汉朝班壹,将中原军乐"短箫铙歌"和西域音乐"鸣笳"结合起来,创立了世界乐史上新型的军乐组织形式——"旌旗鼓吹"。后来这种旌旗鼓吹又因张骞出使西域,而回授返输中原。龟兹民族乐器长颈直项五弦无品柱琵琶也是先秦"击筑"以及汉五弦之琴演化而来的,并径被称为"秦汉"。西域三十六国,楚汉文化深泽其地。龟兹之国汉化尤深。其歌舞伎乐,当年虽蒙"非驴非马"之讥,后来则获"特善诸国"之誉。汉晋时,中原乐人创制的"阮咸琵琶"传入西域、西突厥的"碎叶"地区,并改造为"碎叶琵琶",这种属于"西国龟兹"之部的乐器,显系"阮咸琵琶"的变体,后又回授到内地。现在早已绝迹的古波斯乐器"竖箜篌",古印度乐器弯琴("凤首箜篌"),以及古天竺乐器"梵贝"(类似于今天的螺号),在敦煌壁画中留下了它们的形象和踪迹,证明了当时中、西、印三大音乐文化在这个地区的交融。

从音乐创作看,当时流行于西京的著名的大曲《摩诃兜勒》是中原音乐与西域音乐结合的产物。《摩诃兜勒》在深受西亚、南亚和中原内地文化多重影响的中亚文化区产生,其名即由梵文"Mak"(摩诃)——"大",和阿尔泰系突厥语族之蒙古语"dor"(兜勒)——"歌曲"二词组合而成。"摩诃兜勒"——"大曲"，是能歌善舞之西域兄弟民族由游牧迁徙转入农耕定居生活后产生的曲式。它吸收了汉族音乐文化，保持了中国古代之"广东"长夜乐饮乐思连绵不断，如春蚕吐丝，如金线织锦的线性飞动之美；又融合了西域兄弟民族集体舞舞姿奔放热情，如雄鹰展翅，如羚羊腾跃的刚劲强健之力。二者之结合，才是"大曲"。今天新疆的"木卡姆"，正是大曲的遗风。

舞蹈方面。以唐代为例，当时的舞蹈，除《破阵乐》是以战斗为内容的武舞以外，主要有软舞和健舞两种类型。软舞，即阴柔风格的抒情性舞蹈，多系以汉民族传统风格为基础，也糅杂有经过汉化了的外来乐舞因素。而健舞，则大多从西域诸国传入，在加工改编中糅杂汉族乐舞而成，有的是原封未动的外族民间舞蹈。健舞大都含阳刚之气，大都雄健有力，有急速的旋转动作。伴奏乐器中，鼓起着主导作用。著名的有《阿辽》《剑器》《胡旋》《胡腾》《柘枝》等舞。现代的维吾尔族和哈萨克族舞蹈中还能看到唐代健舞的遗风。盛唐时期，西域胡舞几乎是处于压倒内地舞蹈的优势。许多诗人描绘过作为文化交流结晶的各种健舞的舞姿。如白居易的《胡旋》："胡旋女，胡旋女，心应弦，手应鼓。弦鼓一声双袖举，回雪飘飘转蓬舞。左旋右旋不知疲，千匝万周无已时……"李端的《胡腾儿》也以这样的诗句记录了《胡腾》舞："胡腾身是凉州儿，肌肤如玉鼻如锥。桐布轻衫前后卷，葡萄长带一边垂。"舞蹈者在舞乐前奏之后，用本族语言向观众致辞，然后再在舞毡上起舞。《柘枝》除双人舞外，还有单人舞或五人舞不等，宋代已发展成十人以上的集体舞蹈。北宋宰相寇准会客必舞《柘枝》，每舞常竟日方休，被人称为"柘枝颠"。当时的风气，如元稹《法曲》一诗所写的那样："女为胡服学胡装，伎进胡音务胡乐"，"胡音胡骑与胡装，五十年来竟纷泊"，大有20世纪80年代西方现代服装和音乐舞蹈席卷东亚大陆之势。这就反照出当时中西陆上文化交流的盛况。

第五节　由交流到振兴

——中外文化史的一个规律

任继愈先生指出："融合是民族文化发展的规律。""文化发展，是不同地区的文化，不同民族的文化，不断融合的过程，同时也是不断分化的过程。停滞不动的文化，既不融合也不分化的文化，是考古的对象，不是活着的文化。"[1]他在回溯了我国历史上的四次民族文化大融合之后，又强调："民族为了生存，为了发展，就不可避免地与其它地区的文化发生交往。绝对自给自足的自然经济，在今天，对一个正常发展的民族、地区、国家来说，是不可能的。哲学思想、文化生活也是如此。文化的融合，开始众派分流，然后汇成巨川，最终汇归大海。一个现代化的民族、现代化的国家，不可避免地要吸收外来文化作为自己的营养和补充。"[2]这是对人类文化史的规律性总结。在中国和外国，凡是融合色彩强烈的文化，凡是重视文化融合，对融合能够因势利导的民族，文化的发展常常呈现出蓬勃的生命力，在世界和历史文化格局中构成生机盎然的一元。从历史发展的纵线看，中国汉唐，作为各民族文化交融最活跃的时代，在中国文化史上出现了前所未有的高峰，上面已经多次谈到。

一、海洋文化在交流中活跃——地中海、日本

从世界文化格局看，凡是创造了文化新态势的地区，也莫不是交融的结

---

[1] 任继愈：《民族文化的形成与特点》，见丁守和、方行主编：《中国文化研究集刊》（第二辑），复旦大学出版社1985年版，第5页。

[2] 任继愈：《民族文化的形成与特点》，见丁守和、方行主编：《中国文化研究集刊》（第二辑），复旦大学出版社1985年版，第7页。

果。这方面，我们可以举海洋文化区和现代城市文化为例，希腊、罗马、斯堪的纳维亚诸国，英吉利、日本都是典型的海洋国家，人民栖息在半岛或群岛上，享有海运之便，商业发达较早，人员交流频繁，文化心理较为外向，文化系统处于一种比较动态和开放的状态。埃及、巴比伦与希腊间，希腊与罗马间，多次发生就古代而言规模巨大的文化交融现象，以致世界史学界已经开始采用"东地中海文明区"的概念。

日本文化是通过对外来文化的大量吸收而创造性地建设了既不同于中国，又不同于西方的独特的文化格局的。日本历史上曾经有过两次学习外来文化的大高潮，都获得了极大的成功。第一次是6世纪到8世纪，中国文化大量输入日本，出现了被史学家称为"全盘汉化"的时期，其结果是迅速走上了封建化的道路，完成了一次重要的社会飞跃。第二次是19世纪中叶的"明治维新"时期，为了摆脱当时的民族危机，迅速赶上西方的科学技术水平，日本社会又经历了一次"全盘西化"的过程，结果同样取得了巨大的成功。不仅海洋文化如此，"西方文化"作为一个整体概念，本身就是融合希腊文化、犹太文化、罗马文化、日耳曼文化才发展起来的。在这一发展过程中，也曾经反复出现过尖锐的文化冲突时期。

二、城市文化由兼容到振兴——上海、纽约

现代城市文化，几乎都具有对古今中外各种文化的兼容性。上海地处江、浙、皖、赣传统文化发达地区的边缘。历史上这里人文荟萃，名物繁盛。在上海形成巨埠的过程中，这些文化曾大量向上海集聚。同时，上海又是近代中国被西方文化渐浸渐涂的首冲地区，大量西方文化在此驻足，然后扩散全国。在这种古今中外文化大交融的过程中，合乎近代生活的传统文化被保留，能为中国人接受的西方文化也被移入。在有的文化层次中，多种文化因素同时并存，如话剧、电影与京剧、昆剧、越剧、粤剧竞相争艳。而在有的文化

层次中经过多年的熔炼，产生了独特的综合型文化样式，如"海派画""海派戏"。上海的文化除了国内、国外多元交融，还鲜明地融进了现代商业贸易经济活动的特征，具有较强的功利性。在上海，如连环画、月份牌画等美术形式的发展，无不与商业有关。在人们的文化心理中，也深深地铭刻了注重效率、惜时如金、讲究实效的倾向。在人际交往中比较注重权利与义务，而对道义原则显得淡泊。功利主义是一种近代精神，它使上海城市文化率先在中国冲破了儒教礼仪伦常的束缚，率领了中国近代文化的革新，应该说是历史的进步。自然，功利主义也造成了种种文化陋习，如重利轻义对文化感、道德感的冲击，这是需要摒弃的。百年来，上海文化构成了一个多元复合体。不同的地缘、业缘、阶级、阶层，产生不同的心理特征、志趣爱好和价值取向，这种不同的文化认同在他们中间产生不同的文化，在上海市内，文化也表现出不同的社区区别。像原来的棚户区和租界区，绍兴人和江北人，以及工业区和商业区的文化气氛和民主素质都显示出微妙的区别。有的地方甚至强烈地遗留着移民来源地区的文化，至今还使用母地语言、习俗和特定的娱乐、社交方式。

还可以看看美国的纽约。纽约曾是美国最大的移民口岸。人是文化的活的载体，风俗、礼仪、衣食住行等制度性文化藏载在人的知识结构中；宗教、哲学、伦理、法律等理念性文化凝聚在人的精神活动中。因而从各地来的人口聚居在城市里，不仅产生了经济效应，而且产生了文化效应。这种文化传输带来各地各民族的文化形态，使城市文化丰富多彩。这使纽约在数百年间成为美国新大陆文化的代表。近年来美国西海岸城市洛杉矶、旧金山大量吸收了亚洲、美洲的各国移民，又在形成一种新的美国"西部文化"。巴黎、伦敦目前也有这种趋势。巴黎居民占法国人口1/5，绝大多数是非自然增长的人口，他们从法国各省以及非洲、亚洲带来了母国文化，使当地的文化呈现出一种国际化的趋势。旅行者和从事经济活动的城市流动人口造成异质文化之间的直接接触,给城市带来了独特的生活方式和文化习惯。他们的需求刺激了当地的文化设施,他们的思想和行为方式也必然影响当地的文化规范。可见,在多种文化传统中摄取滋养物,是城市文化发展的必需。①

从世界的发展趋势看,必将是各种文化之间的相互渗透、相互影响的加强。而一个民族文化在未来的前途,很可能取决于在交流、融合中的开放性、适应性和应变性。在我们的文学艺术创作和研究中,注意到中国东部沿海地区文化的这一特点,却相当长期地忽视了中国西部文化同样具有这方面的特点,而被近代以来西部地区闭塞、落后的现实存在羁留了我们的眼光、思路和笔墨,使得我们对于潜藏在西部生活和历史深处的开放、交融、开拓的文化品格发掘不够,对这种文化品格在当代精神的触发下的苏醒与萌动感知不够,对这种重新萌动的文化品格已经给予和将要给予我国西部地区文学艺术的深刻影响认识不够,自然也就无法完全地估价新时期以来这个地区创作和理论研究新动向的真正的文化意义和艺术思想意义,以及西部文艺在发展中不可限量的生命力。这正是我们在本书中较长篇幅从历史进程中分析中国地区文化多层内射交汇特征的原因。

---

① 李天纲、苏勇:《现代城市文化断想》,载《复旦学报》(社会科学版)1986年第3期。

第四章
中国西部生活精神

第一节 对西部生活精神的不同理解

西部文学是一种文学创作的群落性现象，它由作品和理论两部分构成实体，但它首先是一种精神体现。它有自己的题材、主题空间，形象活动空间，生活氛围空间，以及语言和表现手段造成的艺术空间，但它首先具有自己的精神空间。正是这种精神空间，一种流贯于西部文学创作主体和生活客体中的精神气质和风骨，将它和别的文学实践区别开来。因此，有同志称西部精神为西部文学之魂。

一、分清两个概念：生活精神和艺术意识

什么是西部精神？有人主要从创作主体的角度理解，指作者在感受、认识和再现西部生活时的思想艺术追求，即作家通过作品表现出来的艺术精神。有的则认为西部精神主要是指深含在西部生活和西部生活实践者身上的精神气质。由于理解不同，在研讨中便产生了这样那样的混乱。我个人倾向于从客体的角度来理解西部精神，或曰西部生活精神。西部生活精神决定了西部文学的内在品格，也是西部作家艺术追求形成的基础，这是首先应该谈的。不谈，西部文学的审美特点云云，就成了无本之木、无源之水。

但是，艺术家主体的精神气质也需要谈。任何艺术作品都是特定生活在特定作家头脑中的反映（或在特定作家意识中的感应，感情中的和鸣）。不经过创作主体对象化的现实生活，不能直接构成作品。创作过程，是主客体互相进入和溶化的过程，艺术家主体精神也是决定作品内在品格的不可或缺的要因。就作品风格特色的形成看，甚至起着决定性的作用。我想用"西部艺术意识"这个概念来表达它。

这样就有了两个概念：西部生活精神和西部艺术意识。西部生活精神就是蕴含在西部社区生活中的精神特质，西部艺术意识就是艺术家意识到这种精神的自觉程度。我们将在本章与下章中分别探讨。

西部生活精神，是在西部自然地理、人文地理的客观背景下，在漫长的社会实践和文化积淀的过程中（这是我们在第三章所谈的），胶合着现实的时代精神逐步形成的。它实际上是一个地区、一个民族文化心理各种素质的总和。所谓民族或地域文化心理素质，是一个民族或一个地域人民生存条件的内化，是观念形态的文化在民众心理的凝结沉淀，是由共同的文化背景陶冶而成的相类的基本人生态度、情感方式、思维模式、致思途径和价值观念等等诸方面经过漫长的趋同和类化过程之后构成的有机整体结构。在共同的文化背景中，历史形成的共同的生存条件是基础部分，它包括人与自然的关系，地域民族内部的人际关系和社会关系，以及与他地域和他民族的关系。自然环境、社会关系创造了文化，文化又塑造了人，塑造了人的心理素质。

民众文化心理素质可以说是由一系列不同时期的沉积层形成的。法国艺术哲学家丹纳提出了构成民族特性的"原始地层"概念，认为"在最初的祖先身上显露的心情与精神本质，在最后的子孙身上照样出现"。[1] 瑞士心理学家荣格提出了"集体无意识"的概念，认为史前史的人类心灵中潜藏的这种无意识对精神发展起着极大的作用。我国有的论者用唯物史观对这些见解加以改造，提出了构成民族文化心理素质的原初形态的"原始—古代"积淀层的概念[2]，认为古代社会形成的历史途径是民族文化心理素质的基本特点得以形成的关节点。在民族文化心理素质的"原始—古代"积淀层之上，同时又与这一积淀层紧密联系，交织着各个历史时代的心理积淀。每个时代的

---

[1] 丹纳：《艺术哲学》，傅雷译，安徽文艺出版社1991年版，第448页。
[2] 许苏民：《民族文化心理素质是不同文化类型的基本内核——兼论中华民族现代化文化心理素质的建构》，载《江汉论坛》1986年第10期。

民族心理既有为它的深层结构所规定的相对稳定特质，又有为时代所规定的特色。原初形态的"原始—古代"积淀层，处在由历史（时间）的纵坐标和社会（空间）的横坐标所组成的坐标系中，在物质文化和精神文化的交互作用下，经过不断的氤氲、演化，方才形成当代民族文化心理素质。

黑格尔曾经把一个民族、一个地区的文化心理总称为民族精神、民族性格。我们可以将其看成是特定地区和民族人民群众的精神合金。在影响群众行为和情绪动向的各种因素中，民族精神所构成的群体心理气氛和内部情境力场、群体的利益、群体的意识形态，是三个主要的因素。而文学艺术是民众精神的一个重要的表现渠道。它将特定地区人民生活实践的和文化精神的成果，以有意味的形式永久固定下来，构成文化实体，不断衍续下去。它又是民族精神一个重要的呼吸器官和舒张渠道，可以多方面平衡和满足民族心理，疏通和补偿民族情绪，并且通过各种不同样式不同形态的艺术典型，强化民族精神和民族感情。因此，文艺从来就是民族和社区群体认同感和内聚力的重要力源。

二、四种不同的理解

在西部文艺的研究中，对西部生活精神理解诸说纷纭，归纳起来大约有四种：

第一种看法，虽然承认中国的西部精神"也并非从头至尾都呈封闭状"，但"总的来说"，它"是继承的、默契的、无言的、静穆和始终如一的"。这是生活在上海的青年评论家吴亮的看法。他认为："中国的西部精神乃是千百年的历史沉积。它是凝固而持重、保守而自足、质朴而沉稳的。中国的西部精神重人伦而轻实利，它尊奉祖先，它拥有历史绵延感，它不易为俗世变迁所动。同时，中国的西部精神又是闭锁型：它排外，不求变化，它过于倚重人伦关系的净化而压抑了人的自然禀性和求新欲。""它不可能是开拓性的，因为它有东西可固守；它不可能是个人冒险的，因为集体意识是用一种惯性帮助他度过人生的关口和坎坷；它也不可能是首创的，因为先辈留下的风尚习俗、民歌民谣、铭文箴言，早已决定了他们的生活方式和行为规范。"①

第二种看法认为："说西部精神也好，说西部意识也好，说西部气质也好，都不能离开开拓精神。因为中国西部本身就是不断开拓，正在开拓，将有大开拓的对象与产物。"这是由内地到新疆生活了30年的大学教师丁子人的看法。他也注意到西部精神强烈的历史色彩，但与吴亮的感受不同："历史色彩使西部精神带有一种使命感。这种历史色彩当然包括中国西部历史的渊源和沉淀，恐怕更主要的是意识到的历史地位和历史自豪。"②也就是说，他仍然是从开拓精神的立足点上来感受历史的沉淀的。

第三种看法，来自同样生活在新疆的任民凯，却又有很大的不同。他的感知是："也许我们可以说，西部精神是西部文化与原始人性相结合所体现出的价值总和。西部精神的首要价值是意识里承袭的烙印，其次才是呈现在人们眼前的荒芜与恐怖的环境中那些属于人的踪迹。"③论者是大学中文系学生。

笔者则持第四种看法。在《谈谈西部精神问题》一文中，生活在中原和西部交界点西安的笔者提出："我认为西部精神、西部文化心理结构是以一种两极震荡的形态表现出来的。就是说，它既具有深厚的历史感，又具有强烈的现实感（此岸性、当代性）；它既表现为忧患意识，又表现为乐观精神；它既是封闭的、守成的，又是开放的、开拓的。这两极使西部精神成为一个

---

① 吴亮：《什么是西部精神？——对"西部文学"一个问题的思考》，载《当代文艺思潮》1985年第3期。
② 丁子人：《西部风骨：中国西部文学之魂（对一个问题思考的提纲）》，系作者参加中国西部文艺研讨会论文（打印稿）。
③ 任民凯：《西部精神与西部文学》，载《当代文艺思潮》1985年第1期。

矛盾统一体，矛盾的两极不是平列的、静态的、迭加式的共存，而是在不停顿的内部运动中作周期性的震荡。"①

这些看法，在各自的观察角度和思考范围内，都说出了相当的道理，在形成一种全面的科学的认识时，完全可以互补。但是，也可以看出，各自的看法都带着论者自己生活环境、知识和年龄结构的印痕。第一种看法，主要针对西部受儒教深重影响的汉族土地文化区，即我们通常所说的"内西部""东西部"（如陕、甘一带）而言，又主要出自西部以外一些评论家的印象，他们的立论自然地受着中国东部（特别像上海这样的经济发达地区、海岸城市文化区）和西部文化横向比较的影响。第二种看法，主要针对西部受伊斯兰教深重影响的少数民族游牧文化区，即通常所说的"外西部""西西部"（如新疆一带）而言，主要出自生活在这个地区的评论家的感受，他们的立论自然地着眼于和本地区历史基础的纵向比较，也不能不受到自身多年来投身于边疆开发事业的个人经历的影响。第三种看法则明显地带着西方现代文化理论的影响。笔者将在吸收各家之言的基础上，进一步阐发自己的观点。

---

① 肖云儒：《谈谈西部精神问题》，载《中国西部文学》1986 年第 3 期。

第二节　具有主导倾向的多元动态结构

一、多元动态结构

任何一个国家、一个地区、一个民族的精神气质、文化心理，它的主体结构都不是单一的成分，总是由两种或两种以上的成分组成一种多元的动态的结构。

这是因为：第一，国家、地区中的不同民族，或民族中不同地域的人们和自然做物质交换的方式不同，从根本上造成了社会经济文化发展的不平衡、政治历史背景的相差异；它们之间的馈和反馈、流和回流是不可避免的。第二，社会生活的复杂和个人命运的曲折，造成不断在动静离合、升沉荣辱中变化的主客观现实存在，只有不同文化成分的精神气质才能适应并克服这些不同的现实存在，并取得心理的平衡。多元的交贯形成多元的互补。因而中国有儒道互补，古希腊有酒神精神与日神精神的互补。第三，无论是社会心理还是个体心理的需求都是多方面的、活生生的。社会文化交流产生的多方面影响，社会生存需要造就的多方面精神能力，一旦和人类心理丰富多彩的特点相契合，外部社会人生所提供的各种或然的内容，就转化凝结为一定社会环境中人的心理的内部结构形式。这种多元的结构形式一旦形成，本身就具有了相对独立性，可以在不同程度上作为"获得性遗传"在社会上延续、弥散。

中国西部在地理、人文和文化结构上的特点，如前几章谈到的地处欧亚大陆的多维结合部，世界屋脊构成高山大河超越时空的辐射，多民族聚居，多宗教渗透，游牧文化与土地文化的交织，世界四大文化在这里的多层内射型交融，历史、地理蕴藏的被开发潜力所造成的新时期大开发现实，等等，都极大地强化了地域精神气质中多元对峙和色彩反差，使中国西部精神成为我国和世界上较为典型的两极震荡结构模型。在这个结构中，有开拓与保守、传统与变革、文明与愚昧、合作与孤独、忧郁与乐观、忧患与超脱、朴拙与机智、内忍与暴烈、人与自然、现实与理想等等，在碰撞着，对峙着，错位着，也有在碰撞、对峙、错位中互补着，铆合着，转化着。矛盾的斗争性和同一性互为前提，互为依存，互为对方，激越而微妙，强烈而难以捉摸。

二、文化运动中呈现的主导倾向

生活精神和民族性格内部复杂的矛盾运动，不是无序、无律、无向度的。它的各极、各元、各分支在经过动态组合之后，常常表现出一种主导趋向，它的各种色彩在经过多层次的重叠晕染之后，也总是呈现出一个主导色调。它远不是几句话可以说清，却又不是不可以用几句话来表述。恩格斯曾做过这样的表述：19 世纪德国民族致命的弱点是小市民的胆怯、狭隘、束手无策、毫无首创的能力，这些弱点在德国所有的阶层身上都打下了烙印，成为带普遍性的民族性格。而挪威的小资产者比起这种堕落的德国小市民来，显得分外健康、生气勃勃。易卜生的社会问题剧就是这种进取的、首创的、独立的民族精神的生动写照。马克思和恩格斯也比较过英法两国的民族性格：英国人雄浑有力，长于阴郁的幽默；法国人则更加"文明"而富于机智，有血有肉具有优雅风度。毛泽东在谈到我国的民族性格时说："中华民族不但以刻苦耐劳著称于世，同时又是酷爱自由、富于革命传统的民族。"[①] 鲁迅也说过：

---

① 《毛泽东选集》（第二卷），人民出版社 1991 年版，第 623 页。

"法人善于机锋,俄人善于讽刺,英美人善于幽默。"[1]这都是力图从某些侧面来概括民族性格。

在一个国家内部,各民族由于自然和人文地理、历史命运的差异,其不同的精神气质,也可以从整体上做简明的表述。如歌德说过,爱尔兰长期遭受英国人的压迫剥削,艰难的处境给这个民族造成了一个特异的心理素质。他们生来就勇敢,落落大方,受到侮辱就马上报复或立即宽恕;交朋友快,绝交也快;天才横溢,判断力却差得可怜;感情和热情无疑占优势。他们的歌谣作为这种民族情绪的表现,大都是民族命运的悲歌,基调深沉忧郁。同"主子"英国人比,爱尔兰人反映了一个弱小民族的心理特质。

中国西部精神在两极和多元中,也呈现出一种主导倾向。这种主导倾向,我以为是深厚的传统所造成的历史感,强烈的责任所造成的忧患意识,受自然直接启悟所造成的率真淳朴,世代小农小牧经济所造成的闭塞。这些素质所以在和对立极的斗争中常常能取胜,形成西部精神的主导倾向,是因为中国西部地区除了典型的多层内射型交汇文化形态,还形成了中国古文化系统中比较完备的隔绝机制。这种隔绝机制是山川荒漠的地理阻隔,漫长的封建社会政治经济制度的超稳态凝滞和大陆文化难以避免的封闭形成的。这些滋生于中国西部本土的内在因素,远比文化交流引进的外来冲击要强大和固执,所以,多层内射的文化交流在一般情况下,只能削弱而不能消除西部古文化的隔绝机制。只有当时代发展在整体上处于变革、开放。社会思潮在总体上进入活跃繁荣(如汉唐时期);或者封建制度被新的社会制度所替代,超越时空的现代传播方式又能以克服内陆的封闭(如社会主义时期)这样两种情况下,变革的、开放的素质才可能在西部精神的多元动态结构中,通过两极

---

[1]《鲁迅文集全编》委员会编:《鲁迅文集全编》(一),国际文化出版公司1995年版,第962页。

震荡克服或同化对立极，取得主导的地位。

西部精神在不停顿的内部运动中做周期性两极震荡，十分类似阴极和阳极在磁场感应中的能量转化。当一种精神因素被推向对立极，这种推力同时就转化为反推力储存起来，一旦某种精神因素到达了极点，埋伏着的反推力就爆发出来，使其向反方向转化。两种或多种因素的对立越是激烈，表现得越充分、越丰富，转化的契机也就越成熟。

第三节　三个精神对子的两级震荡

我们不妨以历史感和当代性、忧患意识和达观精神、封闭守成和开放开拓这三个精神对子为例，做较具体的阐明。

西部精神中的这三对矛盾，在性质和形态上都不尽相同。封闭守成和开放开拓的矛盾，大致可归于进步与落后的性质。历史感和当代性是一种纵向精神反差，忧患意识和达观精神是一种横向精神反差，一般不具有鲜明的进步与落后的分野。整体上它们在西部处于两极震荡之中，具体情况又很复杂。三对矛盾在不同时期不同地区，以不同比例、不同形态对立统一着。历时地看，汉唐就比明清更有开放性和开拓性。而到了社会主义时代，在开放开拓方面，中国西部大踏步赶了上来。共时地看，西部和外区、外族、外国接壤的地方，常常比西部腹地的封闭性更小，城镇、工厂和知识密集地区、民族聚居地区、游牧地区，比较起来常常更为开放。有时候，大地区的开放优势又会和小范围的封闭现状呈交错状态。比如新疆维吾尔自治区，内部民族聚居，外部与多国交界，历史上一直是中华民族开发的重点，也曾几度出现开放的高峰，是西部多层内射型交汇文化的典型地区。应该说，在开放、开拓方面具有传统的优势。但问题还有另一面，同样是历史上形成的各民族、各部落，以至更小的社区群体（甚至还有长期流浪的或与世隔绝的孤独的个体），世代生活在辽阔而又交通不便的大地上。千古不变的生产方式、生活方式，近亲繁衍的思维方式、思想观念，却又板结成一种比封建文化还要落后的小群体内向稳态文化心理结构，例如民族意识狭隘而为血缘观念，地域意识狭隘而为草场观念。这又构成了封闭自守最好的社会土壤。

这些还都只是两极震荡一些比较外在的表现。更深刻的表现，在于每对矛盾统一体的内部。

一、历史感与当代性

中国西部精神历史感和当代性反差之鲜明、矛盾之深刻，尽人皆知。但是，现实的社会生活和文艺创作却出现了奇怪的现象：愈来愈离不开这位"西部老人"。不但有文学艺术创作上的西部热，也出现了旅游和生活选择上的西部热。究其原因，恐怕在于，西部的历史感和当代性在明显地拉开距离的同时，又有着内在的深层的联系。这一个精神对子，见不得，离不得。它们的联系，也就是它们赖以转化的纽带和渠道，起码可以从这几方面来思考。

第一，中国西部精神的历史传统，为当代人提供了一种积极参与当代生活实践的思维结构。这种历史传统主要表现在各民族千百年来的生活实践，以口头或文字的形式凝结为古老而成熟的社会文化心理和社会意识形态。汉唐文化、西域文化、吐蕃文化是它的几个高峰。中国古代和现代的西部文明，是由这个地区的汉族和各族人民共同创建的。中国西部生活历史感的主体，是本地区各族人民群众创造性的历史活动。这种创造性历史活动的终极目的，是为了改造自然和建设生活，推动社会发展。这就决定了中国西部精神历史传统的一个重要特点：它是参与意识极强的，和不断发展的现实生活紧紧结合在一起的。它不是出世的，是入世的，不是彼岸的，是此岸的。这种强烈的参与现实的意识，从关于阿凡提的许多民间故事中可以看出来。它和由翻译过来的文艺作品所展示的、我们印象中的古代阿拉伯生活情调不大相同，古老而新奇，新奇而不神秘。它也和美国晚期的西部片，即心理西部片所表现的以滥用暴力发泄自己悲观厌世的颓废情绪不一样。这种历史传统在总体上的充实、明朗、积极入世，和中国的主体哲学——儒家思想取得了一致。也许古代与西部有关的贬谪诗和游仙诗中的某些篇章稍有例外，此类诗中的大多数，感伤仍是想有作为而不得的感伤，或在现实生活中受到压抑后的精神舒张，或以彼岸的画面来寄寓自己在此岸的感受，隐喻现实生活问题。这和儒家入世哲学和中国传统的文学可以"兴观群怨"的主张的影响自然不无关系，但最根本的，还是因为中国西部精神传统中的参与意识。这种传统在漫长的历史汰选中，具体的生活内容日渐淡化，但参与现实的思维方式却凝结为一种文化心理结构，深深地影响着今天的西部人，促使他们自觉不自觉、有意无意地去关注当代生活。

诗评家谢冕准确地指出，杨牧、周涛、章德益三位新疆诗人，"他们以忠实于现实为艺术追求的核心，然后各自确定半径，画出了无数个同心圆"[①]。周政保进一步指出，这几位诗人，总有一种能力从古朴苍老的西部生活中"寻找到某种相对应的历史意识与人生信息，从而展示出当代社会与未来世界的光辉图景"。"在这里，当代性获得了一种崇高范畴的表现形态"。[②] 应该说，西部诗人的这种从古朴的历史画面中捕捉当代感的能力，得到了西部精神固有传统的滋润。

第二，中国西部精神的历史传统提供了接受和选择当代信息的标准和消化力。西部的历史感不但给它的当代性以厚重的底色和丰裕的滋养，而且以自己强大的力量考验着各类当代信息的真伪、正误、深浅和成熟程度。深厚的历史感，使西部对当代新信息吸收力差、同化力强，沉浸在烂熟的文明中容易失去对新的生活方式的追求，这是新旧对峙的一面。但从另一面来看，强有力的传统精神，也使得中国西部对当代信息有很强的鉴别力、节选力、消化力。当代社会新的思潮、理论、情绪、心理在传布中，往往良莠混杂、泥沙俱下。如果接受主体的精神力量脆弱，常常被新浪潮卷得晕头转向。但

---

① 谢冕：《新边塞诗的时空观念》，载《阳关》1983年第4期。
② 周政保：《新边塞诗的审美特色与当代性——杨牧、周涛、章德益诗歌创作评断》，载《文学评论》1985年第5期。

在西部，当代信息的力量在没有正确到、强大到可以克制历史传统的力量之前，一般是难于被吸收的。西部历史传统的这种"拙"力，使它接受当代事物较慢，却反激了新事物的成长和成熟；而且一旦吸收，步子较稳，反复较少。这使得西部的当代化过程，步伐沉缓而扎实，少花哨，重实绩。

第三，中国西部古朴的生活故事，重人伦轻实利的价值标准，带有初民色彩的人情风俗和精神淳厚的人物性格，给当代生活蒸腾出一个精神上的海市蜃楼，为匡正当代生活的新弊，提供了不动声色的范本。

其一，现代文明给人类在衣、食、住、行各方面创造了优越条件，同时也增加了人类在生存中对现代文明的依赖性，退化了人类个体赤手空拳承受困难、和自然搏斗的能力；车辆、飞机的普及，使人不愿也不能做长途徒步；大楼的暖气与空调，使人难以抵御户外的严寒酷热；经过多级能量转化的，并且进入审美层次的精致饮食，使人的消化系统难以承受大自然直接提供的粗粝的食物。人体器官和膂力的娇弱化，不能不影响到人的意志。在当代生活中，个体鲁滨逊存活的可能性正在急剧减少，对鲁滨逊在情绪心理深处的呼唤便日益增大。当现代文明在增强人类群体生存能力的同时，不断剥夺作为自然人的生存能力，社会对在艰难的、古朴荒蛮环境下顽强生存的人的向往和呼唤就变得不可避免了。很清楚，这种对历史形态和自然形态的人强健勇毅的礼赞，其实是对当代人、当代生活中和文明化伴行的娇弱化的不满。

其二，当代生活的快节奏，竞争的激烈，命运的大幅度起落，随着对事物认识的加深而愈益难以把握，商品经济向精神领域无情地侵袭，等等，使人类的心态和生态日趋一日地复杂化，出现了种种两难局面和二律背反。当代社会道德感的淡化，价值观的紊乱，浮躁情绪与失落情绪的上升，对事物认识的模糊要求和简化、净化要求，等等，都是其表现。在这种情况下，社会心理开始向对立极震荡：道德感的淡化，使人向往历史感、道德感更强的生活；价值观的实利实用，使人向往重义轻利，增强社会责任；非理性的震颤，导致对深厚文化沉积的理的追溯和情的怀恋；现实生活难以承受的复杂感，引发了对初民形态的种种民情风俗温柔明净的回忆。当人们从这种回忆中重新感受到那遥远的童年的淳朴，比照眼前生活造成的压迫感，便对其中的文化价值有了崭新的评估；瞬息万变的生活节奏，励扬了活力却产生了心理疲劳，诱发了浮泛急躁，这又反激了对稳健成熟的渴求，哪怕因此而宽容了惰性也在所不顾——惰性在疲劳的映衬下不是显出了几分闲适之美么？把握现代生活复杂性产生的疲劳感和怯惧感，也要求拉开距离对生活做遥远——自然也就是模糊和简明的、象征的观照。现代人发现在西部地老天荒的远村生活和自然意象中能得到这种当代性的满足。当代口传的古歌和传说、故事使当代人反视到隐藏在自己内心的一些思维、情绪、心理原型；万古千秋注视着我们的巅峰和山峦，像历史老人一样逼视我们将眼前的生活拉成大远景，拉进历史长河中审思，使今后的行程走得更清醒；昼夜不舍从我们心头流过的长河小溪，伴和着老父老母的絮语，给我们这些被在现实生活打磨得粗粝、划上了伤痕的心灵以细腻温热的抚慰，再带着那复活了的童真和热情重又跳进生活之河去搏击风浪。西部古老的自然意象是当代生活的复杂性在浪漫氛围中的情绪性凝结，西部古老的远村生活风情则是当代生活的复杂性在浪漫色调中的叙事性展示。这一切，都经过了提炼和简化，而变得有某种象征性和暗示性。

  自然，在这种情况下，西部生活的历史感、古朴感是经过当代人按自己某种理念或感情的需要在心灵中做了改造的。它沉浊的一面、落后的一面、丑陋的一面被抛弃了，它可以在精神上给当代生活做补偿的一面被强化、幻化了，作为政治、经济、文化实体的历史存在的西部被忽略了，西部以精神的海市蜃楼进入当代生活，成为当代观念和当代情绪的古老的载体。于是滞后转化为超前。在这里，当代性以历史感为依托，历史感因当代性而重获生命，在当代思潮和当代情绪的涌流中融为一体。

其三，这种结合也有比较实在的一面，这便是愈古朴落后的地方，已开发程度愈小的地方，可开发、待开发的程度便愈大，在社会主义现代化建设中的潜力和吸引力便愈大。从经济发展角度看，未尝不可以说，中国西部是近代历史有意无意遗留下的一张白纸，现在则正好成为新时期经济建设驰骋笔墨的好地方。于是我们看到大漠驼铃和原子弹试验，敦煌古道和导弹发射这样两极在一地的对峙，这是构成中国西部历史感与当代性的又一层次的荒诞协和。

二、封闭守成与开放开拓

封闭守成与开放开拓的两极震荡，也导源于西部历史生活的内在特征。

经济上，小农小牧的自然经济的自给自足造成封闭，但西部广大地区，特别是外西部，由于游牧性社区群体的相对狭小，经济活动的单一，对交换、交流的需求更为强烈。游牧生活的流动性给这种交换、交流带来了便利。

政治上，古代西部封建王朝的大一统和多民族部落的小割据并存。前者所构成的宗法一体化超稳态社会结构的强控力，是中国西部封闭落后的重要政治根源。小农小牧自然经济的分散，虽然和这种大一统有矛盾，但正如马克思指出的，小农经济"他们的生产方式不是使他们互相交往，而是使他们互相隔离"，他们"便是由一些同名数简单相加形成的，好像一袋马铃薯是由袋中的一个个马铃薯所集成的那样"[①]，形成有效的政治经济联系。不但不能冲破封闭，而且构成封闭的经济基础。但中国西部不同于内地的是，同时存在着多民族、多部落。这使它有别于中原地区，而和中世纪初期欧洲的政治地图——像被有的历史学家比喻为"一条政治上杂乱拼缝的坐褥"有些

---

① 中共中央马克思恩格斯列宁斯大林著作编译局编：《马克思恩格斯选集》（第一卷），人民出版社1995年版，第677页。

相似。这些小割据，在大一统中自成格局，具有一定的独立性，由此产生的竞争、交流、迁徙、征战，客观上都是对封闭的大一统政治结构和思想观念的冲击，给开放、开拓提供了有利因素。

文化上，高度发达的古代本体文化所形成的大荫盖和多层次、多色彩的文化板块之间活跃的交流并存。古代本体文化的强盛优越，有效地遏止着新潮流的出现，使这里后来文化的发展隐蔽在历史的阴影中，缺少日照和空气，而或多或少呈现出固化状态。但前述西部的多层内射型交汇文化，又有利于互相交流、渗透、借鉴、竞争，提供了开放开拓的客观条件。秦文玉在长篇小说《女活佛》中，对此做了具体形象的展现。在极度封闭的佛教文化中长大的女活佛吉尊桑姆，开始对于新中国、新思想、新生活是不可能接受的，她被挟持去了印度。在中国、印度、尼泊尔的交界地区，她的佛心被卷进世俗生活，卷进国际的、民族的、阶级的斗争漩涡，失去了宁静，她古井似的灵魂受到各国各族各种政治、文化色彩的新信息的冲击，封闭自守的心理结构失去了均衡。在解放军的教育和实际行动的感召下，她内心爱国爱乡土的感情、内心的正直、少女对生活的爱恋被唤醒了，最后促进了她从封闭的思想之壳中跳出来，回到祖国，走向了新生。

同时，中国西部土地文化和游牧文化的交错，也为封闭自守和开放的两极震荡创造了条件。土地文化区的守土为业，游牧文化区的游畜就草，这两种不同的生产方式，带来了文化心理上一系列的反差。"守"，守成，不但演为西部土地文化区的生活方式，也构成这里重要的思维方式和价值取向。守业、守道、守心，守既成之业，守传统之道，守舍内之魂，以静为贵，视动为乱，衡变为害，成为这个地区正统的、恒常的群体文化结构和个体心理定式。在这个地区，"守成"渗透到历史评价、经济评价、道德评价、审美评价之中，守即真善美。而在游牧文化区，游，游变，是人的生存和发展能力的重要标志。在需要不断移畜转场以追寻、争夺丰腴草原的地方，游则活，游则强，游则胜。喜游不喜守，在游牧文化区意味着富足、强盛，意味着美，而在土地文化区会被讥为浪荡、胡踢腾。相反，善守不善变的人在土地文化区常常意味着稳健、可靠，是致富致胜致美之路，在游牧文化区则可能被讥为没出息、女人气。这种文化差异在地域上表现为"内西部"（陕甘宁）和"外西部"的差异。"守"与"游"，"家"与"路"，两种文化意识也暗暗支配着两种人生命运、两种生活背景，这便是"在家中"和"在路上"，或者说，"在土地上"和"在马背上"。游牧文化区，人的家就是路，在无尽的路途跋涉中完成自己的家、自己的生活；土地文化区，人生的路却大都是在"家"里，在"房顶"下、"窑洞里"，在"老婆娃娃热炕头"中度过的。随着时代的进展，经济文化的发达、信息交流的便利，这种差异的主体虽还依然存在，但互补、融合已日益成为主要趋势。

中国西部文化的其他一些特点，也都包含着两极震荡的力原。比如有同志谈到的，这里的文化在很大程度上依赖民间口头纵向传递的方式来延续，而由于社区空间的辽阔、小生产者经济所造成的社会传播和交往的落后，西部地区的文化更多地直接受自然的启悟，等等，这当然是落后封闭的表现。但也有另一面：正是在离京畿四服（甸服、侯服、绥服、要服，每服五百里）之外"天高皇帝远"的荒服之地，正是这种不见诸文字、多受自然启悟的民间口头文化传递，有可能更少地受到历代封建宗法一体化结构的影响和控制，有可能更大程度保持着社会最活跃的因素——和社会生产力结合为一体的创造性和生命力。社会文化最开放、最活跃的层次，社会文化最有开拓性的层次，往往正是生活底层的人民群众，正是离那个封闭濡滞的封建政治、文化核心遥而远之的底层社会，这是被历史多少次所证实了的。

乡土观念和血亲意识，是我们民族文化心理结构中的两个基本方面。但在多民族、多地域群众杂居的西部地区，在多迁徙、多重组的西部社区组织中，这两个导致封闭的观念，可以说面临着更多的冲击。路遥在他的小说《人生》中,敏锐地发现了西部农民在新形势下出现了离开土地的要求(表现为离土不离乡和更彻底的走向城市),不愿意以"柴干米足屋不漏,肥地壮牛嫩婆娘"为理想,恋土乐耕,也不愿意再被狭隘的乡土观念束缚在曾经世世代代束缚着他们先辈的土地上了。而在鲍昌的《盲流》、王蒙的《逍遥游》、赵光鸣的《石板屋》等作品中所描写的来自各民族、各地区的人所组成的非血亲的、离开了土地的新的社会群体,不也让我们感到了恋土和血亲这些造成封闭的基础因素正在出现新的变化吗?

就这样,西部精神中封闭守成和开放两极对峙却又如影随形地存在着、活动着。封闭守成在抑制创造力的同时,激发着冲破自己硬壳的反作用力,使在开拓开放中前进的社会要求愈益迫切和强烈。西部精神内部的封闭性在压抑开放性的同时也消耗着自己,当它自我消耗到临界点时,社会内部被拘束的各种活力便在对立的极点上产生震荡,使事物朝新的向度倾斜。这实在有点类似于钟摆的运动:当封闭性使社会运动的幅度逐渐接近纵坐标的零点时,正是这种趋近于零的运动惯性,积累了一种新的力量,使钟摆朝坐标的另一方向运动。于是,随着不断增大的幅度,又再度发生着、积蓄着朝相反方向运动的新的动力。

三、忧患意识与达观精神

忧患意识,不能表面地理解为忧愁、忧伤、忧郁。它的精神实质,是人对社会、对民族的责任感。这种责任感在中国知识分子身上表现得特别强烈。这方面的古训很多,"生于忧患,死于安乐","勤而不怨,忧而不困"(《孟子·告子下》),"先天下之忧而忧,后天下之乐而乐"(范仲淹《岳阳楼记》),"人无远虑,必有近忧"(民谚),等等。这是一种积极入世、以天下为己任的历史意识,是对人生深长的思考。这种忧患意识,是中国历代知识分子的理想性格。也构成了中华民族优秀精神传统的一个有机部分。在忧患意识中，社会责任感升华为普遍的社会情绪，理性精神和人格自由、伦理学和美学得到了交融，这是民族性格和社会心理趋于成熟的表现。

生活环境和人生道路的严酷，磨砺出西部人坚强内忍的气质，他们要求承受起人和自然、人和社会、现实和理想的分离所造成的各种精神压力。有时，又被笼罩在广阔的地域、稀疏的群落和个体劳动所造成的孤独感中，被笼罩在游离于社会生活核心之外，不被现代社会所理解的孤独感中。有时，则是粗犷的外部性格和沉郁内向的心理特质的矛盾，外部生活的缺憾和内心追求的美好交织起的一种欢乐与痛苦。有时，沉浸在炎凉世态和纷纭人生的况味中。而开发、征战、流放，民族的大迁徙、政治地图的频繁变动，使得在通常状况下千百年或好几代人才能感受到的那种人世的沧桑变幻，集中在较短时间里呈现出来。从这个意义上说，生活中动荡的一面，像一个粒子加速器，使生活浓缩、加速而变得强烈集中，人生的思考和感喟，也就从中生发出来……人民奋斗世世代代而不能够根本改善自己命运的历史轨迹，却仍然不息地在奋斗中，以主体的坚强，承受各种各样人生的苦难和坎坷而不丧失勇气，不终止奋斗，最终达到崇高，这构成了西部生活中沉雄苍凉的忧患意识的底蕴。忧患从人生的广阔背景中升华出来，形成特殊的美感。所有这些，又可以在西部的高天远云、荒漠峻岭、绿洲碧湖的自然环境中找到悲凉苍茫色彩的合适的景框。而当它们在社会文化（不论是文化心理还是意识形态）的层次上得到反映时，便浸润着一种深厚的人道精神，使社会责任感带上伦理道德的感情色彩而显得分外亲切。这种忧患意识在不同的时代和环境中，催化着各式各样的实践活动。在当代，它集中表现为一种变革现状、开拓西部的精神渴求，而汇进祖国新时期社会主义运动之中。

中华民族文化心理结构的核心是群体意识，我们中国人把自己看作"国"这个大家庭中的成员，伦理传统则是群体对"自我"的决定。这和西方恰好相反，"西方文明的伦理传统是行为中的自我决定论"①，从政治上讲，群体意识使得政治家们把为君为民、死国死节当作最高境界；从伦理上讲，群体意识使人按社会的要求行事，尽量缩短个体与群体的距离。这种群体意识也是忧患心理的渊薮。因为要为国家着想，为君主以及天子的子民们谋算，把自己的一切系于此，所以"居庙堂之高则忧其民，处江湖之远则忧其君"。"忧国忧民"，"位卑未敢忘忧国"，成为仁人志士的高尚情操。杜甫、诸葛亮、范仲淹等人的诗文大都沉郁忧患，和他们信奉儒家入世哲学不无关系。从实质上看，中国的忧患意识因其积极的人生态度和群体的认同方式，并不是真正的悲剧意识。

从思维类型看，忧患意识可划入"深虑"的类型。被马克思称为"最早分析了许多思维形式、社会形式和自然形式"的亚里士多德，将人的思维分为三种类型：一种是智慧的，也就是以认识客观真理为目标的思维；一种是技艺的，就是以主体的自由创造为目的的艺术型思维；还有一种就是"深虑"——它从群体的道德伦理标准出发对思维主体进行功利权衡。它以主体为目的，却又以群体认同为准则。它是理性的分析综合，却又趋向功利的善的目的。它的最高境界是将思维主体自身的言行，调节到与公众伦理道德的最佳共处状态，最大限度地适应公众伦理准则，达到在群体生活中取得最高功利的目的。既非判断力的审美观照，也非科学探索的纯粹理性，而是功利的、善的、思索的实践理性，这就是深虑，就是中国文化心理结构的特征，也是导致忧患意识的一种思维方式。

但这种以认同群体功利为标准的深虑思维，在近年来的西部生活实践和艺术实践中，正在这里那里被冲击着、突破着。《人生》里的高加林，力图

---

① J.P. 查普林、T.S. 克拉威克：《心理学的体系和理论》（上册），林方译，商务印书馆1983年版，第28页。

按照自己的能力去闯出一条独立的生活之路，而摆脱了环绕着他的人们所共有的价值标准，甚至在爱情问题上也不是用社会群体所认同的道德伦理标准来衡量自己的行为。邵振国反映陕甘交界地区生活的短篇小说《麦客》也一样，水香和吴顺昌在爱情上的取舍，主要是以自己独立人格和内心感情的需要为标准，再也不囿死在社会认同的圈子里了。表层地看，这些人物没有像过去那种以对国对民的忧患感来规范自己的行动和感情，而是以自身的忧乐利害来决定自身的言行感情，似乎多了一点随心所欲，少了一点社会责任；深层地看则不然，因为他们以人文主义的个性冲击传统的忧患意识和深虑思维，客观地看，宏观地看，历史地看，于民族的进步和人心的改造、于社会的开放和事业的开拓有积极作用。在这种情况下，个性舒张的要求和个性应承担的社会责任之间取得了深刻的和谐，取得了深层次上的同向性，仍应被认为是有社会责任感的。

西部人民群众又是豁达乐观的。这是在长期的改造自然和社会的搏斗中磨砺出来的一种昂扬奋发，是洞察人生、练达世事之后的一种超然恬适，是弱者对付强者、贫者对付富者的一种智慧优势，是和自然对峙的人最终感受到了自然与人心互惠交流之后的一种"天人合一"，也是西部人在艰苦生活中的一种精神调剂和情绪松弛。达观，是西部人在漫长历史道路上，艰难前行的一个重要的精神支柱。这些，常常结晶为文艺创作中的浪漫主义气质，结晶为对生活艰苦、山川险恶的淡化与美化，结晶为人物形象或幽默或达观的性格。

家喻户晓的阿凡提大约是西部中国达观幽默的最著名的典型人物了。岂不知，中国西部地区远不止一个阿凡提，这里的每个民族和大部分地区都有阿凡提式的典型人物在民间流传，其中有的已经被其他兄弟民族和地区所接受。如维吾尔族和乌孜别克族有阿凡提，藏族有聂局桑布、阿古登巴，蒙古族有巴拉根、沙格德尔，哈萨克族有和加归斯尔、阿勒的尔、库沙，回族有依玛姻姆,等等。① 这个庞大的阿凡提家族的共同特点,就是他们的幽默是积极参与现实的,不是旁观者的嘲讽,无不具有当事者的热烈和热情。他们作为社会发展积极力量的代表,既用勇敢坚毅,更用智慧幽默,承担起自己的社会责任,比如辛辣地讽刺、机智地报复统治阶级和财主老爷,敏锐地指出劳动者身上的道德的、性格的和思想方法的缺陷,善意地甚至有意装愚卖傻地在这些缺陷面前树立起一个理想形象以引导劳动者,等等。限于本书题旨,不可能具体分析阿凡提的故事,但不妨引出阿凡提研究者在大量例证分析后的这一段结论:"总之,阿凡提的可爱性格,体现了人民的崇高品质,人民的精神美,他的形象是人民乐观主义的艺术结晶,是人民智慧的化身:作为人民的忠实代言人,他的爱憎是和广大人民完全一致的。更可贵的是,他还是一个勇于斗争具有侠义性格的人,在最危险的场合他都能挺身而出反抗剥削、压迫和专制、愚昧。这就证明阿凡提性格是美的、崇高的、可敬的"。②

可见,他们虽然较少采用深虑的思维而较多采用侧向思维,但从介入社会、承担责任、认同群体几方面来看,西部幽默达观和西部的忧患意识有着一条深层的社会责任感、群体归属感的纽带,正是这个纽带,为忧患和达观的两极既在对峙中分立,又在震荡中同一奠定了基础。

那么,只有"外西部"、少数民族地区才是幽默达观之乡么?不尽然。在土地文化、儒道互补的汉文化地区,达观和幽默也古已有之。孔老夫子的形象,以其道貌凛然流传千古,《论语》上却对他的幽默有清晰的记载:"子之武城,闻弦歌之声。夫子莞尔而笑曰:'割鸡焉用牛刀?'"老夫子对武城奏弦歌迎接他,心中有几分得意,却偏要说"何必小题大做"。这种对得意的压抑,强化了得意。而弟子子游没有领会老师微妙的心理,却认真地向

---

① 参见高深:《我国少数民族文学与我国西部文学》,载《中国西部文学》1985年第3期。

② 段宝林:《阿凡提的性格简说》,载《新疆艺术》1985年第3期。

武城方面提出抗议,搞得孔老夫子只好又面不改色地说:这不过是一句玩笑话罢了。一个"莞尔而笑",一个"面不改色",绝妙地刻画出一种幽默的情境。至于在出土文物和民间艺术中保留下来的西部汉人的幽默就更多了。陕西出土的仰韶红陶残片,其双眼及口只扼要地以三画表现一副愁苦尴尬相;长沙出土的周—汉年代的胡人笑俑,满脸憨容傻笑,汉代说书的优伶俑,手舞足蹈而得意忘形,都令人捧腹喷饭而万斛愁消。[①] 在汉族地区,民间也不乏阿凡提式的人物,像陕北地区家喻户晓的"张捣鬼",就以他在贫穷艰苦生活中的机智、幽默而在群众中闻名。

西部的豁达乐观,绝不是浮谑油滑,也不只是一种单纯的性格表征,而是融进了这一地区的民族精神、宗教教义和人生态度。西部汉族地区的乐观幽默,就反映了我们民族历来主张的"寓庄于谐"的人生态度,即使阐述哲理,也"以天下为沉浊,不可与庄语"。因此先秦诸家的主要流派在论证自己的观点时,常常通过有趣的寓言、敏捷的讽喻,"在拈花微笑中妙悟色相"(宗白华语)。汉族的达观幽默中,还融进了儒家的中庸、冲淡和道家的超脱、逍遥,以及二者之间的矛盾和矛盾的调和。王蒙在《杂色》中所描写的曹千里的自我嘲弄心态是这种矛盾统一体的一个典型例证:他原本出于知识分子"以天下为己任"的忧患意识,言辞激烈地给单位领导提了意见,这是一种对象嘲弄。但社会并未因此而赐给他以责任,相反,却由此判定他为思想反动的右派,将他从生活的漩流中"提溜"出来,抛到西部边陲的山野中来。他强烈地想参与社会,而社会不需要他。在"改造"中的反思,使他认识到自己失意的可悲和可笑。他开始嘲弄自己,由对象嘲弄转化为自我嘲弄。这种嘲弄中有失意带来的超脱和达观,也明显地混杂着因不能参与而带来的酸楚。他力图用超脱来冲淡心中的酸楚,其实是此地无银三百两。他无法跳出

[①] 参见李霖灿:《论中国艺术上的幽默感》,载《美术》1985年第4期。

中国知识分子的忧患意识，但这种忧患被社会人生的冷落泡得发生畸变。无法超脱却不得不超脱，不允许入世又偏偏想入世，他只好自嘲以解颐了。我们看到，在空旷寂寥的原野上，形单影只的曹千里在自己的瘦马面前，反讽自己的"不识相""不死心"。只是那故作"超脱达观"之态中更深层地透露出中国知识分子报国无门的悲哀，这是忧患意识的现代悲哀。在曹千里的内心，忧患与达观、儒与道就这样混杂、扭结在一起，"剪不断，理还乱"。

是的，忧患与达观是在这个较深层次上构成矛盾统一体的。从对待生活的态度上，一个是灼人之热，一个是冷峻之热，一个表现为切实的负重远行，一个表现为机智的圆融无碍。二者作为西部精神的两个侧面，分立对峙的同时，不是又在更深的内涵上，在诸如坚忍、执着、昂奋、自信、自强等方面紧密联系着，提供着互相转化、两极震荡的内在根据吗？《孟子·尽心上》曾这样表达了忧患和达观的相通："其操心也危，其虑患也深，故达。"如此看来，张承志《大坂》中的"他"和阿凡提，都是强者，都是硬汉子。他们两人以性格表征上的两极，通向西部精神的内核。

四、两极震荡的精神现象是艺术表现的一个焦点

社会生活内在精神的双方在矛盾运动中转化，两极在对峙中震荡，不但是历史发展的内因，思想前进的动力，也是文学艺术表现社会生活时的重要焦点，是美的重要源泉。因此，它也就理所当然地成为西部文学创作和研究中的一个重要课题。无疑，我们并不要求某一位作家或某一部作品都要不分轻重地去表现西部精神内在矛盾运动的各个侧面，各个阶段。作家可以抓住西部精神的某一侧面展开描写，比如有的作品着重写开拓、进取，写当代精神，写乐观主义、达观气质，有的作品则可以着重表现西部浓重的历史感，甚至写它的古朴孤独和初民原色，强调西部生活中的忧患意识，甚至悲剧意识。这都是可以的，而且也可以写出好作品来。但是，那种真正有沉甸甸分

量的成功作品，我以为还必须有赖于作家对西部精神的整体把握，即将西部生活精神的各种内在的对峙、矛盾，作为一个系统，一个网络，一个动态的、多元的有机整体来感知和认识，并熔铸进人物的命运、性格和言行、意绪，凝结为相应的结构和文字。这个要求自然是较高的，要对于西部生活做深层的艺术再现，却又是必需的。

第五章 中国西部艺术意识

第一节　西部艺术意识在新时期文学实践中的形成

上面我们谈到了一直存在于西部中国生活客体中的地理人文特点、文化交汇特点以及由上述特点和历史进程各因素相结合产生的西部生活内在的精神气质。文学表现对象自身的这些因素，为西部文学的产生提供了客观基础。这些客观基础在创作过程中，总要或多或少、或自觉或不自觉地反映到创作主体的艺术意识中来。从这个意义上，我们不能将自古以来反映西部题材的作品和20世纪80年代的崭新的西部文学截然分开，但是否能够自觉地意识到西部生活内在的特色，自觉程度如何？是否能致力开掘、表现这种特色，表现水平又如何？两个时期的作品到底是不一样的。创作主体对生活客体把握的深度和自觉性有时会导致作品质的区别，从这个意义上，我们认为中国西部文学是社会主义新时期文学艺术运动的产物，在自觉地对西部精神做审美发掘方面，迈出了崭新的步子。

新时期的西部文学和以前的西部题材文学像一条长河那样衔接、联系着，但又在时间、空间上流进了一个新的领域，与以前两个阶段有着一些明显的区别。这种区别用一句话来说，就是西部艺术意识的觉醒。西部艺术意识并不是一种表面的地域意识，而是新时期社会主义文学艺术观念的西部化，是吸收当代哲学、美学、社会学、方法论的优秀成果，丰富发展社会主义现实主义创作方法，对西部生活进行深层开掘的自觉意识，它集中地表现为一种对生活、对创作扎实的开拓和进取精神。

一、西部主体意识

西部主体意识，一方面是西部作家群体的主体意识的高扬——不离开自己生活和耕耘的这块土地去考虑艺术问题，或以西部为坐标看世界，或在世界的格局中看西部，写出西部特色，又写出当代特色。正像前面引过的钟惦棐说的："艺术只有在艺术总库里提供别人没有的东西，才能传之久远。艺术家不能拾人牙慧，要立志打出自己的牌。比方说，西影要不要有一个长远的艺术目标？比方说，能不能搞我们中国的'西部片'？"[1] 这就是提倡西部电影创作中的群体主体意识。另一方面是西部作家个体的主体意识的高扬——突破被动的、机械的反映论和狭隘的、简单的社会政治功利论，自觉地把自己的感情和思考、自己的血肉和灵魂融进作品之中，写出具有西部精神的个性特色。比如许多西部诗人提出的，要写出"我的西部""我心中的家乡"。章德益实际上用《我与大漠的形象》这首诗，阐述了西部创作中个体主体意识高扬的观点："大漠有了几分像我／我也有几分与大漠相像／我像大漠的：雄浑、开阔、旷达／大漠像我的：俊逸、热烈、浪漫／／大漠与我／在各自的设计中／塑造着对方的形象／生活说：我以我的艰辛设计着你的形象／我说：我以我的全部憧憬设计着世界的形象。"

二、西部历史文化意识

西部历史文化意识，即作家能够自觉地在历史发展的过程中，在西部历史和国家以至世界历史的比较与交融中审视和表现生活，在地区文化、民族文化和人类文化的宏观背景下来审视和表现生活，因此在作品的艺术形象背后有着巨大的历史投影和文化回音。在历史意识的自觉中，西部文学对过去西部生活精神和艺术思想中沉滞的一面，特别注重着马克思主义的历史批判精神，他们直面历史、直面人生，对西部生活的积弊能够敏锐地发现，并做

---

[1] 肖云儒：《要打自己的牌——访钟惦棐》，载《陕西日报》1984年3月14日第1版。

强化的艺术反映，对西部文艺中一些已经陈旧过时的观念，也能够大胆地扬弃、改造、出新；在文化意识的自觉中，西部文学又特别注重西部文化交汇性和开拓性的历史传统，力图继承发扬这种文化传统来重新审视、反映西部的过去和西部的今天、今后，反映出西部生活精神中积极的一面，反映出新时期西部的大开发。

三、西部艺术审美意识

西部艺术审美意识，即作家在反映西部生活时，将审美作为自己创作活动追求的目标，自觉地按照全方位的艺术审美功能和自身规律进行创作，而不是把审美功能作为单方面完成某种现实功利（如配合政治中心和记录社会运动）的目的、手段。西部文学作为艺术审美的功能得到了全面的恢复和发展，西部文学艺术表现空间（即题材——主题的综合体）大幅度拓展，最突出的是西部文学不仅作为西部人民在各个历史阶段现实实践活动史的艺术反映而存在，而且作为西部人心史的艺术反映而存在，人的内心历程在愈来愈大的程度上成为社会生活的聚光镜和沉淀容器；题材大幅度地由社会斗争层面扩展到社会道德、人情人性和生存意识的层面；作品生活环境由单一扩展的社会环境扩展为由社会、自然和历史人文交汇一体的生存环境。作品由哲学内涵，由用生活画面来印证历史辩证法，转向社会主义人本主义的强烈倾向，即从人本身出发，对人和人的价值、尊严、本质的重新肯定和认识，这就抓住了艺术文学审美的特征。人物性格的塑造，也由或对人的某种社会特征的印证加肤浅的个性化深化为致力于对民族性格重新发现和重新铸造。人物形象的心理特质和历史文化感得到了较为充分的展示。这种展示不但通过传统的融个性共性于一体的典型性格来实现，也通过某些带有"类"特征的象征性格、典型情绪、典型氛围或自然意象来实现。当然，在技巧上的长足发展就不用说了。

总的来说，是要运用当代各种思想、观念的成果和精神素材，写出西部味和西部韵来。这两方面是相辅相成的。没有当代观念、当代精神，不可能深入西部生活的历史文化层和西部人的心理意识层；而离开西部生活、西部人，一味横移所谓当代观念，只能取消西部文学的特征。

四、一个公式的表述

有的同志认为：一部作品的西部特征的强弱与否，在具备创作的基本条件的前提下很大程度上取决于这个作家的西部文学意识的强弱。他并且借用了一个公式来表示：

S→（A）/T→R

并做了如下解释："在这个公式中，S 代表西部美的信息系统，它作为客观世界作用于作家的大脑，（A）代表作家的心理组织功能，其中包括对客观世界的认识与表现两种机能。T 代表作家的西部意识结构，其中包括作家对西部的历史、现状的认识、理解、美感以及对西部文学的美学追求等。R 代表作家创作出的西部文学作品。这个公式说明：西部文学作品的创作，就是作家的西部文学意识的结构，对西部的客观美的信息进行复杂的心理组织过程之后产生出西部文学作品。""公式中作家心理组织功能与西部文学意识结构之间的关系，用一条斜线表示，说明它们之间的关系是成正比的，也就是说，作家的西部文学意识结构越完善越强烈，则作家创作西部文学作品的功能越完备，越高超。当然，作家的心理组织功能并不局限于西部文学意识，但在文学创作的诸条件具备的情况下，西部文学意识就起到了决定性的作用。作家对西部客观世界的美理解得深刻，对西部精神特质探索得精辟，必然在他所创作的作品中会相应地体现出来。"[①]

[①] 钱觉民：《西部军事文学的西部文学意识》，载《兰州教育学院学报》（社会科学版）1985 年第 3 期。

第二节　按艺术意识的变化对中国西部文学分期

按照作家对西部生活精神把握的自觉程度，可将我国反映西部生活的作品及其研究大致划为三个大阶段。

一、自在的感受和积累阶段

从古代开始，特别是汉唐以来，我国西部地区各民族（包括汉民族）的文艺，在表现西部生活和西部人民的性格气质方面卓有成效的努力，都为后来者在思想艺术上积累了一笔丰厚的财富。这个阶段可以一直划到新中国成立前。其中，古代各族的西域文学和古代汉族边夷文学，可以算作西部题材文学的古典形态。在当时的历史条件下，这些作品都有相当水平，产生了较大影响。例如，据有关资料介绍，戏剧创作在内地，直到公元12世纪的元代才进入成熟期，当时的南北杂剧开始有了分场分幕的舞台演出。但在此400多年前的公元8世纪，新疆已经演出了二十七幕回鹘戏《弥勒会见记》和九幕梵剧《舍利佛传》以及其他小型胡剧。在古代的西藏神秘而美丽的土地上，也曾经三次隆起文学的高峰，即吐蕃王朝、萨迦王朝和噶丹颇章王朝时期的文学，这三次高峰中诞生的迷人的英雄史诗、神话传说，以及灿若贝珠的民歌、格言、民间故事、藏戏和小说作品，至今还闪射着雪山冰川般晶莹的光彩。

汉族古代边夷文学，除了唐代边塞诗、明代《西游记》等在文学史上已经有明确地位的作品外，其实边塞诗作为一种题材走向和艺术流派，一直在后来各个朝代延续发展着。西域题材诗歌发展到元代，诗风为之一变，开始由描绘壮丽河山、苍凉景色转变为边城景色、田园风光；由抒发悲壮浑厚的豪情壮志或凄凉哀婉的征怨乡愁转变为积极奋发的思想情绪，或欢快安适的生活情趣。这种新的西域风情诗发展到清代出现了高峰，构成西域边塞诗后期的一个独立的发展阶段。清代的西域风情诗具有鲜明的民歌色彩。如林则徐的《回疆竹枝词》："桑葚才肥杏又黄，甜瓜沙枣亦糇粮。村村绝少炊烟起，冷饼盈怀唤作馕。""村落齐开百子塘，泉清树密好寻凉。奈他头上仍毡毳，一任淋漓汗似浆。"描绘了夏秋田园的泉清树密，瓜甜果香的宜人景色，更突出了炎炎长夏食馕戴毡帽的奇风异趣。清代西域风情诗还受到元明清地方志兴盛之风的影响，具有珍贵的民俗和史料价值。这些诗作者们大都受到清代乾嘉学派的考据学理和肌理诗派的影响。[①] 它所记事物大多无微不信，比较实事求是。

小说方面，反映和涉及西部的也不少，据杨镰所提供的资料，通俗小说《樊梨花征西》是涉及了新疆的。如今哈密、巴里坤一带也广泛流传着"樊梨花外传"。还有一部长篇《左公平西》，最早的版本是光绪三十年（1904）上海石印本（上下两册），大约也完成于这时候。1984年在山东又发现一部写于清代中期的以左宗棠征西为题材的长篇，它开创了中国小说史的两个"最"：是最长的古典小说，比《红楼梦》长两三倍；是最早的一部正面反映新疆生活的长篇小说。[②]

二、宏观自在和微观自为阶段

这大致指从新中国成立到20世纪70年代末。这个时期对西部文艺创作上的探索和追求开始走向自觉。这种自觉性主要表现在个体的作品或个体的、小群体的艺术家们身上。这种微观上的自觉追求，对于描绘西部人民的思想性格、情绪状态以及西部生活，做了许多可贵的探索，对西部文艺的发展做

---

① 张洪慈：《填补我国西部文学研究中的空白》，载《新疆艺术》1985年第5期。
② 杨镰：《中国西部文明与西部文学》，载《中国西部文学》1985年第6期。

出了许多可贵的贡献。比如,李季、闻捷的诗,杜鹏程、徐怀中的部分小说,武玉笑、黄悌的剧本,以及石鲁、黄胄为代表的"长安画派",电影《农奴》《天山的红花》《加森和哈米拉》《生命的火花》,等等。但也应该看到,这一时期的探索,由于历史条件的限制,也有两点不足:一是对西部精神宏观的、整体的自觉意识还不能算明确和强烈。或者说,也许某个时期、某个阶段有一定程度上的群体自觉(如"长安画派"),但在文学发展的宏观整体上都仍然是自在的,是对包蕴在生活中的西部特色的被动的或半自觉的反映。二是这种个体的自觉也主要停留在对生活的政治层、经济层、社会道德层的把握上,总的看,还没有深入到对西部生活文化心理层和审美意识层的把握。也许在具体创作所涉及的思想、生活、艺术问题上,有这样那样的追求,但发掘、探索、提炼中国西部的历史文化特质和社会心理结构方面,从发掘、提炼中国西部精神和时代精神的深层联系方面,以及探索中国西部的艺术意识方面,都还不能说是自觉的、明晰的。

三、自觉的审美把握阶段

新时期以来,特别是后五年,创作中的西部意识,从整体上看更自觉了,而且提出了鲜明的理论口号。这一阶段西部文学作品的数量和质量都是可观的,引起了全国的注意,西部的作家作品构成了中国新时期文学艺术的一个重要方面军,生活正在变新,观念正在变新。创作的探索和追求更自觉了,而且不约而同地提出了发展西部文艺的口号。这种不约而同性,导源于生活和文学发展的客观要求,表现了趋势的不可回避性。在这个阶段中,西部作家愈来愈多的人开始自觉地对西部生活内在的特点做历史文化的思考和艺术审美的把握。

第三节 新时期西部文学审美品格的变化

　　西部艺术意识使西部题材的作品产生了深刻的变化，在具体作品中有清晰的呈现。拿新时期西部文学和"十七年"期间西部题材作品相比较，那区别是明显的。比如说，总的看，"十七年"的作品追求浪漫主义和理想主义，而西部文学则在浓重的历史文化背景下展开。那个时代叙事作品中我们熟悉的妇女形象，即便是其中的佼佼者，如徐绍武《夜宿落凤寨》中的女支书和《天山的红花》中的阿依古丽（前者曾翻译成多国文字，后者得过国家奖，在评论和舆论界深得好评），虽然刻画得比较生动、丰满，也仍然可以看到明显的以给人物外敷上某种社会观念，特别是政治观点使之理想化的痕迹。王愚在文章中指出，《夜宿落凤寨》在手法上比较巧，也有生活气息，但在表现女支书坚持原则、不徇私情的优秀品质时，仍显得直露。她黑夜路过鸡圈，碰到一只狐狸偷鸡，便追上前去用钉耙将狐狸的脑袋砸碎了，但自己的脚也被钉耙刺伤。丈夫出于爱怜，说了句"追它做啥"，她则回答：

　　"你还这么说！"女人不高兴了。"队上丢了几十只鸡，都怪这种糟糕的思想！"

　　……

　　男人音低下来了，说："真是自找苦吃！自找苦吃！"

　　"这象队长说的话么？"女人答话了，声音低缓，但气势却出乎意外的强硬。"你这是鼓励人们爱护集体财产呢，还是让人们见到集体财产受损失也毫不动心。"

　　"你是我老婆。对别人我当然不这么说。"

"我是你的同志！我是一个社员！"女人理直气壮地说。①

像女支书这一类妇女形象，生活道路平坦，性格命运单纯，情绪心理明朗。她们作为有生命的人物形象，缺乏主体意识可以理解，这是20世纪60年代的生活在她们身上打下的烙印，但作者对这种丧失主体的社会现象，不能从历史文化的深处进行剖析，看不到作者的主体意识在人物塑造上的能动作用，不能不说是很大的缺陷。② 这一类形象和西部文学中的李秀芝（《灵与肉》）、金牛媳妇（《风雪茫茫》）、尕豆妹（《盲流》）这些形象相比，很明显来自两个世界，来自同一时代生活的不同层次。后者所携带的历史文化的和人生的、审美的信息无疑更多，而从这个"多"中，我们看到了西部作家已经从表层的反映和虚假的理想中破壳而出，进入到更深一层的真实的世界，寻找到失落了自我的人物，也寻找到失落了主体的作家。新时期西部文学也有不少作家作品致力于对理想风格的追求，像张承志的作品在知识分子对人民、对土地的追寻、眷恋中，在人克服大自然的同时克服自我中，塑造闪现着理想光彩的性格，铺设由自然意象和生活意象构成的理想氛围。这种理想风格是与人的生态环境和内心状况熔铸在一起的，带有对人生、对历史强烈的象征、哲理和思辨色彩，与"十七年"拔高和外加的理想荧光粉，自然极为不同了。

在两个阶段的诗歌中，也可以看到明显的区别。"十七年"的西部题材诗歌，大多是对西部地区，特别是民族地区自然风貌、社会风情的色彩瑰丽的描绘，或是对新中国成立以来西部社会历史变迁和崭新风气热烈乐观的歌吟。像闻捷这样的有建树的优秀诗人，从总体上也未能跳出这个时代决定的圈子。他的《天山牧歌》，是革命者对新生活的赞颂，内地人对西部的新奇感和诗人才气的较完美的结合。这些诗，较早地给中国的文坛和中国社会推出了当时

---

① 徐绍武：《夜宿落凤寨》，甘肃人民出版社1982年版，第135、137页。
② 笔耕文学研究组：《西北中青年作家论》，西北大学出版社1986年版，第113页。

还为世所陌生的西部美,特别是西部新生活之美,因而是有历史功绩的。但也应该说,诗人对西部美的感受,还是比较浅层次的。我们或隐或现可以感到,诗人的作品中徘徊着一个陌生的熟悉人的身影,这就是穿上了西部生活色彩的、当时流行的社会政治思维模式。能否说,诗人基本上还没有深入到西部精神这个内在的矛盾统一体中去驰骋诗的想象和思考,驰骋诗的笔墨。

有了自觉的西部意识,新时期的西部诗歌大不相同了。在孙克恒、唐祈、高平合写的论文《西部诗歌:拱起的山脊》①中,对这种内在的区别有着很明白晓畅的述评,兹作择要的介绍:

少数民族生活和西部中国奇异、瑰丽的自然风貌,依然是诗人笔下永不衰竭的命题,但在杨牧笔下的盐湖,舍弃了对其自然风光的一般性描叙,把我们引向对大自然启示的内向感受:源出帕米尔的玉龙河,"奔向大海!奔向大海!/奔向那片蔚蓝的天地,/奔向那个爱的归宿……"在奔流不息的长途,它跌进盆地,"有机会认识了祖国的泥土"。诗人呼吁:"那就把苦泪烘干吧,/化作祖国需要的元素!/……看今天,阳光照处,/泪的结晶,/爱的凝固,/粒粒都是闪烁的珍珠!/——呵,盐湖!"②这里,披着传说色彩的盐湖具象,径直诗化为哲理的概括。

诗人们仍在写玉门,但却捕捉住一个新的既有深邃思想又有浓郁感情的命题:《玉门:我不要衰老》③。"玉门/裂变装置厉声宣告/我要停留在中年/我不要衰老。"诗回首了玉门的历史,写出"油层的深呼吸",濒临微弱的更为严峻的现实;写现代科技手段的威力,为了"去寻找孕育着玉门

---

① 孙克恒、唐祈、高平:《西部诗歌:拱起的山脊》,载《当代文艺思潮》1984年第6期。

② 杨牧:《盐湖》,见孙克恒选编:《中国当代西部新诗选》,甘肃人民出版社1986年版,第136—138页。

③ 何来:《玉门:我不要衰老》,载《诗刊》1982年第8期。

第二个青春的／伟大的母体般的构造",玉门人做出巨大的牺牲……全诗在一种冷静与紧迫交织的旋律里,奏鸣出"啊,祖国正在呼唤着能源／我的脸哟这样发烧／我怎能衰老呢／我不要衰老"的主弦音。

诗人们还在写城市,但也拥有了一个新角度:他没有滞留于城市变化的表象,而更侧重于表现一种感觉、印象的复杂层次,并赋予它以与现代情绪吻合的节奏与意象。这是《兰州印象》中的一节:"你是春天的森林／在你的纵横交错的街巷／浓荫搭起绿色的拱门／或是排列成绿色的长廊／有时我真担心那只梅花鹿／会从广告牌上跳下来,用它／不守规矩的角把橱窗撞破"①。跃动着青春活力的城市,竟如此鲜活地脱颖而出。

新时期西部诗更着重于对发展的生活与社会的、自然的现实内在特质的开掘,更多地把思想感情诉诸心理的情绪的折射而造成暗示性的意境。如"漠风老了,牙齿／再也咬不碎／天山摇篮里一天天壮大的／崛起和追求"。②在构思及抒情表达方式上,西部诗中大都有一个个性鲜明的自我或集体群像,作者借抒情主体感受、体验、思索的直接表述,以与客体世界的直接融合而激动读者的心灵。诗人公刘在谈及"新边塞诗"派时说:"他们的诗发展了唐代的边塞诗风,不仅仅是苍凉、慷慨、淳厚,而且明朗、刚健、朴实。在他们身上,继承了《诗经》、《楚辞》以来的遗传基因,同时活跃着与外来品种嫁接、杂交而勃发的新鲜激素;他们有革命者的昂首,而绝无崇洋者的低眉;他们有开拓者的呐喊,而极少颓废者的呻吟;总之,他们有一种前所未见的强大的优势,前途未可限量。"③

---

① 罗洛:《兰州印象》,见孙克恒选编:《中国当代西部新诗选》,甘肃人民出版社 1986 年版,第 208—209 页。

② 子页:《咬不碎的绿洲》,见孙克恒选编:《中国当代西部新诗选》,甘肃人民出版社 1986 年版,第 27 页。

③ 公刘:《序杨牧的〈野玫瑰〉》,见《谁是二十一世纪的大师》,宁夏人民出版社 1986 年版,第 41 页。

第六章 中国西部文学中现实主义的深化与浪漫主义的浸润

第一节　西部文学中的现实主义深化

现实主义是西部文学最主要的创作方法。但传统的现实主义方法在西部文学中已经有了一些新变化：一方面深化，一方面升华；一方面更浓郁，一方面更散淡。也就是说，一方面对现实生活的各种关系，能够做更深广的把握，一方面又能发掘潜藏在生活深处的理想之光，将其熔铸到人物形象和生活形象中去。有时候，将西部生活的曲折、艰难、厚重和瑰丽浓缩，在作品中浓墨重彩地加以表现，使人震惊，使人感奋；有时候，有意将生活色彩淡化、远化，给西部生活罩上一层淡淡的雾霭、蒙蒙的沙尘，使人舒展，使人遐思。我们可以感到，在这里，现实主义的深化和浪漫主义的浸润几乎是交织在一起，同时实现的。只是为了问题的明晰，才在论述中加以分开。

一、更重视对"真实的现实关系"的把握

西部文学中的现实主义深化表现在：一些西部作品不但注意对生活和人物真切的再现，而且较前更重视对"真实的现实关系"的把握，重视通过深入揭示人与人之间各种复杂的社会关系和联系、矛盾和冲突，生动有力地展现人物思想性格、命运遭际和复杂曲折的心灵历程。简单地说，就是生活环境，特别是生活环境中的社会关系、人与人的关系被提到重要的地位，能够在对历史环境的整体把握中现实主义地再现生活。

《人生》所以能超越一般的农村知青题材或"痴心女子负心汉"模式的局限，提出农民和土地的关系、新老两代农民不同的"活法"——不同的生活观念和人生道路这样一些现实生活中具有深度的问题，和作者能够将主人

公高加林的命运置放在多重典型意义的现实关系中分不开。高加林生活的社会环境，是城乡交叉地带，实际也就是两种不同文明层次生活的交叉，两种不同生活观念和生活方式的交叉。

这种交叉，又具体体现在三组人物关系上。一组是高加林与刘巧珍、黄亚萍的关系。高加林在这两个女性中的选择，是感情的选择，又超出了感情的选择，而成为主人公对今后生活道路的选择。高加林曾明确表示过在感情上对巧珍的眷恋，但终于狠狠地剪断了这眷恋，而选择了黄亚萍。这表明在感情的背后还有更强大的力量制约着他的选择，这便是怎样生活、在哪里生活。对生活道路的选择和对爱情的选择交织在一起，既有一致又有不一致，这是高加林内心分裂的重要根源，也是对高加林形象从历史和道德两个角度所进行的评价分歧的重要原因。

另一组是高加林和他父亲、德顺爷的关系。父亲像祖祖辈辈一样安心当着土地的奴隶，并且要求儿子也像祖祖辈辈那样安心地在土里刨食。但是，被现代文明唤醒了、被正在来临却又乍暖还寒的新时期政治春风吹得躁动不安的高加林则产生了强烈的离开土地的要求。这种要求在他只是从人生道路的角度意识到的，虽然主观上还缺少历史的自觉，客观上却包含着历史的要求——在农业生产率不断提高、农村劳动力过剩的情况下，一部分农民离开土地（包括离土进城或离土不离乡）搞工副业或第三产业是符合经济发展规律和历史要求的。他和父亲的关系，实际上是在历史活动领域展开的，高加林的选择有着进步意义。他和德顺爷的关系，则是在道德活动领域展开的，德顺爷代表着正确的方面。高加林身上这种历史评价和道德评价的错位，反映了一个特定的转折时期，即政治上"四人帮"已被粉碎，封闭的窗子已被春风吹开，但承包责任制等一系列搞活开放农村经济的政策还没有制定出来。在这个特殊的时候，高加林符合历史和经济要求的人生选择还不能以符合政策和道德允许的方式来实现。

第三组是高加林、高明楼和刘立本这三大能人之间的关系。他们三人的关系中蕴含着这样一个社会问题：在中国农村新的生活阶段，文化知识和权力、财富之间的关系应该是怎样的？作品以他们三个谁更有力量这种矛盾对峙的方式提出了问题，虽然显得简单和绝对了些，但这个问题本身，确是有新意和深度的，它有对封建主义和资本主义隐隐的否定和对新时代新观念的肯定。

由于《人生》主要人物的活动是在这种多重的有历史深度的现实社会关系中展开的，作品也就远远超出了一般现实主义作品所能做到的对生活和人物真切再现的水平，它通过具有较大社会信息量的生活环境和人物关系辐射到历史真实的深层次。

张贤亮创作的现实主义特色也在这方面有所表现。他善于通过逼真、典型的生活细节达到艺术描写的高度真实，但并不满足于此。他更注意洞察事物内在的真实，把握作品生活世界各方面的本质规律和内部联系。张贤亮还特别重视感情、意绪上的真实，通过现实主义的细致描绘，深切地传达出人物的心灵交往和感情交流。在《绿化树》中那个著名的指纹，可以说是典型的例子。那是"我"第一次拿起马缨花给的白面馍馍时的一段微观描写：

忽然，我在上面发现了一个非常清晰的指纹印！

它就印在白面馍馍的表皮上，非常非常的清晰，从它的大小，我甚至能辨认出来它是个中指的指印。从纹路来看，它是一个"罗"，而不是"箕"，一圈一圈的，里面小，向外渐渐地扩大，如同春日湖塘上小鱼噙起的波纹。波纹又渐渐荡漾开去，荡漾开去……

噗！我一颗清亮的泪水滴在手中的馍馍上了。①

你不能不惊叹作家观察生活的慧眼和感应细节的艺术神经，但如果将这

---

① 张贤亮：《绿化树：中篇小说卷》，贵州人民出版社2013年版，第51页。

个细节放到整个作品特定的人物关系和生活背景中去读，你更不能不赞叹作家通过逼真的细节描写去表现特定时代、特定命运人物身上历史信息的能力。对这个指纹的注意和美的幻觉，是只有一个长期饥饿于食品、长期饥渴于美，而又有相当文化素养和细腻感情的人才可能有的。这种人（即章永璘）只可能在那个特定的历史时期才存在。而通过指纹，将充饥的食物、人民的关切和女性温柔的怜悯叠印到一起，历史、社会和审美又交融得何等好！张贤亮说，他按照严格的真实描写社会生活，"不但要写人，写人的命运，而且要写出命运感"①。他刻意追求的是外在真实、内在真实和审美感受真实的完美结合和辩证统一。这是张贤亮的现实主义深化。

二、抛弃了肤浅的乐观主义和虚假的理想主义

西部文学作品抛弃了"十七年"西部题材作品肤浅的乐观主义和虚假的理想主义，恢复了现实主义的战斗力，敢于直面人生，揭露社会弊病并剖析其根源，对现实的历史进程表现出敏锐的观察力和深刻的思考力。同时，又能够在生活的深处发现亮色，通过生活形象和人物形象传达出历史创造者——人民群众的力量、信念和理想，表现出新时期深刻的乐观主义精神。

十年浩劫时期，林彪、"四人帮"搞得我们经济上处于崩溃的边缘，政治上冤、假、错案遍及全国，思想被禁锢，文化成空白，但还要强迫文艺"歌颂'文化大革命'""歌颂新生事物"，写"莺歌燕舞""艳阳高照"，结果，这种虚饰现实的"理想之歌"无一例外地成为"假大空文艺"。这且不去说它。就是在"十七年"期间，我们很多写西部生活的作品，也大都满足于或局限在对新中国成立以来新旧生活变化的对比和歌颂上。这种"西部牧歌"，作者的用意和作品的客观效果都无可厚非，但很难反映现实生活复杂

---

① 张贤亮：《不可取的经验》，载《中篇小说选刊》1983年第4期。

的全貌，深刻性和历史感更无从谈起，倒常常容易给读者，从而也给社会造成一种肤浅和虚假的乐观情绪。这就很难完成现实主义文学真实而又历史地反映生活真貌、重铸民族品格、深化社会思考的任务。不能说这样的现实主义是充分的、彻底的。

新时期的文学，以《班主任》《伤痕》为标志，开始经历了一个伤痕文学阶段。伤痕文学作为对原来虚假现实主义的一个反拨，敢于在政治上否定"文化大革命"，敢于对"文化大革命"期间种种假、恶、丑，进行真实的而不是虚饰的描写，并且做日渐深刻的剖析。后来，大约是从张弦的短篇小说《记忆》开始，这种对社会阴暗面的揭示上溯到"十七年"，甚至上溯到革命战争年代。现实主义真实的批判的战斗的力量得到了充分的发挥。但毋庸讳言，在"伤痕文学"和此后的一部分"反思文学"中，揭示社会阴暗面也有失之偏颇之处，主要是不能将具体的社会积弊放在历史和文化发展过程中，放在群众积极的社会实践和社会情绪中来描写，便难于避免或展览阴暗，或消极绝望，或评价失当，等等不足。西部文学作为比较明确的艺术实践，是20世纪80年代之后的事，故而相关反映社会问题和历史积弊的作品，大部分在一定程度上避免了以上两个极端，既抛弃了粉饰现实的虚假的理想主义和肤浅的乐观情绪，又能在勇敢深刻揭露社会阴暗面的同时，叫人看到生活之河的明亮和不舍昼夜前行的力量。

王家达的中篇小说《黑店》，写了西部黄河边上两代妇女的悲苦命运。女店主歪姐儿因为用自己深挚的爱救助了离队落难的红军战士而经历了一生的坎坷，她的女儿又因为用自己深挚的爱救助了"文化大革命"期间被迫害的知识分子，而被厄运所缠。这篇作品通篇沉浸了两代人的悲剧，但能使人感到生活的明亮。这明亮不是来自那个"光明的尾巴"，即孙女作为自谋生路的知青又来到黄河岸上接奶奶的班，重振泪迹斑斑的三代老店，使这里充满了现代生活的欢歌笑语，而是来自潜藏在母女两代人命运和主要情节中贯穿始终的人民对革命、对正义的挚爱,对真善美一定能够战胜假恶丑的信念。这种埋藏在人民群众心灵深处的挚爱和信念,使人感到了严寒中的温暖,看到了晦暗中的亮色。在作品里,那过去的两段岁月写得越艰难可怕,人民心中的灯火和温爱就越加可感可触。

杨绍平的短篇小说《陵园的守望者》,写解放战争时期一支在沙漠边城剿匪中覆灭的解放军队伍里唯一活着的战士,留在辽远的边地为战友守灵三十多年。如今他老眼昏花,思维迟钝,甚至略显错乱。在这正在被人遗忘的烈士陵园里,这个正在被人遗忘的老战士,看够了世态炎凉,阅尽了人间沧桑。他非但对这些世象已经无力回击和排挞,自己的老迈和由于固执过去而产生的偏执性精神病变甚至不断遭到别人的嘲弄,但在他心中,战友们用生命换来的正义和传统却一直清晰地鸣响着,显现着。整篇作品是沉重、悲凉的,但在老战士朦胧而又执着的回忆、眷恋中,在老战士精神底色的映衬下,作品表层的画面在审美中出现了色彩的变异:那些忘记了过去的、精明的、聪敏的,使我们在感情上产生了否定倾向,那些被嘲弄的、老迈的、偏执的则变成坚定、执着,使读者产生了肯定的感情倾向。这是只有那些发掘到了生活河床深处的作品才可能具有的力量。

三、善于将理性的思考渗入审美感受和艺术表现中去

西部文学许多现实主义作品,善于把理性的思考、渗入审美感受、生活体验和艺术表现中来,使理性主义的色彩成为西部文学现实主义深化的一种追求。

当代文学在一个时期内似乎对理性怀着戒备。一方面,对恩格斯在分析具体作品时提出的"倾向应当从场面和情节中自然而然地流出来","作者的见解愈隐蔽,对艺术作品来说就愈好"的观点,长期做了片面的绝对化的理解,使一些同志感到文学中"理性"的表达和作品的"好"是大相径庭的。另一方面,新中国成立以来文艺创作在相当长一个时期里,由于先验理性的

强行干预而产生了不同程度的公式化、概念化。这使人们厌倦理性对文学的觊觎,相信情感的真实性远远超过了理性的真实性,而纷纷在创作中躲进了感性的天地。在这种时候,一些西部作家和全国的同行们一道,迎难而上,对将理性的审美化作为现实主义深化的一个途径做了艰苦的探索。张贤亮率先做了理性的宣告,"许多同志又有'理念大于形象'的感觉……但是,我心底里也有些不同认识",这认识就是,"在写小说时没有理性与知解力的参与,小说是写不好的"。他还说,"写人生,没有哲学修养作基础,写社会,没有政治经济学理论作基础,写社会主义国家的现实生活,没有马克思主义思想,正象要当外科大夫却不精通解剖学一样,是靠不住的"。[①] 不仅有宣言,还用渗透在几乎全部作品(《灵与肉》《龙种》《肖尔布拉克》《河的子孙》《男人的风格》《绿化树》《男人的一半是女人》等)中的理性的华彩,吸引了社会的审美目光,使他们惊异于其中的思想启动、感情激发和审美渗透的力量,而对非理性创作思想的万能发生怀疑,对理性在社会主义现实主义文学中的地位刮目相看。

张贤亮无愧于新时期社会主义文学中理性主义者的代表作家。我们不妨以他为例,对西部文学理性的现实主义特色做一些概述。

首先,在作品中将理念的启悟和生活形象熔铸在一起。在理性与生活之间,他抓住文学的形象性和感情性两个基本品格作为中介,使作者心中的理念融化为人物形象和感情的血液,汩汩流进读者心灵。

在张贤亮笔下,主要的人物形象常常都体现着一种深邃的哲理。用《一个唯物论者启示录》的主人公章永璘的话来说,就是:"种种抽象的概念都还原为具体的形象。"龙种、魏天贵、陈抱帖、许灵均、马缨花、章永璘等形象,本身带有浓厚的哲学气质。章永璘在劫难中重新领会马克思主义的基

---

① 张贤亮:《写小说的辩证法》,载《小说家》1983年第3期。

本原理，他以自己漫长的、坎坷的命运，以自己的饥饿、劳累、抑郁、痛楚、内向的自悔、哲理的反思，来验证新人（共产主义者）在"炼狱"中的诞生。陈抱帖、龙种的创造精神、改革气派，对中国历史道路和未来发展的宏观思索，对在农村、城市的开放改革实践中实现人的改革和民族性格的重铸，都具有浓烈的哲理力量。就连马缨花和黄久香，也以她们象征大地、象征母性、象征人的另一半（即事业、精神之外，人对食、色本能方面的欲求）而具有了深层的哲理性。

作为作品哲理内容的形式表达，精彩的哲理性的议论成为张贤亮作品塑造人物、升华意蕴的重要手段。他在给李国文的信中曾这样表白："……从书中人物的口来发表适合这个人物性格的议论,就不能算是'理念大于形象'。写这个人物的议论是塑造这个人物必不可少的一部分。我写陈抱帖所发的议论，都是他这一个对当前现实，对社会主义改革，对马克思主义独立思考的结果。"在一定程度上可以说，写陈抱帖的理念活动，就是写他的一种主要的内心活动；写他的议论，也就是写他这一个具有性格和职业特征的思维方式和言行。加之作家善于准确地安排理性思辨在作品中的位置，将情节和思考、人物的实践活动和理念活动交织起来，相互引发，相互推动，相得益彰。《男人的风格》中陈抱帖在海南家与那位研究生争辩的描写，既展现了陈抱帖的性格特征，又阐明了马克思主义经济理论在中国社会的作用，同时对促进海南对陈抱帖爱情的成熟这一重要情节的发展也起到了重要作用。

在张贤亮笔下，有时，理念活动作为感情发展的自然升华和提炼而出现；有时，理念活动创造出一种心境、一种情绪，又自然地导出感情的波流；有时，理念活动则干脆渗透在人物感情的流淌中进行。请看《绿化树》中的这一段：

> 内心的风暴平静下去,从心底开始升起一片颂歌：和谐、明朗、纯朴、愉快，好像置身在鸟语花香的田野里，呼吸着清新的空气。
>
> 死固然诱人，但生的诱惑力更强；能感觉本身就是幸福,痛苦也

是一种感觉，悔恨也是一种感觉，痛苦和悔恨都是生的经历，所以痛苦和悔恨也都是生的幸福。"叽喳、叽喳"，麻雀从我头顶上飞过去，一边扇动着小小的翅膀，一边还东张西望，向那更高处飞去。啊！这样一个小生命也在想超越自己。[①]

这里，思绪、情感、景色交融成一个又虚又实、虚实相生的流动着的生命画面。

其次，善于在悲剧氛围中去揭示作品主题的哲理性，显示人物精神中的理性力量。悲剧是人类精神美德的磨刀石。在悲剧痛苦的哀怨、深沉的慨叹中，生活的哲理迸发出光彩，人物性格中理性因素得到显示。人物形象，特别是知识分子形象的悲剧遭遇，最容易触发并且丰富对人生、对命运、对世界的各种理性思考。人物命运的大起大落、时代生活的急剧转折，常常将散化在生活中的各种哲理凝聚、浓缩。张贤亮虽然身受二十多年的迫害，但他远远超出了个人的悲苦，超出了悲剧命运给人带来的感情层次的反映，而是以哲学家具有穿透力的眼光，从许灵均、章永璘的悲剧命运中，看到了中国知识分子的历史命运，看到了马克思主义新人诞生的必由之路，看到了脑力劳动者、筋肉劳动者和人民、和大地的血肉联系，看到了人类生活中灵与肉的联系，等等。作家不是在哪一部作品或哪一个人物身上偶然地或纯感性地抒发了这些哲理，而是在他的大部分作品中，集中地，一部比一部深入地去揭示这些哲理。这种明确的创作意图与真实感人的艺术再现，使他的作品蒙上了一层庄严的理性色彩，他的人物透发出一股逼人的理性力量。

再次，他还善于从社会经济活动的发展进程中去展示和分析各种生活形态，这使得他作品的理性力量具有鲜明的辩证唯物主义和历史唯物主义色彩。

---

① 张贤亮：《绿化树：中篇小说卷》，贵州人民出版社2013年版，第94页。

在他的作品中，不论是直接写经济改革活动的，如《男人的风格》《龙种》，还是写中国知识分子历史命运的，如《灵与肉》《唯物论者启示录》，都从不同的角度使人鲜明地感觉到在生活形象运动背后，有一种更深刻有力的运动在进行，这就是生产力和生产关系、经济基础和上层建筑、物质和精神、文化精神和人类本能的既受动又能动的辩证运动。这种运动，作为社会最基础的运动，推动着、制约着、决定着社会各种形态的活动。《龙种》的问世，是这种理性力量的初试锋芒。书中所描写的经济改革，当时还带有预测性质，后来，无一不逐步变为现实，预测变为预见。在《男人的风格》中，作家以经济学理论来推动情节的进展、主题的深化和人物的完成，显得更自如、更有光彩。陈抱帖的《城市白皮书》无异于作者改革社会的方案，从作品审美环境中抽出来，也仍然具有理性的力量。自然，我们要说，作家在表现经济活动所包含的理性力量时，也许有以议论代替形象，或议论与形象脱节之处，但是，在经过极左思潮对马列主义信仰的肆意蹂躏之后，作者能够致力于用马克思主义的经济理论来加强创作的革命现实主义的理性色彩，是难能可贵的。作者在这方面的水平，在国内文学界也是少有的。

四、用发展的、开放的观念重新审视传统现实主义和中国古典美学

西部文学创作中坚持现实主义创作观念和方法的作家作品，日益认识到，现实主义应该是一个不断发展的开放体系，不断地吸收各种新思想、新观念、新学科、新方法来丰富自己，同时从当代生活出发，对中国传统美学重新审视，重新发掘，为我所用，是现实主义不断深化的重要助力。这点，在近年的西部文学创作中已经取得了实绩。

例如，在王蒙、张承志、马原、杨志军、董立勃等人的小说中，典型这个范畴，一方面由政治社会层次逐步向文化审美层次蜕变，一方面逐步从原

有的典型环境、典型人物中解放出来，扩展为典型情绪、典型意会、典型画面。原来的典型因为强调个性与共性的统一，而这个共性又主要从社会、政治层面做比较狭隘的理解，即便逃逸出公式化、概念化的阴影，也难免显得单薄、单面，不能凝聚复杂多变的社会生活和人的心灵。近几年西部文学创作中，像邵振国的《麦客》已不再一般地、直线地描绘经济状况所造成的社会问题，而是同时掘进到人情、人性、人的生存意识的层次。男女主人公顺昌和水香的相遇，究其底是经济的原因——经济落后使水香嫁了一个智商不足的"白货什"，也是经济落后使顺昌到陕西来出卖劳力。他们之间的关系是一种雇佣关系。但在他们交往的过程中，人性的欲求经过共同劳动、相互了解所产生的人情的浇灌，开出了爱情的花朵。无私给予的爱情关系突破互相交换的经济关系，上升为这个生活故事的主旋律。它们之间看来是矛盾的，实际上，无论是对水香不合理婚姻的蔑视，还是对顺昌这个劳动力作为商品投入农村初级市场交换，在突破小生产自然经济以及依附其上的封建性婚姻桎梏这一点上，又是一致的。这种矛盾和一致，都是对现代生活方式的深沉呼唤——其中既包括对农村新的经济生活水平的呼唤，又包括对农村新的感情生活的呼唤。这两种呼唤作为一种合力，使我们感受到历史嬗蜕期中国农民生存意识、生命原力的苏醒和躁动不安。

在甘肃作家景风的小说《冰大坂那边》里，也是将藏族姑娘娜姆和汉族青年黄诚的关系置放在多重背景下来展示的。娜姆开始满腔热情地接待了黄诚——这是一种和睦、友好的民族关系。当她得知这个青年就是当年在平叛中打死她哥哥的仇人时，是非关系、亲缘关系上升了，激起姑娘内心的剧烈冲突。而在翻越冰大坂时，当黄诚冒死从野熊的魔爪下救出她时，对是非的正确判断，对新社会汉藏两族友谊政治基础的信任和友人间的感激，以及姑娘对小伙子的爱慕，终于交结为一股感情的力量，将汉藏两个青年人联结起来。这种联结不光是社会的，也不光是民族的、友谊的、爱情的，又既是社会的，也是民族的、友谊的、爱情的。这种在对生活、对人物做全面整体审美把握的基础上来塑造典型人物，使传统现实主义手法在深入地把握生活的复杂感方面，具有了新的生命力。

《北方的河》还使我们看到西部作家在塑造典型人物时的一些新的思索。它写了一个奔向大河的男人，作者不但有意略去了人物的许多个体性特征（这在传统现实主义风格的作品中是至关重要的），只写一个剪影，一个奔向大河时的定格，而且干脆不告诉我们主人公的姓名。作者强调人物在精神气质上和大河、和时代的相类、相通，强调时代气氛和意绪的共同性在人物身上的焦点凝聚。这样，人物成为我们时代大写的人的类相。这种典型和古典现实主义的类型化典型阿巴公、诸葛亮不同，也和批判现实主义的个性化典型奥勃洛莫夫、阿Q不同。"他们大概属于典型性的第三种型式，属于那种既有一定的个性，而又突出地体现了时代精神主导特征的典型型式，就象资本主义初生期在文学上出现的鲁滨逊、社会主义革命初生期在文学上出现的母亲尼洛芙娜那种典型型式。"①

又如，西部一些现实主义作品开始注意到在坚持传统的情节——性格模式的同时，也尝试采用情绪——心理模式的写法。作品由主事转向主情，笔墨也就由逼真的写实的形似转向虚实相生的神似。这种写法熔中国古典艺术美学和现代艺术思潮于一炉，使意境、意象这个美学范畴从诗歌走向小说，并同典型一起成为小说创作的最高美学范畴。张承志、马原的一些作品之所以能够在特定的、具体的生活描绘中给人以生活整体美和哲理象征美，之所以能够不写或少写社会生活环境和事件，而使时代精神充盈其间，根本原因在于他们能将中国艺术"虚实相生"的意境创造、"以小观大"的全景把握、"神领意造"的创作意识和现代西方小说创作中的重象征、重心态、重意绪

---

① 滕云：《〈迷人的海〉——〈北方的河〉》，载《当代作家评论》1984年第5期。

而淡化人物、淡化情节的趋势结合起来，表现中国西部生活的缘故。

　　我们这里所说到的（自然远不止这些）现实主义深化发展在西部文学中的表现，特别是第二、第四点，实际上已经表现出了一种现实主义和浪漫主义在新生活基础与审美基础上的相互靠拢、相互结合的趋势。

第二节　西部文学中的浪漫主义浸润

浪漫主义潮流在西部文学中的呈示，不但构成西部文学的一个重要特点，而且在整个新时期文学的发展中，也起到举足轻重的作用。有的论者给予了这样的评价："张承志把《黑骏马》《北方的河》献给读者，意味着浪漫文学的成熟宣言。""这两篇小说使以前暗含的东西突出了，使若隐若现的东西鲜明了，使幼芽成熟了。浪漫之声进入了时代文学合鸣的高声部位置。"①

一、西部浪漫作品的三因素：远、奇、意象

西部生活、西部题材蕴含着浪漫潮流的一些条件：远和奇，遥远和雄奇。西部浪漫自然世界的形成，意味着一种心灵的情绪的形成。文学的浪漫世界应由时代的心灵世界来揭示。改革时代所需要的历史责任和英雄气概，开辟新途时必然会有的悲壮情绪和崇高感，使新时期的浪漫主义文艺思潮首先找到了西部中国作为它的喷射口。在遥远的荒原中，大自然的人格力量和人的自然本性得以凸现。"远"的多方面展开，构成了浪漫作品的环境基调。由远生奇，在远的环境中，奇人奇事取得了得以展开的规定情景，初民的带有神秘色彩的神话传说的原型力量得以主宰人物的命运，影响人物的心灵。远赋予奇以审美的假定性，假定使奇获得了可信。

西部浪漫作品，大都包含着三个因素：故事之奇，故事环境的远，故事和环境中的象征意象。有前二者，作品取得了浪漫气质的客观条件，有了第

---

① 张法：《远与近　奇与正——新时期文学"浪漫"潮流初论》，载《批评家》1986年第5期。

三点，西部浪漫作品将表层故事的生动性与深层哲理的暗示性在情绪的世界中交织起，才跳出了过去的浪漫样式（如美国西部片样式），获得了当代读者所需要的思辨深度。比如《绿化树》，一，章永璘和马缨花的故事带有传奇色彩，这种传奇色彩，是由章的落难以及在落难中生理饥饿和精神饥渴的独特性，和马缨花通过"美国饭店"解除章的生理饥饿却又丝毫无补于、也不触及章的精神饥渴的独特性，这样两方面组成的（在这种灵与肉的分离中其实就含蕴了象征哲理的酵母）。二，这个故事发生在"敕勒川，阴山下，天似穹庐，笼盖四野，天苍苍，野茫茫，风吹草低见牛羊"的朔方，地域的遥远。发生在和社会闹市构成两极的被社会禁锢的角落——劳改农场与就业农场，心理的遥远。三，在"白面书生落难，薄命红颜多情"的老套子里，作者发掘出故事的哲理意义：知识分子由脑力劳动者变成筋肉劳动者，再在涅槃中重展思想彩翼这个漫长的过程中，再生为新人。劳动者是他们得以再生的母体。而在作品中，章永璘与马缨花，既是具体的有生命和性格的人，又分别是灵与肉、儿子与母体、庄稼与大地的象征。

二、西部浪漫作品的类型

西部浪漫作品，目前我们读到的主要有四种交叉的类型：

1. 浪漫自然类型

这种类型以张承志的作品为代表。冯苓植、杨志军、张锐、文乐然、程万里、张艳兵等人的有些作品也在此列。创作之始，张承志曾经相当偏重过抒情散文式的小说叙述方法，常常将饱满的激情灌注在平凡的人生际遇中，由于过多的抒情淹没了对现实的描绘，常常显得直露，不够节制。自《黑骏马》《绿光》之后，他有效地控制了情绪，将激情更深地埋藏在客观的叙述之中，将深刻的社会人生主题融会在人物命运的生动故事中，同时又注意了保留抒情个性。像《黑骏马》，作者把"意识到的历史内容"、沉郁的人生感受都谱入蒙古族古歌徐缓悠长的旋律中，大起大落的感情潮流与古歌回返往复的情绪线条彼此重合，渲染出民族生活的历史文化底蕴。此后，这种诗化的高层建构的手法在张承志的作品中逐渐成为基本结构，相对稳定下来。他总是将主观抒情和自然意象结合起来，有意回避外在故事的完整性，致力于以简单的情节框架去构筑丰富的自然意象。故事被切碎了，而包孕着感情象征物——自然意象。"黑骏马"——命运的象征，"老桥"——往事的象征，"北方的河"——理想的象征，"黄泥小屋"——憧憬的象征。这些自然意象，不仅作为无所不包的氛围，弥漫在字里行间，流进读者心中，而且作为和主要人物并峙、和主题对应的形象，作为情节结构的主要支柱和构架，矗立在读者心中。这种自然意象，将作品和"远""虚""神"联系在一起，产生了浪漫色彩。

浪漫自然意象一般有两个层次。第一层是意象本身，包括自然物，和自然环境融为一体的风俗、人物、故事，以及包孕在这种自然环境和初民风俗中的情韵和象征；第二层是意象的哲理底蕴，这常常是民族心态、时代氛围和人生感悟在作家理性和感情中的沉积和凝结。意象的自然环境、初民风情将作品和处在社会漩涡中的读者在心理上拉开距离，以其远与奇，产生审美效果；意象的哲理底蕴，却又将作品的意蕴和读者所处时代的精神和社会情绪拉近，这种虽远而近，虽奇而正，是浪漫自然派作品参与当代生活和当代精神的特殊方式，也是此类作品呈现思想、社会意义的特殊方式。

2. 浪漫神话类型

我们姑且以马原的一些作品作为这种类型的例证。马原的一些作品，氤氲着一种高原特有的奇诡神秘色彩。这种奇诡神秘是多方面的因素造成的，高原独有的陌生而奇异的自然景色，高原独有的陌生而奇异的民情风俗，高原独有的文化心理结构，以及马原独有的作者与人物掺和到一起、各种人物掺和到一起的随意、时空捌动的虚实真假，扑朔迷离的走马灯似的叙述方式，等等，都是神秘色彩的原因。其中很重要的一点，是马原作品中的神话、宗教、传说因素。马原有相当一部分作品，晕染了一个为宗教气氛所包围的神话世界。马原跳出了原来的仅仅将神话、宗教、传说作为一种地方特色、民族特色、艺术特色的层次，明确把神话、宗教、古老的民间传说作为一个地区文化传统的源头、文化心理的原型来处理。它们不仅构成人物生活方式、思维方式、价值观念和性格心理的重要依据，也影响着这里的民风和景观，甚至还影响着作者构思、叙述方式和运笔设色。马原自己的体会是："神话不是他们生活的点缀，而是他们的生活自身，是他们存在的理由和基础，他们因此是藏族而不是别的什么。"也许正是基于对藏族生活的这种把握，马原的作品构成了典型的浪漫神话类型（这里表现的宗教、传说，对一般读者来说，也是一种"神话"）。

在《冈底斯的诱惑》中，马原几笔勾勒了西部世界浓厚的宗教气氛：磕长头、转经、供奉酥油和钱、八角街香烟缭绕似的尘土、山岩上雕出的巨大彩色神祇、喇嘛经顶、五色经幡等等。但马原远没有停留在许多人都可以做到的这一步，他通过以后人物命运和故事情节的发展，透过神秘的宗教神话色彩，去开掘他们那带有初民色彩和浓重宗教情绪的世界观。他给主人公起了"央金"这个藏族女孩子最普通的名字，也许就在于暗示：不管每个人有着怎样独特的生活道路，最后很难逃脱每个人生命的必然归宿。央金是大贵族的女儿，从小随父母出国，1977年从挪威回国后，又到北京学习了七年，她的命运在藏族妇女中是够特殊的了。她似乎完全可以走一条和女伴们不同的生活道路了。可是，刚毕业回藏就遭了车祸，被酒后开车的司机辗得"血肉模糊"，最后，她仍然和每个藏族人一样，以天葬台作为自己最后的归宿。而按高原上的宗教人生观来看，央金上天葬台"是庄严的再生仪式，是对未来的坚定信心，是生命的礼赞"。央金命运的急剧变化，真是神话般神奇。细一想，却又有那么深的寓意：要从精神上、文化上跳出宗教世界谈何容易，那是要几代、十几代央金才能完成的事。央金作为第一代新文化信息的冲击波，只能在这沉默的冰山上撞得粉碎，连回声也难以听见。在那个宗教渗透了一切的世界，这难道不是还在继续在发生的、真实的神话吗？所以，有位评论者在谈自己读《冈底斯的诱惑》的感受时说："第一遍读它感到困惑，第二遍读它感到痛苦，第三遍读它感到震惊。"央金的故事，这个以自己的羽翅震颤着国内外现代文化冲击波的小鸟，刚飞上高原，便被宗教文化不动声色地吞没的故事，的确是个令人震惊的"神话"。

神话是"在人民幻想中经过不自觉的艺术方式所加工过的自然界和社会形态"。① 它对社会的反映和认识是想象的、变形的，也就是浪漫的。它甚至比西藏高原上原始的狩猎和放牧离我们还要遥远，因为那毕竟还是遥远的现实人生。而神话观念的对过去、现实、未来在想象中的编织，却可以超越现实人生的可能而达到人类思想的目的。马原将这二者结合起来，使得他的浪漫神话类型作品，以难以置信的神话格式形象地阐述出极富现实性的题旨。

3. 浪漫远村类型

当浪漫潮流在"外西部"的草原大漠中兴起，并向"内西部"蔓延时，"内西部"也和全国其他地区一道，感应着这股潮流，兴起了写远村僻镇、凡人小事的浪潮。这也是一种浪漫潮流，有的论者称为"远村派"。"远村派之属浪漫潮流，在于它仍以远和奇作为主要特点。只是这远，不是远离现代文明的草原、沙漠、荒野，而是远离现代文明的村庄……不是浪漫自然中的异域情调，而是充满乡村原始土风和封建遗迹的习俗。"②（"充满乡村原始土风"，然也；"充满""封建遗迹的习俗"，则未必）王家达的西部

---

① 辛力：《对一个遥远世界的发现——马原西部小说的视角特点》，载《辽宁师范大学学报》(社会科学版)1986年第5期。

② 张法：《远与近 奇与正——新时期文学"浪漫"潮流初论》，载《批评家》1986年第5期。

黄河系列《清凌凌的黄河水》《黑店》《西凉曲》等等是此种类型极有代表性的小说，《桑树坪的故事》《麦客》和电影《黄土地》也可以加深我们对此类作品的理解。

尕奶奶所生活的那个位于空旷的西部黄河边上的小村落，水香所生活的秦岭西部褶皱里的小村落，翠巧所生活的陕北高原寂寥的黄土地上的小村落，它们的遥远，主要不是空间距离上的，而是文化距离以及由此造成的心理距离的遥远。远中之奇，也不是高山冰川中所寄寓的险峻崇高之奇、憧憬理想之奇，而是这些远村令人惊奇的沉滞落后和西部妇女对加于她们的文化窒息的令人惊奇的逆来顺受或顽强反抗。早生了几十年的翠巧，在新的生活因子——顾青和他所代表的政治的、社会道德的、文化的新世界进到自家那个晦暗的窑洞中时，也曾在她晦暗的心灵上燃起一朵小小的火花，也曾在这朵小火花的明亮中看见了自己一个新的未来，激起了为争取这个未来的些许勇气、些许行动。当社会还存在着巨大的民族的、阶级的和文化的阴云，她心头那朵小小的火花照耀的范围实在有限——也许就连自己父亲那沉滞的目光和麻木的脸盘也无法照亮。翠巧的希望默默地消失在黄土地上那顶默默的花轿中，她心中的怨怼和遗憾只能化作愤怒的安塞腰鼓充满活力的强大声浪中一个小小的鼓点，化作小弟弟在乡民愚昧的对神祈雨的人流中逆流自拔的念头。

二三十年后的尕奶奶和水香不同了。她们也都有不如意的婚姻，但已经变化了的政治背景、经济背景、文化背景在连她们也不自觉的情况在她们心头起作用，化为她们极其类似的气质，那就是对幸福明朗、刚烈、执着的追求。正像《黄土地》中没有出现邪恶势力，只出现了文化阴影一样，她们周围也没有出现邪恶势力，甚至她俩的丈夫，尕奶奶的老男人和水香的"白货什"，也都善良憨厚，并不构成她们追求幸福的直接的、现实的阻力。作者同样只写了文化阴影，只是这文化阴影更深沉、内在，由翠巧父亲的脸上，移到了水香们的心中,而尕奶奶则在相当程度上超越了这种文化限制。这样就造成了两个"奇异"的生活故事:一个是水香和顺昌的故事——开始那么炽热的相爱,而且这爱具有相当程度的合理性,可在没有外在干预的情况下,只是由于爱情不能取得婚姻的外壳,他俩都在心造的闸门前停住了脚步,违心而神秘地、主动地、痛苦地离去。一个是尕奶奶和二哥子的故事——他们的炽热的"婚外爱"非但不妨碍,相反还在维系着她和老男人的"爱外婚"的前提下,得到默许和保护。这里没有外壳的爱和没有内容的婚姻神奇地、和谐地又荒诞地并存着。

可见,浪漫远村类型的奇,看似奇,实则正,看似神秘荒诞,实则是对现实生活内在矛盾运动复杂性的一种把握。这就正如一些论者说的:"浪漫自然主要表现的是时代的激情,自然转为乡村,激情变成沉思。自然意象是现实复杂性在浪漫氛围中的情绪性凝结,遥远村落则是现实复杂性在浪漫色调上的叙事性展开。"①

但是,正如雷达指出的,王家达的黄河系列作品真正的美学价值,还不仅仅在于这些可以论述表达出来的实处,而在虚处。他指的是巧妙穿插其间并震荡于全篇的男女主人公对自由的渴望,对大地的深情,对美的迷恋,对劳动的诗意感受,对黄河古文化酿造的民歌民谣的倾心,以及涵盖全篇的黄河意象和精魂。②

当二哥子以其健壮的身躯跃入激流挽回流筏的顷刻,当夕阳的彩笔在麦垛上勾出尕奶奶和二哥子的轮廓,当夜的黄河上这对恋人凝神屏息感悟人生的韵味,我们谛听到了黄河儿女亘古以来梦想自由的心跳声。这并非单指婚

---

① 张法:《远与近 奇与正——新时期文学"浪漫"潮流初论》,载《批评家》1986年第5期。

② 雷达:《他乘羊皮筏在生活之河漫游——谈谈王家达中短篇小说的审美特色》,载《中国西部文学》1987年第5期。

姻自由,他们只是听凭心中温柔自由的烈火猛烈燃烧,这是灵魂的自由,生命的自由,对土地、对黄河以及相互之间"爱"的自由。这就使作品超出了狭隘的社会政治批判主题,变为一首关于人与自由的深情赞歌。更不可忽视的是,黄河的意象(虚)与女主角尕奶奶(实)在精神上的血脉交通,隐秘感应。小说中的黄河是有灵性的,有情绪的,它既是这一对恋人的见证,又是这一对恋人的歌手,更是这一对恋人的精神渊源。不妨看看这个情境:

>清凉凉的河水从我的脚下急速流淌,发出哗哗的声音,大而亮的星星在我的脚面上跳跃着,闪动着……夜风吹来白兰瓜醉人的香味,吹来了冬果梨和酥木梨淡淡的清香。黄河在微风的抚摸下,像一位长途奔波的旅人,安静下来了……
>
>二哥子轻快地摇着筏板,头一会儿低下去,一会儿抬起来。一辆又一辆高大的水车闪了过去。浑身披满绿色苔衣的水车不紧不慢地转动着,把一桶桶散发泥沙味儿的水从黄河提起来,倒进高高架起的水槽,发出一阵微弱而奇异的光……
>
>尕奶奶一只艳艳的手从筏沿搭下去,漂在水面,任河水扑打着。
>
>哦,家乡,我的家乡!

这是一种很难用引文传递的情绪和意境。黄河在这个生活故事中是一个沉默多情的角色。当二哥子远走他乡,日渐憔悴的尕奶奶夜里"忽然架起羊皮筏子,无目的地在河上漂流,满腔悲憾地摇着筏板,一面把果子一个一个扔进河里"的场面,都有撼人心魄的魅力。

4. 理想人格类型

在李斌奎、唐栋、朱春雨、李本琛等西部军旅作家和张贤亮、张承志等人的现实主义作品中,常常升腾起强烈的理想色彩和浪漫情怀。他们的理想主义和浪漫色彩,有时也通过自然意象或远村生活来传达,但更重要的还是寄寓在那些令人难忘的理想人格身上。

张贤亮笔下的理想人格大致有两类，一类是新时期改革生活中的进攻型性格，一类是逆境中的女性形象。

几十年的逆境，并没有消磨张贤亮积极参与社会变革的强烈激情和深沉思考，也没有消磨他心中那种强者的气质和进攻的性格。作家身上这一部分基因在现实生活的培养基上常常生长出改革家的理想人格来。如果我们将《龙种》中的龙种、《河的子孙》中的魏天贵、《男人的风格》中的陈抱帖这三个强悍、精猛、峻烈的男子汉性格，和作者早期的"男子汉宣言"对照一下——"我要做诗人，我不把自己在一个伟大的时代里的感受去感染别人，不以我胸中的火焰去点燃下一代的火炬，这是一种罪恶，同时，我有信心，我有可能，况且我已经自觉地挑起了这个担子"[①]。

可以十分清晰地看出，这些形象寄寓着作家被改革时代所激起的浪漫的豪情和新时期理想人格的蓝图，是二十年后，一种更成熟的"男人风格"的审美表现。多年的磨难，使作家青年时代那种豪迈而又多少有些空泛的参与激情，在人民群众丰富的生活中得到充实，在马克思主义理论的学习中得到升华，于是这些理想人格的浪漫气质有了坚实的大地为依托，成为现实与理想共生的形象。他们对整个社会的政治、经济、精神文化有宏观的权衡，对生活的进程能够做马克思主义的深邃思考，能拿得出自己这个领域进行整体改革的各种"白皮书"，又有坚毅的性格、娴熟的组织管理能力、灵活的工作方法和吸引人的风度品格去实现自己的蓝图。这种理想人格产生了崇高之美。如果说某些地方还感到对他们的描绘中言多于行，行多于心，除了作家本身的原因之外，也许和当时的现实生活中这类改革者也还更多地处于比较

---

① 张贤亮：《给〈延河〉编辑部的信》，载《延河》1957 年第 8 期。此信谈到他的长诗《大风歌》的创作。

理想与浪漫的"新官上任三把火"的时期有关（这就正像社会所以热烈欢迎乔光朴形象，而宽容他身上一些不太实在的东西一样），这些人物只有在未来的更深入的改革实践（其中包括必然有的反复）中，才能更深地呈现出自己的内宇宙来。

张贤亮笔下的劳动妇女形象，像乔安萍（《土牢情话》）、李秀芝（《灵与肉》）、韩玉梅（《河的子孙》）、马缨花（《绿化树》）、黄久香（《男人的一半是女人》）以及《肖尔布拉克》中的陕北姑娘，也都具有理想色彩，她们对生活的超负荷的艰难都有惊人的像大地一样的承受力和消化力，对社会造就的各类人物，包括像章永璘、许灵均这样的社会弃儿，都有像母亲一样的宽容而温暖的胸怀。她们没有多高的文化，不太触及社会上层建筑和意识形态领域中的各种风云变幻，但她们常常又将世事看得那么透，那么超脱达观，那么充满信心，像朔方无垠的纯净的天空。很显然，劳动妇女的优秀品质在张贤亮笔下是被大大强化了。他曾说过，他作品中美好感人的妇女形象，都是他各种各样罗曼蒂克梦中的洛神，散发着"神洁的光辉"，点明了这些形象的浪漫的气质和理想人格的属性。她们不但成为引导作者在人生道路上前行的圣火，有的（如李秀芝、马缨花）还是知识分子矫正自己精神的罗盘。不能说这些对比是完全准确的，但作者正是要以此来强化他对自己心中的理想——人民的感情。如果说上一类理想人格是阳光，那么这一类理想人格则是草地；上一类理想人格更多是作者理性思考和参与激情的产物，这一类理想人格则更多是作者人生感受和人性感情的产物，显得更真切、生动。

张承志的浪漫主义追求，有时也表现在理想人格的塑造上。上面谈到的，他通过自然意象的熔铸和简化抽象的升华，把个体特征和类的特征结合起来，致力于将笔下的男主人公塑造成一个我们时代"大写的人"，使他们成为突出地体现了时代精神主导特征的又有个性色彩的典型形式，正是他铸造时代理想性格的主要方式。

除此而外，唐栋、李斌奎、张贤亮、张承志还在自己的作品中塑造了那类执着地追求人生真谛、不断升华到新的精神境界的人物形象。《天山深处的"大兵"》中的男主人公郑志桐虽然被极左的时代潮流裹挟着走了一段弯道，但并不因此而全盘否定下乡插队，和劳动人民共同生活对自己的积极作用，更不因此而丧失信仰，颓废自嘲，仍然执着地求索，终于在天山深处的兵营里找到了崇高的理想，实现了自身的价值。张承志的《绿夜》中的抒情主人公"他"，也是一个不断追寻新的精神高度的形象。当知识青年纷纷弃乡返城，并把插队当成一场噩梦时，他却带着对小奥云娜（那实际就是绿色草原的意象）可爱的、梦般的留恋回到城里；而当一部分返城知青由于在城市找不到自己的生活位置，重又怀恋起那个被自己浪漫的幻觉所粉饰了的农村之梦时，张承志的"他"却在回草原"寻梦"时完成了旧梦的破灭，以严峻的草原劳动生活和民族习俗将光华四射的奥云娜从云端拉下来，让她带着平凡的然而是坚实的生活，使"他"脚踏实地在人生的土地上前行。章永璘其实也是这种不断思寻追索新的生活境界和精神境界的形象。这类形象本身也许不具有完美的理想人格，但他们执着的求索精神、勇于否定和超越自己的精神，却是一种理想人格，对于知识分子来说，更是如此。正是这一点，理想品格和现实精神得到了衔接。理想并不是完美，理想是对理想的现实的、实际的追求。现实自然是有缺陷的，但能正视这缺陷，在实践中克服它，在思考中完善它，就是一种理想品格的实现。

第七章 中国西部文学的美学风貌(一)

第一节　刚美为主的多种审美形态的结合

文学艺术的审美风貌是作品思想内容和艺术形式相统一的全面体现。和宇宙间任何事物都有区别于其他事物的独特本质和面貌一样，文学创作更是百人百姓、千篇千貌。从这个意义上，要给文学艺术的美学风貌分门别类，实在是吃力不讨好的。但宇宙间的事物又是互相联系、渗透，并且按照一定的规律组织在一定的结构关系和网络系统中的。拿文学艺术作品来说，由于它最后的面貌，大体上总是受着作品反映的对象（包括作品描写的题材、样式、人物形象、社会文化心理、时代精神生活、自然环境等等）、作品创作主体（包括作家的心理气质、生活道路、创作心境等等）不同程度的影响，因而，相同、相近、相邻的社区、文化圈和作家群的作品，在个性纷呈的基础上，也会呈现出某些内在的或外在的类似和一致。发现并研究作家美学风范的一致和类似，和发现并研究作家美学风范的个性和差别，加深作家对文学全局与自身的认识，指导和促进创作，是同样必要和重要的。

一、西部文学总的审美追求

西部文学总的审美追求，是力求以新的视角对西部生活作独特的观照和抒写，创造性地将当代人的思考溶解于西部的社会生活和自然景观之中，使西部世界和新时代精神化为一体。这样一种追求，使西部呈现出的宏观美学风貌，可以说是以刚美为主的多种审美形态的结合。刚美和其他各种审美形态之间，既反衬，又互映。而且这种反衬与互映的程度和幅度，是随着作家、题材、笔墨、艺术与时代思潮的变化不断变化的，不是一个常数，而是一个变量。也就是说，西部文学的美学风貌，是一个以刚美为核心的、由多种审美形态组成的有机整体。这个有机整体的内部构成，是多元动态结构。

西部文学，有的雄浑刚健，有的粗犷豪迈，有的高古荒拙，有的恢宏博大，有的远奥沉郁，有的深邃回荡，有的炽热壮丽，有的慷慨激昂，也有的哀婉凄绝、奇艳轻靡、恬淡舒展、典雅精约、繁缛瑰丽、缠绵悱恻、冷若冰霜、温如春日。要用很精确的语言表述各种风貌之间的耦合度是困难的。但我们可以明显地感到，阳刚之美是这万千气象的一个内核、一个骨架。

自古以来，对美学风范的分类，有繁有简。繁者，如刘勰在《文心雕龙》中分的八体，唐释皎然在《诗式》中分的十四种，司空图的二十四品，等等。简者，即分为刚、柔两大类型。这种分法肇始于曹丕，中经刘勰而大成于姚鼐。刚柔说的哲学来源是阴阳说。《老子》说"万物负阴而抱阳"，《易·系辞上》也说"一阴一阳之谓道"，把阴阳相互对立和消长看作是宇宙万物发展变化的根本动力。古代文论家把阴阳运用到审美领域，认为人有刚柔之气，文便有刚柔之格。最先提出风格刚柔说的是曹丕《典论·论文》："文以气为主，气之清浊有体，不可力强而致。"气有清浊，风格便有刚柔。如曹所说"徐干时有齐气"，"刘桢壮而不密"。所谓"齐气"即柔浊舒缓之气，"壮"气则是清刚之气。刘勰在《文心雕龙》中谈得更充分，指出"然文之任势，势有刚柔"，"刚柔虽殊，必随时而适用"，认为风格刚柔决定于气质之刚柔，"风趣刚柔，宁或改其气而才能庸俊，气有刚柔"。宋人论词，分"豪放"与"婉约"。清代陈忱将小说和散文风格概括为"至神至勇"与"至文至弱"两大类，实质也是刚柔之分。明代桐城派姚鼐，则集阳刚阴柔说之大成，提出"文者，天地之精英，而阴阳刚柔之发也"（《复鲁絜非书》）。又说："苟有得乎阴阳刚柔之精，皆可以为文章之美。"（《海愚诗钞序》）"……其得与阳与刚之美者，刚其文如霆，如电，如长风之出谷，如崇山峻崖，如决大川，如奔骐骥。其光也，如杲日，如火，如金镠铁。其于人也，如凭高视远，如君而朝万众，如鼓万勇士而战之。其得与阴与柔之美者，则其文如升初日，如清风，如云，如霞，如烟，如幽林曲涧，如沧，如漾，如珠玉之辉，如鸿鹄之鸣而入寥廓。其于人也，謬乎其如叹，邈乎其如有思，焕乎其如喜，愀乎其如悲。观其文，讽其音，则为文者之性情形状，举以殊焉。"至此，以阳刚、阴柔简分两大美学风貌，遂通用至今。

国外对文艺美学风貌的分类，似乎也有简繁两种。繁分，如古印度美学家婆罗多牟尼将戏剧风格分为八种类型；唐代曾就学于中国的日本学者遍照金刚撰《文镜秘府论》，仿照《文心雕龙》的八体而将风格演为十体；西方美术则将艺术风格归纳为崇高、优美、丑、美、滑稽、悲剧、喜剧、和谐、优雅等若干美学范畴。也有简约的分法，如古希腊毕达哥拉斯学派就将音乐分为刚与柔两大类型。古罗马美学家朗加纳斯《论崇高》着重论述了与风格"优美"相对应的"崇高"体。温契斯兑《文学批评原理》也认为，风格的最高标准一是雄伟，二是优美，并认为雄伟为上乘，优美为次选。以此看来，对西部文学的美学风貌的主要特点进行宏观的、整体的概括，是可以的，也是必要的，不能认为这是给西部文学创作规定模式。

二、形成西部文艺美学风貌的主要因素

我们所以说西部文学风范是以阳刚为核心的多种审美形态所组成的有机整体，是从形成文学艺术美学风貌的几个主要因素来思考的。

1. 从西部的自然和社会土壤看

即从文学艺术反映的客观对象和构成西部作家共同气质的客观条件看。我们在前面详细谈到的西部地理环境和社会环境的主要特点（当然不排斥其他色彩），就是壮丽、崇高、宏阔、艰巨和丰富复杂的内部矛盾运动所造的质感和力度，也就是阳刚之气。生活在这种客观环境中的西部作家不可能不带上这样那样的西部气质和西部色彩，反映这种客观生活的西部作品也不可能不传达这样那样的西部气质和西部色彩。这种"带上"，这种"传达"，

方式不一样，表征不一样，程度不一样，而且常常要和具体作家作品的其他方面的素质相结合，有的被强化（如作家本人气质和特定作品题材的气质更近阳刚），有的被弱化（如作家本人气质和特定作品题材的气质更近阴柔），因而，它们既不会雷同，又不可能完全不同。张承志的阳刚，主要表现在精神强者和自然意象的结合上，沉雄博大中透出一股苍凉之气；王蒙的阳刚，则主要表现为在各种厄运中嬉笑怒骂，乐天知命，这是一种混合着笑声和泪珠的顽强；张贤亮的阳刚，也常常表现为人的生命在劫难中的韧强，如他自己所说的："有意识地把种种伤痕中能使人振奋、使人前进的那一面表现出来"，使"这些伤痕转化为更为雄健、更为深沉、更为崇高的美"。但，这种美的展示却总是和作为母体象征的女性的营养并行，形成刚健婀娜、端庄流丽相交织，即刚柔相济的独特色彩。

2. 从艺术实践主体和现实生活对象的相互关系看

作家在艺术地把握世界的创作实践中形成的主客观关系，是决定作品美学风貌的重要依据。正是主体对客体、实践与现实的相互关系的原则对美学风貌产生内在的制约作用，在创作过程中，当创作主体和生活客体处于相对静止状态时，器物与文心相和谐，人情与天籁相默会，常常是产生柔美型作品的典型境界。有人将柔美风格看成一种"消失了矛盾的特殊的审美形态"，应该说不无道理。从西部文学目前的创作状况看，这类情况较少。与此相反，刚美型的作品则更多地产生于创作主体与现实生活反差、对峙、矛盾、冲突的时刻。创作主体和生活客体内部存在着矛盾冲突，主体与客体之间也在参与与反参与、征服与反征服、超越与反超越中产生动荡、倾斜，这种情况下写出的作品常常具有崇高、沉雄、悲壮之美，常常在深厚的历史感、文化感、人生感之中透出荡气回肠的铿锵之声。从目前的创作状况看，西部文学作品属于这种情况的较多。西部自然条件和生活条件的艰险困难，西部人命运的坎坷曲折，西部生活精神的各种内在的两极震荡，新的历史嬗蜕时期开放与封闭、开拓与守旧、文明与愚昧、人类与自然各种矛盾更为活跃,更为剧烈。这同时,西部开拓、变革的社会情绪和艺术意识,西部作家强烈的社会责任感,使他们愈来愈自觉地以一种强烈的参与意识进入创作,在整个创作过程中,主体与对象激烈地搏斗,苦痛地撞击,这是西部文学作品阳刚之美的重要成因。

3. 从构成作品审美风貌的生活内容和艺术形式的关系看

作品是内容和形式的统一体,但在不同的艺术样式和不同的作品中,内容和形式所占的比重是不一样的。这种不一样常常使审美风貌显出差异来。一般说,当作品内容占主导方面,亦即作品主要是以它的内容产生审美效果时,美学风貌常常趋于刚美。朗加纳斯曾经指出,构成崇高风格有两个决定的条件:"第一而且最重要的是庄严伟大的思想","第二是强烈而激动的情感"。① 也就是说,是思想、情感这些内容的因素,而不是形式构成崇高美的骨架。康德更明确地指出,崇高美源于"心灵本身固有的崇高",而"真正的崇高不是感性形式所能容纳的"。② 黑格尔还联系东方艺术谈到了这个问题,他提出感性形式不足以表现理念精神的崇高和无限,古代东方象征型艺术严峻的风格就是"只依靠重大的题旨,大刀阔斧地把它表现出来,还鄙视隽妙和秀美,只让主题占统治地位,特别不肯在次要的细节上下工夫。"③ 这实在是对中国西部汉代石刻艺术美学风貌的极好概括。欧洲近代美学家科恩说得更加明确,他认为崇高包含对象的形式与内容之间的某种矛盾和不协调,当内容太大、太强有力,形式包纳不了的情况下,便产生崇高感。这些论述,都是对阳刚美成为西部文学主调的极好解释。从目前的西部文学创作看,总是要表述一处人生的感悟,一点人生的思考,一项历史的活动,一次

---

① 马新国编著:《西方文论选讲》,辽宁大学出版社1987年版,第82—83页。
② 朱光潜:《西方美学史》,金城出版社2009年版,第284页。
③ 黑格尔:《美学》(第三卷),朱光潜译,商务印书馆1981年版,第7页。

社会的改革，或塑造几个结结实实的人物；就是纯粹的景色描绘，也总是充盈着社会内容，构成社会内容的自然意象（如前所述）。西部文学中做纯形式探索，或以形式美为主要追求的，几乎绝无仅有。就连西部诗（诗歌是比较注重形式美的）也没有跟着那几年玩弄形式的新潮跑，总是将深沉的人生内容熔铸到雄奇的自然景色中去，构成那几年防止诗歌倾斜的预应力。

4. 从西部文学的审美表征看

处理和表现题材的方式（结构、冲突、艺术手法的选择），笔墨运用的特点（语言、句式和描述方式），大都讲究力度，讲究动感，讲究气势。康德说崇高美的特征之一是力量上的"绝对大"，姚鼐用雷霆、闪电、长风出谷、崇山峻崖、决大川、奔骐骥一类象征力度和具有动感的事物来形容阳刚美，又指出"大抵阳刚者，气势浩瀚"，"浩瀚者，喷薄而出之"。这不都和我们对西部文学的整体印象相符合么？

我们说西部文学的美学风貌以阳刚为核心，这是就其基本倾向和主导特征说的。实际上当然不存在绝对的刚，而是以刚为主，刚中有柔，柔中有刚，刚柔相济。这也许就是《易·说卦传》说的："分阴分阳，迭用柔刚。"有些具体作家的作品，也有以阴柔之美为主的，比如王家达、戈悟觉、赵熙的某些作品。我想，我们大概既不能将西部文学中的刚美绝对化，而不承认刚柔相叠或以柔为主的作品；也不能因为存在着这样一些作品，就否定西部文学主要的美学风貌是阳刚美的基本看法，甚至像某些同志那样提出，"西部不也有小桥流水人家吗，又如何解释阳刚美呢"之类的二牛抬杠的问题来。

第二节　人民——中国西部文学的共同母题

一、人民母题在许多作品中基因般地繁衍

张承志在《骑手为什么歌唱母亲》中声明："母亲——人民，这是我们生命永恒的主题。"其实也是张承志作品永恒的主题。"人民"，在作家心中，"根本不是一种空洞的概念或说教，更不是一条将汲即干的浅河，它的背后闪烁着那么多生动的面孔和眼神，注释着那么丰满的感受和真实的人情"（《老桥》后记）。张贤亮在谈自己创作时也这么说："长期在底层生活，给我印象最深刻的，就是一种来自劳动人民的温情、同情和怜悯，以及劳动者粗犷的原始的内心美。"他是在自己坎坷的生活道路上具体感受到人民的爱与力量，而执着地去表现它的。当高加林在追求人生更高境界的搏斗中，尝遍酸甜苦辣，带着受伤的心灵回到生养自己的村庄，一头扑在大地上，抓起一把黄土，喊着"亲人哪"的时候，我们不也听见了路遥心中对人民、对土地的呼唤吗？昌耀在历史的曲折中，带着荆冠走向荒原，他"怀着对一切偏见的憎恶／和对美与善的盟誓"，毅然投身那"灵魂与肉体一样裸露的民族"。从此，他看到了"人民的善良、坚韧、虔诚和难得的朴实"，排遣了"强力的忧患／和令人气闷的荣辱"。多杰才旦呢？"从第一篇小说开始，他就自觉地把自己的爱和感情无条件地献给人民"。构成这位藏族青年作家"艺术个性的第一个方面是他对人民这个时代总主题的执着追求"。[①] 至于

[①] 李星：《一个独特的艺术天地——多杰才旦小说印象》，见笔耕文学研究组：《西北中青年作家论》，西北大学出版社 1986 年版，第 154 页。

西部民族文学和西部军旅文学，则在更大范围内、更有特色的背景中，展示了人民的母题。评论家在论及西部军事文学创作时指出："母亲——人民，这应是我们的军事题材文学的一个神圣的命题。如果忽视这个命题的神圣与庄严，甚至背离这个命题，我们的军事文学就会步入不应有的歧途。王小未（一位年轻的西部军旅诗人）那样骄傲并自信地写大漠、写大漠上的军人、写大漠上的军人那种让人肃然起敬的乐观主义精神和英雄主义精神，是和土地、家乡、母亲、人民有着血肉相联的贯通的。因为'在士兵的心上／家乡的花朵是不会凋谢的／如同他思想的峰峦上／不会落下祖国的旗帜'。"①

西部的土地，相对来说，荒芜、贫瘠；西部的群众，相对来说，物质生活、精神生活滞后。但是，恰恰在西部，人民与土地在文学中获得了最显要的地位。通过西部作品我们可以看到，在西部作家心中，"人民"这个概念远远超出了政治的范畴、理念的范畴，甚至也不完全局限在社会阶层的意义之内。人民，这是鲜活的生命，是荒漠中的绿色，是愚昧中的灵性。人民是无数普遍的充满活力的生命体的集合。而无数普通人的行动，和有这些行动构成的命运，尽管有时自觉，更多的时候处在自发之中，却构成了历史的原始形态。作为个体的"人"，特别是处在社会最底层的人，很可能在荒蛮的生活中，艰难跋涉，耗尽自己的一生，他们没有什么了不起的业绩，也不可能高大完美，但正是他们有弱点、有遗憾、有矛盾的平凡的生活、平凡的生命活动，支撑起历史庞大粗糙的骨架。如果将具体的人民形象理想化、道德化、神化，人的活力将因为来自外部的输送、赐予而显得虚假和苍白。人的活力正是在这种真切自然的生存中，在不断适应和改变需要改善的环境，不断发现和超越可以超越的自我中，得到充分的真实的展示。这时候的人，即为生存而搏

---

① 《王小未——在浩瀚的大漠上托起自己的灵魂》，见周政保、刘方炜：《艺术的旋律与品格——青年军旅诗人九家》，文化艺术出版社1987年版，第125页。

斗着的，以群体来互补缺陷的人，才超越了个体人的局限，成为有源头活水的生命之泉——"人民"。

在西部作品中，"人民"实际也是"集体无意识"的原型之一，即反映出远古人对自己共居群体的一种潜在的感情认同和生存依赖，反映出远古人对自己的种属和类属不自觉的认同和归属要求。如果我们将原型批评模式的神秘性质淘汰掉，这种要求在进入阶级社会，特别是近现代社会之后，逐步由潜在走向明朗，由自发走向自觉，由集体无意识走向集体有意识，比如西部劳动人民世世代代在交往不便、生活艰难的命运中养成团结互济、宽厚包容、古道热肠、急公好义等等传统道德。这些道德和价值观，有的通过口头纵向传递成为强大的民间伦理纽带，有的则上升到理性成为社会意识形态的核心内容。人类这种感情原型的最高级、最科学的理性凝聚，就是人民群众是历史发展的动力，是人类社会的创造者的历史唯物主义原理。

这个既包含着人类情感心理原型，又有科学的理性表述的母题，在西部文学中以各种旋律、各种色彩不断地、执拗地呈示出来，和西部人在艰难的生存环境中，格外体会到个人的渺小和群体的伟大有关，和西部知识分子在主要还要依靠膂力来改善生存条件的环境中，格外体会到抽象思辨的苍白和筋肉劳动者的活力有关。

二、人民母题两个主要的形象系列：土地和母亲

在西部文学作品中，人民的基本母题像基因那样繁衍，几乎一切能给人以活力或激发人对生命的追求的事物都被组织进这个基本母题的形象系统中。这个形象系统又有两个子系统，一是母亲的形象系列，一是土地的形象系列。母亲—土地—人民，在西部文学中三位一体。在这个三位一体的形象结构中，"人民"一方面通过"母亲"形象化、生活化、感情化，走进世俗

的领域，另一方面通过"土地"意象化、象征化、理性化，走进思辨的领域。这两方面有时交融叠合，交相辉映。在王家达的《黑店》中，已经步入暮年的歪姐儿每天都要去"看河"——坐在黄河边上，随着浪涛的流逝而失神，为了眷恋不完的爱情，为了审思不完的人生。这里，通过作者对河与人的精彩描绘，形象和意象、生活和哲理、感性和理性浇铸成一座具有生命的人民的塑像。

大地形象的子系统中，凝结为艺术形象的，主要有黄土地（《黄土地》）、长城（《长城魂》）、河流（王家达的西部黄河系列《北方的河》）、湖泊（《环湖崩溃》）、冰山（唐栋的冰山系列、李斌奎的《啊，昆仑山》、马原的《冈底斯的诱惑》）、荒漠（文乐然的《荒漠与人》《瀚海》）、绿洲（朱春雨的《沙海绿荫》）以及西部诗歌中众多的西部风物（骏马、飞鹰、明驼）意象。

在母亲形象的子系统中，又包括母亲形象系列、女性形象系列以及社区老者形象系列。比如出现在张承志小说中的各类白发老"额吉"形象，就是一个人民——母亲的塑像群。那在白毛风中脱下皮袍，披在知青身上的额吉（《骑手为什么歌唱母亲》），那以母亲的无私帮助杨平抉择人生的额吉（《青草》），那失去了最后一个亲人仍不忘为所有牧民祈祷幸福的额吉（《黄羊的角若是断了》），以及默默承受生活的一切灾难，却对所有的生命抱着无限仁慈的白发老奶奶（《黑骏马》），都在至诚至善的母爱中闪烁着人民性格中伟大的人道精神。就拿《黑骏马》中的老额吉来说，她有极强烈的生命意识，为生殖、养育新的生命，为群体种族的繁衍，为给自己的民族灌注新的生命力而获得了承受各种痛苦的力量和牺牲自我的勇气。"母亲并不一定有什么英雄行为，可是，有什么能比过'养育'二字的分量呢！"[①] 她的群体生存意识和延续族类生命的责任感，有时使她超越了对某个个人或具体事

---

① 何清：《张承志：残月下的孤旅》，山东文艺出版社1997年版，第37页。

物优劣美丑评价的局限，而有了无比宽阔的胸怀和宽容的精神（例如，在《黑骏马》中，对新生命的责任使额吉宽恕了黄毛希拉对索米娅的丑行）——这正是大地的品格，正是"人民"的品格，也正是坚强，正是力量。

而反复出现在张贤亮作品中的青年女性形象系列，也常常是人民这个母体温暖和活力的传递者。当然，这种传递往往是她们和其他的劳动者一道进行的，只是她们处在中心地位而已。给劫难中的、孤独得只能抱住马脖子流泪的许灵均带来生活的温暖，带来重新开始新生活的勇气的，是李秀芝、郭𠆤子夫妇等底层人群。给无法从生理饥饿和精神饥渴中解脱出来的章永璘提供生命热能和精神舒展条件的，也是底层的人群：马缨花、海喜喜、谢队长们。这些妇女以她们母性的宽厚、同情和女性炽烈的爱，将作为一股生活激流的底层人民的关切传达给了章永璘，使他在双重饥饿中重新获得双重的生机。我们甚至可以做这样印象性的评述：张承志、张贤亮、王家达以及许多西部作家的作品，在表现人民母题时，可以归结为这样一个图像："她"（人民）对"他"（人）的养育—"他"对"她"的追寻—"他"和"她"的结合。这个过程虽然也是物质的，但主要是精神的。在西部作品中，女性形象很少被描写成由人鉴赏的月亮，而是贡献人生以热力和光芒的太阳。她们营养人、温暖人、照引人，柔中藏刚、以柔济刚，她们自己大都是阳刚型的，也给作品增添了阳刚之气。

西部作品中的社区老者形象系列，常常是个智者，以智慧的代表、精神传统的维护者、传布者的身份出现，如《人生》中的德顺爷、赵熙《长城魂》中的老红军柳花爸、《黄河西岸的人们》中的朱大、王蒙《在伊犁》中的穆敏老爷等。如果说母亲的、女性的形象系列是人民宽厚、温暖的胸怀，那么，这些老者的形象则是人民睿智的头脑，或多或少带有一个社区精神领袖那种哲人的色彩。前者主情，后者主智。

人民是一个组成社区的群体，群体是个体的后盾，总是不断给个体以力、智、情的补给,像太阳那样,使你豁亮,使你温暖,使你和煦;人民是生生不息的生命,生命是顽强的,不知屈服为何事;人民作为一个整体,从来生机盎然,激荡着活力。这种生命的活力是一条奔腾不息的河流,可以容纳百川,包括湍流、泡沫和渣滓,又总在默默地奔流中汰剔掉生活之河的杂质;人民像大地那样承受着人世所有的苦难,这苦难使他们坚毅、悲壮,这苦难从来没有销蚀他们对历史的责任,却反激发了他们的忧患意识,把整个社会背负在自己肩上;人民在世世代代的平凡劳动中创造了自己的生活,人类的对未来生活的蓝图不断在他们手中变成现实,从而坚信今天的理想在明天也一定能够实现。他们实实在在地看到历史在自己沉重的脚印中朝前走去,他们对生活抱着深刻的、永恒的乐观态度。和人民母题有关的生活形象、人物形象、意念情绪形象,从来总是突破生活可见的表象而和历史地层的深处联结着,这使他们中间少有小家碧玉,多是大家闺秀。人民,既是一大写的男子汉,又是大写的母亲,他们构成了人类历史本身。人民的母题就是这样构成了西部阳刚的内在品质。当人民—大地—母亲作为一个丰富的形象系统;当人民—历史—生命作为一个深刻的意象系统矗立在西部文坛上,西部文学阳刚的内在品格难道不是就这样被它的母题所确定了吗?

三、表现人民母题最重要的结构、叙事形式:
"追寻"和"交换"

西部文学在表现人民母题时,最主要的结构、叙事形式,一是"追寻",一是"交换"。一方面,主人公在具体的生活故事和自己的精神历程中总是在寻找什么,或是人,或是物,或是意,或是情;另一方面,在这种寻找过程中,主人公又总是通过作品的人物关系或人和环境的关系,和他的母体——人民相互交换着什么,或是物质的,或是精神的。有时是主人公和人民母题的关系处在不断的交互置换中，或是由距离走向距离的弥合，或是和谐中又出现碰撞，在分与合之间置换。因此我们可以看到，追寻与交换作为叙述结构形式虽然各不相同，而从内容上看，二者是统一在运动过程中的。在追寻中交换，在交换中追寻，为了追寻的实现而交换，追寻同时也就是交换。这种结构——叙事形式，很切近于人民群众的艺术表述方式。苏联人类学家符拉基米尔·普罗普在他的《民间故事形态学》中，认为民间故事的基本形式是"追寻"。后来立陶宛的词汇学家 A.J.格雷马斯（A.J. Greimas）发展了普罗普的观点，认为民间故事叙事中最基本的机制是"交换"，为了创造出不断有新的事件发生幻觉，叙事系统必须来回地展现肯定和否定的力量。而这种交换的基础是自然和文化（文明）的关系。这就和结构主义人类学家对神话传说（即人民群众的一种重要艺术表达方式）的根本性质的解释取得了一致。"交换"这一概念本身就来自结构主义人类学家马塞尔·莫斯的著名论文《论赠礼》。他对神话的解释就是立足于自然和文化的关系的。

我们且以一些西部文学作品中知识分子主人公和人民群众的关系的描写为例，做较具体的剖析。从这类作品看，"交换"主要体现为人民的母性意识和主人公的忧患意识的交换。人民养育了主人公，主人公对人民回报以责任。从主人公承受人民养育的角度看，主人公处在滞后状态；从主人公回报人民以责任的角度看，主人公又处在超前的状态。自然，在作品所反映的生活中，这一切都是交汇融合在一个不断循环上升的运动过程中的。我们试着用这样的图表表示：

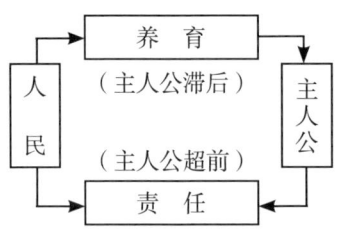

从图表中可以看到，这个交换过程，其实也就是追寻过程，即主人公在人民的养育中，不断以实现自己的社会责任去追寻人民前进的步伐。

四、人民对知识分子的哺育

西部作品反映人民对知识分子的哺育，大约有这几种情况：

——人民给知识分子思想品格的教育。比如戈悟觉的《马龙来访》。马龙，一个回族地区的革命前辈，一直朴朴实实地生活在农村。县上的领导都是他的下级或晚辈，他从不向国家要求什么，但当县干部在工作和思想上出了岔子，离了谱，马龙却登门来访了。作品通过马龙和县上干部的交谈及举止，促使他们，也触发读者对人应该怎样生活，怎样生活得更美好、更高尚的思考和感受。在这类描写中，人民形象，不但是社会优秀传统的言传身教者，有时还是社会主义思想品格的播火者。像《人生》中德顺爷对高加林的教育，多杰才旦的《齐毛太》《阿嘉正传》和《我愿作一只小羊》中，乡亲们对青年干部、卑贱者对高贵者的苦心教育，都属于这种情况。

——人民是知识分子命运的避风港。在王家达、王蒙、张贤亮的一些作品中，遭劫难的知识分子，如《黑店》中的徐延春、《西凉曲》中的颜学礼、《在伊犁》中的王民，以及许灵均、章永璘，等等，总是在群众的寒窑茅庵底下找到一个恬静的港湾。他们停泊在那里，休养生息，躲过眼前的风暴，为迎接新的风暴积蓄力量。人民为我们的民族保存了一部分知识精英。这些知识分子是被惩罚到群众中来的，正像民间故事说的，那是将乌龟王八扔到河沟里，正好给他们一个犹"鱼"得水的机会。由于现代中国知识分子历史命运的多舛，这种在人民的避风港中逃生并补充给养，坏事变好事，成为相当长一个时期常见的现象，成为中国知识分子和劳动人民结合并接受其精神和物质营养的一种特殊的形态，含有丰富的社会历史信息和深刻的认识价值。

——人民给知识分子以人生哲理的启悟。在张承志、张贤亮和王蒙、马原等人的部分作品中，这一点比较突出。在主人公和人民的交往（交换）中，在主人公对人民不断的追寻中，不断地对生活的真谛有新的领悟。张贤亮笔下的知识分子主角，大都有着铁灰色的命运，他们不是西部锤炼出来的硬汉子（如《荒漠与人》的主人公），也不是在西部上下求索的精神漫游者（如张承志笔下的"他"和"我"），他们在精神上有自己脆弱的一面（这使他们那么需要女性的抚慰），而行动与思考相比，更多一层柔韧。但是作者总是在冷峻的朔方原野上，给他的主人公安排一个暖融融、亮堂堂的小屋，将生活的光明熔解在主人公和周围群众的关系之中，像作者自己说的："在整部小说中，在全部阴暗的背景上，都晕染着新时代的曙光；光明不是在尾巴上，而是在人与人的关系和人的个性中。"① 马缨花虽然被舆论蒙上一层不洁的尘土，但那旋风般的泼辣、坦诚善良、急人所难和对爱人的坚贞、炽热和母性的体贴，海喜喜的粗野、雄豪、蛮悍而又通达大度、率直诚挚，以及谢队长的能够代表群众利益，从实际出发抵制各种错误倾向，等等，使《绿化树》中的章永璘深切感受到："人心里，竟有那么绚丽的光彩！他们鲁莽的举止、粗鄙的谈吐、破烂的衣衫，却毫不能使他们内心的异彩减色。"② 人民心中的这种异彩，使章永璘看到了，任何极左的阴霾都不能泯灭人的真性真情。生活是常绿的，人民是永存的，只要自己潜入生活，投身人民，个人的荏弱和痛苦就会经过永存的绿色的光合作用变为新生的氧。这使章永璘对生活的真谛有了进一步的领悟：从暂时看到了长久，从冬天看到了春日，在晦暗中看到了光亮；也使他在马克思主义著作中得到的许多唯物史观真理生活化、世俗化、感情化，变为他勇敢地投进生活激流的勇气和力量。

——人民使主人公的生命意识得到恢复和强化。这在张承志、昌耀、马原、

---

① 张贤亮：《张贤亮选集》（三），百花文艺出版社1995年版，第682页。
② 张贤亮：《绿化树》，见《男人的一半是女人》，人民文学出版社2007年版，第162页。

杨志军、张曼菱的一些西部作品中有了结实的反映。昌耀的抒情长诗《慈航》是一首生命之歌,是背负着苦难的一代知识分子坎坷道路与心灵历程的历史纪念。作品以整体象征的构思,传达了抒情主体崇高的使命感和献身激情,礼赞了伟大的人民。我们阅读作品仿佛追随着抒情主人公,行进在"不朽的荒原"——不朽的人民之中,一起获取新的生命,又一起上升到俯瞰人世的高度,"在善恶的角力中"去认识"爱的繁衍与生殖",去思索"万物本蕴涵着无尽的奥秘"。张承志的许多作品的主人公都带有一种"边缘人"的痕迹——他们总是在古朴和现代、原野和城市、愚昧和文明两个生活圈子之间逡巡。或是出生于原野,而后由古朴走向现代文明,然后又以经过调节的新的文化心理结构再回到古朴的原野,对这里的人、自然和社会做再审视。如《黑骏马》中的白音宝力格。或是生长于城市,而后由现代文明走向古朴的原野,然后又回到城市,最后带着这种经过两度调整的文化心理回到草原上,在这两种社区文化边缘的"折腾"中,一步比一步深地获得生活的动力,像《老桥》《大坂》中的"他"。知识分子主人公这种特定的生活经历和精神历程,使"他"在经历了现代生活各种噪音对生命意识的干扰和污染之后,有可能直接从人民的生活中感受到古朴的生命意识的搏动。同时,又可能以现代文化和现代人的心理对这种古朴的生命信息进行检波、放大、理性化。其中包含着文明和野蛮的对峙和冲突,又包含着文明对古朴的渴望和回归,而且两个层次方向相对的矛盾冲突又在生活故事和人物内心中纠缠、胶着在一起,呈现出十分丰富和复杂的状态。在《黑骏马》中,黄毛希拉对索米娅的秽行,无疑是一种野蛮,是一种邪恶。因此,老奶奶和索米娅对既成事实的平静的接受和逆来顺受,决不能看成是一种文明,倒暴露出民族心理中那个麻木不仁的角落。从这个意义上看,白音宝力格对黄毛希拉的不容,对奶奶与索米娅的不解,都带有文明和愚昧冲突的性质。但是,仅仅到此为止,显然难以解释《黑骏马》所包孕的丰富含义,特别是它的深层含义。作者为了表现这个深层含义，首先在时空结构上提供了可能，即安排在事情发生九年之后，流逝的时间、变换的空间和更新的认识使18岁时炽热的爱和柔烈的恨，得到了沉淀，这使白音宝力格能以从一个新的角度和境界，以一种新的思考和心情来重新理解这件事，重新体验奶奶和索米娅的心情，同时，又不至否定九年前小伙子在社会文明层次产生的义愤。黄毛小女孩的天真、纯净，以及这个小生命对自己父母般的依恋，在临近而立之年的男子心头，唤醒了一种潜藏的生命意识——对自己族类新生命的爱恋，对自己族类繁衍的关切。这种繁衍远不止是人类基因的传递，也是人类心灵和感情的延续。它包含着丰富的生理的、人性的、社会的内容。在一般情况下，这种生命意识被深深地埋藏在各种社会意识的下面，而在这个古朴的草原上，在这些和自己的感情有着永远割不断的联系的小姑娘、索米娅和老奶奶面前，它透过社会意识的覆盖苏醒了，起搏了。白音宝力格感悟到老奶奶和索米娅多年前那对邪恶带有麻木的平静反应中，实际上也埋藏着这种初民色彩的生命意识。当初他不理解这一点，被男人的愤怒烧灼着，深爱着他的老奶奶突然用冷峻的、隔膜的眼光望着他。这种隔膜，既有愚昧和现代文明的隔膜，又有生命意识和社会意识的距离。因为奶奶对这同一件事，既说过"女人——世世代代还不就是这样吗？嗯，知道索米娅能生养，也是件让人放心的事呀！"这远远落后于社会文明的话，又庄严地宣布过"我活了70多岁，从来没有把一条活着的命扔到野地里"这样的生命宣言。不管她们对这种生命的意识自觉程度如何，总是比从具体的社会道德出发来看问题，更深长，更开阔，更博大。这种初民色彩的生命意识，自然不会使白音宝力格回到古朴和愚昧中去，而是促使他将后天的现代文明意识和由文化原型遗传的生命意识结合起来，既用人民对生命的朴素崇拜洗涤现代文明加于自己精神的种种异化性污染，又用现代文明过滤掉这种生命崇拜中神秘蒙昧的东西。他对人、对人类、对人类社会由此有了深刻的感悟。

反映人民对知识分子哺育的上述四种情况,都还程度不同地存在着。作者理念侧重点在于对浑然一体的生活的梳理和干预。需要说明的是,就上面所举的一些作品看,这种梳理和干预,由于是融化在生活描写和性格、心态描写之中的,并没有造成概念化,而是构成了作品的哲理色彩,不是缺点,倒是优点。但作品总还是给人以"想表达什么"的印象。这个印象并非不好,因为作品总是要表达什么的。但还是另外的路子。王蒙一些描写西部的作品,在表达人民对知识分子的哺育时,是另一种风貌,几乎看不出作品"表达"的意念,只看见常态、常人、常情的生活描绘。作者似乎根本不想将无序的生活变得有序(即人民哺育知识分子之序),只是一味以散文的笔墨展示散文的生活,但仔细品味,上述四种情况全都溶解在生活的流动之中了。王民在反右斗争中遭难,被流放到西部边陲的伊犁,来到了那个住着好几个民族的大杂院和那个充满着异样生活情趣的维吾尔族农业生产队。这里的人思想性格驳杂斑斓,各有自己的特点和缺点,有的甚至令人难以容忍。但他们组成一个底层社会,则像一个不沉的湖,温暖的湖,给任何溺水者以生命的湖。王民从此而得救了。他们对王民没有专意的关切、精心的帮助,没有炽烈的爱恋和牺牲自我的救助,没有哲人的启迪和初民的感悟。在王蒙笔下,这里的人民只有一点:不把王民当落难者看待,也不把王民当知识分子看待。他们根本不把他划出自己的范围,而是把他完全消化到自己的生活圈子中。王民正是在这种平凡的、常人的(人的!)待遇中,从大杂院的日常生活中,从上班、劳动、发牢骚、说笑话、婚丧嫁娶甚至邻居吵架中,从各种各样有缺陷的人却又能共同地使生活之舟缓缓前进中,感受到人民的不可战胜,生活的不可遏止,感受到"即使在我们的生活变得沉重的岁月,生活仍然是那样强大、丰富,充满希望和勃勃的生气",王民因此也变得像平常人一样喜怒哀乐、升降沉浮。在这些作品中,对王民内心的痛苦、恐惧、空虚不断有所描绘,但这些主观心灵世界的东西毕竟没有居于小说画面的中心。各族劳动者的凡人小事挤满了王民的心灵世界。对外部客观世界的兴味似乎压倒了王民对自己心灵世界的吟味。长于思索的时代精灵潜入了地母的怀抱之中，翅膀获得了重新奋飞的力量。王民的精神创伤就是这样被医治好了。作者不煽情、不掘理，而将人民的生活描写得多么可亲可爱啊。这种哺育是真切至极的啊！

五、知识分子对人民的追寻

西部作品反映知识分子对人民的追寻，也有几种情况。

一种是在追寻中不断更新自我。在同一作家带系列性的作品中，这种更新常常以阶层递进的形式出现。张承志的许多作品，实际上都写了一个精神漫游者的形象。"他"将自己的青春种植在西部的大地上，然后从西部离去，经过城市生活和现代文化的营养，又回到西部的原野上来寻找更高的人生目标和精神境界。他来到这片自己撒播过种子的地方来收获绿原上的幻想。但在《绿夜》中，长大了的陌生的奥云娜，那西部生活严峻的现实使萌生于城市的浪漫的草原之梦破灭了，便踏着梦的碎砾走向更实在的境界，把自己的理想建立在踏踏实实的草原人民的生活实践之中。

这以后，作者又不断地调整着理想的角度，逐渐由西部社会转而面向人生，但与人民共命运的精神则一以贯之。在《阿勒克足球》中，知识青年的主人公被命运遗失在草原，连心爱的姑娘也弃他而去，他默默地承受着孤苦的命运，平息了内心绝望的狂躁，在劳动者的生活中得到朴素的人生启示，在草原为孩子们献出自己的生命。他把个人的痛苦升华为对人民的热爱，把与人民结合的理想，由人生的中介，转化为与人民纯然精神感情的联系。对以往追寻道路的评价，不再停留在对理想的具体探讨，而是更多地用于对现实人生的测定。

在《老桥》中，对人民的追寻又有了新的进展。"他"发现十年的城市生活已经改变了知青点大部分同伴的命运，消弭了他们青春的激情。他反对对以往追求的轻易抹杀，力求在对局限的扬弃中坚持理想。他在作品中不仅歌唱了人民的养育之恩，并且表现了红卫兵和知识青年在人民生活的真实中所获得的历史启示，在失误的痛苦中完成了精神的蜕变（除了《老桥》，在《骑手为什么歌唱母亲》《刻在心上的名字》中，作者也写了这个主题）。他分析了知青在精神上的两重性：一方面，缺乏切实的社会生活经验与政治上的盲从，使他们在历史的谬误中犯了错误；另一方面，与人民结合的真诚，忠于理想勇于实践的精神，都是宝贵的思想品格。于是他更加坚定地出发去老桥，已经不光是为了实现过去对老桥的诺言，而是为了寻找一座可以让知识分子从人民那里不断吸取活力的新桥。在这篇小说中，他对青春的眷恋，对老猎手的感念，都以丰富的人生感受融和着社会意识，集中为朴素的向善的理想。作者向人民的靠拢，又进到一个新的层次。

而"他"并没有停止追寻的脚步。我们看到，"他"又出发去"大坂"，在事业（研究课题）的攀登中，同时完成精神攀登，即意志、毅力、自我超越等等品格新高度的攀登。仅仅追寻个人品格的完善，不论有多么深刻的程度，对一位现代人的"他"来说太不够了。于是，"他"又再度启程，在无休无止的奔波中，跑遍了中国北方的六条大河，其中有属于西部中国的黄河、无定河、额尔齐斯河和湟水。中途，离开了追寻意识不强的女记者，孤独地、执着地走下去。如色块翻动的黄河是民族血液古朴的流质，湟水像彩陶的长川，是民族文化的历史渊源；考研究生则是理想付诸实践的第一个选择（《北方的河》）。对民族历史文化的崭新理解，对民族命运的时代认识，使张承志把在哈佛攻读学位和在大街卖大碗茶的同时代人，都统一在同一个实践环节上；对人生艰辛的普遍体察，也使他把一个现代学者和牧区姑娘、江湖向导连接在同一个精神链条上。在他的笔下，人民不再是抽象的概念，而是无数平凡人生的集合；历史也不限于政治的层次，而是无数人生足迹汇合的粗壮曲线；一切个人抉择的得失苦乐一经和人民的命运、历史的发展相联系，便萌发出崇高的使命感。

正如张承志在创作体会中说的："我是他们的儿子，现在轮到我去攀登这长长的上坡，再苦再累我也能忍受，因为我脚踏着母亲的人生。"在后两篇小说中，人民的形象已经转化为山与河的自然意象。追寻目标的象征化，正是追寻目标宏观化和深刻化的表现。"他"是要去追寻我们民族精神的主体，我们人民气质的主流。当任何一种具体的生活形象和人物形象都无法载负和寄寓"他"的追寻目标时，山川自然作为一种抽象的意象，作为一种意绪和感情的符号，在张承志作品中的出现就是必然的了。这个"他"在对人民、对大地的不息的、几乎是痛苦的追求中，不断地完善和更新自我，已经成为一个聚山川大地之精气的理想人格的大写的"他"。我们后来从《三岔戈壁》和《凝固火焰》中看到，"他"还在西部中国的大地上，在西部各族人民中做精神漫游，寻求不同语言、不同目标人们之间的心灵沟通。这是一种意会，是人作为一个类属，却被地理、历史、文化、民族、阶级等等隔离了世世代代之后出现的人心的意会。

一种是在追寻中和人民结合，融为一体。《在伊犁》中的王民也许可以说达到了这一步。他像一颗蒲公英种子，被极左的台风刮到伊犁，在异地异族中扎下根，懂了本地的语言，与维吾尔族农民一起劳动，像小城居民一般无二地生活。他没有像章永璘那样以人民和马克思主义两者为坐标做严峻的自省思辨，也没有像"他"那样总是向着那个崇高的精神大坂做艰难痛苦的攀登。前者实际上还是被看成不同于"民"的人，后者是大写的人。王民不同。他没有奢望自己的命运还可能有180°的大转机，也没有自视过高，在那个时候不太实际地给自己肩头加上过重的历史责任。他只是像普通农民那样生活着，像穆敏老爷、马尔克木匠、爱弥拉姑娘以及伊犁"城根"小杂院的各族人民一样平平常常地生活着，领略着大时代中这个活跃的小杂院中的种种生活苦趣。王民完全与人民融为一体。这难道也是一种追寻吗？是的。他们懂得了不能再将自己被压抑、被滥用的生命无谓抛舍，因而是把全部的光和热输进人民的大躯体中，完全融于人民，随着整个躯体生活着、运动着。

　　还有一种是在追寻中超越，肩负起知识精英的社会责任。这又表现在两方面。一方面是在接受人民哺育、追寻人民的同时，深刻地思考愚昧对人民肌体的侵袭，传统对人民头脑的禁锢，用现代知识文化去剖析民族的劣根性，点燃引导国民精神前进的灯火。张承志毫不讳言："我们和人民一起，背负着深重的遗产和包袱前进。"人民的苦难深深牵动着作者的心。旧时代阶级的压迫、政治的动乱、严酷的自然和落后的生产、生活条件，以及历史文化的沉重因袭，造成了他笔下一个个残破的家庭、一个个辛酸的故事。索米娅和白音宝力格被野蛮蹂躏了的美好的初恋，其其格永远得不到父爱的童年（《黑骏马》），被自然的严峻和生活的单调磨砺得粗悍的性格以及无数野蛮的格斗（《雪路》），瘸子老李的油滑孤独（《大坂》），厄鲁克族守林人神秘而又近乎麻木的沉默（《老桥》），在白毛风中轻易丧失的年轻的生命（《春天》），潜伏在牧民体内的各种病魔（《青草》）……对人民苦难的深挚同情和极度忧虑，使作家透过鲜花与美德的真实的一面，感受到了我们民族生活内里的艰辛这真实的另一面，从而克服了当代文学中一度盛行的把少数民族的生活罗曼蒂克化的肤浅倾向，也强烈地传达出人民世世代代的愿望——"让草原的牧民永远离开苦难的命运"（《黄羊角若是断了》），并激励新一代建设者的责任感——"首先是人民的幸福，然后是祖国的安宁"（《特克斯草原的希望》）。他没有停留在对人民苦难的一般的同情与悲悯上，而是走进他们的行列，和他们一起来承受这一切，并且对人民生活中苦难的成因，从千百年来民族生活文化因袭的重负和人民命运的巨大异己力量中进行深刻的揭示。这又弥补了当代文学对西部地区的落后和西部人民的苦难，仅仅从政治、经济、阶级、民族、思想道路等方面寻找解释的局限，开掘出了人民苦难和落后的多层次、多方面的原因,也就有可能从多层次、多方面去改变这种苦难和落后。而将西部精神中的愚昧、封闭、沉滞的一面揭示出来,将人的变革、人民文化心理结构的重建放在改变落后面貌的首位,显然是抓住了要领的。

不仅如此,另一方面,为了疗救群众精神上的愚昧,张承志还在自己的作品中相对应地、大量而充分地描绘了人民精神的光明、心灵的健康和感情的丰富,就连前面提到的沉滞的厄鲁克老猎人,也着意写了他对待知青的关切的注视和温暖的情怀。在油滑的江湖向导(《大坂》)和粗野的车把式(《雪路》)那被生活磨砺得粗糙了的心灵深处,作者也点出或暗示出那善良的天性并未泯灭。这是一种激励,对人民自己起来消灭愚昧、改变落后的一种激励。我们在张承志对人民的苦难和愚昧所表现出来的这种正视、剖析、激励的审美态度中,感到了社会知识精英深厚的历史责任感和人道精神。这是一种超越,知识分子在历史发展中,一旦能动性得到充分发挥之后,对同时代人的超越。

如果说张承志所描写的这种超越还更多地表现在精神领域,即感情和思辨的领域(也许《北方的河》中的"他"的考研究生,是理想付诸实践的第一个选择),那么,张贤亮笔下的人物则表现为对改变人民生活和精神现状的急切的实践要求(如章永璘、许灵均)和现实的实践行动(如陈抱帖、赵书信)。章永璘在马缨花治好了他的饥饿症,使他脸上有了血色,在黄久香治好了他的阳痿病,使他成为真正的男子汉之后,没有停留在对人民这种母性爱护的一般感激上,而是很快地复苏起知识精英作为人民队伍中先进力量的历史责任感,毅然地离开了哺育了他的母体,急切地要赶到"天安门"去,投入一场促进历史转变的战斗。不论这一段描写如何生硬、不近情理,或者因为这个历史性行动强烈地亵渎了读者的道德感而难以接受,但作者的设想却是清晰的,应该允许的。许灵均担负社会责任的方式,读者更好接受,因为历史和道德在他的行动中得到了统一——他决定谢绝那没有养育过他的父亲，不去国外，而回到养育过自己的人民中间，去耕耘那块贫瘠而偏远的土地。自然，无论是章是许，在作品的描写中却还只是停留在一种对实践的要求上。陈抱帖这位知识分子出身的干部，则完全投入了大规模的改造人民生活的实践了。即便刨去这个人物身上那些显而易见的理想成分，我们还是可以看到，人民养育起来的中国知识分子，在他们超越被拯救的自我之后，在他们的才能得到充分发挥之后，将会给人民做出多么丰厚的贡献，将会在改变人民生活和重塑民族心理方面起到多么大的历史作用。也许只有知识分子在追寻人民的历程中出现了这种历史性的超越，我们才能说：他们已经由人民怀抱中的儿子，成长为真正社会的精英、历史的主人！

第八章 中国西部文学的美学风貌（二）

第一节　开掘人和自然关系的新层面

开掘人和自然关系的新层面，以多种手法揭示自然在人类生活中深刻、微妙的非物质作用，表现人在自然中的主动性、乐观性、开拓性，可以当之无愧地说，西部文学在这方面处于领先地位。新时期大量涌现的以人和自然的关系为描写对象的作品中，无论是数量还是质量，西部文学都占据着重要位置。

一、西部自然给当代生活提供了新的参照物

人类社会初期，"自然界起初是作为一种完全异己的、有无限威力的和不可制服的力量与人们对立的，人们同它的关系完全像动物同它的关系一样，人们就像牲畜一样服从它的权力"[①]，自然作为一种异己的对立的现象，人们并不感到美。随着社会实践的发展，人们在改造自然中，使自然逐步成为人们的物质生活和精神生活的对象，自然也就逐步成为我们的审美对象，而且从动植物扩展到山水。这些自然作为一定民族、一定社区人们的生活环境，为人们提供生活资料和精神食粮，从此自然成为一定民族"无机的身体"，"形影不离的身体"。一个民族的社会经济愈发展，对自然的开发和利用愈多，和自然的联系也就愈密切。可以说，特定的自然孕育着它怀抱中的人群，这些人群吮吸着自然的乳汁成长。自然是人的另一位母亲。人不能不带着这位母亲的某些基因，即自然不能不将自己的一些特点对象化到生活于其中的人类身上。另一方面，人在生活实践中又不能不将自己的特点对象化到周围

---

① 中共中央马克思恩格斯列宁斯大林著作编译局编：《马克思恩格斯全集》（第三卷），人民出版社1960年版，第35页。

的自然身上。人对自然无论是实践中的利用改造，还是精神上的移情寄思，都必然要将自己物质的和精神的要求烙印在自然对象身上。于是自然总是体现一定社区和民族的本质力量，成为人类的一面镜子，成为人的审美对象。除此而外，自然界包含的形式美（色彩、线条、构图、动态与气氛）虽然本身谈不上艺术生命，但由于它的某些特征和一定社区人类生活感情或性格品质有相似之处，这种相似像审美活动中的纽带，将自然风貌和人类生活联结起来而具有了审美价值——"因为当作人和人的生活中的美的一种暗示，这才在人看来是美的"[①]。

因此，当自然物形象地体现出一个民族的真和善的本质力量，并成为特定社区人民精神的象征时，就会成为这个民族共同的审美对象，并且与这个民族美的观念和特有的民族心理相融合，产生出巨大的精神力量。我国的长江、长城、黄河、黄陵，日本的樱花、富士山，朝鲜的金达莱、金刚山，埃及的尼罗河，英国的玫瑰，法国的百合，墨西哥的仙人掌，希腊的橄榄，西班牙的石榴，所以成为有关民族精神的象征，就是由于这些民族的人民在他们创造的这些与之有独特关系的对象中，直接看到了自身本质的力量。

在西部中国的社区生活中，自然的地位较之其他地区还要显赫得多。西部未开发地区地域广大，客观上保存了更多原始古朴的自然景观。这些景观雄奇荒蛮，和我们民族某一方面的内在气质对应着，而在民族处于振兴、开拓的新时期，这种气质正在地层中躁动，要求喷射出来。西部相对的落后，特别是在辽阔土地上生活的稀疏的人群，又处于商品生产不发达、自然经济占主导地位的现状中，人类生活更多地直接依赖向自然界的索取，西部人和自然的交往相对更多，无疑使人与自然的关系中包孕了更多的审美内容。

[①] 车尔尼雪夫斯基：《生活与美学》，周扬译，人民文学出版社1957年版，第10页。

西部未开发的大自然，崇高、荒蛮、远离文明社会，这就给文明社会提供了一个参照物。这种参照，又使西部自然和文明社会靠得很近。当我们从这种对比中来思考现实生活时，现实和历史、文明和荒蛮、人和自然就互相渗透到一起了。原始的古朴的西部自然，给文明社会的人带来一种沉重的历史感，今天正是最需要历史感也最具有历史感的时代。荒蛮崇高的西部自然在都市生活、乡镇生活日趋繁荣的时代，给人一种神秘和新奇感，今天正是向往新奇、崇尚神秘的时代。新时期社会生活竞争的加剧、节奏的加快、横向联系的复杂，以至污染的严重，都使人感到前所未有的压迫、烦躁，西部大自然的开阔、旷达、沉缓，给当代人提供了一个精神松弛、情绪舒张的天地，就像这里纯净的空气那样沁人心脾。在西部中国戈壁的烈日、草原的风暴、大海的呼啸、荒林的幽森之中，我们一方面感到对象——自然力量的狂暴和肆虐，同时又把自己提高到对象的水平，激发起制伏和超越对象的心灵力量，从被压倒的痛苦中，升华起压倒对象的崇高气度。西部中国荒蛮壮丽的自然景观就是这样激昂着人的情绪，使之深沉、悲壮、阔大。这不正是时代情绪？自然意象一方面在情绪深层对应了时代情绪，用一种转换的形式保持和激昂着时代的激情；另一方面又以其具体的形象——自然本身的内质，人与自然关系的本有性，把这种情绪提升到宇宙人生的高度。这是西部自然成为文学热门的社会思潮和心理原因。

从新时期艺术思潮发展历程看，当对时代正面力量的讴歌以及从正面角度状写历史、反映现实的"改革者文学"，因为生活、艺术都还不能成熟到产生历史巨著的作品时，社会生活和文学创作中对民族振兴的主体精神的渴慕和呼唤，由于在英雄形象中得不到充分的寄寓，而转向对高山、大海、草原、长河、骏马、飞鹰的敬慕和拜谒。于是，充分体现出人格主体精神的大自然，直接成为艺术表现的对象。在这里，充满了阳刚之美的、正气浩然的主体意识，找到了比前几种文学潮流更加自由自在、无拘无束的表现领域。

人和自然达到了单纯的自在的统一，有限事物的一切对立矛盾和痛苦，都在自然历史的浩渺无际、博大空阔之前，降低了价值的程度性或得到了简明的、意会的、哲理的解答。自然不仅有客观形态，自然的生命形态也被充分认识，进而生命的自然形态又得到进一步的重视。于是，粗犷、原始的自然生命性，以及生命的粗犷、原始性，都成了艺术女神赞赏的佳肴。

二、大自然在新时期文学中成为五大反思焦点之一

再进一步，自然在新时期文学中，成为社会、人文、历史、自然、文化这五大反思焦点之一。新时期文学在描写人迹罕至的宏伟壮观的自然界，贯穿着社会反思的精神。大自然虽然很少出现本质形态的变异，但人对自然的观念，却是一度异化了的。人和自然的关系成为绝对对立的关系，人和自然关系中的乐趣，全在一个"斗"字。自然作为人类的对立面，以狰狞的面孔夺走人在衣、食、住、行和思想感情中的自由；而人对自然只是一味地征服，那种破坏性的征服（想想五六十年代那种破坏生态的修田开荒运动）。对自然的反思则首先要确立起人与自然之间的和谐对应的关系，然后由反思自然而反思人，进而反思社会、反思历史。马克思曾认为人同自然界的关系直接就是人和人之间的关系，而人和人之间的关系直接就是人同自然的关系，就是他自己的自然规定。这些关系通过艺术化的感性形式的显现，在于能从一方面表现自然界在何种程度上成了人具有的人的本质，通过这种观照而达到"人向自身的还原或复归"和"人的自我异化的扬弃"。

这一切，使得文学对自然的描写，对人和自然关系的开掘，成为新时期文学发展的一个重要现象，而西部文学则是它的主要的舞台之一。

同时，自然景观、自然意象和人与自然的关系新层次的揭示，又构成了西部文学阳刚美学风貌的重要因素——西部自然本体的气质是刚强雄健的；在其中生活的西部人，在其中形成的西部社区生活，受着这种刚气的陶冶；

西部社会对外在自然，即山河大地进行"人化"时，在通过物质劳动直接或间接改造自然的整个过程中，人只有比自然更刚强有力，才能使"人化"成为现实，这是一场好汉与好汉的搏斗，是硬碰硬的过程；而在通过精神劳动将人类社会的品格气质直接或间接渗透融化进自然的过程，也是一场强者对"强者"的克化，需要人比他所化的自然有更强的智力。这一切，又反过来更迫切地要求着、促进着、催化着西部人内在自然的人化，即西部人自身人性品格的强化、智化（也就是人化），使之人因为有了更高的文明程度而能以在雄牛似的西部冰山上做雄鹰般的翱翔。这一切，都给西部文学的阳刚气质敷上了底色，添加了钙质。

在开掘人与自然关系的新层面方面，西部文学主要的贡献有两点：

1. 大自然在西部作品中上升为主题性内容和主体形象

西部文学创作使自然景观由社会生活的背景上升为作品有生命的主体形象，进而又构成作品主题性的内容。

在"十七年"的文学创作中，自然大都是作为人类生存的物质背景，只对人类社会起着被动的物质传输作用。有时虽然也进入人的精神领域，也仅仅是作为人物情绪、心理变化的一种烘托，它自己是无生命的。自然的主体活力，它的能动性是被压抑着的，即被动和受动的。西部文学中，情况有了变化。藏族青年作家扎西达娃从自己的感受出发，说明了这个变化：

> 西藏的地域性是其文化的当然构成部分。当你来到那个一切都是大自然的原始状态的地方时，电线杆，纸片，所有和人有联系的一切东西都看不见，一点关于人的痕迹都没有，在那样一个空间，你会觉得太阳是永恒的，人间远离了，世界仿佛从来就不存在，一切都"死了"，静寂，静寂到耳膜都嗡嗡作响，于是大自然和人无声地对话；你爬山爬得就要倒下，你没有了一丝力气，无处呼救，你绝望了，这时你看见前边还有一座更高的山，看见

了山上宗教的旗帜，在那一刻，一种近似神圣的感觉便升华，显出巨大的威力。当你描写这样的空间时，你能把自然只是作为背景去勾勒吗？①

我们先看一个小例子。西部军旅文学作家李镜在他的优秀中篇《明天，还有一个太阳》中有两段对祁连山风光的描写。小说靠前部分的那段描写，使用的全部是解释性的语言，它描写了祁连山的形象（像一个美女）、色彩（紫色的岚气），但这种解释性的描绘，形成了一层滞涩的硬壳，使读者的感觉很难突破硬壳而获得生动的感受。小说最后一节对祁连山的描写就完全不同了，这是人物（马莎莎）在经过了生命的历险、灵魂的搏斗之后，对这样一个祁连山的真实的需要，祁连山展开了，实际上是人物（也是读者）灵魂的展开。你很难确定地解释此时祁连山之美，但因为它有了生命，作为人物对应性的形象存在着。它有了灵性，你被它感动了。自然这不是要求所有作品的所有景物描写都要写出生命。作为穿插，解释性的、客观的描绘也是需要的。

在王家达的西部黄河系列中，黄河完全作为一个活着的母亲形象出现在作品中。就是说，黄河和主人公一道，成为小说的形象主体。黄河在物质和精神上哺育着人物，人与河的对话、相通，人与河在命运上的关联，衍变为作品具体而又可信的情节场面（如《黑店》中，歪姐儿的红军爱人是黄河的波涛送来的；当她历尽悲哀到暮年时，每天去河边呆坐，"看河"，与河，也与人，也与自己的命运，默默地对话）。河的气质、情调、品格与人的气质、情调、品格，不是纯然哲理的符号对位，也不是纯然感情的激越呼应，而是像黄河水一样圆融无碍地溶解在旷达恬静的田园诗中，于素美和静美中

---

① 谭湘：《文学：用心灵去拥抱的事业——全国青年文学创作会议拾零》，载《文学评论》1987年第3期。

无形地蒸腾出内力。在这里,自然虽然仍然起到背景的作用,却已经由物的背景变为心与情、命运与世事的成果,由静态被动的背景变为情节、性格发展的内动力。

张承志的作品,以及唐栋(冰山系列)、张子良(《黄土地》《默默的小理河》)、张艳兵(《古海退却之后》)、杨志军(《环湖崩溃》)和董立勃(《不曾结束,也未能开始》)的一些作品,显然更进了一步。在他们笔下,人与自然互相融解于对方,作品对人心景观的开掘和对自然景观的开掘铸为一体。双线结构的明暗交织和情节、细节的大幅度简化,是他们经常采用的手法。《黄土地》《北方的河》《不曾结束,也未能开始》,在模糊的时间背景里,用具象生活的意象化、人物关系和人物造型的简化、人物行动目的的简化,来强化人与自然的对应象征意义。土地、河流、森林,由于人世生活的简化像塑像一样被推到作品的前景上,作为有丰富主体内涵的艺术形象和人物形象并立。舍弃景物描写的客观性,以获得景观视角的主观性,便于展现人物情思对自然环境的深广浸润。舍弃故事情节对生活的再现性,好在一个没有塞满的情节空筐中,对人与自然关系的非直观层次做深广开拓。舍弃人物言行的交待性和特指性,使言行更多地成为人物在自然启悟中心境的下意识流露。在《大坂》中,"他在冰雪中的攀登"和"他"对各种内心烦恼的征服交错结构,"大坂"便成为人生高度的意象。《北方的河》更是河人合一、景心合一。河塑人之性,人凝河之神,以整个中国北方的大河为自己的人物铸造精神底座,何等气魄。在这类作品中,作者所以摄取这些动荡而辽阔的自然景象,并将其拟人化、意象化,是因为这些自然景象对应了作家对社会生活的独特感受,只有借助这些大气磅礴的自然才可能平息作家希望倾诉的诗情。在这里,大自然的魅力往往也就意味着人的魅力。人的气质与力量总是同大自然的气质与力量相互呼应与印证,两个形象共同组成了完整的生活图景。自然并非外在于人的活动,而是有机地组成了人的活动本身。

在那些描绘人和自然关系的西部诗歌中,却常常消失了人的形象。冰山、长河、大漠、雄鹰、奔马、明驼，没有人的形象作为中介，直接成为抒情主体情思的承载物，而由物象转化为意象。人的消失意味着自然的人化（这里不是哲学的人化）。一个从历史厚重的堆积和现实创伤中崛起的民族，急切地需要自我超越而又难于超越，便借助雄性的自然以壮大自我。内心的荒芜不免转化为对绿色自然的憧憬，人生的忧患当然在险恶的山川中找到了寄寓。这些诗，是现代人的心境在西部地平线上建造的海市蜃楼——不过，这是些有可能变为实景的海市蜃楼。

自然在西部文学作品中，还进而构成了主题性的内容。正像有的评论家指出的：在新时期文学中，对自然的反思、对人与自然关系的开掘，开始还是羼合在社会反思和人文反思的作品中，作为一种辅助因素出现的，而不是艺术思考的中心。只有到了《北方的河》等作品出现时，"对自然的思考才作为主题性内容在文学中具有了独立和高于一切的意义"。①

2. 人和自然既对立又对话，既冲突又补偿

西部文学继续反映人和自然的对立和隔离，却愈益注意到人和自然的对话和交流；继续反映人对自然的开发、征服，却愈益注意到自然给予人的恩惠、补偿。进而表现人和自然在历史和审美活动中的一体化过程——自然的人化和人的"自然化"，即对自我异化的扬弃，向自身的复归。有些作品并力图将这种一体化过程置放在马克思主义关于人的学说和共产主义新人在生活实践中诞生的背景中来展现，使人和自然的关系与人的社会关系交融一体。

唐栋在《兵车行》中，通过上官星和冰山，即人和自然这两把雕刀来刻画女主人公的品格，通过部队生活和自然环境这双重渠道给女主角输送坚强和成熟。这时，自然成为人物思想性格形成和发展的动因。到了短篇小说《边

---

① 宋耀良：《新时期文学主题反思特性及形态过程》，载《文艺理论研究》1986年第4期。

地精灵》中，则完全由动物出场，将自然推到社会舞台的前景来反映人类生活。我们的战士在中苏边境上饲养的白鹅、黑马、灰鸽，那么有灵性。它们以畜类的"心理"逻辑和行为方式，在人类政治地图那森严冷峻的分界线两侧平添了多少温情和乐趣。它们不知世上事，却以天真温暖了人心，以天籁触动人情的和鸣。它们的"无意"寄寓了中苏双方指战员的"有心"，引逗出那政治斗争、民族立场后面人类共有的微笑。这就使我们对国境线上的生活在原有的、必不可少的国家、民族、政治观照坐标之外，增加了人性的、人道的、人类情趣的新观照坐标，那么温暖人，那么启迪人。这时，自然又充实了人生的内容，使人的性情变得更丰富、更纯净。

张贤亮将自己的一部作品题名为《河的子孙》，是有深意的。在这部作品里，黄河是人的母亲，它不但养育了人，而且把自己的禀性一代又一代赋予了自己的儿女。魏天贵在黄河边长大，小时候在黄河边的水湾里耍水，大一点就在岸边放驴、摸鱼。他耕作的田地就在黄河滩上，河水的咆哮伴着他日出而作，日入而息，黄河水曾载着他仓皇出逃，黄河水又送他欣然而归。黄河理解他的欢乐与痛苦，他熟悉黄河的"带来一股亲切的泥水味，一股只有在母亲怀抱里才能闻到的、掺和着奶腥味的清香"。他在黄河边上先后两次从尤小舟和来避乱的老干部那儿受到理性的启发教育。当听到尤小舟唱《黄河颂》时，他的感受是：

"啊，黄河，你是中华民族的摇篮"。"摇篮"这个词他也懂。这使他一霎时联想到婴儿，联想到母亲，联想到温暖的襁褓，联想到家庭，联想到传宗接代，联想到繁衍和生长……原来，中华民族就在黄河这个摇篮里长大的！真有意思！于是，这句唱词刹那间使他像受到电击一般，全身麻木而又颤抖起来。他觉得他的喉咙被阻塞了，但又有一股酸性的流质从阻塞部位向上涌，冲到两腮，冲到鼻孔，冲到眼底。并且，也就在这一刹那间，他在黄河的水流中，在黄河的河岸上，在黄河的草滩上，在黄河之滨的田野上；在幼年、少年、青年，直至如今的中年所经历的一切，一切与黄河有关的回忆，全部获得了一种崭新的意义。

他说不清这种意义是什么，却被这种意义所激动。这种意义在他来说不是抽象的，而是和他的全部经历与感受融为一体的，因而他备感亲切。①

黄河，就是这样使人产生母亲般的依恋，使人获得了在她的雄浑壮阔中所暗寓的民族自豪感，和不屈不挠的斗争信念。那"万折必东"的意志，"浅者流行，深者不测"的智慧，"不清以入，鲜洁以出"的净化力量，以及粗犷奔放与细腻婉转相结合的风度，这些黄河带给人的启示，都像血液一样融入了魏天贵们身上，流进了她的子孙的心里。这里，黄河既是民族精神外化的肖形印，又是民族精神铸造的八卦炉。既是升华人物内在气质、纯净人物心灵感情的蒸馏塔，更是人的生命的江河流。人生、人格、人性、人情和人的生命意识，都在人与自然的交流互感中和谐地融为一体了。这种和谐，不是无差别境界，而是能够见出本质上的差异面，如主与从、源与流、客体与主体，它们在对立中交流，在冲突中互感，构成了动态的统一和平衡。

因而，有的西部文学作品也深刻地注意到：大自然既能锻打强者之强，剔汰弱者之弱，弘扬美，改造丑，也能使强者折、弱者堕，摧毁美而引发丑。人类某些野蛮的、丑恶的或怯弱的、晦暗的东西，在文明的恒温中可能取相对静止的状态，而在某种特定自然环境的引燃下，却会砰然爆炸。董立勃的《太阳下的荒野》，写前骑兵指挥员、现兵团农场场长在发现自己的妻子解放前曾当过妓女后，旧的正统观念在思想的荒野上恶性泛滥，用曾经砍死过

---

① 张贤亮：《河的孙子》，见《绿化树：中篇小说卷》，贵州人民出版社2013年版，第235页。

敌人的马刀伤害了她，而后自戕。作品所写的这个"荒野"，既是自然的，又是人心的，两个荒野互相转化，助纣为虐。但终究是"太阳"下的荒野，这阳光不光照射在环境之中，也照射在主人公心里。他的自戕，是革命者尊严的再生。作品从鲜明的角度提出人和自然关系的逆向双重性，提出了开发心灵与开发自然需要并重而不可偏废的问题。

以上所述辩证地反映人与自然在差异、矛盾中交流、同一的过程，在西部作家如张承志、王家达、张贤亮、张子良、王蒙、昌耀、杨牧、周涛、扎西达娃、张锐、杨志军等的许多作品中，都有色彩各异的体现，有的达到了相当深刻的程度，引起了评论界的重视和社会的反响。

吴亮在《自然·历史·人——评张承志晚近的小说》[①]一文中指出，草原、石岬、峡谷、戈壁与大河，是张承志小说的几个基本背景。它们不是一幕幕可以临时更换的舞台布景，而是这一舞台本身。它们自身也参与了演出，汇入了人类社会与文化的范畴，不再是纯粹的外在之物。读者从中可以感受到自然和精神的同一，形象和内蕴的同一，艺术和观念的同一。这一特定的自然地貌属于内陆型和高纬度，由于种种闭锁的天然或历史的因素，形成了文化上的纯粹性和排他性。吴亮还分析了张承志小说中反复出现的太阳，认为它激荡起人对自然的崇敬，对超越个人有限生命的信心，对使命的领悟，对青春的憧憬以及对爱情的渴念，使热爱生命的意识获得了升华，在天与人之间重建起和谐。

李劼在《观念—文学，自然—人——〈黑骏马〉〈北方的河〉之我见》[②]一文中这样认为：张承志的小说每当涉及复杂的历史，他的议论总是显得莽撞，但一站到生机蓬勃的大自然跟前，他的抒情就会发挥得无比酣畅。他小

---

① 载《上海文学》1984 年第 11 期。
② 载《小说评论》1985 年第 4 期。

说的新意主要在自然—人的艺术表现上。这一表现方式，对于近几年的文学发展具有突破意义。它把文学从对历史反思的种种观念中上升到了对大自然、对人的生命感悟，并将启发人们进一步走向人—自然这样大幅度的更为深入的文学表现。文章说，人们对古朴的社会和古朴的观念无须过于留恋，但古朴的自然对于人却永远是美的，因为它是一种生命的象征。张承志在作品中将大自然完全个性化了。通过大自然揭示出灿烂辉煌的、生生不息的生命之美。这就是大自然给予人们的生命感悟。

蔡翔在《当代小说中的自然意识》[①]一文中谈到，他在张承志等人的作品中，强烈地感觉到作者在和自然交谈，在交谈中达到一种心灵默契的状态。他们观照自然，把自己整个地置身于其中，不把自然作为自己的对立面。这种浑然一体的内在意蕴使作品呈现出一种寥廓悠远的美学境界。他们想在自然之中寻找某种启示，某种在我们身上所缺少或已经失落的东西。在宁静、淡泊、幽远的旨趣背后，躁动着的是一种烦躁不安、苦苦求索的情绪。在自然描写的背后，隐匿着人对形而上的追求。从那些对自然的描述中，我们获得了一种对自由、奔放、执着、坚韧的人的精神复生，找到了一种稳定感，一种生命的源头。我们的思想赖以繁衍繁殖的永恒不变的土壤，吸引我们从狭小的圈子里走出来，开始对时尚文化进行反省。这些作品在表面上似乎偏离了人的现实的实践活动，但却在更深刻的含义上满足了人的精神需要。它在人的深层意识中酝酿变化，以一种潜移默化的力量维持着人的品格和情操，以及对世界的哲学渴望。因此，这些小说表面上的同社会现实的疏离，正意味着它在更深刻的意义上拓展着人的精神世界。它所包含的自然意识就是人的意识，"研究大自然"最终就是"了解人自己"的同义箴言。

---

① 载《奔流》1985年第7期。

李庆西在《大自然的人格主题》①一文中这样认为：这类作品在大自然的人格主题的笼罩下，折射人类生存的普遍境遇，可以说是当代生活的启示录。现在人们在探索生命与物质的二般联系的同时，愈来愈注意人与生存环境的精神默契。这种产生于主客体关系上的当代意识，具体反映为社会意识的生态化。文学受这种生态意识的影响并表现这种生态意识，就是不可避免的了。这些作品似乎游离于时代潮流，其实更为深刻地反映了人与环境的实践关系，使所创造的世界达到某种完满、自足的程度，实现时间与空间的同一、主体与客体的同一、二元或多元的同一，形成自然、历史与人三者归一，浑然一体。在人与自然的审美关系中，生态意识的渗透将改变许多既定的东西。文章认为，这是新时期以来最值得注意的文学现象之一。

西部文学在表现人与自然关系时观念的转变，除了上述从当代生活与当代观念做深层理解外，还可以从中国传统文化、传统审美观的影响得到解释。中国古典审美观的特色之一便是强调人与自然的和谐统一、物我交感。在西汉刘向所撰的《说苑·杂言》中就有这样的记载：

> 子贡问曰："君子见大水必观焉，何也？"孔子曰："夫水者君子比德焉：遍与而无私，似德；所及者生，似仁；其流卑下句倨，皆循其理，似义；浅者流行，深者不测，似智；其赴百仞之谷不疑，似勇；绰弱而微达，似察；受恶不让，似贞；包蒙不清以入，鲜洁以出，似善化；主量必平，似正；盈不求概，似度；其万折必东，似意；是以君子见大水观焉尔也。"②

在孔子心中，自然即人品、人情、人生，把握自然即感悟人。这是中国天人合一哲学在审美上的表现。在中国人心中，古朴浑茫的自然是一种壮美，

---

① 载《上海文学》1985 年第 11 期。
② 刘向：《说苑校证》，向宗鲁校证，中华书局 1987 年版，第 434 页。

给人的心理感受是崇敬、惊赞、喜悦。李白的"登高壮观天地间,大江茫茫去不还。黄云万里动风色,白波九道流雪山",就是对雄壮自然的赞叹和喜悦心灵的颤动。曹操的"东临碣石,以观沧海……秋风萧瑟,洪波涌起,日月之行,若出其中,星汉灿烂,若出其里",同样是壮丽的景象与赞叹的心情共振交融。而在西方,悬崖、高山、大海、天空……是崇高,特别是在柏克、康德的崇高理论里,其特点却是可怖性和与人敌对性,给人的感官知觉以强烈的压迫痛感。在西部文学的自然世界及其与人的关系的展现中,表现出当代观念对生活的把握和中国传统文化的某种衔接和融合。也许正因为如此,日本著名的风景画家东山魁夷到中国观赏自然美时说,自己是从中国人民的性格特征出发,理解到中国的风景之美的。他说:"风景之美不仅仅意味着天地自然本身的优越,也体现了当地民族的文化、历史和精神。""谈论中国风景之美,同时也是谈论中国的民族精神之美。"[①] 看来,东山魁夷对中国"天人合一"的文化观是深有体会的。

三、深刻的反响和需要注意的地方

从目前的创作状况看,西部文学在将新的自然意识审美化的过程中,也有需要注意的地方。比如,在题材的宏观幅度的把握上,要注意分寸。人与自然的关系,说到底,只是人类生活的一部分,自然意象对人类生活的辐射面和穿透力,虽然在近年有了更充分的发掘,不可低估,但是文学艺术总还是以直接地反映人类社会生活为主,西部文学特别要注意表现西部人民在近代和现代开拓性的革命建设事业。因此,无论从文艺全面地反映生活或全面地满足读者的欣赏兴趣,或是文艺的时代的社会责任来看,这方面的题材在宏观上都应该有所控制。诗人公刘在充分肯定西部诗歌的成绩之后,也以诤

---

① 东山魁夷:《中国风景之美》,载《世界美术》1979年第1期。

友的身份指出:"经过几年的创作实践,边塞似已有余,开拓则嫌不足了。为此,我要向你们提出一个建议:千万不要总在沙漠、戈壁、雪山、冰川、驼队、马群、死海、潜河、古堡、废墟,乃至于红柳和芨芨草上原地踏步。要坚决避免彼此雷同和自我雷同。……我越来越强烈地感到:前一段的西部诗歌已过于偏重于自然,偏重于人与自然的关系的描写,而忽略了社会,忽略了人际关系的探测。我想,诗人的目光理应专注于人的命运,灵与肉的冲突,精神世界的升华……不论是从自然切入,或者是从社会切入,最后都必须归于人的本体。只有在西部条件下的人和人们的生活(包括内心生活),才是西部诗歌的中心抒情主题(叙事诗也离不开抒情)。"①

在注意到此类作品哲理内涵深入开掘,写出前所未有深度的同时,要注意走出纯思辨的圈子,要注意以相对静态的自然来解释、印证相对静态的思考这种倾向。有的作品似乎缺乏对自然景观做细致描绘的兴趣和功力,而是很快拐上了表现内心生活的轻车熟路。在表现人物内心生活时,有的西部作品还不能更自如、更实在地将人物内心活动,特别是内心的思辨性的活动,和人物的实践活动,和生活画面、生活行动的展开有机结合起来。这常常使作品在深刻中显出艰涩、苍白和不够丰满,也缺乏必要的生活情趣。有时,由于急于要由自然景观引向人物内心的某种思辨性哲理,极容易跌入自然与社会简单的对应论中,而使作品变得概念化。

在西部文学一批有才华和创新意识的作家把艺术思考投入大自然的热潮中,要注意隐蔽在这种热潮中的一种消极情绪——对时代生活的疲倦甚至厌恶所产生的有意无意的逃避。从有的作品中可以感到,作者渗透在大自然画面中的艺术思考和情绪倾向,有意无意地逃避时代的制约,或是膜拜于大自

---

① 公刘:《关于西部诗歌的现状与前景——给〈绿风〉诗刊编辑部的一封信》,载《中国西部文学》1986 年第 12 期。

然的脚下，渲染自然的神秘和灵性；或者封闭式地描写人与自然的对峙与搏斗，模糊这些内容应该具有的时代特征；或是极力赞颂处于近于原始自然形态下的质朴原始的人性，认为尽管它不无愚昧，但这种愚昧比之嘈嘈营营的城市文明也是可以容忍的。[1]这种情绪倾向，甚至在优秀的西部作家张承志、马原的作品中，也时有流露。有的论者还谈到，张贤亮、张承志的个别篇什把某些女性形象过于理想化，或将其传统化、"自然化"。心灵的真朴与现代文明的喧嚣对立起来，多少让人觉出一种具有消极意味的"归真返璞"；在若干局部给自然涂抹的神秘色彩，隐隐流露出对不可理知的自然力的"敬畏"。[2]还有些作者在自己的作品中，脱离社会环境与人物思想逻辑，随意渲染任何一个自然景观中的神秘色彩，而且将这种神秘性夸大到人类无法把握，只能俯首听命的程度（例如1986年以来，某些描写西藏生活的小说）。这就已经由一般的自然崇拜发展到泛灵论和宿命论了。文学艺术，即便是反映当代生活的文学艺术，都是可以反映宗教生活，也可以体现某种宗教意识的，但如果忘却了历史唯物论而步入宗教唯心论的泥淖，就值得警惕了。

---

[1] 徐芳：《人与大自然关系的艺术思考——兼评近年来小说创作的一种倾向》，载《文学评论》1985年第1期。

[2] 周凡、朱持：《人与自然——关于张贤亮、张承志创作的美学思考》，载《文艺研究》1985年第3期。

第二节　以整体审美意识全方位观照生活

从整体审美意识出发，全方位观照生活，追求作品的历史感、人生感、文化感，是西部文学又一个审美特征。

西部文学已经愈来愈不满足于对生活表面的再现了。在"十七年"的西部题材作品中，对现实生活的反映常常表现出两个弱点：一是满足于猎获浮在生活表层的特色；二是局限于描绘那些由政治、经济直接制约的生活进程。这一时期，比较有见地的作家，则将自己的努力集中于从时代环境和历史发展的进程中去塑造有典型意义的人物性格，并在写好性格的总要求下，描摹具体的心理活动和心理素质。这样的写法，在反映社会历史进程方面，常常能达到相当的深度，也能透露出一个民族、一个地区的文化心理状况，但从整体上看，可以说还没有将描绘完整的人（即作为现实社会环境、历史文化环境和人情人性几方面交叉的人），作为创作的明确追求。① 恰恰是这一点，成为新时期西部作家探索的目标。他们的目光和笔触，常常透过生活现象，追求人生感，将历史进程沉淀为文化环境，将历史生活和现实生活的衔接和龃龉，深化为传统文化心理和当代精神的整合和剔汰。

一、生活感—人生感—生命感

从一些西部文学作品中，可以看到反映生活的深化，是大致按照生活感—人生感—生命感三个梯层进展的。

---

① 周凡、朱持：《人与自然——关于张贤亮、张承志创作的美学思考》，载《文艺研究》1985 年第 3 期。

第一梯层，生活感。形象、生动地反映题材所界定的生活内容，仍然是西部作品所努力的。但相当多的作家，只是将其作为一个起步的基础，他们不仅要形象、生动地反映生活，而且力求表现出生活感来。也就是说，不但要写出具体的生活场景，而且通过这种描绘，传达出生活鲜活、流动、复杂的整体感觉和氛围。这是第一个梯层。一般来说，人是文学中承担反映这个整体网络状生活的最好角色。人要承担角色，就不能只是"属于一定阶级的人"或"经济范畴的人格化"，"一切生产关系的总和"。这个人是各种社会关系（其中包括心理关系、审美关系）中的人，是处在多种生活联系中的人。《麦客》通过吴河东、吴顺昌父子的出外打短工以及吴顺昌和水香的爱情故事，再现了西部落后的生活方式和对新生活方式的深沉呼唤。吴家父子靠天吃饭，十年九旱，在劳力过剩的情况下，只好跟场转，当麦客。我们感到了社会生活的沉滞和生产方式的落后。顺昌和水香的悲剧，集中地揭示了古老的婚姻制度、传统道德和文化心理如何窒息合理的人性要求和创造性的生命活力，也感到了开明和蓬勃的生活方式所带来的人性的新觉醒。从吴河东和"冒尖户"张根发的关系中，又看到了陕甘农村复杂交错的精神面貌、世态风情、冷心热肠、忧欢苦乐。从《麦客》可以看出，单纯地写生活故事，塑造人物性格和透过人物这个凝聚点去捕捉生活的整体感，是有深浅、隐显、曲直之分的。李镜的西部军旅小说《明天，还有一个太阳》，虽然写了一个近乎离奇的故事（长征时离队的红军战士在藏区生活下来，完全成为一个藏民加木措，但心中寻找党的希望一直没有泯灭，结果却在找到党的新时期告别了人世），但作者关注的是人物的命运，是从人的角度去表现和评价战争。这样，作品浓郁的故事性就被更为浓郁的生活感、命运感所抑制、所超越，有了独到的深度。有的评论认为，这篇作品将历史和现实交织起来写，写战争对人的影响，写战后人际关系那种微妙的变化，是一个全新的角度，直接切入了苏联军事文学的第三阶段。①

再进一个梯层，就是追求人生感。季红真认为："张承志和绝大多数青年作家一样，他思考历史的时候，选择的是人生的角度。也就是说，他是以人生为视角洞察历史的。""他理解的人生不限于个人的经历，而是无数普通人的命运（当然，个人的苦乐得失是理解普通人生的基础，两者并不矛盾）。他透过历史表层轰轰烈烈、风云变幻的政治场面，注视着社会最底层那些普通劳动者的生活命运和精神情感……他在对这些微小人生的体察中，洞悉着人类基本历史活动的深刻意蕴，表达出对历史朴素得不能再朴素的理解。"②这种对历史的感悟渗透，在张承志小说的生活形象和人物心态中，往往触及思辨理性还尚未把握的潜在意蕴，同时也为思辨理性的展开提供了极牢固的基础，譬如对传统与求新、衰老与初生、继承与抛弃等等问题，都通过人与自然的交流、现代知识精英与初民色彩生活的交流，以先于思辨的感悟方式提出来了。他作品中涌现出来的思辨性被裹藏在感悟的形式中，从而构成了一种独特的历史意识，我们姑且说，这是将历史的观照化为了人生的感悟，或者说，是将历史感、生活感化为了人生感。这是哲学、史学和美学交融的产物。

王蒙是描绘"风俗画"的能手，但在他的作品中，任何"风俗画"都仅仅是为他抒写严肃的人生提供一个驰骋的舞台。像《葡萄的精灵》，表层描写仅仅是勾勒了维吾尔族老人一次独特的做酒过程，但它的象征性寓意则是可以理解为精神酿造或品格冶炼的。他是为写人生的变幻来写酿酒的。他写

---

① 参看余斌：《西部军事文学的长进与展拓》（"西部军事文学研讨会"发言选载），载《中国现代、当代文学研究》1986年第5期。苏联军事文学的三个阶段，指战壕文学、战争全景文学、战争对人的影响的文学。

② 季红真：《历史的推移与人生的轨迹——读张承志小说集〈老桥〉》，载《读书》1984年第12期。

人,写事,写形形色色的社会、人性人情,都是为了开掘一种人生的意念或底蕴,都是为了传达一种人生的希望与力量。

如果进一步剖析西部作品中这种人生感的追求,又可以看到两个侧重点:一个是命运感,一个是沧桑感。前者从纵的命运经历来展现人生,后者从横的心态感受来显示人生。

张贤亮曾明确谈过自己在这方面的追求:"不但要写人、写人的命运,而且要写出命运感。"① 他的许多作品,在描写人物时,常常对人物命运做纵的展开。这种纵的展开,有时比较完整地体现在历时态的结构中,也总是通过人物的片断回忆或作者的零星描述,在读者脑海中拼接成一幅人物命运的长卷。有时,就连十分次要的人物,作者也用三言两语点出他的命运来,譬如《男人的一半是女人》中的三个次要人物。"哑巴"原本不是哑巴。他在草原上拾到一万多元现款,开始想私自留下,后因怯于破案,主动交出,一夜间成了标兵、劳模、学习"毛著"积极分子,上了北京。命运转了180°的大弯。从北京回来,他又逢人便说,过去傻着哩,不知道有了钱咋花,现在知道有了钱能买好东西,过好日子。结果挨了领导的剋,警告他再乱说要把他当作"阶级敌人"。命运又转了180°的大弯。他的心理无法承受两次命运的陡弯所造成的压力,于是变得痴痴呆呆,一言不发,对命运完全取不抵抗主义,哪怕仅仅发出一声压抑下的呼喊,也没有了勇气。马老婆子只比章永璘大4岁,并不太老,可是好像她活过的每一天都在这张脸上划下了一道皱纹,连70岁老汉也叫她老婆子。她在新中国成立前是小地主家的童养媳,战乱中丈夫跑了,家乡的贫农团长看上了她,16岁的小媳妇却糊涂地拒绝了幸福。贫农团长恼羞成怒,1958年成了公社书记之后,借机给她戴上了"地主分子"的帽子。她逃到千里之外的农场来当农工,却又被"通缉"、判刑、就业,

---

① 张贤亮:《不可取的经验》,载《中篇小说选刊》1983年第4期。

眼看要终老异地，但她一直不停地写申诉，寄给那个追求过自己又迫害过自己的公社书记，怀着对当年温情的忆念，把无望当希望，等待着杳无音信的"平反"。周瑞成，号称监狱里的"剩余物资"，本是农建师供应科长，只因在国民党军队干过事，被填进这无限期的牢笼。他的历史使他怯弱，他的怯弱使他以不断的告密来争取宽大，结果走向反面："文化大革命"中蒙难的干部都走上工作岗位，却因为他的告密而不理睬他。这只惊弓之鸟听见"光棍委员会"的玩笑也胆战心惊，拉胡琴只敢拉革命歌曲《浏阳河》，却又能以《浏阳河》来寄托自己深埋的忧愁；随时打算告发别人以拯救自己，却永远拯救不了自己……这三个人，作者都只有三四百字的小传性文字，但是却在其中贯注了多少时代的、命运的信息。坎坷的时代造成畸变的心理性格，在"哑口无言"中，在压抑的《浏阳河》中，在徒劳的申诉中，我们领略到的的确不只是命运，而是浓缩着命运的、浓郁的命运感。

　　就是一些西部历史题材作品，也注意了命运的描写和命运感的渲染。青海藏族青年作家多杰才旦的中篇小说《逃亡路上》，取材于18世纪初西藏上层统治集团的一场政治斗争，写的是清兵统领蒙古贵族拉藏汗废黜活佛达赖六世仓央嘉措，而和藏族僧俗之间的斗争，有较强的故事性。作者却舍弃了故事的惊险和曲折，反而将刀光剑影、血雨腥风的斗争推到背景上，通过达赖六世逃生路上的所见所闻、所忆所感，铺展这个草原牧民之子一生的坎坷命运，以及他久居宫廷重归大自然后生命的觉醒。青藏高原的自然风光同人物的心境浑然一体，而又处处同人间的阴狠自私、流血杀戮相对照，使整部作品孕育着深厚的人生哲理。

　　王蒙作品的人生感，常常侧重于从人物内心的沧桑感中表现出来。曾镇南认为："在王蒙的小说中，与那种在历史报应的现象中把握具体的历史联系的历史感同样重要的，是一种沧桑感。这是作家在巨大的历史变动中的心灵感受，他把这种感受分给了他钟爱的各种各样的人物。如果就艺术传达的丰富多样、灵敏准确、迅速新颖而言，王蒙小说的沧桑感，甚至可以说比他的历史感更重要。因为包含着历史报应思想的历史感，在王蒙的小说中，更多地是以思想的本色形态，以一种政治智慧发挥出来的；而沧桑感却更多地存在于人物的情绪和感觉中。前者是偏于历史的、社会的客观认识，后者是偏于现实的、人生的主观感受。前者的艺术传达，需要对历史的实在内容的客观的、严谨的探究，这显然非王蒙的艺术气质之所长；后者的艺术传达，却依赖于对生活的流动感的主观酣畅的发挥。这对于王蒙来说，简直是得心应手，挥洒自如，灵感频来，尽其天性的。"①王蒙将这种沧桑感，比较集中地"分"给了他最喜爱、也最长于刻画的人物类型，即干部型的知识分子或带有浓厚知识分子气质的干部。这是遨游在王蒙许多作品中的形象，他从历史的旋涡深处走出来，兴味盎然但也不无惆怅地感受、吟味着急剧变化的现实世界的智者的灵魂。在历史的转换关头，我们可以从这些智者心头一种由惶惑、微微的忧郁到清明豁朗、展望未来的情绪流程看出，其中浸透着历史的、人生的沧桑之感。自然这是指王蒙全部作品而言，在他的西部题材作品中，我们可以举《杂色》和《在伊犁》为例。如果说，在《布礼》中，钟亦成是用在政治斗争中汲取的对共产主义的忠诚信念来平衡自己在历史摇摆中产生的惶惑和隐忧；如果说在《相见时难》中，周克是以承认政治斗争激流比自己的生命之舟更强大来辩护自己的惶惑和迷失；那么，《杂色》中的曹千里，当他对不断变换、越变越"左"的"革命"旋律感到惶惑——"复杂啊，怎么愈来愈复杂，愈来愈摸不着头脑时"，他没有以政治性的思索来匡正个人命运历程中的沧桑感。被时代抛弃到边陲农场，长期远离政治旋涡，已经成了山野之民的曹千里，已经没有了这种政治性的思考习惯和能力。他是从对大自然和人民生活的思索获得从惶惑中奋起的力量，将个人对人生沧

---

① 曾镇南：《惶惑的精灵——王蒙小说片论》，载《文学评论》1987年第3期。

桑的感喟，融入整个民族命运的变迁和山川大地的演化这样一个大的沧桑之中，虽然有了更深沉博大的悲郁，也同时因为这深沉博大而从个人的沧桑之中解脱出来。曹千里在骑着杂色老马进山到夏牧场去的一天的行程中，不断从大自然和人民生活中得到慰藉、启迪，使自己的情绪从消沉麻木到热血沸腾，从惶惑苦闷到豁朗清明。最后，作者以曹千里破戒高歌和老马奋力奔驰的寓言式的结尾，点出主人公对"与世无争、心平气和、谦逊克制的生活哲学"的否定，完成了曹千里由一己命运的小沧桑到人民土地的大沧桑，由消沉感喟到清明奋发的精神历程。《鹰谷》和《在伊犁》等篇什中，王蒙也侧重于表现这类在坎坷中挣扎的知识分子型干部内心的沧桑之感，也侧重于从他们和劳动人民及大自然的接触中，廓清内心寂寞和忧郁的雾嶂，升腾起积极的，起码是乐观的生活内力。这种内力不但使人物能够正确对待已经逝去的人世沧桑，而且使其能从中汲取营养，获得力量，迎接新的沧桑巨变。

第三个梯层，就是由追求人生感到追求命运感。表面看来，这类作品里对人生的探索追求反倒淡漠了，主人公似乎在默默地屈从着命运。其实在这里，对人生感的追求已经跳出了对具体命运经历和沧桑心情的思考与感悟，而从人类整体生命力的强韧更透彻地来觉悟人生问题。他们看来对命运加于自己的一切都逆来顺受，很少在抗御中争取，在竞赛中选择。其实他们作为一个庞大的生命族类，像默默的大地一样，在容忍、承受、适应，当然也在改造、争取、奋斗中，付出自己世代的生命，守住这块贫瘠的故乡热土，繁衍了生命，繁荣了生活，而且给世上所有的思考者、先行者，还有落魄者、消沉者以物质的、精神的滋补和疗救，营养他们以进攻的、积极的姿态去改造生活，主宰人生。

我们在张承志的《绿夜》《白泉》《黑骏马》以及后来的中篇《黄泥小屋》中看到，主人公从草原母亲那里感受到的已不再是无边的柔情，而是生命的律动。生命大自然神秘的震颤，使人物心灵感应了那沉重和宁静，感应了饱经忧患的苍凉和快意，也感应了自身生命的强有力的勃发和欣喜若狂的新生。在个体生命无意识顺从的内里，是群体生命意识的勃发。奇妙的是，在这里，生命无意识的顺从是我们在作品人物命运中可触可感，很容易就能意识到的；而生命意识的勃发却往往流布在作品的内部世界或环境中，我们很不容易意识到，只能感悟到。张承志作品中那个永不停步的精神漫游者，归根到底所追求的，是人在一定文化背景中的生存问题。他关心的不是某个具体人物的具体生存，即人在经济政治层、伦理道德层和经历命运层的种种问题，而是关于整个人类的生存哲理。不论是征服自然，还是改革经济，完善道德，主宰命运，根本目的都是人类求生存、求发展总体活动的一部分。从这个意义上来说，人生感问题不过是具体化了的生存感问题，生命意识在一个更深的层次上制约着各种人生态度。只是由于人为具体的政治经济道德伦理的义务和责任所掩盖，表象和本质才出现这样那样的分离。也许正是这个原因，张承志在自己的作品中才有意使人物形象失去个性，生活描绘高度简化，添进较多的理性内容，把人生放在地理学的坐标中进行观照。在自然面前，人的力量和局限都表现得如此淋漓尽致，生命的本性也在这里被一览无余。从草原那里传过来的生命勃发，从沙漠那里领悟到的生命的局限，从大山那里加深的对人生的觉悟，都被归结为一种强烈的生存意识。不管是互相的搏斗和容忍，还是互相的依傍和支持，人总是在深化了对自然认识的同时，才深化了对自己的认识的。对生存的强烈意识，对生命本性的确认，成为人自我实现的一部分。生命意识的觉醒必然要带来生命的勃发，生命在实践中的实现。历史感与时代感、地理与人生、哲理与实践就这样得到统一。张承志作品的生活气息和时代特征，主要不仅体现在读者阅读到的文字中，更多地体现在那些被作者高度情绪化了的意念和思绪之中。这是在更高层次上接近了生活的底蕴。

李镜的西部军旅小说《明天，还有一个太阳》在透视生活上也深入到了生存感，深入到了人的意识的觉醒的层次。老红军加木措所以能在几十年的蒙冤中坚信胜利，向往新世界，并能够孤身一人在藏区扎下根来，固然与他受到党的多年教育、红军的革命传统有直接关系，但又远远超出了"共产党员好比种子"的单一的政治思想觉悟境界，而是综合进了一种人的强烈的生存意识的觉醒和强大生命本能的激发。他由红军向藏族老猎人的转化，既有谋生手段、生活习俗、语言心态的变化，又有人在任何环境下确认自身、克服对象的强大力量的上升。这种上升与原有的阶级觉醒结合起来，才是不可战胜的。也正因为在形象中渗进了生存意识这一新的内容，加木措才可能表现出一种战争已过、人性可变、时代有别的现代观念，对过去有血仇的马匪军官从审视到宽恕到同情，使历史主义和生存意识得到了统一。很明显，这种生存意识并不冲击人物原有的革命信念和阶级斗争的历史事实，而是原有信念的扩充深化。

二、生活感—历史感—文化感

从一些西部文学作品中可以看到，反映生活的深化，大致按照生活感—历史感（或地域感）—文化感这样三个梯层进展。就是说，更着重于将历史进程沉淀为文化环境和文化心理的微妙变化，通过对这种变化的展示，反映历史在转折时期艰难而又执着的步伐。在历史生活的深处跳动着文化心理的脉搏，在文化感的深处，又可触摸到历史感的骨骼。

T.S.艾略特指出："正是历史感使得一个作家能够最敏锐地意识到他在时间中的地位，意识到他自己的时代。"滕云也谈道："曾经创作过《黑骏马》等作品的张承志，发表《北方的河》，我们并不感到过分意外。这位作者对生活的审美把握，具有某种史诗格调。在过去，我们或许还可以认为，这是他所描写的在北方草原和大漠上生活的人们给他作品的天然敷彩；而现在，这篇《北方的河》，按其本事，不过是表现被耽搁了青春岁月的当代青年的奋斗、选择，作者写来却仍然具有那种将生活融于历史的独特的美，这就不能不说是作者的审美气质和创作个性的定向倾斜。"读张的小说,使他感到一种雄大而悠远、浑灏而冲和的感觉,牢笼着心灵,仿佛置身于天风朗朗、海天苍苍、云霞舒卷、长河莽莽之间。这是一种急切的现实感、深沉的历史感、崇高的审美感汇聚熔冶的感觉。"我们看到了从历史深处浮现出来的现实,从现实升腾出来的历史,从历史的现实和现实的历史转化的诗。"①

但西部一些作品在从历史高度俯瞰、表现生活时,也没有仅仅站在社会政治历史这一个制高点上。他们有的坚持这个制高点,如陆天明的《桑那高地的太阳》,路遥的《人生》《平凡的世界》,鲍昌的《盲流》;有的则不再一律写历史在社会生活实践中的进步与凝滞,而同时关注历史在文化心理荧屏上的波线。他们力图从社会文化心理中捕捉历史信息,从集体的无意识中来描绘历史车轮的印痕,将氤氲于大地的淡淡的文化暮霭和矗立于历史轨道上的理念峰峦组构进作品的画面中。

这就需要作家有一种能力:从历史与时代生活背后看到一个宏大的文化构架的能力。南帆指出了张承志的这种能力:"从《静时》开始,小说中隐隐地闪烁着一种新的发现。直至《老桥》、《绿夜》和《黑骏马》,这种发现日益明朗了:在草原、戈壁和深山中那种低缓、古老的生活节奏中,在那些牧民、老奶奶、额吉和守林人那种平凡单调的劳作中,张承志看到了一个宏大的文化、道德结构。""处于这样宏大的文化、道德结构中,善与恶,荣誉与耻辱,高尚与卑下,尊严与猥琐往往具有。不同于书本的准则。"②季红真也指出了张承志的这种能力:他虽然不能像本民族作家那样,用具体生动的人物关系打开边地生活的内部结构,但"这一点又成全了他逐渐找到一个历史文化的高度,可以整体地审视边疆少数民族人民的生活氛围。他1980

---

① 滕云:《〈迷人的海〉——〈北方的河〉》,载《当代作家评论》1984 年 5 期。
② 南帆:《张承志小说中的感悟》,载《当代作家评论》1986 年第 1 期。

年以后的作品，大都突破了狭窄的政治层次，深入到自然地理、历史文化、民族心理的深层"。① 无论是对《老桥》中厄鲁特老人救人的平淡无奇的注目，对《黑骏马》中老额吉和索米娅的终日辛劳和宽容不公的强调，还是《绿夜》中对奥云娜琐碎的日常生活的描绘，实际上都是在着意传达这些生活现象背后的那个民族文化构架——他们将自己在生活中所付出的一切，视为当然的义务，从未想到要索取报酬。他们没有和生活，和任何对象做"量入为出"计较的习惯，只是既不声张也不感叹地领受种种拮据、灾难和辛劳。这种心理结构中，不乏愚昧、迟滞和惰性，可在缓慢的生活推移中也同样潜藏着一种深厚的力量，和《北方的河》中徐兆华那种精心计量过的抱怨相比，后者显出了一种聪明毕露的渺小。作者在这里捕捉到了文明与愚昧这对矛盾的对立面之间交错层叠的复杂性："文明"中夹有计利的浅薄，"愚昧"中又浸透着重义轻利的厚道。作者从这里出发，暗示出文明和愚昧都具有向对立面转化的内部动因。对这种复杂性的把握，是只有开掘到文化心理层次才可能做到的。同时，作者又在作品中呈示出，群众生活中这平凡的文明如何营养着、匡正着现代文明中的稚嫩和偏向。《老桥》中的"他"对当年那几位插队老同学的失信充满了轻蔑。但当"他"站到老猎人厄鲁特的墓前时，心中却掠过一阵谅解。这种情感上的变化隐隐地意味着主人公对一种不同的人生态度和文化心理的感悟：做自己应该做的，不必去苛求他人。这种宽厚中显然有着沉默的守桥老人的影子。《戈壁》中死去的父亲那不露声色的男人性格，《晚潮》中年迈的母亲那厚重的慈爱，都显示了不同文化心理之间的沟通和互补。《春天》甚至直接显示了伟大如何从这平凡的心理结构中诞生：乔玛为了堵截马群，牺牲在白毛风中，但他没有豪言壮举，是心头那个穿粉红色袍子的

---

① 季红真：《沉雄苍凉的崇高感——论张承志小说的美学风格》，载《当代作家评论》1984年第6期。

姑娘引导着他去克抑自己的胆怯、后悔。在张承志的小说中，土地、母亲、老人，平凡的民众生活和文化心理，构成一种土壤，一种恒定的母性因素，这是文化的土壤和文化的母体。所有的历史活动最后都通过这种文化土壤对后来的生活实践发生作用，而且转化为文化母体的一部分。这土壤使过去的一切发酵为精神腐殖质，默默地孕育着将来的种子。而这个过程就正好构成了现在。历史进程在作品中呈现为文化流程，它使你经常意识到：当要将新的价值授予世界时，这个世界已经在我们的心灵深处积淀了千百年来的文化意识。人类的演进被描述成为这样一幅动态的图景：人类总是根据现时的需要，不断地汲取过去的智慧，同时又接受过去的限制，逐步地形成一个新的历史结构。古老的东西被现代理性之光拭去了尘埃，融进新的文化心理构架之中。

马原的笔善于揭开生活的纱幕，将内里的文化结构展示在读者面前。他不像张承志，常常将两种文化心理的对照、交流做强化处理，直接变为主人公的内心活动和作品的基本结构，而是淡淡地将转折时期新旧两种文化心理呈示出来，有时点出两者在边沿部分的反差或衔接，一般不展示两种文化的直接冲突或全面交融。旧文化心理在马原的作品中显得强固而难以触动。这或许反映了新的历史步伐目前还没有能够踏破西藏原有的宗教文化、农牧文化的心理结构这样一个现实，也可能和作者对西藏生活进程的理解稍稍滞后有关。在《冈底斯的诱惑》中，顿月参军当了汽车兵，从原有的生活圈子中走了出来。应该说"顿月"在西藏已经不是个别人，通过他们反馈回去的新的文化信息应该对原有文化圈有这样那样的触动。但作品却没有这样去写，只是写他不久就牺牲了，虽然班长自愿顶替了儿子的角色，十年来不断给他母亲写信和汇款，但这里的生活却没有什么引人瞩目的变化。尼姆在顿月走后生的那个小男孩，谁都不关心，"与孩子为伴的只有牧羊犬、羊和鹰或其他鸟儿"。甚至当熊闯进帐篷，咬死了牧羊犬，也不去惊动熟睡中的孩子——连野兽也不把他当成异类。生活和心态就是这样带着强烈的原始风情和初民色彩。"冈底斯"成为一种初民文化心理的象征，它一直保持着对这些人的深深的诱惑，人们似乎无法从这种诱惑中走出来。在中篇《西海的无帆船》中，情况稍有变化，新的文化开着汽车闯进了"冈底斯"，两位现代感很强的年轻画家同荒原上的姑嫂俩卓嘎和白珍相识了，她们看他们画画，吃罐头、炸鱼，而且翻阅了《艺术哲学》中的裸体人像。两种文化圈像两种不能相通的语言，相通相交而不能相"识"，但高原之风中已经有了一种潜在的花信，使两位藏族妇女心中出现了感情的花蕾。她们以自己的文化方式在瞬间完成了感情的选择。七天之后，汽车要开走了，她们狂热地吻别了自己的情人。这里，在女性对男性的依恋中，我们似乎隐隐感到一种闭塞的心灵对开放的神秘世界的渴望。一直将这里的人们笼罩在自己诱惑之中的"冈底斯"，终于被诱惑了，藏族的文化心态终于呈现出一种历史性转变的可能性，虽然这种可能性距离现实还比较遥远。

这里需要指出的是，大部分西部作品在由历史感向文化感掘进时，都特别强调了自然地理在人文心态形成中的作用。不少西部作家和诗人把民族的血统与西部的水土放在一起考察，在作品中广泛地涉及自然地理和历史地理，展现出二者之间血缘般的关系。这是一种相互影响、转化的辩证关系。西部地理的博大、粗犷给西部历史提供了壮阔的舞台，而历史的、文化的眼光，又常常透过大自然的柔美直取其内质的雄阔、深沉，更多地感应其中的壮美，使他们不满足于优美的抒情诗和风情画，而是追求更多地提炼其中具有历史感的威严。这样，历史又给西部地理敷上了阳刚的色彩。西部地理和西部历史文化的博大、雄阔和深沉，被许多文艺家看作是中华民族独有的气质和精神，它是中华民族历史的精神脊梁，也是中华民族走向未来的真正基础。于是，在西部文学中，自然地理在走向历史地理之后，又跨上了人文地理的境界、文化心理的境界。地理环境、历史进程、民族精神、文化心理交融一体。

三、历史社会层面—心理思维层面—同构感应层面

在以上两点基础上,不少西部文学作品不但致力于描写西部生活在新时期新的发展趋势,而且致力于表现西部精神和西部文化心理在新时期新的发展趋势。历史生活和现实生活的衔接和龃龉,深化为传统文化和当代精神的整合和剔汰。

将新的生活趋势和新的精神结合起来,其表现又可分为三个侧重面:一是政治经济和社会观念层面,二是文化心理和思维方式层面,三是审美意象同构感应层面。

先看政治经济和社会观念层面的新趋势。西部开发文学和西部军旅文学可以说是致力于反映西部新纪元的文学,是揭开西部历史新页的文学。由于兵团、农场、部队多是成建制的在西部土地上安营扎寨的,具有相当独立性,它原有的社区生活的完整性遭到破坏的程度比较小,甚至没有根本性的大变化,因而一般达不到完全和西部本土生活的交融。以这两类作品来说明西部文学对西部生活新趋势的描写,也许是不典型的。让我们看看藏族青年作家扎西达娃对本民族生活新貌的描绘。这位受过现代教育、以汉语写作的藏族青年作家,在1980年以来的一系列小说中,如《巴桑和她的弟妹们》、《冥》、《西藏,系在皮绳扣上的灵魂》(以下简称《魂》)、《西藏,隐秘岁月》、《没有星光的夜》等等,以时代变革之声构成了主旋律。他怀着深厚的民族之爱呼唤着"新人"和"香巴拉"净土的出现,却没有陷入对新生活实践的表层的记录,而是极力捕捉潜藏在生活实践后面的思想感情、道德观念的变化。在《没有星光的夜》中,作者于民俗风情和民族地域心理的描写中灌注进当代生活的内容,原有的和谐恬静打破了,昭示出历史发展的新趋向。从来没有见过父亲的流浪人拉谷,囿于康巴族为报杀父之仇必须走遍天下找仇人决斗的传统习俗,跑了整整十年。当他终于找到了仇人的儿子阿格布时,

情况却有了变化。康巴人的第一代共产党员、剽悍英俊而又有觉悟的阿格布却拒不决斗，他认为这种牺牲是无谓的，宁可违反康巴人世世代代的传统文化习俗，被人称为"胆小鬼"，在乡亲和妻子面前下跪（这比决斗还需要勇气），也不愿将这种野蛮的习俗延续下去，让乡亲们今后还去做这种陋习的牺牲品。一篇充满了西藏高原乡土风情的作品，前面着意渲染康巴地区美丽、浓烈的夜景和新生活的甜美，渲染康巴人的英豪炽热，最后随着情节的突然转折，却让人强烈地感受到新的时代正在以强大的力量激发着传统文化心理内在的裂变。

如果说，我们从这种改变旧习俗的勇气中感觉到的是人的价值观的历史性变化，那么，在《魂》和《冥》中我们却听到了西藏生活中新的历史音响。在《魂》中，找不到净土"香巴拉"的康巴青年塔贝和嫔，难以忍受死一般的沉寂时，却听到了广播传来的洛杉矶奥运会的声音，那向世界挑战的钟声、号声和合唱声。在《冥》中，拉萨城的除夕之夜，新生活的声音已经那么洪亮：行人在沥青路行走的嚓嚓声、炮仗声、带音箱的电子音乐的咚咚声、自行车拼命按响的铃声和嗡嗡的诵经声、磕长头者包铁皮的木板护套磨在地上的唰唰声融合在一起。宗教神秘沉重苦难的气氛已经被"男人的粗笑、女人们的尖叫、孩子们的笑闹声"所取代。

我们在西部作品中，还看到了封建婚姻家庭伦理观念的动摇（自然远不是崩溃），像《麦客》中的水香、《清凌凌的黄河水》中的尕奶奶新的爱情婚姻观；看到了传统的建立于自然经济基础之上的义利观的更新，像《河的子孙》中的半是天使、半是魔鬼的改革实践者魏天贵，便集中了转折时期义利观更新中的各种矛盾冲突。由于中国社会的特殊环境，加上魏天贵独有的个性，他的改革实践的历史性内容，不能不包裹在非道德的"狡黠"之中，看到了潜藏的历史评价正在突破流行的道德评价。如《人生》中高加林离开土地的要求以及这种要求产生的躁动不安情绪所包含的历史进步意义，和他在道德上对巧珍的背弃行为之间的矛盾；自然，更看到了我们民族的以及西部独有的传统美德在新时期的继承和发扬，像《黑店》中歪姐儿母女对爱情的热烈追求和坚毅忠贞，《盲流》中西部流放者之间的互助共济，以及许多西部作家笔下西部劳动者的安贫乐道、宽容豁达……

再看文化心理和思维方式层面的新趋势。

《人生》的作者路遥执意取城乡交叉地带这样一个方位来反映社会主义嬗蜕时期开初阶段生活所呈现出来的新趋势，但他并没有仅仅从政治、经济和社会伦理的角度来取景。他明确解释过，《人生》所涉及的那部分生活内容，是"城市和农村本身的变化发展，城市生活对农村生活的冲击，农村生活城市化的追求意识，现代生活方式和古朴生活方式的冲突，文明与落后，资产阶级意识和传统美德的冲突，等等"。① 也就是说，不但反映政治经济和社会观念的变化，同时还要反映生活方式、文明程度，亦即文化心理的变化。本来，在那条陕北的山沟里，社会舆论、政治思想观念以及双方家庭，都有利于巧珍坚持自己的婚姻追求，结果，她在高加林的"变心"面前，几乎未做任何反抗就败下阵来，败得那么凄惨。她不是败于思想道德，而是败于文化心理，败于自己心中的"被拯救者心理"。这是一种小生产思想。她们总是让英雄们来代表自己、拯救自己，而意识不到自己也有解放自己、拯救自己的力量。这种心理在有着新的生活追求的巧珍身上也播下了种子。她的幸福、她的人生的追求和为人的价值全部系在高加林身上。当她心目中的英雄一旦抽身而去，便倾倒了精神支柱，丧失了"自己救自己"的任何意识和勇气。我们从巧珍的命运中，看到了传统文化心理无处不在的影子。这个阴影使巧珍在新生活潮头即将到来时，缩回到了祖祖辈辈妇女的精神圈子里。民族文

---

① 路遥：《面对着新的生活——致〈中篇小说选刊〉》，载《中篇小说选刊》1982年第5期。

化心理结构以传统的形式，先于每一个特定时代而存在，构成"获得性遗传"。"由于它（指现代自然科学——引者）承认了获得性的遗传，它便把经验的主体从个体扩大到类；每一个体都必须亲自去经验，这不再是必要的了；它的个体的经验，在某种程度上可以由它的历代祖先的经验的结果来代替。"①西部文学在反映生活新变化时，从社会历史和文化心理两方面观照生活，一些习见的题材蓦地显示出了新的光彩、新的天地。

杨志军的《环湖崩溃》，在反映青海湖畔由游牧到定居的新的生活变化时，也侧重表现了新的生活环境、生活方式给牧民心理情绪上带来的种种不适应，将牧民们在新生活环境中复杂的心理状态活画了出来。生活，还有与生活相适应的文化心理，就这么缓慢、艰难地，又是执着地朝着一个新的方向变化着。

有的西部作品还着意表现了新生活对固有的思维方式的冲击，反映了思维领域的传递发展。比如，中国传统文化心理基本的思维方式——深虑，在人们探索新的思维方式时，就受到了冲击。西部文学作为新时期文学历史开拓的文化运动的一部分，不触及这最深处的本质的东西，便无以达到改变人们思想感情的目的，"他"（张承志的几篇小说）、高加林、马缨花、黄久香以及长诗《慈航》中的抒情主体，都力图按照自己的能力和见解去生活，而摆脱了环绕着他们的人所共有的价值标准。这些作品着重表现了个性的觉醒和独立人格的复归，对我们民族在深虑思维方式下产生的根深蒂固的认同意识，诸如狭隘的和谐观、对权力的崇拜、对存在的顺从、血亲与乡土观念，以及从伦理角度对思维对象做功利性的"善"的评价等，提出了质疑。由于这些人物开始不以公众规范评价事物，旧的文化心理结构的根基便动摇起来。《桑树坪》《麦客》突破了传统的道德观不讲个人爱情，只要家庭和谐（哪

---

① 中共中央马克思恩格斯列宁斯大林著作编译局编：《马克思恩格斯选集》（第三卷），人民出版社1972年版，第564—565页。

怕是虚假的和谐)的圈子;《人生》突破了旧的乡土观,新时期来到后,高加林从一种不很自觉的躁动不安的情绪出发,要求走与父辈不同的道路,离开土地创造新的人生境界,等等,都表现了那种和旧文化心理相联系的旧的思维模式的瓦解。这是生活新潮引起的更内在的变化。

还可以看看西部作品如何以审美意象层面的同构感应来应和新的生活趋势。

有的西部作家领悟到,小说家和诗人在反映新时期生活时,除了逼真地再现这一个途径,还可以有另外的美学思索方式。比如说,在不直接描写新时期变革题材的情况下,也可以在时代精神的照射下,保证他的作品蒸腾起一种与改革思潮相一致的美学气息。新时期生活内在的精神脊梁,是开拓气概、变革精神、竞争意识等。只要我们在自己的题材中开掘出这种精神和性格,只要我们在自己的作品中描绘了和开拓、变革事业中执着坚毅、世态炎凉、事业沉浮等等情绪同构的体验和感受,都可以反映(或者说反应、感应,其实是情绪领域中的反映)出变革时代的内在精神,表现出西部生活精神上的新趋势。我们今天吟诵"长风破浪会有时,直挂云帆济沧海",吟诵"大江东去,浪淘尽千古风流人物",吟诵"前不见古人,后不见来者,念天地之悠悠,独怆然而涕下"时,内心会激起一种天开地阔、高瞻远瞩的昂扬之情、豪壮之情,这种感情不但和改革时代的社会情绪十分合拍,而且引导我们投身于改革实践,或从心理感情上回味已经从事的实践。在这里,作品主要是给读者一个意象,让这个意象和时代精神、社会情绪以及读者内心的精神情绪共鸣。像张承志的《北方的河》中河的意象,《大坂》中大坂的意象,就是如此。程万里的中篇小说《白驼》,选择了追赶神奇的纯白野骆驼这样一个典型的大漠情节,却又超越了生活场景的具体描写,将故事简化为一个积极进取的维吾尔族农民,不惜生命去追求它——更高的生活目标这样一个象征性画面。在执着追求"白驼"的过程中,通过主人公迷蒙的、片断的回忆，抹出了这种追求的社会心理底色：西部地区安贫自足的心理，只要基本的生活条件能够满足，就不思进取，而不知发达地区的竞争心理和失落感为何物。作者带有强烈的理想色彩，这理想之光的焦点是对准在落后的社会心理之上的。作者希望通过主人公理想精神状态的聚焦，让安贫自足的心理燃烧起来。这种写法，有时会因其艰深而失去一部分读者，但应该是我们反映现实生活的一条路子。它是深切把握现实的，却不仅是现实的写照，不仅是对现实的直观的把握，而且是把现实、把生活提升到历史的高度，从而升腾到精神、情绪、心理的高度来做审美把握。

以审美意象的同构感应来反映生活内在精神的新趋势，在西部文学中经常采用的构思手法，是以当代观念为坐标，来观照西部的古拙，将当代精神融解于西部古拙的氛围之中，使古拙的物象成为具有当代感的意象；或者将现代人放置进荒蛮的环境中，既可以使读者通过现代人心镜的折射对西部荒蛮做现代的感受，又可以以西部特有的方式在当代生活的缺陷中寻求超越。

张承志作品中有两个基本的形象群：边疆和底层的劳动群众与动荡年代成长起来的青年知识分子。历史的机缘使这两部分属于不同文化背景的人物，在特定的环境中发生了生产和生活的联系，进而发展为思想感情的沟通。这两部分人在历史潮流中的不同位置决定了他们在融洽的情感深处，必然隐匿着更深的文化心理差异。特别是当一度停滞的生活以人们从未体验过的速度流动起来的时候，这种潜在的文化心理差异就变为直接的现实距离。这里民族整体方式的变动——由自然经济的农业文明向商品经济的工业文明的发展，首先对这两部分人最敏感的联系方式的震动。和同时代人一样，对"文明"的失望，使"他"（也包括作家自己）走向广阔的自然，在自然中养育浑朴的人情，在有缺憾的生活里寻求古拙圣洁的人性，在艰苦平凡的人生里吸吮蓬勃的活力，在强勇的个性中感受理想的诗情。张承志的偏激，在于对"文明"的历史进步性和挟带而来的弊病常常不能做分寸恰到的把握，有时混淆在一起，有时则更多地看到后者而对前者的估计不足。

有的作品中并不正面展开当代生活和传统心理的冲突，只是一味地写处在古朴环境中的初民生活和传统风习、心态，像张艳兵的《古海退却以后》，写汉人李华天葬自己藏族的同父异母姐姐梅朵，杨志军的《环湖崩溃》则更直接地写出藏民对爱情生活独有的观念。这些描写也许很冷静、客观，甚至将荒蛮的物态和沉滞的心态写得很美、很淳，但因为作者是站在当代人的视点来选材取景、立意造文，作品流贯着当代人从当代生活的角度对古朴荒蛮的感受与审视，加之这类作品又常常采用简化和抽象的方法，适度牺牲生活的具体性、连续性和确定性，以换取某种象征性，在作品中创造出一种定向氛围和特指情绪。这样，现实生活中的荒蛮和落后就在作品中转化为一种美的形态。我们在阅读这类作品时，大多数情况下，并不会掉进对荒蛮和落后的欣赏中，而是超越过对这些古朴生活和淳朴心态的具体历史评价，寄寓我们在繁荣、快速的当代生活中所希冀的心理和情绪平衡，比如过分的拥挤而需要的舒展，过快的节奏所需要的缓慢，过分的文明包裹所需要的归真返璞，过度的成熟而向往着重温人类自身发展的历程。这些作品激发着人的原始力的冲动，在那蓬勃的生命热情和行动意态中得到营养。董立勃的小说大都写当代人当代生活，但他有意将人物性格、心理和生活环境朴拙化、原始化，读来常能唤起我们对遥远的、先祖的回忆，这种回忆和当代人当代生活叠印在一起，和现实生活中心灵的种种弱点、缺陷叠印在一起。目标的执着之于以实利为转移的油滑，雄性的刚毅之于精神的迷乱雌弱，愚拙般的切实之于超标准的灵敏，不都是西部式的平衡和超越么？

还要指出的是，不少西部作品在描写文化感和时代感的交融时，注意避免了简单化，他们注意到了政治、经济和社会生活其他方面的发展和整体社会心理变化的不同步性。这些不同步性使得传统心理的惯性拖住了经济的发展，也使得那些文化心理结构中还缺乏足够新因子的人，在贸然撞入改革生活之后,产生这样那样的精神断裂和变形,使得在少数善于吸收新生活的信息而及时自我调节文化心理结构的人,在各方面的文化变量、心理变量没有跟上来的情况下,陷入"善良的误解""同情的孤立"和无来由的烦恼。王戈的中篇小说《当门子》,写牛社花冲出羊角寨沉滞的生活,却又在陌生的生活漩流中没了顶,走向堕落。小说自然并不是在褒贬经济搞活,也没有停留在褒贬这个女性的个人品德上,而是在较深层次上暗示出,由于传统心理结构的制约,像牛社花这样的西部妇女,在受到外界的冲击、震荡之后,一方面会在心理上产生一个相应的文化变量(这就是促使她出去做生意的良好的初衷),另一方面又要受到相当的文化限制。由于她内心的文化变量小于环境的文化限制,便产生了一种力的扭曲,终于击毁了这个敏锐而脆弱、大胆而愚昧的女子。就其根本来说,这不全是性格和品德的悲剧,而是社会的悲剧。牛社花透露出嬗蜕时期的一种典型的现象:没有相应的文化变量,改革的大潮也是可以把主观上希望改革的人淹没的。当然,更多的人在喝了几口水后,及时调整了心理机制而击水中流,这种情况也是典型的。

四、整体审美意识的扩展和深化

西部文学追求作品的历史感、人生感、文化感,从艺术思维的角度看,是从整体审美意识出发,对生活进行全方位观照的结果。所谓整体审美意识和全方位观照,主要是指诗美和思辨的融和,表层生活和深层文化的叠合,历史的纵深感和艺术激情的总汇。简言之,也就是生活感、历史感、人生感和文化感在审美中熔冶一炉。用评论家腾云的话说:"它脚踏实地,它的描写可以具体而微,但它不拘守生活一隅,不为定点定位的描绘所囿。作者对生活的观照是全景的、广角的、视通万里的。不论作者写什么,怎么写,但他葆有一种对现实的史识……不论作家表现什么题材,采取什么体裁,他的作品都传达出时代精神沉洪跃动的声息。"① 用画家周韶华的感受来表达，则是："开阔自己新的视野吧！打开心灵的窗户吧！让想象长上丰满的羽翼凌空飞翔吧！高原、沃野、大河、边陲、海域、星空、文化遗址，上溯黄河源头，下至入海口，胸罗宇宙，思接千古。总而言之，新的时代要树立新的自然观：过去—现在—未来；生活—艺术—人民；天—地—人；目观—耳听—思索，一种全方位的观照。"②

在上面谈到的一些作品中，有的侧重于横向上的对时代精神审美把握，如《北方的河》《人生》《啊，昆仑山》《沙海绿荫》，虽然题材各异，却都力图以辐射力较强的情节或辐射力较强的意绪、哲理，在生活和心态的横向展开中，营造"为时代精神所居的大宫阙"（鲁迅语）。有的侧重于纵向上对时代精神的审美把握，如《桑那高地的太阳》《女活佛》《环湖崩溃》和王家达、王蒙、张贤亮的一些作品。《桑那高地的太阳》从历史发展的不封闭圆圈中，以及与这个不封闭圆圈相应的思想、哲学、道德、感情曲线中，解剖、开掘建设兵团第一代支边青年的生活。《女活佛》《环湖崩溃》以历史发展的纵坐标和现实生活的横坐标的相交点作为艺术描绘的焦点。而《北方的河》更可以说是纵横结合的，从空间上做横的展开的同时，在人物、大河、人与人、人与大自然之间，对时代精神做历史的、审美的纵向把握。凝聚着当代精神的"他"，奔向黄河，投身于中华文化的摇篮之中，又从这里出去，去开始新的事业。他奔向湟水，古老文化标志的彩陶器皿破碎了，新的生活融进了孕育过古文化的这个世界。而永定河、额尔齐斯河则以历史的沉着、躁动的活力促使他向新境界进发。

当然，全方位的整体审美意识，绝不仅是指简单地纵横展开，或深度与

---

① 腾云：《〈迷人的海〉——〈北方的河〉》，载《当代作家评论》1984年第5期。
② 周韶华：《面向新世纪》，湖北美术出版社1997年版，第159—160页。

广度的开掘，而是前面谈到的表层生活与深层文化的叠合，也是哲理与诗美的融会。后者是指从哲理的高度，高屋建瓴地透视生活并将生活中的事物凝聚为准确的焦点，从而用诗化的感情宣泄于字里行间的本领。所以，西部作品中具有历史感、人生感、文化感的作品，常常同时具有哲理美、象征美、诗美，并统一构成西部文学阳刚美的一个重要表现。

这里要指出的是，总的看，西部文学作品致力于反映这个地区的历史文化传统在新时期生活实践中如何被改造、被消化、被吸收，以新的光彩融于当代精神之中，不但成为社会主义时代精神的一部分，而且使社会主义时代精神带上民族的、中国西部的特色，在深度和广度上都还是不够的。特别是反映西部传统心理在经过整合提高之后，和当代精神的衔接、融合，更显得不够。比如西部的社区生活以小农小牧自然经济为基础，以部族和家庭为本位，又长期受到宗教文化的熏陶，形成了近自然、富原力、重感情、尚人伦、主道德等精神特点，这将会影响到在中国当代经济变革中，不仅依赖指令指导，而且倚重感情调度，社会生活的维系也需要法治和德治两条腿走路。在中国，特别在西部，当代生活的发展和变革，忽视本地区的人伦关系是不行的。又譬如，中国西部群众对土地、对草原的世代相袭的感情，千百年来结晶为视大地为母亲、安息于大地的淳朴厚重的人生哲学，构成了西部人民一种最可宝贵的文化品格。在农业、牧业区向社会主义现代化迈步的当代生活中，不应该轻易地嘲弄或否定这种品格，倒应该在艺术实践中探索如何将其移到现代生活中去，以构成推动时代生活的一个特异的力原。新疆生产建设兵团在20世纪50年代就突破了单一屯田的农业结构，尝试搞以农田为基地、以农工为主体的农工商联合体；20世纪80年代以来，西部地区的农业也开始有计划地将具有土地文化品格的农民组织到乡镇企业中去，牧区在不离开草原的前提下，逐步搞现代化的多种经营，也在摸索中。中国传统"家"的意识正在这些新的生产组织中扩大为社会集团意识，并和"国"的观念在利益上、思想上联系起来，使现代化的生产组织有了东方的感情色彩。这将会引起西部文化心理结构的哪些变动，将是可以开采的富矿。

此外，这方面还要注意对"文化感""历史感"的片面理解，似乎越古越俗才称得上"文化"，以致混沌未开的原始意识，光怪陆离的初民遗风，闻所未闻的人情礼俗在部分作品中竞相展览，加上没有能力把握主旨而又故弄玄虚，晦涩含混，难于理解。更有个别作品，以展现原始形态的性生活、性意识作为作品文化感和生命意识的主要表现，肆意描绘，这就不是什么全方位审美，而是嗜痂成癖了。

第九章 中国西部文学的美学风貌（三）

第一节　悲壮、沉郁之美通体流贯

一股悲壮、沉郁之气流贯在西部文学的许多作品之中。这种悲壮、沉郁之气和对人民母体、大地山川的崇高感的把握相交融、相辉映，形成一种悲剧氛围。这种悲剧美是西部文学阳刚美学风貌的又一表现。

一、西部悲剧美的生活根源

西部文学的悲剧美，从内容到形式都构成了自己的特色，究其根源，还是要到西部生活中去寻找。近代德国美学家 J. 伏尔盖特在他的《论悲剧的美学》中，指出构成悲剧的三要素：一是强烈的、异乎寻常的苦难（包括身体和精神两方面）；二是人性的伟大，即内在精神气质上的崇高和类崇高；三是其有比较典型的有代表性的悲剧命运。[①] 这三要素在西部中国的历史和现实生活中都有丰富的蕴藏。

先看中国西部人的生存环境。西部大荒原作为生存环境，是艰难困苦的。人类在这里生活，世世代代处在和大自然苦不堪言的斗争和交往中。而农牧资源（可耕地和牧场）的短缺，又常常使人和自然的悲剧性关系演化为人和人、部落和部落、民族和民族的争斗，演化为悲剧性的社会冲突和征战。

西部是日落之处。日落作为审美的物象，常常和寒冷、黑暗、孤独、衰败、远僻、无望等情绪、感受联系在一起。西部自然和社会环境的困苦一旦和天体运行给人的直觉叠印到一起，就是人们心理积淀为一种类乎先天性的西部

---

① 参见李斯托威尔：《近代美学史评述》，蒋孔阳译，上海译文出版社1980年版，第219页。

印象：它是一块苦难之地，它总是诱发悲凉之情。余斌谈到过，"日归于西"无感情色彩，但在读书人的传统观念里，无论是"夕阳无限好"，还是"长河落日圆"，或柔或刚，却都免不了要生出一种失落与孤独的心理氛围。他还引《说文》，西，篆作"㢴"，鸟在巢上，象形，即栖息的"栖"，日落为飞鸟归巢之意。当太阳昏昏西沉的时候，鸟在寻求自己的归宿，人的归宿何在呢？①实际上，这里日落、鸟归的失落与孤独，通过"西"字和西部的荒凉、遥远、贫困叠印到一起而强化放大了。

再看中国西部人的命运和他们的精神气质。困苦的生存环境、游动的社区群体和多民族的迁徙、战乱不但使西部本土的各族人民在人生道路上要经历更多的曲折、坎坷，而且，西部的困苦，也使得这里自古以来就成为贬谪、流放之地，成为走投无路者企望绝处逢生的地方，生活无着者以生命孤注一掷的地方。一种历史性现象出现了：悲剧人物西聚，悲剧情绪西流，加剧了西部的悲剧氛围。"像一队囚徒，像一队俘虏／正展开一场没有休止的跋涉／天边升起的海市蜃楼并不是信念／最实际的办法／是留一串深深的蹄窝。"（周涛《驼队，瀚海的精灵》）

余斌引据《太平御览·四夷部十八·西戎六》"扶伏"条说，轩辕黄帝的臣子茄丰曾被流放到玉门关以西的地方，也许，这就是中国历史上或传说中第一个去西部寻求归宿的流亡者了。据说他是怀着强烈的原罪感躬腰西行的，因而他的后裔就被称为扶伏民。如昌耀诗云："我们云集广场／我们的少年在华美如茵的草坪上款款踱步／看不出我们是谁的后裔了？／我们的先人或是戍卒。或是边民。或是刑徒／或是歌女。或是行商贾客。或是公子王孙／但我们毕竟是我们自己／我们都是如此英俊。"（昌耀《边关：24部灯》）

---

① 参见余斌：《论中国西部文学》，载《当代文艺思潮》1986年第5期。以下引文均出此文。

余斌认为:"这个匍匐于西部地平线的形象,透出了西部人文化心理结构的最基本的轮廓。当数千年后曹千里在古乌孙旧地的伊犁河谷骑着那匹杂灰色的老马,拼命地贬低自己,把自己想得说得既渺小又卑贱,感到挖苦自己比挖苦别人有'更多乐趣而更少风险'的时候(王蒙《杂色》);当牧马人章永璘在那没有春天的黄土地,与被骟了的大青马进行知识分子命运问题对话的时候(张贤亮《男人的一半是女人》),我们的灵魂当会感到历史的惊悸和震颤。"这里,余斌指出了西部人命运和精神气质的第一种情况:"扶伏民"的命运和心理。

接着,他又指出了第二种情况:"西部自古以来都留下了许许多多开拓者的足迹。周穆王的西行,张骞、班超的出使西域,朱士行(三国曹魏)、法显(东晋)、玄奘(唐)等名僧的西行求学取经,解忧、弘化、文成等汉唐公主们的分赴乌孙、吐谷浑和吐蕃联姻,以致林则徐谪放新疆时的垦辟屯田和左宗棠的收复乌鲁木齐,历史均做肯定评价。但尤其不应被忽视的是历代内地军民对西部的开发。自西汉晁错向景帝建议向西移民,开发边疆,巩固国防以后,各个朝代出于不同的战略考虑,一批又一批地组织移民西迁,或军屯,或民屯,为开发西部做出了贡献。但应注意这种徙民戍边一开始就具有浓厚的强制性质,并且代代相因。比如汉武帝时期武威以西的移民,据《汉书·地理志》记载,其对象'或以关东下贫,或以报怨过当,或以悖逆亡道,家属徙焉'。这说明当时的移民成分以内地的无业游民、刑事犯、政治犯及其家属为主。至于戍边的军卒,除强制征兵外,历来也都有因犯罪而谪发入伍的。这样的移民结构,其情绪的不稳定可想而知,所以历代虽屡有开明人士提出移民自愿和物质刺激的原则,但终改变不了这种历史形成的早期开拓者的心理定势。"他由此认为,从文化心理的角度看,"可以说,向东行是一条求生存、求发展的路;反之,向西行则是一条逆向的路。这就可以明白中国历代为什么把向西作为流放之路了。"

我们可以说，余文实际上是将这种情况归纳为夸父的命运和"扶伏民"心理的一种交合。这是不错的。但如果认为西部人的命运和精神气质只有这两种，未免太悲观了些。因此，在余斌论述的基础上，起码还需要指出另外两种情况。

第三种情况是"扶伏民"的命运和夸父心理的交合。对历代获罪的流放者，如果超越特定时代政治制度和法律做历史的评价，其中有不少人是社会精英。他们之获罪，之流放，往往是因为他们科学的、进步的、革命的思想和实践触犯了统治者的意志和利益。追求真理和正义的夸父，而为社会所不容，以致遭到"扶伏民"的命运，在漫长的中国封建社会和半殖民地、半封建社会，几乎是一种规律性现象。世世代代戴着镣铐西行的"夸父"，并没有因为自己"扶伏民"的命运而苟且偷生，而是以艰苦的西部作为改造社会、造福民众的新的试验场地，世世代代和西部各民族人民建设家乡的实践融为一体。余文举出的林则徐、左宗棠，还有纪晓岚，大约应属于这种情况。西部各省的"左公柳"和新疆垦区社会群体中的湘村、左公兵，都是证明。到了社会主义社会，情况起了根本的变化，社会主义制度和执政的无产阶级及其政党，和社会精英，和各种改造社会的向上的、前进的社会力量，合为一体（中国共产党就是先进分子组成的先锋队组织），没有根本性的矛盾冲突。但是在一些特殊情况下，也可能给"夸父"招致"扶伏民"的命运。比如，在党的指导方针出现了较大偏差，像十年浩劫这样的特定时代和反右扩大化这样的政治运动，就有不少社会精英带着镣铐西行。他们中的大多数，没有因此而在心理上"躬腰"，相反，却在逆光中迸发出异彩，有的在监狱里完成了科学著述，有的扎根在西部群众中做切切实实的社会改造和建设工作。"扶伏民"的命运不会不投射一点心理阴影，但总的夸父型的精神气质是没有改变的。再比如，由于时代发展和认识的局限，或工作方法、作风上的不当，在社会主义制度下生产关系的某些环节没有适应生产力的发展及时调整，也可能出现夸父向扶伏民的变异。20世纪60年代初的困难时期,涌向西部的"盲流"中,有不少就是在国家没有及时解决内地农村劳动力过剩的情况下,自发地进行了新的生活选择,自发地减轻内地土地的负担,去开发西部的。他们虽不是英雄,不也有着夸父的气质吗?以上这些"扶伏民",应该都是西部开拓者家族中的一员。

第四种情况,我们特别不应该忽视,这就是西部人(也包括西行人)夸父的精神气质在一个较好的环境中得到舒张和施展。因而同时获得了夸父应有的命运。在这种情况下,夸父形象得到了内容和形式的和谐统一。这种情况一般在统治阶级处于上升时期,政治开明、思想活跃的时代。如余文所举的古代周穆王的西行,张骞、班超的出使西域,玄奘的西天取经,以及解忧、弘化、文成公主和西部各邦的联姻,大都属于此种情况。从他们身上很难看见扶伏民的影子,他们大致是以一种西部开发者的精神去从事西部开发事业的。到了社会主义时代,大规模的有计划、有组织的西部开发、西部移民开始出现。20世纪50年代第一个五年计划期间,内地各条战线支援大西北,大批企业事业单位西迁,许多新的工业门类和尖端科学在西部发展起来,成千上万知识分子和专业人才奔赴祖国西部从事日夜向往的社会主义建设事业;像20世纪60年代初大批内地青年学生到西部各省,特别是西部边陲安家落户,组成生产建设兵团,屯垦戍边,开发西部。他们成为西部开发的生力军,成为西部社区生活中的一支极为活跃的力量。他们之中自然也有这样那样的不愉快和失落的孤独,作为个体心理也不排斥"扶伏民"躬腰西行的暗影,但总体上,他们从实践到心理感受,都是高昂、积极、豪迈,充满了光荣感的。他们以新时代的夸父精神,走上了一条夸父追日的人生道路。

以上四种情况,第一种扶伏民的命运和心理相统一,自然是悲剧性的;第二、三种,或是扶伏民的心理虚有夸父的命运为其表,或是夸父的精神被压抑在扶伏民的悲惨命运中,心灵和命运、内容和形式处在矛盾中,人物这种内在的矛盾冲突，构成了悲剧美深刻的基础。第四种情况，心灵和命运都统一在夸父追日之中，似应是缺乏悲剧性的，其实也不尽然。在这种情况下，悲剧美可能来自这几个方面：一是人们在宏大、空阔能触发历史人生感的环境中所感受到的压抑、孤独，以及由此触发的对生命的悲剧性思考，如前引陈子昂名句"前不见古人，后不见来者，念天地之悠悠，独怆然而涕下"所抒发的那种感觉；一是人们改造、开发西部的急切愿望、良好行为，与西部社会、西部人（包括开发者自身在内）文化心理沉滞的矛盾，与开发西部过程中所遇到的不正确的或跟不上实践发展的体制、政策、方法、作风等社会条件之间的矛盾。这种矛盾在某种程度上也可以说是历史的必然要求与这个要求难以实现之间的矛盾，也构成了深刻的悲剧冲突。还有西部开发者自身的内在冲突，主要表现为改造、开发西部精神的理想和这个理想的实现之间永远存在着的差距。他们永不满足，因而永不能够达到心中的目标。这是夸父永不放弃追日，又永远追不上日的矛盾，他的饥渴，他的力竭而亡，就是他的实现，他的完成，这也构成了悲剧性的冲突。

总之，我们无妨说，落日西沉是西部悲剧美的自然意象原型；躬腰西行的扶伏民和追日不止的夸父是西部悲剧美的人物形象原型。悲剧作为美的形态，在西部文学中就这样以内在的、通体流贯的状态呈现着。

二、西部悲剧美的丰富表现形态

悲剧美不但在西部文学中通体流贯，在内容和形式上也呈现出丰富的表现形态，客观上较为完整地体现了悲剧美的各种特色。

陆天明的长篇《桑那高地的太阳》，以反映 20 世纪 60 年代中期上海知青到西部边疆从事开发的历史命运为主，糅合着描写了复转军人、支边的内地农民以及劳改就业人员等形形色色的西部开发者的命运。小说在对悲剧性的展示中，就是通过人的境遇的改变、人和环境在重新组合中所产生的矛盾，来揭示这一代人内心具有历史内含的悲剧色彩。主人公谢平、齐景芳、秦嘉、计镇华等，带着满腔豪情来到桑那高地的羊马河农场开发西部边疆。14年中，被当地的环境，既有时代的极左旋风在这里肆虐，又有天高皇帝远而加剧了的封建家长制的压抑，有沉滞的社会文化心理的熏染，和一次又一次强制性的改造。他们既不肯屈服于环境，又不得不屈服于环境。用谢平自己的话来说，这是比吃苞谷馍、住地窝子"更高一档'艰难'的挑战"，自然有着更深一层的内心冲突。明知屈服等于满足现状，等于放弃突破而不得不屈服，这是巨大的悲剧性苦痛。后来，齐景芳、秦嘉终于被环境压碎，怀着精神分裂的痛苦，服从了命运的安排。齐景芳看起来"放荡"了，内心却一直保留着对谢平最纯真的感情。计镇华在十几年后回到上海，却又不适应已经变大了的、陌生的城市生活环境，成了东部与西部、城市和乡村两极的遗弃者，终于心理变态而犯罪，又作为服刑犯人被送回西部。人的境遇两度改变，却无法克服又无法适应境遇，造成了悲剧。

《桑那高地的太阳》中的另一个人物，骆驼圈分场场长、"老爷子"吕培俭，则是另一种悲剧。他对西部开发事业有深厚的感情和高度责任感，有魄力和组织才能，品格正直。但他完全用封建家长式的办法统治着这个天高皇帝远的地方，领导这里的社会主义开发事业，而且在主观上将二者结合得十分自如：因为党将分场交给了他，他便把分场看成是自己的领地，甚至可以在改革来到的时候，以分场作为自己迁入县城的"资本"和"股份"；为了对支边青年"负责"，要求所有的人无条件听从他的调遣，用封建家长的感情方式来"调教"谢平，以封建家长的权威干预外甥女桂荣的婚姻。这一切，在吕培俭心中，都与他所从事的社会主义建设事业并行不悖。实际上，他所从事的事业在政治、历史上的进步和他个人思想感情、文化心理的落后完全是南辕北辙，存在着历史性的矛盾冲突。一个人从热爱、维护自己的事业出发，认真、勤恳地在毁坏这个事业。当他想着自己在为社会主义工作时，却在拉社会主义的后腿。这是多么深刻而典型的悲剧！吕培俭处在一个怪圈中：他越急于为实现他的理想而做封建专制式的奋斗，社会主义理想就离得越远；而这又越激励他以加倍的努力，以封建专制方式去为社会主义而奋斗。

在《人生》中，悲剧是在历史和道德的错位中发生的：高加林符合历史进步的情绪躁动和生活选择，由于披上了被谴责的道德外衣，而不被社会认同，使他陷入深深的悲剧性苦恼中。同样，德顺爷和高加林父亲，虽然具有社会所认同的道德标准，但对农民在新时期到来的时刻，要求部分人离开土地，闯出更多更好的生活、生产门路却浑然不可理解，这就将自己置于新的历史进步要求之外了。当他们在道德上的自信、自足紧紧地联系在一起的时候，我们不是从两位老人毫不自察的悲哀中感到了莫大的悲哀吗？

特别是当这种对传统文化价值的自信、自足，不但由德顺爷这样的社区道德化身——所谓德高望重者身上体现出来，而且还侵袭进传统文化价值叛逆者（像高加林和《麦客》中的水香、顺昌）心中，使他们为自己的"几上歧路"而自责、自疚，我们就更感到了传统的道德标准、固有的文化心理和盲目的群体认同思维方式，怎样成为中国西部悲剧的一个重要的渊薮。马克思曾经说过："当旧制度本身还相信而且也应当相信自己的合理性的时候，它的历史是悲剧性的。"①

从更广泛的角度来理解这段话的精神实质，我以为也是可以把反映着旧制度的各种上层建筑、意识形态直至文化心理、思维方式包括在马克思在这里所说的"旧制度"之中的。

在王蒙的《杂色》和张贤亮的《唯物论者启示录》中，曹千里和章永璘的悲剧，带有境遇悲剧、命运悲剧的色彩，但主要应该说是性格悲剧。中国

---

① 马克思：《〈黑格尔哲学批判〉导言》，见中共中央马克思恩格斯列宁斯大林著作编译局编：《马克思恩格斯选集》（第一卷），人民出版社1972年版，第5页。

知识分子的儒家"入世"传统，绵延几千年忧国忧民的责任感已经揉进他们的思绪、感情和心理活动的深处，积淀为根深蒂固、不可移易的忧患意识，但在"左"的思潮的干扰下，不允许他们介入任何国家的、社会的实践活动和精神活动。他们被时代抛弃了——命运是"八千里路云和月"，他们却无法抛弃时代——精神却"一江春水向东流"。他们不停地关注着、思虑着国家大事，或是努力学习着革命理论，以备将来献身时的需要。他们在幻觉中和胯下的老马腾空而起，高高地飞翔起来，或是一旦有了机会，便真的狠心扔下妻子，奔向政治斗争的中心。他们心中强烈的入世精神、忧患意识、参与愿望，一方面长期地被冷落、压抑，甚至屡遭扼杀（这是时代决定的），另一方面又不断地、悄悄地在暗中得到充实和强化，积蓄着新的力量（这是知识分子的秉性所决定的）。两方面都难以改变，漫长的僵持和内心搏斗于是无法避免。他们像祥林嫂那样，总想为社会干点什么，每次得到的回答都是冷酷的拒绝。总想参与，不准参与；不甘落后；永远失落。内心分裂的剧痛，随着时光流逝而麻木，却种下了病根，走向某种程度的变态，这就是曹千里的自嘲和章永璘的自谑。他们本身都朝气蓬勃地嘲弄过社会上不合理的事物。但那嘲弄的反作用力却使他们大半生爬不起来，于是他们便转而拼命嘲弄自己。"当曹千里拼命地贬低自己，把自己想得、说得既渺小又卑劣的时候，他的脸上会不由自主地焕发出一种闪光的笑容，虽然闹不清这笑容是由于自满自足还是自嘲自讽。他甚至有点快活了，挖苦自己——如果挖苦得俏皮的话——不是比挖苦别人更多乐趣而更少风险吗？"此刻，唯一为捍卫存在而做的行动，就是自嘲。嘲弄给嘲弄者带来的是优越感和胜利感。还在嘲弄，表明自己还壮心未泯，还未甘堕落，还未曾麻木；哪怕对象是自己，也表明自己的心灵比自己的处境高尚。但纯然的自嘲，却又证明了自嘲者的颓败和软弱。这是一种荒诞，是一种带着眼泪的笑和孔乙己式的清高。它处在悲喜剧的交叉地带，是对古典悲喜剧概念的超越。它集中概括了中国知识分子中落泊者的悲哀。这种悲哀发生在社会主义创建之初，更具有历史内涵。

但如果说曹千里的自嘲中还多少渗入了中国道家的超脱，并且从人民群众和大自然中吸取了开阔和清明，因而他的思想和自己的处境大致还是和谐的，那么，章永璘在精神上则完全脱离了自己真实的境遇，生活在一种不真实的存在之中。身陷囹圄的他，以为自己的存在根植于一种伟大的、神圣的使命感上。作为社会知识精英，自己处在最高的政治理性、国家概念与广大的工农之间，是它们的中介。一方面服从前者的将令，另一方面又比后者优越。自身的使命就是按照最高理念的要求去唤醒工农——那一群如曹学义、黄久香、何丽芳一样放纵肉（物质）的生活而缺乏灵（精神）的生活的芸芸众生，引导他们上升到"唯物论者"的澄明境界。这种认识既表明了他的长处——执着而强烈的历史责任感，又表现出他的弱点——对体力劳动者历史作用的轻视和在脱离实际的不真实存在中的自我封闭。所以使相当多的读者感到虚假和造作。其实这是一种病态性自虐。人的正常的欲望（包括性爱），在通常情况下本与唯物论者伟大的使命感并非水火不容，只有在特殊情况下，家庭生活才会和社会使命构成一对矛盾。章永璘和黄久香并没有面临这种特殊情况，而他却决然要毁灭家庭奔向天安门，这是潜藏在这一人物心中忧患意识、献身精神在久经抑制之后的病态发泄。通过这种自虐，章永璘在主观上可以得到献身的满足。这种满足虽系虚妄的幻影，却能够在一定程度上平衡自己久已失调的心理。章永璘最后的行动，是一种失败。这种失败，就好似沙漠中久渴的行人，顷刻间猛饮清泉过量而导致的失误（当然也暴露了那使命感在长期压抑下的苍白和软弱）。这是以极致的形态，即变态，揭示了饥渴的悲剧。

如果说，路遥在《人生》中，并不像西方悲剧理论所强调的那样，写崇高和伟大的磨难、毁灭，而是侧重展示普通人的悲剧性格，致力于描绘现实的广阔生活中普通人心理的悲剧性，更注目于与世俗人性密切相关的道德冲突，因而更多一些缠绵与惆怅。那么，张承志在他的西部作品中则大都致力于写一种崇高形态的理想人格悲剧。如果说，上面谈到的几个例子，还更多是写西部人如何淹没在旧模式的世俗生活和传统的文化心理中或难于自拔，或津津自足的悲剧，亦即是现实和过去的、人和环境的悲剧冲突，那么，张承志则大都致力于写理想人格内心的悲剧冲突。这种冲突从总体上看，是从命运悲剧（《黑骏马》男女主人公命运的相错引起悲剧）、性格悲剧（《北方的河》那永远不能停止追日的夸父"我"）落笔，而在生命的现实与未来的追寻中开展的。张承志笔下的人物，有一种对信仰的执着、对理想的热情和为此而一往无前的勇气，常给人一个滚烫、热烈的激励和神圣、崇高的感动。他力图在粗犷、峥嵘的自然、社会与孔武劲健的人的冲突中表现一种血气方刚的男子汉气魄和所向披靡的英雄精神。但伴随着这种鹤立鸡群的英雄精神和崇高感的，正是孤独，那不被理解和遭受嫉妒的孤独。这大约是作者为什么总要在自己主人公的背景上描绘点染这样那样的"孔乙己""黄毛希拉"的缘故。

同时，生命越是旺盛，对生命的欲求也越是旺盛，与现代的距离也就增大。理想与现实的冲突越激烈，人就越痛苦，悲剧感就越强烈。白音宝力格（《黑骏马》）如果不是追求建立一个草原上最理想的家庭，索米娅的被污就不会给他以那么大的精神刺激，那么大的内心悲哀。在事情发生多年后，如果主人公能够正视并认同现实，而不是沉浸于往日的追忆，他也能取得平静，但白音宝力格不行。他在清醒地认识到抛弃索米娅的责任之后，执着地去草原寻找这因他而失去的爱情。这样，他昔日的幸福被强化了，他现在的失落被强化了，他对索米娅的内疚、自责也被强化了。他在这亦甜亦苦的环境中咀嚼自己的过失，在这种咀嚼中忏悔和自虐。张承志说，他喜欢的形象是一个荷载的战士，总在追求自由和真理，寻求表现和报答，寻求连自己也弄不清是什么的一个辉煌的终止。人物行动的价值，无须用是否达到结局来衡量，目的的崇高就是行动的价值取向。不息的追寻，没有终点，因而永远不会有大团圆结局的追求，是痛苦的，正是这种痛苦构成高层次的人生幸福。在这里，痛苦成为欢乐的尺度。张承志就是这样酿造着他的悲剧：有意识扩大理想与现实的距离，扩张生命本体的理想愿望与现实感受的两极，然后将他的人物驱进不断的自我舍弃和自我创造中，使其总处在痛苦与欢乐的大起大落的躁动中，以磨炼生命的意志。很明显，这就已经进入生命悲剧意识的境界了。生命无限，每个人都无法达到生命辉煌的顶峰，每个人又都无法遏止自己终其一生向那个顶峰攀登。生命无常，总处在新陈代谢的运动过程中，创造伴随着破坏，新生伴随着死亡，理想在实现的那一刻已经成为过去。生命无圆满，每个人都强烈地要求实现自我，又总是无法避免人生的缺憾。可以说，张承志人物的生命感受，就这样摆荡在幸福与痛苦、追求与失落、昂扬与消沉两极之端，他们在自己造成的痛苦中感受自己的力量强度和享受生命张力的欢乐，形成不断进取的人生态度。

在女作家张曼菱的西部作品《唱着来唱着去》中，除了准确地揭示了爱情、伦理道德和不同的民族文化结构中造成的心理冲突（这在后面要谈）外，还侧重描绘了赛尔江这支"像游丝一样飘动在哈萨克部落大海中的回族血统"，几代人为了维护自己民族的血统和文化所做出的努力。赛尔江的奶奶、妈妈都是哈萨克族女人，但从小他父亲就教育他要把保持自己的回族血统和文化作为人生最崇高的目标。为了这一点，他将爱情给了汉族姑娘林林（汉族在这里也极少，而且文化与回族相同），在表白爱情时，郑重地告诉她他的回族名字是李金生，保持和寻找这迷失了的文化之根，对他比生命还重要。他的爱是灵也是肉，他要林林为他生一个保持自己形貌的后代。爱在赛尔江心中和种族的延续，和生命是同义语。他最终没有实现这一点，并且为此付出了一生的代价。赛尔江的悲剧，也可以说是种属、血缘和文化在交流中被同化的悲剧。在当代社会，这个悲剧带有相当的古典色彩，但是，作者从这个角度去挖掘民族精神强韧的内力，还很少见，填补了西部悲剧的空白。

我在阅读张承志、张贤亮、张曼菱的这一类作品时，不禁想起 M. 德苏瓦尔。他在解释悲剧时，排除了一切狭义的道德上的讲法，主张悲剧来自人与其所居住的世界之间不可避免的矛盾与失调，来自这样一个残酷的事实：最高贵的人类价值给他们带来了失败、最大的苦痛，甚至毁灭性的灾难的种子。①

西部诗歌中不少作品都是悲壮的——悲壮中挟带着某种冷峻的苍凉色调。他们经常写到沉默、痛苦与死亡，但不是抱怨、悲叹与绝望的宣泄，恰似"积雪的慕士塔格，同时居住着真理和死亡"。周涛十分钟情于那种烈马在广袤的草原上"嘶鸣时带给人们的悲壮苍茫感"，他叙事性地抒写了一只猎鹰勇猛扑去的悲剧，但不朽的精神却像"一面迎风的旗帜"，即使是它的后来者——"连欢叫的声音也是悲壮的，如同直射长空的飒飒秋风……"可以说，诗的悲剧感——一方面在哀悼失败或感慨人生的渺小，一方面又在庆祝胜利，那种人的伟大力量及精神与日月共存的胜利！

从对上述各种形态悲剧美的述评中可以看出，西部文学作品中包含了古代和近代悲剧理论所概括的三种主要形态——性格悲剧、命运悲剧、境遇悲剧，而且出现了当代悲剧探索中的生命悲剧和反讽悲剧，这是难能可贵的。还可以看到，西部文学作品中的悲剧美总体上体现了已有悲剧理论概括的悲剧的几个特征。第一，悲剧人物必须具有这样那样正义的或者正面的素质，如美学家科恩说的，悲剧应描述一个有价值的人格所遭受的苦

---

① 李斯托威尔：《近代美学史评述》，蒋孔阳译，上海译文出版社 1980 年版，第 218 页。

难，他纵然不幸，但仍然保存着高贵的品质。① 第二，悲剧人物的不幸、痛苦和灭亡，必须具有一定的历史条件下的社会必然性，悲剧必须传达社会的历史的信息。第三，悲剧冲突不论其直接表现是在人物与环境之间、人与人之间，还是在人物的内心，最终总是要引起人物特定的心理冲突，折射出某种特定的社会矛盾。就是西部文学经常描写人和自然的冲突或人的生命悲剧意识，也只有放置在具体的历史社会背景和人与人的关系中来展现，才具有悲剧性意义。第四，悲剧虽然描写的是具有正面素质人物（并不一定都是英雄和先进人物）的不幸和毁灭，却总是通过这种不幸和毁灭肯定社会历史的进步和人物品格美好的一面（就是吕培俭这样的人，我们也是在"哀其不幸"中得到社会主义运动不但要完成社会政治方面的任务，还要完成改造社会心理方面的更深刻、更艰巨的任务这样一个正面结论），因而悲剧不是悲观主义，恰恰是肯定历史进步的乐观主义。大多数西部文学作品在这方面处理得都较好，只是在描写生命悲剧和文化心理悲剧的一些小说和诗歌中，还需要把握得更真切妥帖。

三、西部悲剧美的新追求

中国西部文学的悲剧美，除了较全面地体现了悲剧艺术的特点，还有两个问题需要专门提出来，这就是纵的方面在致力于社会主义时代悲剧内涵的探索，横的方面发挥多种文化交汇的优势。这两点使西部悲剧美独秀一枝，也是今后需要着重努力的一个方向。

以往的美学家一般都是以造成悲剧的不同原因来区分和规定不同悲剧的方式和类型。例如，前面提到的性格悲剧、境遇悲剧、命运悲剧的分类，还

---

① 李斯托威尔：《近代美学史评述》，蒋孔阳译，上海译文出版社1980年版，第218页。

有车尔尼雪夫斯基在《论崇高与滑稽》一文中概括出来并给以批评的分类：一是最低方式的悲剧，其中又分自然和社会两种不同情况。前者是人类的自由行动扰乱了大自然的自发进程，大自然及其规律就要起来反抗，造成悲剧，"它的权利的侵犯者……这就是悲剧的根据和本质"；后者乃是当一种人本身反映出与道德观念无关的单纯威力，譬如，美貌、权势、财富等等威力，"命运妒忌高位，爱把它倾覆"。二是过失悲剧或称"罪行的悲剧"，是由于人物坚强而深邃性格的脆弱的一面造成的过失和罪行所致。三是最高方式的悲剧，即道德冲突悲剧。是指两种在一定程度上都合乎正义的对立倾向所发生的斗争，失败的一方遭到痛苦，胜利的一方因为它所摧毁的事业本身也是合乎正义的，也遭到内心的或外界的谴责，经受着痛苦。这些概括，都有某一层次和某一局部的价值。

马克思主义经典作家从历史唯物主义的高度出发，对悲剧冲突的基本规律做了极其深刻的表述：悲剧冲突，是指历史的必然要求和这个要求的实际上不可能实现之间的冲突。①这个分析虽然只是在分析《济金根》时提出来的，却具有普遍意义。但过去的解释，大多侧重于社会、政治、历史的角度，即从历史的进步要求受到旧制度和它的上层建筑以及其他历史条件的限制和压抑，而难以实现或延缓实现。这个理解不论从社会学的角度还是从美学的角度，都是抓住了要领的。但考虑文艺作为一种审美把握的特殊性不够，考虑社会主义新的历史条件下人民内部矛盾和文化心理阻力的特殊情况不够。新时期悲剧创作和理论的实践使我们极大地丰富了对恩格斯论断的理解。有同志将恩格斯的论断作为悲剧冲突的第一个基本规律，而提出"历史的必然要求与实现这个要求阻力之间的悲剧冲突"作为悲剧冲突的第二个基本规律②

---

① 中共中央马克思恩格斯列宁斯大林著作编译局编：《马克思恩格斯选集》（第四卷），人民出版社1972年版，第346页。

② 施东昌：《"美"的探索》，上海文艺出版社1980年版，第410—411页。

虽似无必要，也不尽科学，但只要我们对"不可能实现"的理解如果宽泛一点，也可以包括"难于实现"或"延缓实现"在内。这样提，从丰富、拓展对经典作家论断的理解来看，也并非没有价值。它强调了社会主义时代的悲剧和以前的不同。就是说，在剥削阶级统治的社会中，从根本上看，悲剧在于历史的必然要求无法实现的痛苦，而在人民群众当家做主的时代里，历史的必然要求并非不可能实现，但由于政治、经济、思想、文化、心理各方面还存在旧社会母胎的印痕，新社会本身又还处在萌芽状态。不但是嫩弱的，而且总有这样那样的缺陷。在这种情况下，新的社会力量常常不足以压倒旧的势力，便出现悲剧性矛盾。在西部文学的悲剧形象中，大多数都属于此类。他们是在社会主义条件下遭到了悲剧命运。原因有政治路线的失误（如章永璘和曹千里被反右扩大化推向西部的大地，《盲流》主角被十年浩劫的"左"倾革命委员会推上西行的列车），有历史的局限（如《桑那高地的太阳》。西部开发总体上正确，只是由于实践者在认识水平上、经验和方法上无法突破特定历史发展阶段的局限，使正确的事业无法正确地付诸实践，而酿成悲剧），有各种社会的弊端（如《清凌凌的黄河水》的悲剧，就是大夫小妻的陋习造成的），更多的是民族文化心理中落后一面的获得性遗传（黄久香的悲剧是章永璘的中国文人忧患意识畸变造成的，水香的悲剧和她自己的心理禁锢无法分开），还有就是理想人格的超前和生活现状的滞后之间的差距（如张承志作品中的悲剧）。这就为我们进一步研究社会主义的悲剧提供了珍贵的具有审美特点的思考材料。

还有一点值得注意的是，中国西部文学中的悲剧故事和悲剧形象，发挥了西部文化多层次交汇的优势，体现出明显的中西文化结合的特色。在章永璘的悲剧中，当代中国特定时期知识分子的低下地位和自卑心理与俄国民粹主义的混合，中国文人忧患感的变异和西方原罪感的糅杂，是看得很清楚的。从20世纪50年代开始就受到迫害和歧视的章永璘，由长期"左"的观念形成的"臭老九"的卑下心理，无须我们多去说它。问题是，这种"他轻他贱"所以能转化为"自轻自贱"，而且在章永璘这样一个在囹圄之中仍然苦读马克思主义经典著作、自视身负重大使命的知识分子心理中表现出来，是和章永璘所受到的西方式的原罪感和俄国民粹主义的影响分不开的。原罪感是基督教教义之一，认为人的出生就是肉欲造成的罪恶，它与生俱来，到死方可解脱。这种生命原罪感，从但丁的《神曲》、叔本华的意志哲学中可以强烈地感受到。章永璘不是让欲望在上帝面前受审，而是让它在伟大的中国式的忧患感、使命感面前受审。他总觉得欲望（黄久香）在使命感面前是有罪的，是无须证明的原罪，人只能二者取其一。民粹主义认为，任何不穿粗呢外衣的人（即脑力劳动者）都有罪，都是坏蛋。他们将民众作为一个空泛的整体理想，将俄国村社理想化，认为这远比资本主义为好。他们贬低自身，号召把一切献给人民，并且要永远自食其力，完全变成筋肉劳动者。他们虚无主义地否定一切文化知识和现存的教育，要用社会的资金开设工厂式的社会学校，等等。悲剧在于，章永璘们是在受到这些思潮迫害的过程中，不自觉中将这些思想当作革命的东西接受下来，变成了自己的心态。原罪感和民粹主义在命运上打倒了我们的章永璘，又在他精神上踏上一只脚，使章永璘在劫难中既感到了悲哀又不觉其为悲哀，既想摆脱这悲哀，又不自禁地去追寻这悲哀。

在张承志的作品中可以找到儒家"士不可以不宏毅，任重而道远"的责任心和"居庙堂之高则忧其民"的使命感。中国文化精神是构成张承志作品悲剧理想人格的一个重要部分。但他受西方传统文化中人文主义、浪漫主义思想的影响，则更为明显。《北方的河》里的那位"他"，心目中的男子汉偶像不是屈原、岳飞，而是牛虻、马丁·伊登、保尔·柯察金，道出了张承志横移西方人文精神以塑造悲剧理想人格的艺术追求。正如有的研究者精辟分析的那样：《黑骏马》的艺术结构很典型地体现了俄狄浦斯式的命运悲剧原型，处处弥漫着不可言喻的神秘气氛。用意志和行动的坚定性与始终逃不脱失败命运的强烈冲突来震荡人们的灵魂。失败的命运并不可怕，俄狄浦斯王勇敢地承担起命运驱使的行为过失，在自我惩罚中完成人格主体独立于神，独立于命运的积极证明。既然人生避免不了悲剧一场，那么就昂扬而骄傲地演好这壮丽的人生悲剧吧！《北方的河》典型地体现了西方性格悲剧原型。"他"对人生、对历史感受至深，注定要被群体放逐，悲哀地意识到自己如兽的孤独。追求理想的女记者无疑是最能理解他的一个，即便这样，卓尔不群的女记者也只能和他同行一段。当她寻找到了自己的归宿，奋斗也就终止。而"他"则属于昼夜不舍运动着的河流，停止意味着自我的不复存在。他们只能分手，"他"又在踽踽独行的孤独中，去领受人生的悲哀了。①

有的论者还指出，《杂色》中的曹千里，"也许是新时期文学最早的体现儒道精神既矛盾又相统一的人物了"。"他们一方面有'愿意倾及一切来使国泰民安'的'兼济天下'的儒家似的胸襟，另一方面，在严酷的现实面前他们又不得不用道家的齐生死、等万物、物我双泯来自宽自解，求得心灵的宁谧和冲淡"。② 其实曹千里不但集儒道于一身，也可以看到外来的影响。"如果我们再运用一点传统的'传记批评'法，就会从作者王蒙的自述中找到一点外来影响的事实。他欣赏契诃夫小说，曾经多次提到《苦恼》。小说里马车夫的苦恼无处申诉，无可奈何中只得向他的老马倾诉。马车夫与曹千里，老马与杂色马，苦恼与荒诞感，这些形成了两篇小说的共同性。王蒙显然受到影响。但更重要的不是在这种中外比较中找出相互影响的事实，而是发现不同民族历史命运和心理历程的共同性与差异性。曹千里与俄国马车

---

① 参见陈伯君、苏丁：《黎明的躁动与黄昏的宁静——从张承志、阿城的生命悲剧意识看中西文化在当代文坛上的交汇》，载《当代文坛》1987年第4期。

② 苏丁：《近年来小说中的三种人生主题比较——兼论中西文化在当代文坛上的冲突》，载《文学评论》1987年第3期。

夫的命运的相似性，无论有无'影响'都是实在的。正因为如此，中国读者才会欣赏外国小说，才会理解卡夫卡、乔伊斯、尤奈斯库、贝克特等等。但毕竟各民族有其特有生存方式，因而其自嘲模式有其独特根基。曹千里的自嘲模式，是中国土壤上生出的病态之果。"①

---

① 王一川:《从自嘲到自虐——〈杂色〉与〈男人的一半是女人〉之比较》，载《批评家》1986年第3期。

第二节　对西部生活的雄性审美创造

站在绿洲与荒野之间，

站在昨天与今天之间，

站在现实与理想之间，

站在地球与太阳之间。

他的头颅高昂着，

给中国的过去

点了一颗多么伟大的句点。

现在他弯下腰去，

松土，施肥，

两颗晶莹的泪下

凸出翠绿的芽尖……

——章德益《他站在绿洲与荒野之间》

多方面熔铸了博大苍凉、负重远行、强韧进取的硬汉子的西部，以系列的形象、意象和意境，对中国西部生活进行雄性精神的审美创造，给新时期正在复苏和高扬的民族精神、艺术意识注入了刚气和力度，是中国西部文学美学风貌的又一点表现。

一、对西部雄性精神的创造

狄德罗说："一般说来，一个民族愈文明，愈彬彬有礼，他们的风尚就愈缺乏诗意；一切都由于温和化而失掉了力量。""诗需要的是巨大的、野蛮的、粗犷的气魄。"① 这从一个角度点出了文学艺术对于时代的精神涵养和补偿作用，以及文艺在发挥这个作用时的自我调节机制。新时期社会欣赏心理是时代精神、社会情绪的一部分，在宏观上它们是一道起伏、搏动的。在一味地礼赞、一律地高昂后，向往深层的揭示和心曲的流淌；过多的低吟软语，诱发着对恢宏豪强的期待；浅薄的喜悦，哪如深沉的忧患；对眼前事态和人世利害的琐屑关注，让人渴望眼的远行和心的高翔。正在急速雅典化的民族，何等需要斯巴达克精神的钙素。再何况，西部的开发、中华的腾飞、民族心理素质的更新换代，寻觅着审美的应和和激扬。这一切在西部的山川人物、精神气质（包括文学精神气质）中找到了驰骋的疆场。

我是鹰——云中有志！

我是马——背上有鞍！

我有骨——骨中有钙！

我有汗——汗中有盐！

——杨牧《我是青年》

西部文学在时代对雄风壮美的呼唤中被推到前台，并在"舞台实践"中逐步增强了"男子汉"的自我意识和社会感觉。这正如丁·罗斯金说的：崇高是"伟大在感情上所产生的效果——这伟大，无论是物质的、空间的、力

---

① 狄德罗：《狄德罗美学论文选》，张冠尧、桂裕芳译，人民文学出版社2008年版，第187、188页。

量的、品德的或者美的"。① 这是一方面,西部生活提供了可以产生崇高感情的"伟大"。

另一方面,许多西部作家主体气质也具备了条件,在许多(自然不是全部)西部文学作品中,我们可以看到自觉的"男人风格"的追求,或不自觉的男子汉精神的显露。自觉不自觉,也许都或多或少源于这些西部作家自身的男子汉气质。他们中间有不少人自己就经受过西部严峻的自然和社会的磨砺,硬挺着身躯从大起大落的人生之途上走过来,年长日久从心灵到外貌,都打上了西部深深的烙印。无论是张贤亮、王蒙、昌耀、朱定、高平这一代西部作家所经受的 20 世纪 50 年代末、60 年代初的社会风暴,还是马原、张承志、杨牧、路遥所经受的 20 世纪 60 年代末、70 年代初的社会风暴,都使他们的命运在西部的土地上画了一个时间和空间半径各不相等而又极其相似的人生之圆。他们被这个命运的圆形转炉大起大落地播弄,经受了各种严峻的锻打,心灵和肉体都淬了火。他们的气质自然不会完全相同,有的冷峻,有的沉思,有的幽默,有的豁达,有的沉郁,有的还喷射着火一样的激情,但他们都是生活中的强者,则是无疑的。这真像一位西部战士诗人对西部战士的写照:"龙卷风它疯狂地冲出来冲出来/暴雪它乱纷纷降下来降下来/高高的沙柱它竖起来撑住了太阳/倒真像是太阳的把柄/大漠用它褐黄的染料要整个地/把士兵的灵魂染了,士兵也乐于接受/有一个兵把灵魂当作种籽种进了大漠/立刻就长出一座雄伟的山峦来/但和这大漠却是浑然一体"(王小未《大漠上的兵》)。

西部不但塑造了战士,也塑造了诗人、作家,使他们具有了能以和西部大地应和酬对的伟大的心灵,这伟大的心灵又回到生活中去寻找共鸣箱。公

---

① 李斯托威尔:《近代美学史评述》,蒋孔阳译,上海译文出版社 1980 年版,第 214 页。

元1世纪,西方最早论述崇高感思想的一篇佚名论文《论崇高》,就提出崇高是"伟大心灵的回音"。里普斯更明确提出:"崇高的感情毫无例外地是对于我们自己的力量的一种感觉,是我们自己意志力量的扩张。"① 如果我们抛弃这些论述的唯心主义成分,将"伟大的心灵"和"自己的意志力"即创作主体都看成是一定社会实践的产物,应该说,由雄性气质的客体所塑造的雄性气质的主体,在艺术创作过程中,又回到雄性气质的客体中去寻找崇高感的共鸣箱,亦即西部生活和西部作家雄性气质的不同程度叠合,不是很可以概括相当一部分西部作品雄性审美气质的唯物主义的产生原因吗?

这种主客体的"叠合",使得许多西部文学的作者,对于社会生活和自然风貌中含孕的具有雄风壮美因子的场景、情节、细节、品格、思维和感情素材,具有特殊的敏感和兴趣、特殊的迎合、体察和加工表现能力。这是西部作家心中的一点灵犀,它常常成为作家创作契机的触媒,并且或隐或显地在取材、结构、情节和人物设计、场面描写乃至用词造句整个创作过程中起作用。

文学反映时代,反映我们这个处在历史转折时期的改革、开放的时代,美学思索方式不应该是单一的。就西部文学领域来看,西部军旅文学,如李斌奎、唐栋、朱春雨的作品,西部开发文学,如反映屯垦戍边的《绿洲之星》和朱定、安静的作品,以及像《男人的风格》《龙种》这类反映改革生活的作品等是一类,它们着重再现时代生活实践的真实。还有一类,像《人生》《麦客》《清凌凌的黄河水》《女活佛》以及扎西达娃的一些作品,则是从道德、伦理和文化心理的层次,反映历史嬗蜕期的阵痛和欢悦,除了再现时代生活实践的真实,也力求再现时代生活心理的真实。再有一类,就完全跳

---

① 李斯托威尔:《近代美学史评述》,蒋孔阳译,上海译文出版社1980年版,第213—214、215页。

出了题材的限制，只是以特定的题材为载体，寄寓一种强劲进取的精神和崇高伟岸的感情。这类作品一般是超越题材的，有时再现，有时表现，有时描绘生活形象，有时创造生活意象。有时，即便它所描写的不是通常所理解的"地道的"改革题材，由于作者有感应时代精神和社会情绪的自觉意识，常常使我们的作品蒸腾起一种与改革大潮相一致的美学气息。张承志的《大坂》《北方的河》、杨志军的《环湖崩溃》以及程万里、董立勃、张艳兵等人的一些作品，可以属于此类。这几类作品，在反映变革时代时，美学思索方式虽然不一样，但对强者气质、硬汉形象和崇高意象的关注，则常常不谋而合。也许我们可以这样说：喜欢在荒蛮、旷阔的背景上展开人和自然、文明和愚昧的激烈冲突，以增加力度；喜欢表现初民生活的愚拙之美，用初民生活作为现代世事的一种简化范式，以寄寓哲理，产生浓重的史诗色彩；喜欢强调价值观念中对力和理的膜拜，或是力和理的胜利，或是力和理的毁灭，以激发我们的崇高感；喜欢将人物置于命运的铁砧上去锻打，在大幅度起落、摆动的人生之途上负重前行，使我们心头浸润着苍凉感，升腾起忧患意识；喜欢在性格设色、环境描摹中搞反差强烈的大色块，或豪放旷达，或沉郁隐忍，或大动或大静，或阳光般橘红，或冰山般晶白，用强烈的原色在读者的心灵屏幕上抹出绚丽、浓烈、厚重的色块，都是这种追求崇高、追求雄性审美气质的一些表现。我以为，西部文学为这种审美追求提供的艺术启动力和艺术实践经验，其丰富性和集中程度，应当为当代文坛所瞩目。

二、雄性美的形象体现和意象体现

西部文学雄性精神和审美创造，主要表现在形象、意象或意境的描绘上。这类形象、意象集中地成系列地涌现在西部文学之中，构成新时期文学蔚为壮观的一景。他们给读者感受之强烈，张子选在《今夜有暴风雪》中用这样的诗句来表达："一个男子汉应该有足够的勇气／闯进暴风雪／使硬心肠的女人／在暴风雪过后的荒原上／提起他的名字就哭出声来。"

在张贤亮、路遥、鲍昌、张锐、文乐然的一些小说，比如《男人的风格》《龙种》《河的子孙》《惊心动魄的一幕》《盲流》《荒漠与人》《盗马贼》中，硬汉子形象作为主角在驰骋，雄性审美精神流贯全篇。唐栋致力于"冰山题材"的写作，他作品的主人公，以及李斌奎、李本琛笔下的大兵形象，大多具有"冰山性格"。我们时代那种追求新境界的躁动不安的心灵搏动、创新意识和开拓气魄，承受重压、毁家纾难的勇毅，以及各种个性表现出来的自立、自律、自重，都可以在这些形象中找到丰富、生动的生活形态。

张贤亮虽然长期处于逆境，复出后却使自己的创作大踏步地进入了全面参与社会经济、政治、文化改革的实践活动。在《龙种》《河的子孙》《男人的风格》中，表现出鲜明的时代感和推动历史潮流前进的热情与胆识。作家早年以《大风歌》等诗狂飙般地唱出的变革现实、奔赴理想的夸父般的浪漫主义激情，在这些小说中，由感情形象变为人物形象具体、生动的实践活动。青年时代那种要通过诗歌"用自己在一个伟大时代里的感受去感染别人"，"以我胸中的火焰去点燃时代的火炬"的、做时代代言人的宏愿，如果还多少显得有些空泛，现在经过长期底层生活经验的充实，经过和劳动人民长期的结合，经过马克思主义世界观的升华，那宏愿就变成作家精神气质中感应和表现时代崇高感的文学魄力了。龙种、魏天贵、陈抱帖这三个男子汉强悍、精猛、峻烈的性格中，灌注了张贤亮本人那种勇于在历史长河做中流击水的弄潮儿的豪迈气质。有时，他甚至在作品中忍不住借人物之口，直接宣叙自己对城市和农村改革的设想（像陈抱帖的"城市改革白皮书"）。另一方面，张贤亮还塑造了海喜喜、郭谝子这一类粗犷不羁、带着野性的男子汉形象，他们身上带着更多朔方山野刻下的印痕，他们虽然对改造整个社会似乎并不关注，但正是这个系列的形象构成了改革者形象系列精神基础的一个方面，即在强悍坚毅上给他们以气质性的营养。这两个形象系列，构成张贤亮小说独有的雄健、严峻、深沉的美感。

文乐然的《荒漠与人》《风成城》、王英琦的《走向荒漠》，以及其他作者的《走出荒漠》《少女·逃犯·狗》《死亡地带》《荒原》等作品，也都通过人物形象和生活环境形象的交相映衬，充溢出一种强烈的对力的呼唤。但由于对男子汉主人公的把握往往失之简单，或将其置于超常艰难的生存环境中，或赋予其以离奇的命运、境遇和性格，使得这些人物新鲜则新鲜，但他们身上凝聚交织的社会矛盾和潜在的文化心理则显出了浮泛。余斌对此提出了切中肯綮的看法："这类作品虽然涤净了源远流长的流亡意识而以'力勃隆'型的人物为主角，但在艺术格调（环境气氛的渲染、人物关系的设置以及情趣的流露）上却多少有十九世纪美国西部文学的某些影子，而中国本土的西部文化意识则较弱。也许，这是走向成熟之前的过渡性色彩吧。"①

在杨牧、周涛、章德益、昌耀、李老乡、张子选以及杨炼等人的一些西部诗中，从各自不同的气质出发，经过立意—具象—意蕴这样一个大体的过程，创造出雄性精神的意象系列，往往比具象的男子汉形象有更深广的审美启动力。这是过去、现在、未来作为一个流变过程的意蕴象征，是民族意识在返春的西部大地中搏动的传达，是当代精神获得一种崇高范畴的表现形态。

研究西部诗人卓有成效的周政保指出了构成周涛诗作崇高感的力的奔突形态的三个主要来源。②一是诗人找到了抒情或移情的外在机缘或触发点，并且具有发现和升华这种客体内涵的主体素质。朱光潜先生指出过，富有力度及奔突感的外在机缘或触发点，大都是些雄伟深沉、充满崇高气息及力量感的事物，否则就不足以倾注诗人澎湃的激情，也难以寄托那种辽远而深长

---

① 余斌：《论中国西部文学》，载《当代文艺思潮》1986 年第 5 期。

② 参见周政保：《诗的崇高感：在力的奔突中升起——论周涛的诗创作》，载《当代作家评论》1985 年第 1 期。

的人生思索与理想追求。而我们在周涛诗中所发现的,也是他潜心寻觅的抒情触发点和外在机缘,正是这样一些充满了崇高气息的,能使力的奔突得以开展,并有机地造成作品强力度的客观对象物——博格达的峰峦、慕士塔格的积雪、伊犁的骏马及其灵魂、天山的鹰和它的雄风、长长的冬日、茫茫的荒原、无边的寂寞、伟大的沉默、苍穹、雪线、流沙、断崖,还有对青春的告别、对衰老的回答,等等。这些富有外在力感的对象,不仅成为诗的力度的契机,激起诗人的情感浪花与思索波涛,在入诗之后,还常常会以一种高山仰止与令人奋发或沉思的印象,留在欣赏者的脑海里。

二是来源于诗人自我意识的实现品——诗作本身所交融着的人生感、历史感与时代感。这些反映着诗人个性色彩的人生、历史、时代感受,通过情绪旋律的展开与掌握,渗入与之相联系的特定抒情机缘,熔铸于诗的整体之中。恢宏、奇崛、深邃和充满激情,是他想象的一个特色。更重要的特色在于:当他一旦寻觅到抒情的触发点或外在的机缘口,就毫不犹豫地与对象拉开微妙的"时空距离",若即若离,似疏似亲,既像在歌吟对象物,又像在奔放地宣泄自己心中的某些富有力感与崇高色彩的闪光。因而他能从"古战场"的冷峻与苍凉中,挖掘出沉睡着的民族的"勇敢灵魂"与"历史背影";他能从牧人的季节"转场"中,勾勒出"向旧的习惯告别,把新的天地寻找"的坚忍而苦痛的时代缩影;他能从放鹰所激起的雄风中,描绘出一颗"活的灵魂",以及这颗灵魂所体现的人生态度与民族搏击精神;诗人说:"我渴望能从我生活的这块异常奇特的土地上,挖掘出粗犷、顽强的人生。"

三是来源于物我交融所形成的诗的哲理性、悲壮性与深沉性。这些审美因素给造成诗思、诗情的力度、厚度和浓度提供了基础。在审美经验领域内,大智大勇(哲理与悲壮)以及由此产生的深沉感,都是崇高的对象,因为它们标志着人类精神的伟大及其征服能力。诗的那些巨大的激烈情感,"如果没有理智的控制而任其为自己盲目、轻率的冲动所操纵,那就会像一只没有了压仓石而飘流不定的船那样陷入危险。它们每每需要鞭子，但也需要缰绳"。① 在周涛的诗中，追求崇高和力度的总追求，使他的哲理大都和人生、历史、时代的思考联在一起，具有理性的壮阔与豪放。

周政保还认为，在章德益的诗中，到处活跃着一个伟大的人的形象，一个可以称之为"超级巨人"的形象。这个形象的光辉，一旦投射到思情的蓝图上，就凸现与折射出动人心魄的崇高美的色彩。天体的思维轨迹，岁月的目光辙痕，瀑布的豪情，流云的遐想，太阳燃烧的血液，森林的发乳，群山的臂膀，大西北的胸脯，构成了这个"超级巨人"的情感血肉之躯。地球是他生命灯芯的底座，浩渺的宇宙是他热情与能量自由释放的空间。这个巨人的形象崇高而亲切，他的神圣性与力度，几乎构成章德益诗歌大厦最重要的支柱。"他"是人，不是神。我们在这个熟悉的、无比阔大的背影里，感到了诗人所要表现的中国西部土地所包含的历史意义与豪迈自信的当代进取精神。

张承志的人物似乎站在小说与诗的中间，形象与意象中间，构成与上述两类不同的色彩。在张承志的浪漫自然派作品里，理想人格即夸父的形象不断出现。自然施展自己的威力，人获自然养育，与自然斗争，受自然浸染，同时将理性精神植入自然之中，造就了肉体和精神顽强剽悍的雄风。张法指出，这构成张承志作品的中心性格。② 季红真进一步指出，张承志赞美勇者的人生，呼唤"毫不感叹地走向人生"的强者性格，描绘男性的勇敢刚强，在自己的作品中，围绕这个中心性格，塑造了一个具有民族民间情感方式的

---

① 朗加纳斯：《论崇高》，见伍蠡甫、蒋孔阳编：《西方文论选》（上卷），上海译文出版社1979年版，第123页。

② 张法：《远与近　奇与正——新时期文学"浪漫"潮流初论》，载《批评家》1986年第5期。

男子汉系列。[①] 张承志笔下的男子汉系列形象有哪些特点呢？综合各家论述，我们大致归纳为四个方面。

第一，赋予自在的男子汉气概以更多的自觉的强者精神。他笔下的男性形象，都具备粗犷的外部性格和深沉忧郁的心理特质。外部生活的缺陷，加重了内心的责任感，激起了浓重的忧患意识和由此引起的心灵冲突，交织起大生命的欢欣与苦痛。他善于透过一张张"冷冷的、男性的面容"，捕捉到有缺憾的心灵悸动，以及深沉忧郁心绪中孕积的民族灵性。这正如黑格尔说的："因为人格的伟大和刚强只有借矛盾对立的伟大和刚强才能衡量出来……环境的互相冲突愈众多、愈艰巨，矛盾的破坏力愈大而心灵仍能坚持自己的性格，也就愈显出主体性格的深厚和坚强。"[②]

第二，从普通人的生活命运中提炼强者品格，将人民质朴生活中充满活力的精神情感灌注在现代知识分子的理想性格中。博大的道德感情和坚韧的意志力，是张承志心中勇者精神的标尺。符合这种性格理想，不论是在哈佛攻读学位的博士，还是在北京街头卖大碗茶的个体户，还是悍野的骑手、猎人，抑或徜徉于北方大河上下的精神游历者，只要在人生的实践中锻打出了博大和坚韧的气质，都被作者缀连在强者系列形象的链条上。而那些脱离人生实践的"故作高深的学者""无病呻吟的诗人"，无视历史和人民的虚无主义者，却被排除在强者系列之外。另一方面，在塑造现代知识分子的强者形象时，打破了前几年温文尔雅、专注拙笨的知识分子形象模式，他强调当代知识分子的强大，在于和人民群众精神上的联系，在于健强的理性思考和健强的社会实践能力的统一。这使他笔下的知识分子强者形象和那种凌驾于众生之上，以我为中心的超人大相径庭。这和他的此类形象大都经历了从红

---

① 季红真：《沉雄苍凉的崇高感——论张承志小说的美学风格》，载《当代作家评论》1984年第6期。

② 黑格尔：《美学》（第一卷），朱光潜译，商务印书馆1979年版，第222页。

卫兵运动中起步，在底层和人民长期共同生活中，通过痛苦的精神洗礼，扬弃幼稚和肤浅，最后完成精神蜕变这样一条历史道路有关。

第三，将强悍的男性气概和对母爱的深沉赞美结合起来，使张承志笔下的强者形象既创造又承受，既自决定又被决定。他这些人物之强，有一个重要表现，就在于始终坚持从大地和母亲温柔的抚爱中获取刚的内力。这种化柔为刚、化情为理的能力，得益于他们的实践能力和思考能力。社会实践能力是一个大地信息的接受系统，使他们对人民（民族与社区）、母亲（父兄与妻子）的柔爱具有比别人更灵敏、更深入、覆盖面更大的接收网络。思考能力是一个生活信息的加工系统。大地的脉搏和母体的温爱，通过他们脑海里多学科的交叉的开放理论体系的加工，得到升华，结晶为深沉的历史人生感悟。以此故，在张承志的作品中，对男性精神的形象展示，常常和对母爱形象的深沉赞美结合在一起，就像一座山的阴面和阳面，不仅在内容上构成思辨的反差性启动力，在艺术色调上也以刚柔相济显得丰富而有特色。

第四，将形象与意象、生活画面与心绪哲理交融一体，使强者精神超越形象的外壳，具有更大的深刻性和辐射面。在他的小说里，几乎总有一些被作者输进浓厚历史意识和密集人生信息的、贯穿作品始终的物象（《黑骏马》中的马）、景象（《大坂》中的冰大坂）或情象（几篇小说中贯穿始终的古歌）。这些具有崇高感和人生感的物象、景象、情象和男子汉形象相应和、相映托，共同组成一个传达雄性精神的审美符号系统。雄性精神通过人与物、情与景、形与神、虚与实的多空间、多渠道，得到美的再现，使得张承志西部小说中的男子汉形象显得充实、深厚。也许从再现的角度来要求，生活和个性的描摹稍嫌不足，但形象共鸣幅度和意蕴涵盖量，却超过一般作品，艺术天地也显得浑然一体。西部小说在表现阳刚美时取这种人、景，情、物，虚、实，形、神相结合手法的，不在少数（如前面提到的程万里笔下的"白驼"和赵光鸣笔下的"石坂屋"以及唐栋的边地"精灵"）。这是特色，也是贡献。

三、内地人的西部化和女性的刚化

男人的风格不为男人所专有，西部气质也会在外地客居者身上留下印迹。有的作品注意了描写西部女性的刚化和内地人西部化的过程，构成雄性精神审美创造的一个重要的新内容，也透露出作家对市民软性精神给我们民族性格的侵蚀的深深忧虑。我们在这些作品中看到：千百年来在艰难生活、险恶环境中的西部劳动妇女，对自然的敬畏转化为对力的崇拜。她们不仅像马克思说的那样，以刚强作为男子最重要的品德，而且自己也得炼出一副男人的肩膀，去承担生活的重担。走出家门使她们开阔和豪爽，劳动使她们意识到自我的力量，单薄的文明外衣还未能窒息她们原性初情的酣畅呼吸，这都使相当一部分西部妇女具有较大的自主和自由、敢爱、敢恨、刚强而炽烈、女性的献身精神以强化的形态喷射出来。西部妇女的这种气质，和男子汉的阳刚表现虽有不同，它总要敷上女性柔和的色彩，但在刚强这点上，却是相通的。这是化绕指柔为百炼钢之刚，阴柔之刚。我们姑妄称为"阴刚"。散发着浓郁的土香和野味，为人熟知的马缨花、黄久香都是这种"阴刚"型的成功形象。

这方面，王家达的西部黄河系列作品也很引人注目。在《清凌凌的黄河水》《黑店》和歪姐儿的歪、尕奶奶的尕中，都含有泼辣、能干、执着、难缠等等"阴刚"的意思。黄河上的筏子客，个个心上都响着女店主歪姐儿清丽的"花儿"声，但痴情的姑娘却把心给了一个"哑巴"——一位失散复而归队的红军战士。她救了他的性命，经历了前后十几年的等待，却终究未成眷属。歪姐儿的女儿、孙女儿几乎都有着和母亲同样的命运，十年浩劫之中，她爱上了一个"鞋匠"——一位蒙受不白之冤的、已婚的"臭老九"，在等待中度过了漫长的岁月后，因痴情的思念而丧命。歪姐儿有个习惯，就是"看河"。一天又一天、一年又一年站在黄河边凝望，和黄河无声地说悄悄话。西部黄河的曲折、绵长、宽阔、韧强给她以心灵的灌溉。最后，歪姐儿的孙女中学毕业之后，又回到黄河岸边开店，预示着有知识的新一代西部女性的成长。

张艳兵笔下的梅朵（《古海退却之后》），在洞口石头上一天刻一个道道来记载那一千四百个日夜刻骨铭心的思念，以及最后留下血书遗言，将汽车开进江水中为爱情殉葬，对理想（向往文明境界，向往那古海）和爱情的炽热，以这样惊心动魄的刚强表现出来，更纯然是西部方式。西部妇女柔中的刚毅，让我们想起周涛笔下那具有西部气质的昙花："三十年它开了一次／开在夜里，灿烂的刹那／弥漫的芬芳托出这艰苦的结晶／证实着一个信念的伟大／浮浅的游人看不见它"（《我有一盆昙花》）。

无须说明又必须格外说明的是，我们论述西部妇女的刚化，只是从整体上来说明西部气质对妇女的影响，自然不是说西部妇女没有阴柔，更不是说内地妇女都没有刚毅的气质。

从江南来到西部生活的女护林员乔亚（董立勃《不曾结束，也未能开始》）身上，女性刚化表现为一个过程。而这个过程是和内地人西部化的过程并行的，是东部女性被西部生活、西部自然重塑性格的过程。她为追求理想和爱情而来。开始，还只是对阳刚美，对西部的向往。当丈夫杨青被盗林者杀害之后，工作的责任和复仇的决心使她西部化、男性化的过程骤然加速。她像丈夫一样独居林中，每天骑马挎枪巡视。高超的骑术使她女性的身材、步态变形，精湛的枪法使盗林者闻风丧胆。她不再有女儿态的懦弱和娇嗔，冷冰冰谋算着复仇的计划，恶狠狠等待着和仇人厮杀场面的来临。她甚至压抑住了对另一个男子的爱，不是旧伦理的禁锢，而是硬汉子的一诺千金："有一个故事还不能结束，另一个故事也不能开始……"由于作者通过简化生活的手法强化了自己的意图，使乔亚内地人西部化和女性刚化的特征十分强烈，为我们提供了一个难得的例证；恐怕也由于这个原因，形象过分符号化不免影响人物变化的复杂程度和可信性。这方面，唐栋笔下的李秋凡（《愤怒的冰山》）倒处理得更自然。这位西部女性在逃犯——自己的老同学和过去的情人吴冬伟面前气愤、惋惜、眷恋的复杂感情，通过生活场面和典型曲折的情节得到了丰满自然的展现。李秋凡矛盾心理发展过程的转折点，是当她知道吴冬伟越狱是想叛国外逃。这深深触动了人物心中的爱国主义感情，这种感情对生活在国境线上的西部人来说，是压倒一切的。潜藏在李秋凡内心的西部妇女的刚烈，一下聚合、点燃起来。她像愤怒的冰山，举起了冲锋枪，义无反顾地诱使过去的情人踏响了异国土地上的暗雷。

这个问题，在大部分西部文学作品中都有所涉及，而且形态多样。比如，在西部军旅文学作品中李斌奎《天山深处的"大兵"》女主人公的"天山化"、朱春雨《沙海的绿荫》几位女主人公的"基地化"，西部开发文学中艾青的《绿洲笔记》和新疆生产建设兵团短篇集《绿洲之恋》中所反映的来自内地各省兵团战士的"屯垦化"，西部乡土文学中王蒙《在伊犁》中"我"的"边陲化"、戈悟觉《今天·昨天·明天》中科学工作者的"大漠化"，西部哲理文学中张承志笔下的高文明层次人物的"大坂化"，西部行旅文学中鲍昌的《盲流》和孟晓云的《胡杨泪》中主人公的"胡杨化"，等等，都是西部化、雄性精神化的表现。但是，致力于表现这种精神历程自觉程度比较高的，恐怕要算张贤亮。许灵均、章永璘的精神历程，是一个具有相当深度的复合体，其中有一个贯穿始终的重要轨迹，就是东部人的西部化。这个轨迹在作品中是和人性的反异化、文人的刚化、城里人的土壤化等等轨迹组合在一起，并溶解在日常生活的河流中的，从中可以明显地看出作者力图将西部化过程中理性的明晰和感性的复杂结合起来的意图。这是很高的标尺，树起这个标尺并取得了一定的成绩，使西部文学对生活中男性审美创造整个深了一个层次，这是张贤亮的贡献。而作者在某些地方以理念论证代替生活展示，则提醒我们在这个问题上，今后仍有很艰巨的任务。

四、三方面的突破和应注意的偏颇

从上面的分析中,大致可以看出西部文学在表现崇高美方面的一些特点,比如,能够注意在人与环境、人与人以及人的内心冲突、反差、对比中表现崇高,能够注意在平凡的民间的生活中捕捉崇高,并使其和时代精神的、哲理的崇高结合起来。从西部文学崇高美的表现来看,可以感到在我国当代文学中,崇高美发展的两条线索:一是向内心的精神化发展,一是向实践、向世俗化发展。这两条发展线索,存在着靠拢、交织的趋势。有趣的是,就连张承志这样偏向于从内心、精神上去表现崇高美的作家,不但一直将主人公的实践活动(或寻觅实践的活动)放在十分重要的位置,和精神活动形成平行线,而且近来在《黄泥小屋》中,也开始尝试着用自己的镜头更多地捕捉"平淡的瞬间"。他说:"平淡比那些貌似激烈激进的东西更本质。可能任何本质都是平淡的,因为任何本质都朴素。在《黄泥小屋》中,我总试图满怀热情地浓墨重彩地描写我坚持的一种本质……我只觉得它简单简陋而又是起码的需要。它像什么呢?像一座农民自家盖的黄泥巴小房子。"

这些,都使雄风壮美在新时期西部文学的创作中呈现出无比丰富多彩的状态。人们从各个角度,用各种概念或感受来表达这种状态。其中既有崇高之美、粗犷之美、苍凉之美、雄奇之美,又有秀灵中的刚气,温柔中的力感。就阳刚美而论,张贤亮雄而流丽,张承志雄而深沉,路遥雄而悲壮,王蒙雄而奇诡,杨牧雄而热烈,周涛雄而冷峻,章德益雄而神异。

也许更有意义的是,许多西部文学作品中的雄风是以朴素之美甚至愚拙之美的形态表现出来的。这种素美与拙美在中国源远流长。儒家以人格的内在美为出发点,从真诚无伪为美的基点上肯定朴拙美,这主要表现为阳刚,表现为沉稳、厚重、坚强的内力和正气。道家从倚重主体、保存自身、以静制动、以弱制强、借力打力的角度,肯定阴力、派生力。知巧守拙、知华守朴、知雄守雌、见素抱朴，从生命多种运动形式中感受到阴之美、柔之刚。①由此可见，朴拙美具有审美二重性。正是这种二重性，使前述的"阳刚"和"阴刚"，甚至"阴柔"，都同时呈现在西部美之中。

和西部文学悲剧美的特征相类似，在西部文学的男性审美中，表现出中西文化交汇的特色。在张贤亮、唐栋、李斌奎、李镜、马原、扎西达娃、昌耀、艾克拜尔等人笔下，强者形象大都带着浓烈的汉民族和其他兄弟民族的色彩，即中华民族文化的整体风格。而在张承志以及董立勃、文乐然等人的笔下，则显露出西方文化的某种影响。正如陈伯君、苏丁指出的："《北方的河》那位堪称中国文学中真正男子汉的'他'，心目中的男子汉偶像不是屈原、岳飞，而是牛虻、马丁·伊登、保尔·柯察金，道出了张承志横移西方人文精神以塑造刚毅倔强的硬汉子形象的艺术追求。"②

此外，像处理崇高的自然属性（表）和社会属性（里）的关系方面，也积累了一些经验。不少作品能注意将崇高的自然属性放置在社会关系和社会情绪之中来阐述和表现。在社会关系和社会情绪中，自然现象表现出它具有与人类社会生活的美与丑、崇高与恐怖相类似的特征。所谓自然的美或崇高，是人类社会生活的美和崇高的一种暗示、一种象征或一种特殊形式的表现。因此那些离开社会生活，抽象地或形式主义地表现自然的美和崇高的作品，常常出现社会内容和审美上的偏颇。还有就是在处理崇高与恐怖的关系时，注意了摒弃简单化。按传统唯物主义美学观，崇高与恐怖是水火不容的，不能同时并存于同一形象中。描写野兽的强劲勇猛，不能同时表现它的嗜血成性，反过来亦是。否则，崇高与恐怖同时存在于形象之中，形象就缺乏鲜明性，给人以矛盾的感觉。其实这是忽视事物（人物）复杂性，忽视事物（人

---

① 王鲁湘：《"朴素美"纵横谈》，载《美术》1985年第5期。
② 陈伯君、苏丁：《黎明的躁动与黄昏的宁静——从张承志、阿城的生命悲剧意识看中西文化在当代文坛上的交汇》，载《当代文坛》1987年第4期。

物）这个矛盾统一体内部对立面双方相互斗争又相互依存这一实际存在的状态。新时期以来，随着对生活、对人物复杂状态的把握，加之在理论上提出人物性格二重组合以及其他有关论述，这种看法正在廓清。而对崇高与恐怖复杂性的处理，西部文学则是走在前面的。

像西部文学这样集中地塑造强者形象，表现崇高美，在新时期文学中既然还不多见，还属于探索性质，那么，提出一些探索中应该引起重视的问题也就不是没有必要的了。提出这些问题，乃是一家之言，仍然意在探索，以期促进在这方面更趋成熟。

第一，要注意一味从原始、荒蛮、古朴、落后、偏远的生活背景中去寻找力原的偏向。问题还不仅仅在于涉及崇高美的多样化，在反映西部现实时总体上容易给人造成错觉，似乎中国西部只是一片荒凉、愚昧，而淘尽了中国西部美丰富而多层次的色调。这只是一方面，更重要的一方面，是有些作品，在表现西部的原始、古朴时（而其中又特别是在表现西部自然的荒蛮时），常常将生活形象、人物形象从具体的社会背景中抽象出来，做纯符号的描写。荒蛮、愚昧成为超时代的、凝固的画面。崇高作为美的最高形态，常常以曲折和微妙的方式渗透和影响于多种形态之中，这多种形态的美及其之间的联系，不仅是西部生活的动态的现实，也构成崇高美坚实的基础。排除美的多样性来探索崇高，或抛弃崇高来寻求美的多样性，都容易在作品对真、善、美的探求上出现这样那样的偏颇。

第二，要注意在强者形象的塑造中防止两种形态的抽象人格崇拜。客观唯心主义者认为，"崇高是观念胜于形式"或者"崇高是'无限'观念的显现"，如黑格尔、谢林、菲希文等人就持这种观点。主观唯心主义者认为宇宙万物不过是人的主观精神的表现；事物的美也就是"观赏者的性格和情趣的反照"，或者是人的情性"移入"或外射到对象上去的结果，如立普司等人就持这种观点。现在虽然没有人照搬这些观点，但在创作中的影响还是存在的。

十年浩劫中,创作中的"英雄神化"思潮,反映着现实中"英雄神化"运动达到了登峰造极的程度。但物极必反,粉碎"四人帮"以后,一些人心造的塑像倒塌了。随着建立在教条主义基础上的理想的倒塌,也严重地影响到对正确理想和体现这种理想的正面人物的信任。心灵随着生活的破碎而破碎,使有的人从一个极端滑向另一个极端,从"英雄神化"一种形式的造神运动,走向"非英雄化"另一种形式的造神运动,即我们在一些作品中可以感觉到的对抽象人和抽象人性的崇拜。这在一些表现生命意识、表现人在生存长河中渺小的西部作品中,可以看出端倪。有的作品将抽象的人性观作为处理一切问题的首要原则,将抽象人性捧到本原的、第一性的、至高无上的地位。马克思在《资本论》中指出,"崇拜抽象人"是资产阶级发展阶段特有的"宗教"。① 恩格斯在《路德维希·费尔巴哈和德国古典哲学的终结》中也指出,"对抽象的人的崇拜,即费尔巴哈的新宗教的核心"。② 我们要注意强者形象塑造中的这一倾向。

第三,要在这个基础上,花更多的精力探索,如何在当代西部生活的现实关系中,在当代西部振兴的实践和与这一实践同步的精神历程中,提炼"男人风格"和"强者气质",表现崇高美。这方面,西部有许多作家做出了可贵的努力,但在量与质两方面,都不能说尽如人意。怎样在硬汉子形象中沉积、凝聚更多的当代生活特色,并将它们自然地与社会主义新人形象的塑造衔接起来,还要做艰苦的努力。

---

① 中共中央马克思恩格斯列宁斯大林著作编译局编:《马克思恩格斯全集》(第二十三卷),人民出版社1972年版,第96页。

② 中共中央马克思恩格斯列宁斯大林著作编译局编:《马克思恩格斯选集》(第四卷),人民出版社1972年版,第237页。

第十章
中国西部文学在新时期文学中的两点探索

第一节　对多民族聚居区杂色心态的描写

新时期文学是一个艺术思想十分开放和活跃的时代。对社会问题的思考，对艺术问题的探索，蔚成风气，并有了前所未有的深度。西部文学不但参与了全国格局的思想艺术探索，成为其中十分活跃而有成效的一个方面军，而且在一些领域做出了自己独到的贡献。譬如对民族生活的杂色和民族心态的杂光的捕捉，对社会主义时期游动社区和流失者形象的描绘，对当代生活中孤独感的反映，对当代生活中宗教情绪、民族生活和宗教交织的表现，等等。

一、描写民族生活的三层次

由在社会历史背景的单坐标中展示民族特色，发展到在社会历史、文化心理双重背景和当代精神观照的交叉坐标中渗透、包孕民族精神；由主要着意于表现单一民族的特色，到力图写出民族聚居区的杂色，写出多民族色彩在当代生活之河中的自然交汇。这是西部文学在当代文学反映民族生活方面的贡献。

一个民族的社会风俗、宗教风俗、经济风俗和日常生活风俗，是这个民族世世代代共同的经济文化形态在群众生活中的结晶物，是民族特性的一个主要表征。但应该说，这并非民族特性最主要的标志。产生于一定物质社会生活基础之上的民族心理素质，才是民族特性本质的深刻体现。民族心理素质是通过特有的民情风俗和价值观念、特有的思维和感情方式多方面体现出来的。文学作品的民族特色、风光、习俗、言行方式只是它可见的外在形态，心理素质才是它可感的意蕴形态。因此，文学作品在反映多民族地区生活时，也就较之以前显出了不同的层次。

　　第一个层次，是真切全面地将多民族地区的生活和民族内在关系再现出来。不像以前有些作品那样，回避各民族间真实的内在关系，做表面、孤立的描写，就事论事地表现生活上的互相关心、危难中的互相救助之类的"民族团结"故事。现在有不少西部作品能将多民族地区的生活故事放在更大更广阔的社会历史背景中，在阶级斗争、民族斗争乃至一些涉外斗争的重大事实中，在实现"四化"大业，消除各民族之间实际存在着的一些隔膜和差距中，去表现各民族之间既团结合作又有矛盾和差异的错综复杂的关系。自古以来，在中国西部，汉族与各少数民族、统治民族（有汉族也有少数民族）与被统治民族的关系，都不是简单的征服与被征服、掠夺与被掠夺、奴役与被奴役的关系。一方面有战争、征讨、臣服纳贡，一方面又有和亲、合作、友好往来。而在社会主义中国，各民族之间的关系是一种新型的民族平等、团结合作的关系，是先进民族帮助后进民族，共同走上社会主义繁荣昌盛之路的关系，自然这中间不会没有矛盾和冲突。过去，在"左"的政治路线和文艺思潮的禁锢下，反映多民族生活的创作，对此存在着顾虑，只敢正面歌颂民族团结，而不能在真实的现实关系中展开西部多民族生活的描写。新时期以来，特别在西部文学这个提法的激发下，这个禁区已被突破。像1979年获全国优秀短篇小说奖的《努尔曼老汉和猎狗巴力斯》，1981年获全国优秀故事片奖的《向导》，1984年获全国优秀报告文学奖的《塞外传奇》，等等，在深入开掘西部多民族关系，写出真实感人、既有血肉又有深度的作品方面，都取得了可喜的成绩。哈萨克族作家艾克拜尔·米吉提在小说《努尔曼老汉和猎狗巴力斯》中，跳出了对民族地区生活风情的表层渲染，将笔力突进到干部作风、道德品格领域（特别在作品中，干部作风问题又表现在汉族和兄弟民族之间），在当代生活的弊病和民族生活的淳朴对照中，揭示出"左"的思想如何危害了民族团结。虽然这些作品还可以开掘得更深广，但它们毕竟步子迈得较早，而具有突破性的意义。

第二个层次，是在把握民族内在精神和捕捉潜在的民族文化气氛的层面上，展开思路和笔墨。多杰才旦在表现历史题材的小说《渡过浑浊的黄河》中，注意透过藏族民族生活画面的描写，揭示这个民族在执着的信仰背后的道德操守。代表邪恶势力的拉藏汗能够用暴力除掉摄政王，囚禁达赖六世，但却不能从富有正义感的宗教头面人物那里得到道义上的支持。毕都仁曾可以用自己的头颅换取仓央嘉措的性命，叛乱者的黄金买不动一个普通牧民的心。达赖六世在祭山的教民中看到一个衣衫特别破烂的人，悄悄送给他十两银子，但当化了装的达赖表现出对他们的信仰不够虔诚时，这个教民却给了他一击。这使我们看到这个民族对信仰的坚贞常常和他们的道德操守结合在一起，从而透露出民族文化的信息来。张贤亮更进了一步，他往往通过一种场景、一个事件、一句话语、"一丝歌声"来抒写人物深沉的情思和绵远的意绪。而在这情思和意绪的深处，有着民族交汇的遥远的回音。海喜喜唱的宁夏"花儿"（源于古代多民族音乐糅合而成的西夏音乐），在读者心中引起了层层叠叠、回环远播的无数涟漪，不但使人想起那带有神秘意味的赶车人，竭力猜测他的思想性格和人生遭际，而且更使人从那土味十足的歌词、旋律中，勾起"胸中沉睡了多年的""爱的情思"和眷恋这"苍茫而美丽的土地的意绪"。也许还是作者自己在小说中的解释更贴切，他写到海喜喜的歌声"如此感动"章永璘时，有这么一段话：

> 不仅仅是因为这种民歌的曲调糅合了中亚细亚的和东方古老音乐的某些特色，更在于它的粗犷，它的朴拙，它的苍凉，它的遒劲。这种内在精神是不可学习到的，是训练不出来的。它全然是和这片辽阔而令人怆然的土地融合在一起的；它是这片土地，这片黄

土高原的黄色土地唱出来的歌。①

这里是在形容海喜喜民歌所体现的民族的内在精神，联系着作者刻意点出的马缨花是撒马尔罕人的后裔，可以看出，写出具体的人物形象、生活形象和我们民族内在精神的联系，也正是作者构思整个作品的艺术追求。在杨志军的《环湖崩溃》中，写了一个在藏族部落长大的汉族青年，在内地学习了文化科学知识后，又回到环湖的藏区工作，童年时代血缘般的联系和成年以后文化的差异，构成了这样那样的悲喜剧，推动着情节的发展变化。这是中篇的主要矛盾冲突，也是整个作品内在的动力。加上作者在开篇和贯穿全书各章的对于环湖地区生存环境、民族精神、宗教文化从历史高度的铺陈，可以看出作者对多民族地区内在精神和文化心理的表现，已经是十分自觉的了。正是在这个层次上，我们感到了中国西部作家和内地作家在文化寻根中的相互感应。

但这两个层次，在着意表现民族文化的交汇这一点上，还不能算是自觉的。不少西部作家和作品，还表现出共同的不足。这里我想引一位论者的看法："就目前的情况看，或者是由于民族的习惯不同、语言文字不同，或者是地域的局限与隔离，我们西部各民族、各地区的作家、艺术家及其创作，往往呈现着一个个民族创作圈、地区创作圈。在这些创作圈里，只写我这个圈子里的人和事，不写或很少写别一民族别一地区。甚至有些人，对别一民族、别一地区乃至整个世界缺少了解，在这些创作圈子之间，虽不乏交流，但终究有限。基本上保持独立的，甚至从某种意义上说也是封闭的状态，其创作思想、写作水平、欣赏习惯……相距较大，难于打成一片，取长补短，互相补充，形成一个整体。这种情况的存在与保持，对于我们各民族、各地

---

① 张贤亮：《绿化树：中篇小说卷》，贵州人民出版社2013年版，第13页。

区的文艺,即西部文艺的发展和提高十分不利。"①这虽是一家之言,我想应该引起大家注意才是。实际上,有的西部作家在自己的实践中已经朝克服这个弱点努力,而且做出了引人注目的成绩。

这就谈到了第三个层次,由于中国西部多类民族、多型文化和多种宗教自古以来的交汇,新中国成立以来开发西部的设想和实践,又使数以千万计的中国各省区的汉族同志相聚在这块土地上,加之新时期信息交流和横向联系的增强,在时间空间上缩短了地与地、人与人、心与心的距离,这使得中国西部每一个民族、每一个地区的文化环境,每群人或每个人的文化意识,都受到来自四面八方的斑斓色彩的影响,而呈现为一种主色调中的多色晕染。这种多色晕染表现在西部文学的创作中,常常有三种情况:一是不止于追求写好单一民族、单一地区的生活和文化心理特色,还进一步追求写好多民族、多地区聚居的典型环境、典型心理。二是即便描写这个地区单一民族、单一地区的生活也需要从西部多种民族、多型文化的大环境中来把握、捕捉这种杂色在你所描写的特定生活圈子中哪怕是遥远的投影或微弱的信息。三是在艺术形式、表现手法和语言上,吸取各民族的优长,熔铸自己独有的风格。像张承志对平凡生活中内在悲壮韵致的体察所具有的特殊才能,除了个人气质的根本原因外,也得益于他对民族民间口头文学借鉴的语言功夫。蒙古族歌曲深沉忧郁的情绪与朴素单纯的表达方式,老额吉们朴素的生活观念与富于哲理的口语,牧民们带有比兴特点的日常用语,以及渗透着浓郁民族风格、情绪性极强的、简洁而夸张的语体,都是他丰富的语言素材。这不仅直接滋养着他小说个性的对话语言,也启迪影响着他的叙述语言。

---

① 张越:《文学拓耕集》,新疆大学出版社 2008 年版,第 230 页。

二、描写民族生活的方式

西部作家中不少人意识到，正是这些十分困难而不易表现的地方，构成了西部生活和西部人物独有的色彩。他们在表现这种杂色时，笔墨没有局限在民族因素的平面上，而常常深入到民族的、宗教的、哲学的，特别是潜于人心的土地文化和游牧文化交汇的多维空间中来叙写。掌握这种复杂的全景性交汇特色，是理解西部乃至整个中华民族生活深刻化过程的主要一环。它吸引着有追求的作家来这里涉险，用审美形态对多民族聚居地区的社会文化模式及群体个性作史的储存。

常见的有两种情况：

1. 在不同民族的动态交流中做对比描写

即在不同民族、不同人群生活和心理的对比、交流中展示作品的主旨和人物的内心冲突。这几乎是张承志、马原西部民族题材作品的一个常见的视角。张承志反映内蒙古和新疆蒙古族生活的作品，大都在蒙古族、回族和汉族，大城市和草原，文化高层次和低层次的衔接、交流中展开。常常是一个研究生，由大城市回到他原来生活过的蒙古包，重又和蒙古族同胞生活在一起，但他和他往昔的母亲之间，在心理时空上已经拉开了一定距离，主人公以十分当代化的、充分理性的目光，来审视发生在不同地貌生态、不同经济生活方式、不同民情风俗、不同民族心理、不同文化层次之间的矛盾和统一。由于主人公和蒙古族群众原先存在着精神纽带，很少有现今一些作品中当代青年知识分子的孤傲感。在作家理性的审度中，流动着炽热的情愫——流动着对草原人民淳朴的心理感情规范由衷的眷恋，流动着对某些落后的生产、生活和思维定式，习俗、心理和感情定势历史的谅解，以及改变它们的历史期待。

在马原的《西海的无帆船》等作品中，在佘学先的《走出荒原》中，也是在本地民族社区的沉静的生活中，引进另外一个民族、另外一个文化层次的因子。这个因子的介入，使得原来民族社区沉静的生活产生了动荡。在《西海的无帆船》中，表现为陆高、姚亮们和卓嘎、白珍们鲜明的文化差异和在对比交流中产生的隐隐的感情趋近要求。在《走出荒原》中，表现为"我"（米贵）和杰伦、旺姆、黄胡子的鲜明的文化差异，以及由差异反激产生的感情趋近要求。这种感情趋近要求，既是人性欲求的表现，又是文化杂交要求的表现。但在生活中靠近、相交是比较容易的，而在文化心理上要靠近、融会，却需要更长的过程。在这个过程中可能有曲折，甚至有反复。

果不其然，我们在两部小说中不约而同看到的是：两个民族、两种文化趋近要求在经历了最初的热络之后，终于还是被不同的文化心理所拆散。如果说《西海的无帆船》还是以一种萍水相逢而又匆匆离别的方式来处理的话，在《走出荒原》中，对米贵和旺姆的分开，则做了纯文化原因的处理。旺姆爱着米贵，这爱不仅是卓嘎和白珍在萍水相逢中的新鲜感所导致的，这爱更来自她对文明的向往和热爱——米贵懂科学，当旺姆的嫂子难产，雄牛似的哥哥黄胡子只会急得乱喊乱叫，白面书生米贵却有办法使一个新生命平安地降生。她感到科学是一种比臂力更强大的力量。但她最终不能完全跳出民族固有的文化限制：她将自己的爱情押在杰伦和米贵打"俄尔朵"的输赢上。她希望米贵能打中，当米贵不能像一个藏族男子汉那样打中砖头时，她感到了屈辱。这屈辱损伤了她对米贵的尊敬，却又无法抵消对他的爱。旺姆自愿地、又是被迫地服从了草原上的价值取向——决心不再和米贵来往，怀着痛苦迁徙到了另一块草原。旺姆这个行动，无疑是对新文化因子的一种逃避。但正是这种逃避，这种逃避中所包含的痛苦，表明原有文化在姑娘内心的脆弱和动摇，和新的文化在她心中难以逃避的辐射力。旺姆的痛苦是爱而不能爱的痛苦，更是新、旧文化在感情深处冲突而又相持不下所造成的撕裂性痛苦。

如果说以上几篇作品都是从在民族动态交流中传播新的生活因素这个角度来写的，那么，李镜的中篇《明天，还有一个太阳》则是表现一个具有先进世界观和革命觉悟的红军西路军战士,当年在河西走廊战斗中失利,流落到祁连山藏区,变成了老猎人加木措。一次大雪封山,他搭救了一个妇女,而这个妇女却是他对之怀有刻骨仇恨的马匪军官的女儿。他搭救了她,却牺牲了自己的生命。他作为个体的人,在进入一个新的民族社区之后,逐步被同化又不甘于同化,将革命的信仰深深地埋藏在完全相异的另一种生活之中,就像一粒火种深深地埋在灰烬中,历几十年而不灭。一方面是心中信仰的不变,一方面是生活遭遇的大变。两重身份(红军战士和老猎人)、两个民族(汉、藏)、两种文化(这里,文化也包含革命觉悟,即自觉的与自在的两种生活观)在加木措老人心中形成真正的悲剧性冲突。这是历史性的悲剧,悲而壮烈,悲而崇高。这个悲剧宣告的是生命的力量、信仰的力量,宣告的是一个新太阳的升起。作者在这篇小说中,对两个民族、两种思想风尚的杂色和两种文化心态的杂光,描写得十分精彩。加木措——满崽,集汉、藏两族的特质于一身,对事件的反映,常常表现出两个民族的心理状态和行为方式。当加木措历尽艰辛,以顽强的毅力把马莎莎背上音德尔大坂,突然了解到她就是40年前杀死红军营长、把满崽逼进祁连山的仇人的女儿时,他"痴痴呆呆地站了几秒钟,忽然扬起两只胳膊,把两只攥得紧紧的拳头在空中使劲摇动着,同时,发出了一种哀伤的、痛苦的、激怒的呼叫:'哦喝……哦喝……'"

这压抑着感情的呼叫拉着颤抖的尾音,那被压抑的,是昔日那个红小鬼满崽的感情。这仇恨,这漫长的寻找和无言的忍耐,积压在心中几十年,终于遇见了一个可表达的、宣泄的机会。但是,他已经不会以汉族红军战士的语言和方式来表达此刻心中的感情了。他极其自然地用藏族老猎人加木措独有的方式——那哀伤的、痛苦的、激怒的呼叫,地道的空旷荒原上的猎人的方式,表达了内心非猎人的感情。两个民族、两重身份叠印得何等好!

加木措形象所包蕴的杂色和杂光,激发了欣赏者对多民族心态在同一人物身上叠印的思考的兴味。有的论者热心为作家加强这一形象的杂光出主意："历史文化心理的沉积将使这一蕴含着汉藏两个兄弟民族气质的红军和猎人呈现出什么样的心理状态和行为表象？一个西部文学意识强的作家，将会从以下方面去进行不断地探索：作为汉民族的子孙，'中庸''恕道'与'君子报仇十年不晚'，都可能激荡着他的心脏；作为长期受到藏族人民熏陶的一员，'打冤家'与灵魂宁静的需要，都可能冲突着他的胸膛。作为流落的红军，朴素的阶级感情和长期的阶级教育，会使他如何对待血海深仇？作为专门打杀害人的豺狼的善良的猎手，又会使他如何对待行将冻馁的姑娘？是什么使得他放弃了复仇的心理：是当今的政策的需要？是人性人情的流露？是世俗行为准则？是宗教的道义影响？……"①

2. 对多民族静态聚居区的杂光把握

这就是正面描写多民族、多地域群众聚居区的生活杂色和心灵杂光。

这些聚居区的形成，已经有了相当长的历史，因而这里多民族的生活的交汇呈现出相对静止状态。它不表现为新文化因子的突然引入所激起的剧烈反差与冲突，而表现为社区内部各民族在日常生活中绵长的、默默的渗透、糅杂。各民族文化的交融在这种状态下表现为量变。

王蒙的系列纪实性小说《在伊犁》，以对多民族杂居的社区生活生动而娴熟的描绘，以对特定民族性格在多色光源照射下的个性化展示，给人以启示。他善于在各民族群体团结和睦的总氛围中，放开笔墨去揭示每个个体必然具有的缺点、弱点，和存在于他们之间不可避免的矛盾冲突。写来常带嘲弄，泼辣恣肆又极有分寸。与其说这分寸感得益于作者思维的周密，不如说得益于他对生活的忠实和描写的真切。因为那分寸感本来就含蕴于新中国民

---

① 钱觉民：《西部军事文学的西部文学意识》，载《兰州教育学院学报》1985年第3期。

族地区的现实生活之中。王蒙说过："边疆—内地、农村—城市，少数民族—汉族，这些对比和联想，在某种意义上，正是我近来创作的源泉。"①

《在伊犁》之七《逍遥游》是一个典型的多民族都市聚居区的例证。这篇近五万字的小说，描绘了伊犁城根一个聚居着和首都、内地、国外有着广泛联系的维吾尔、哈萨克、满、汉四个民族的小杂院，在十年浩劫中的一段日常生活。他们之中，有从北京贬谪来的，正积极学习维语，多方适应西陲生活的"我"，也有去北京大学学习了几年，大量收纳了汉文化的维吾尔族姑娘琪曼姑丽（她近视，却不敢在维吾尔族群众中戴眼镜）。他们透露出中国东部和西部社会文化心理在双向交流中认同的信息。还有由草原帐房进入城市定居的哈萨克族大娘母子——她那骏马般剽悍的儿子进了城还改不了草原的习惯，养着马，早出晚归去草原上牧放，并在这种对草原执着无望的追求中，由"骏马"变成了"病狮"，终至先于其母憾憾而亡。他适应不了生活环境和文化心理的大幅度变化而发生精神断裂。古朴淳厚的东西死去了，这无论如何是个悲剧，新的生活方式迟早总要来临，你又不能不承认其中有历史的微笑。与此对照，王民住在城里，拿着工资，却必须每日每周去农村劳动，以"改造思想"，这是异态社会塑造的异态知识分子。还有因"两个脑袋"（在国外有亲戚）而默言寡语的维吾尔族老太太；有主人公意识很强、爱管闲事，实则内心孤独自守的女房东茨薇特罕；有满族白大嫂那样想"积极"却还保留着善良的"政治市民"；有来自南方、自立之志无法施展，只能用雕虫小技消耗自己才智的汉族青年工人赵自得和林晓钟。在这个西陲小杂院，色彩丰富的民族风习心理和色彩单调的现实社会环境、高温暴烈的政治气候和低调逍遥的普通百姓心境，构成一个典型的社会切片。这个切片所提供的生活和艺术的信息量，可以说是那个时代所独有的，也是多民族地区所"独有"

---

① 王蒙：《〈伊犁风情〉前记》，载《东方》1981年第2期。

的。特别后一个"独有",窃以为是王蒙对我国文学民族化探索的一个贡献。

张曼菱的中篇小说《唱着来唱着去》则是典型的多民族牧区聚居区的例证。小说在淡淡的政治背景中展开了对回、汉、哈萨克、俄罗斯、乌孜别克等民族共居生活的描写。和《逍遥游》不同的是,遥远的边陲小镇的文化环境和历史形成的习俗,允许作者的笔墨除了对日常生活中的民族文化交汇做大量充分的描写,给我们提供不可多得的中苏边境阿勒泰地区的民情风俗外,还能集中于各民族之间爱情和亲情关系的描写。小说中出现的几个主要人物,差不多都是和异族通婚的。回族赛尔江的爷爷、爸爸娶的都是哈萨克族妇女,赛尔江为了不被哈萨克血统同化,尽量保存自己的种属和文化,执意要和自己深受的、虽不同种却同文的汉族姑娘林林相爱、结合;后虽未成,仍然和乌孜别克族的赛娜娃儿结了婚,以避免三代都与哈萨克族通婚。他有两个名字:哈萨克族的赛尔江和回族的李金生;"我"也有两个名字:汉族的林林和俄罗斯族的柯莉娅。"我"的生母是汉族人,养母是俄罗斯族人。这个俄罗斯族的养母在和丈夫失散后,和一位天津流落到此地的汉人结了婚,她的俄罗斯族女儿又坚贞执着地爱上了哈萨克族人,以至在家庭不同意的情况下,和情人策划用"假抢救"完婚。在这个特定的社区中,民族之间的关系,已经由政治、经济、文化的交汇扩展到爱情婚姻领域,由地缘、业缘关系扩展到血缘关系。这里的人,都有几个异族的亲戚,都会几种民族的语言。有了血缘的基础,文化心理的对峙就常常被交流和趋同所融解。因此,如果说,我们在其他一些反映多民族地区生活的作品中,感觉到的是各民族文化的差别,和在差别中的交流,那么,在《唱着来唱着去》中,我们主要的感觉是各民族间的和谐,是各民族间"唱着来唱着去"的自由交往。我想不避烦冗,在这里引几段原文:

> 我(林林)与赛尔江(汉族与回族——笔者)相识在哈萨克的大海中。我的初恋如此强烈有力。因为我一面在爱赛尔江,一面

爱上了哈萨克。是哈萨克民族给了我丰富多彩的力量去爱赛尔江。是哈萨克那明澈的智慧，启迪了我那原来闭锁的汉族丫头的心房。

……

我用从俄罗斯妈妈那里承继下来的刚强和深厚的爱心，用成年女儿的心疼爱着母亲所生的异父的兄弟姊妹。继父后来对我也很好，在那样艰难的情况下供我上了初中。直到今天，凡有事情，退休、卖房子、找女婿，他都要写信来跟我商量，把我看作这个家的长女。

……

虽然我父亲是被哈萨杀死的，但母亲倒不象我大妈那样，不许我和哈萨人接近。假如我带哈萨孩子回家玩，母亲抱了我，也会抱那个娃娃。我对哈萨的心理，是在生母的慈爱和善良中解冻的。

……

他们（指俄罗斯的大妈和汉族的大爷）那种相依为命的状况，给我一个很深的印象，使我一直坚信，国籍、民族、文化水平的差异并不能禁锢住人的感情交流和天伦关系。

……

我总感到，我的祖国和大妈的祖国是这样相象，两国的人民跑过来跑过去的，彼此庇护，彼此避难。①

小说中所描写的民族和国家间的交往融化，自然不是这几段引文所能传达的，它流贯在整个作品的生活画面、人物关系和人物感情之中。但仅仅这几段引文，也已经可以看出，张曼菱在这个中篇小说中，已经由民族聚居区

---

① 张曼菱：《唱着来唱着去》，见阎纲、肖德生、傅活等编选：《1987年中篇小说选》（第一辑），人民文学出版社1989年版，第203、181、188、184页。

的杂色描写升华到一个新境界，即存在于人类心中的、超乎于民族甚至国家之上的宽容精神。这是人类繁衍、生存所以坚强不屈、所以绵延不息的一个重要原因。小说着力于人民群众这种宽容胸怀的描绘，使作品整个意蕴和意义，远远超出了我们这里谈论的多民族交汇的题目。

在春秋战国时代，黄河文化和楚文化的南北对话，秦、晋、燕、赵、齐、鲁文化的东西争鸣，结晶出《诗经》《楚辞》；在现代，以中国文化为根基，于亚洲、欧洲、美洲文化的多维坐标上，诞生了鲁迅、郭沫若。真正有生命力的作家作品，常常站立在不同民族生活形态和心理特质的交汇点上。过去，我们大都从形成文化高峰基础的角度谈论这个问题，在文学艺术中致力于反映各族各国文化交汇的生活图画则不是很够。就这个意义说，中国西部文学显出了重要意义。

第二节　对现代社会流动群体生活的描写

> 你的马刀是冷的,可你的奶茶是热的;你的皮肤是铜色的,可你的心是血红的。你知不知道,你以草原一般宽广的胸怀,温暖了一个汉族游子的心。
>
> ——鲍昌《盲流》

中国西部的广大地区属于游牧文化区,在这里,流动的游牧生活是人类生存的主要手段,这与农业文化区静态的守业明显地区别开来。生存手段的不同,决定了整个文化价值观的差异。中国西部文学,特别是西部民族文学对游牧文化有着全面的、愈来愈深的展示。中国西部人烟稀少而土地广袤,加之地处边陲、民族众多,出于政治、经济各方面的考虑,自古以来这里就是移民开发、屯垦戍边的重点地区。移民和移民社会,成为西部特殊的社会现象之一,也成为西部文学描写的特有对象之一。中国西部荒原的贫瘠和博大,使他以自己宽阔的、温暖的胸怀接纳了一代又一代难以计数的"扶伏民"的后裔——政治上的流放者、生活中的失意者,以及各式各样被社会抛弃或逃避人生变故的人们。这又使得流放者和盲流的形象成为中国西部文学重要的描写对象。西部社会景观、自然景观的深沉雄大、古老苍凉,是寄寓人生感受、历史哲理、生存意识极好的载体。这又使得不少的精神游历者来西部"寻梦",在西部思考,于西部社会和西部山川中获取关于当代社会的各类同构效应。他们也成为西部文学画廊中极有特色的一类形象。

游牧之游、游历之游、流放之流、盲流之流、移民之移……描写这种反映着游动的生存观的生活形象、人物形象和情绪形象,构成中国西部文学在当代文坛上一种极有特色的探索。

一、游牧文化的全面展示

　　随着冬夏草场的枯荣兴衰，赶着牧群转场，在新的地方搭起毡房和蒙古包，是西部游牧地区世世代代正常的生活秩序。这种以游为序、以动为常的生活实践，在西部地区人类生活和思想的各方面打下了印痕，经过千百年的积淀，生成为一种"动"的生存观，渗透在中国西部少数民族的生活之中。据说"哈萨克"，就是"流亡者""奔逃者"的意思。

　　当候鸟歌唱着／欲待北飞的时候／当四月的阳光／淡淡地为山峦／涂上一层金晕／旷野渐渐苏醒了／从一个冗长的梦中／理出了惯常的思绪／阿克萨尔卡（尊敬的老者）捻捻长髯／正襟危坐在鞍鞯／霎时间，各牧场倾斜了／羊群，马群，仿佛一座流动的山／男人和女人们裹挟在纷乱的蹄音里／视野早已铺到了／前面的绿原

　　耆拉克（毡房的项圈架）在半腰支起来了／黄昏的天空蓦地升起了／牧羊人的荣誉／枣骝马伫立在山顶／抖一抖红鬃／四下里渲染着一派激情／当年的春羔欣喜地漫过山冈／滑下草甸，仿佛一朵朵／飘游的云／女人们嬉闹着／用红头巾兜起牛粪／美丽的绸裙宛若罂粟花／在溪边跳动／初夏的风／暖暖地吹来了／在空气中，炊烟里／传达着一种／醉人的情绪

　　　　　　　　　　——（哈萨克）巴合提别克《迁徙路上》

　　远道而来的好骑手／每天在路上睡赤条条的石头／他人妻为此／整夜整夜埋怨自己手腕上的枕头／被远天远地和一路上的见闻／累坏了的骑手／用山前山后的奇闻轶事／兑换具有神力的酒／然后灌醉自己的那一大把／专为爱情疯长的络腮胡子／让女人对

此发疯／对他见过的大世面／浑身上下浮想联翩，可好骑手分文不名／出不了远门的男人／都说他见过的大世面一钱不值／好骑手只是笑了笑／就又侧身上路了／留下他人妻和吱嘎作响的毡房门／回到自己的丈夫身边／迅速消瘦

——张子选《远道来的骑手》

维吾尔族的穆敏老爷（王蒙《在伊犁》）一听说失散多年的兄弟可能生活在南疆喀什一带，便等不及具体打听确实，背上褡裢就上路，往返几千里，为时大半年，最后风尘仆仆而又灰溜溜地回来了。这虽然反映了维吾尔族人民多情重义的品格，但对同样多情重义的汉族群众来说，这样一种思维和行动方式简直是不可思议的。康巴族的占堆和拉谷（扎西达娃《去拉萨的路上》和《没有星光的夜》）为了替父报仇，找仇人决斗，可以长年累月在青藏高原上流浪，寻找、追踪仇人，甚至在这种游动中抛掷自己的青春和生命也在所不惜。这虽然反映了康巴族人民的刚勇坚毅，但对同样刚勇坚毅的汉族群众来说，这样的思维和行为方式也同样是不可思议的。在守土为业的农业文化区，丢下父老家小出远门是一件大事，因而有"父母在不远游"的古训，有"在家样样好，出门事事难""烽火连三月，家书抵万金""金窝银窝不如自己的穷窝"等民谚，有关于上路、归家的种种烦琐的风习，如饯别、洗尘、接风，有慨叹行路难和思家、伤别的大量作品。但对穆敏老爷和占堆、拉谷来说，出远门、上路则是小事一桩。

这样一种游动的生活方式及其在文化心理上的反映，在西部兄弟民族中根深蒂固，稍有变革都会阻力重重，引起心理上的种种不适和痛苦。对此，西部文学作品也做了令人注目的反映。前面曾经谈到王蒙在《逍遥游》中所描写的在城市定居下来的哈萨克族汉子对草原游牧生活深深的眷恋和进入城市之后深深的烦恼。在《环湖崩溃》中，杨志军对青海湖地区藏民在物质条件，特别是文化心理条件不成熟的情况下由游牧转入定居后的不适应状况，

做了较详细的描绘:

定居点是三年前政府帮助修建的。学者们从建立草原新村、引导牧民走向新生活出发,论证了改变生活习性在实现现代文明中的至关重要的作用——从游牧到定居,之后,在黝黑的土坯房顶,耸起根根现代化的神经——天线。前方山巅是高高的电视塔。土坯房内,生养后的女人要卧炕不起,度过一个饭来张口的老天法定的"月子"。而不是像现在这样,生养七天后便去满草原拾牛粪,甚至在迁徙的途中,以马背为炕,流着经血扬鞭催马,奔向远方。并且,要以这土坯房的文明隔墙,限定爱的索求和爱的施与。把一切粗犷化为细腻,把所有野性的直露变为含蓄的作态。真是好心啊!

可是,很快,牧民们就发现,他们起初的安居乐业完全是出于好奇。好奇迅速消逝,随之而来的是一种对定居点的不适应,如同小鸟不适应狭小的笼子。但这情绪上的变化还无法使他们追逐水草而去。即使自由的孤独惯了的天性会使他们萌发离弃土坯房的念头,那也只是脑力劳动而已。……倒是人类向文明飞速发展的大趋势,真正决定了定居点的命运。

城市对牛羊肉的吞吐胃口越来越大,而荒原牧家的交售却逐年减少。……于是,在决策人物的默许下,牧人们毫不惋惜地抛弃了家园,跋涉旷野,四季轮牧,只在深冬才回来住上两个月,算是对当初修建定居点的人的宽慰吧。情绪总是要照顾的,尤其是热情。但许多牧家即使来到这里,也不住进属于他们的土坯房,而是继续居住帐房。于是,用不着体力相加,被冷落被废弃的鳞次栉比的土坯房在一种顽强意念的摧残下,自动破烂了,像那种在荒原上失去了名誉的男女,甚至不会招来人们怜悯的一瞥。这意念属于对未来对幸福的追求,也属于对荒蛮、对往日的怀想。①

这里对于牧民定居的历史的、经济的评估,我们暂且不说(但恐怕即使符合历史、经济评估,如果不能在历史、文化条件具备之后实行,不但很难实现,而且容易走向反面)。起码这一段文字给我们储存了一种重要的社会心理信息——特定历史阶段游牧文化心态在中国西部的浓缩性反映。

如果说,上面我们所举的例子,还只能说明西部兄弟民族中这种游动生存心态的普遍和根深蒂固,其中有些例子甚至还一定程度上表现出这种生存心态消极的一面,那么,我们要进一步指出这种生存心态积极的一面。在我谈到的作品中,至少揭示了两点。

一是游牧生存方式的艰苦性,锻打了西部群众的刚强坚毅,同时也为西部文学提供了雄性审美意象。周涛在《转场》一诗中,描写了畜群的一次大迁徙。那真是一次"惊险旅行":路是那样坎坷艰辛,就是"最暴烈的马匹/也突然变得谨慎胆小";而途中,又不乏牛的埋怨、羊的哀告、骆驼的牢骚……但"转场"的场面又是那样悲壮,俨然是一种人生的过渡和历史的转折——坚定的牧人,威严的号令,就是"怯懦的羊群","也敢逆顶风暴";他们探索牧道,寻找港湾,在死亡与严寒的威逼下,宁肯以生命为代价,"也决不在旧的锅灶前/守着岁月衰老……"。这首诗至少具有三个层次的意思:一是对游牧地区转场生活的描写。二是对转场途中(也就是人生途中)的艰辛坎坷以及环境对生命(羊、牛、骆驼的拟人化)的考验、锻打的歌吟。三是提供了一种意象、一种象征,你可以隐隐约约感觉到,它象征着一种生活情绪、一种历史哲理。也许,还象征着在我们所处的急剧变革

---

① 杨志军:《环湖崩溃 情和欲的悲歌》,长江文艺出版社 2013 年版,第 120—121 页。

的现实中可以找到的某种相应相似的情景。它激发人高昂的、探索的、向上的、奋发的气质。

二是游牧生存方式的选择性，涵养了西部群众的竞争和开放意识。游牧，从另一个意义上来说就是选择更好的生活环境、畜牧环境。许多社区的同时空选择，造成了事业上的竞争；而选择的多向性，在一定意义上说也就要求思维的开放性。在佘学先的《走出荒原》中，前半部分是米贵和杰伦对少女旺姆的同时空选择。这种选择造成了两种事实上的竞争。一种是智力上的，米贵以自己对现代文明世界的丰富见闻和所掌握的科学知识在竞争中取得了胜利；一种是膂力上的（当然，打"俄尔朵"所需要的技巧也包含着某种智慧），杰伦以自己准确熟练而有力的"俄尔朵"在竞争中取得了胜利。按照旺姆已经被米贵唤醒了的对现代文明的渴求（"我指着桌上堆得满满的书，说从前的人喜欢用手来证明自己是男子汉，现在不同了，会动脑子的人才是真正的男子汉"，"旺姆问我说我的意思是不是说草原上的男人先像男子汉然后才是男子汉，内地的男人先是男子汉然后才像男子汉。我说正是这个意思"），在这场竞赛中，米贵取得了胜利，她在感情上选择了米贵；但按旺姆还远没有完全更新、也无法完全抛弃的文化心理〔"旺姆叹了口气，说如果她不是生活在草原上，她肯定愿意嫁给我，这里不行，这里内地的男子汉没多大用，一般的女人都不需要别人接生（按：米贵会接生），'你可以把草原带去？''内地可以支帐篷吗？有酥油茶、糌粑？'"〕，她还是克制住了自己的这种选择，服从了神秘的"俄尔朵"的安排。但她无法克制自己对米贵的爱，这便转入了后半部分旺姆对自己今后生活环境的选择。她留下，这里的草原繁茂牛羊好，但内心要经受痛苦的煎熬。去一块新的草原，哪怕贫瘠些，可以换得内心的平静。旺姆选择了后者。这个选择表明了她对所处社区生活在精神上的超越，表明了她在较为封闭环境中的某种开放。当然，也符合西藏民族游动的生存意识。

这是从旺姆个体的心态来看，还可以从民族群体的选择来看。关学林（满）的中篇小说《前出塞》侧面反映了一段整个部落长途大迁徙的历史事实。我国蒙古族四大部落之一——土尔扈特，因受准噶尔部落欺凌，被迫西迁额济勒河（伏尔加河下游），后由于不堪沙俄的歧视和同化，加之当时的清朝乾隆年间，社会比较平定安宁，整个部落扶老携幼，东行七八年，跋涉万里，返回中国故土。清朝廷委派西安巡抚文绥奉旨赴新疆，赈赏归来的土尔扈特人，并筹划西安府驻防八旗兵丁西迁边陲、屯垦戍边等事宜。这次悲壮的部落大迁移，实际上也是一次大规模的生存环境的群体选择，是顽强的生存能力、游动的生存意识和闭锁一隅的开放性思维的体现。对这种生存意识和思维方式的艺术表现，在读者心灵上的作用是远远超出了题材本身的。

余斌曾谈过一个人之未察的观点：以前大家比较注意从自东而西的汉族移民中去研究流亡意识，其实在西部历史上，自西而东的民族大迁徙屡见不鲜。以哈萨克族人为例，1864年中俄订立《塔城条约》，少数人不堪沙俄之压迫而移入新疆。20世纪初，又先后有许多哈萨克族人因逃避沙俄的征战征兵和十月革命后的大饥馑而逃回新疆，这一逃亡式的民族迁徙一直继续到20世纪30年代中期。由于不堪忍受盛世才的统治，1935年以后哈萨克族人又大量逃入河西走廊各县，1938年后大量由甘肃逃往青海，于40年代后期才又大部返回甘肃和新疆。这样的民族历史背景，一定会对民族的文化心理结构投下阴影。可惜由于当前西部作家的特殊构成（客籍作家为主，本地作家较弱），对自东而西的流亡者已有较多表现，而对自西而东的群体流亡则还未能多加注意。①《前出塞》所反映的土尔扈特的大规模长途迁徙，从这个意义上看，具有不可忽视的意义。

---

① 余斌：《"西部文学"二题》，载《中国西部文学》1986年第11期。

二、移民心态的新境界

从西部文学创作实际看，余斌所指的第一种情况，即东部移民的西迁，虽然受到注意，其实也反映不够。《前塞曲》中正面展开了文绶、奇克图筹划西安驻防八旗兵丁二百户几千人，离土别家，西出阳关，携眷来新疆古城木垒，屯垦戍边，成为清朝向西部边陲移民的先行者。这是奇克图新婚妻子玛佳氏口里转述的移民告别西安时的情景：

> 非但家人亲朋，各旗认识不认识的老少爷们、娘儿们，就是往日结了仇，含了恨，也都送出来了！一座驻防城，上万的人挤到了西门外的官道上，连各衙门的大人们也都送出来了。谁也知道，我们这二百户人，永辈子再回不了西安府了，登程上车时，平地滚雷般地一片哭声，把那河里的水声都压没了；多少人跟着大车跑啊，那道上的浮土蹦起了半天高，把西安城墙都隐没了……大人，什么叫生离死别呀？这不就是嘛！

这是他们屯垦戍边的成果：

> 东济尔玛台，南临天山的层峦叠嶂，东西两面起伏的梁丘之间，间着一溜五里多宽的槽子地，平平展展。一条车道，将屯户土地分成两片，一方一方的农田，三十亩一块，远远看去，就像棋盘格子似的。在大道尽头，一片松涛边上，有一大片房舍，聚落着屯民们的宅院。鸡鸣声，狗叫声，隐隐约约地从那里传来。

> "这一片能有上千人家呢，已成集镇规模了！"钦差大臣用马鞭指点着，深感惊异。

> "是，以前移民不算，单是近三年来，从甘肃张掖一个县，就移来五百余户二千余口，十年之间，此地已垦出水地三千余亩，山坡旱地已达百亩有奇！"

这虽然比不上新中国成立以来西北各省生产建设兵团的屯垦规模,作为开路者,那场面又是何等感人呢!

中国西部的资源之丰富,地域之广大,人口之相对稀少,以及经济与社会发展的落后,使得自古以来开发西部的议论大都涉及移民问题。据第三次人口普查资料,仅以大西北来说,土地面积占全国的32.2%,人口只占全国的6.9%(据第三次人口普查资料计算)。几个世纪以来,向西北地区移民垦荒几乎成为一条人口流动的规律。新中国成立以来,由政府所组织的,以中国人民解放军退伍军人和第一代支边青年为骨干组成的生产建设兵团,成为大规模开发西部的主力军。以新疆生产建设兵团为例,33年来,已从新中国成立之初的22万人发展到现在的224万人,人口增长了10倍,其中大多是内地西迁的人口。33年来,青海省较大规模的移民垦荒先后三次,即第一次1956年从山东、河南、河北等省向青海东部移民约8万人;第二次1958年从河南移民5万人,在青海牧区6个自治州,建立了近30个国有农场;第三次1965年及"十年动乱"中又陆续安置了相当数量的上山下乡学生和复转军人。到1982年,总共有70—80万人以各种方式移入青海。这种移民垦荒运动,在甘肃、宁夏以至内蒙古西部地区,新中国成立以来一直不断地进行着。可以说,一个几百万人的有组织的社会主义西部移民社会已具雏形。① 新时期以来,新疆生产建设兵团的文艺工作者较早提出中国西部开发文学,不断举办了各种开发者文学征文和专栏,对新时代的有组织的、集团性移民有了更自觉更全面的反映。新疆建设兵团所聚集的一批作家,如杨牧、朱定、权宽浮、安静、贺维铭、綦水源,还有曾长期在那里生活的艾青,创作的小说、诗歌、散文,在全国产生了一定的影响。这些作品中的主要部分

---

① 参见毕可生:《移民、人才流动与西北开发》,载《社会科学参考》1986年第22期。

收集在解放军文艺出版社出的《绿洲文艺丛书》中,如《绿洲之恋》(短篇小说集)、《天山之子》(散文报告文学集)、《绿洲之歌》(诗歌集)、《绿洲笔记》、《雪莲》、《复活的海》、《将军塞上曲》,以及新近出版的《桑那高地的太阳》等。这些作品比较全面地反映了社会主义时期移民西陲的边疆开发者的生活和业绩。他们在一种崇高的信念和理想的照耀下,脱下军装和学生装,从祖国的四面八方来到西部的土地上。他们既没有封建时代满族八旗兵丁移垦西部的悲怆,也毫无美国殖民者掠夺西部时的跋扈,他们是在政治、经济、思想上性质截然不同的一支社会主义的屯垦大军,社会主义的西部移民。他们为了祖国的强盛和民族的团结,在西部的土地上扎根,和西部各兄弟民族打成一片,共同开发建设边疆,不但改变了西部荒原的面貌,而且改变了自己的精神面貌;不但建设起了一座座社会主义的城镇和村落,而且建设起了社会主义西部移民富有特色的社区生活,逐步形成着社会主义移民特有的文化心理。

从笔者读到的反映兵团生活的作品看,兵团社区的最基本的特点,就是带有军事共产主义色彩,它是具有一定程度机械化大生产条件的社会主义农场。这使它和内地自然经济为基础的合作型村社和西部民族地区以游牧经济为基础的合作型村社有了明显的区别。兵团战士是现代农业工人,又是戍边的战士,他们身上具有工人阶级和革命战士主要的素质和优点,诸如严密的组织程度、较高的文化水平、亦工亦农亦牧亦兵,以及移民生活造成的较为开阔的眼界和开放的思维。但浓厚的军事共产主义色彩,也容易给兵团社区生活带来一些弊病,诸如平均主义、简单化的方法、以行政命令代替经济规律的作风,这些,在兵团农场加速向现代化农场经济实体过渡的过程中都显得不适应。而纯洁的理想激情和艰难创业中社会生活的复杂,军事化所要求的纪律服从和现代经济所激发的竞争意识,原有社区生活在历史形成的文化风情的单一纯净和新建社区生活五湖四海的多色文化心理差别,职工和军人的自尊、自律和边疆农工的自卑、自纵，在生活环境变异中，对旧环境的怀恋和怀恋中的失落感，对新环境的追求和追求中的渺茫心绪，等等，构成了这些西部新移民的一些主要的内心冲突。

对这些，西部开发文学都做了程度不等的反映。但是，对社会主义时代西部移民的社区生活和文化心理做集中、认真、深入的研究和艺术表现，还远远不够，应该说还是有待作家去开垦的处女地。《桑那高地的太阳》虽然已经开始对这种新的生活形态和历史道路进行认真的反思，但主要是从道德的角度进行的，明确地从历史的、经济的、政治的、心理的全方位角度来反思，做得还有差距。

进入新时期之后，主体和客体两方面的深化动势，是使西部开发文艺走向新境界的内推力。除了上面谈到的对创作主体方面的要求，即要求西部开发文学从新的视角和层次来审视社会主义集团性移民这一社会现象，并给以历史的、文化心理的和审美的表现之外，生活本身也提出了一些新问题，引导着作家去做更新的、更深的思考和艺术表达。这方面已经提出的问题，最重要的是关于开发西部的根本战略问题。有一种意见认为：过去的西部开发，都是从移民垦荒开始，从整个社会经济的开发途径和思考方式来说，也就形成了一个固定的模式，这就是移民—垦荒—发展农业—再发展工业。这种边疆开发模式一直是我们决策的基本指导思想。实际上，我们还可以有更多的思路。这种意见具体考察了30年来西部移民以农垦为主的路子的利弊得失，例如，西部受地形、气候、生态等自然条件的限制，农垦虽取得一些成绩，但总的看，农业生产上不去，要承担更重的城市建设和工业开发有困难；农垦所费人力、物力、财力比之西北工矿业开发来，事倍功半，而且留下了破坏生态的后遗症；移民时，男女性别比例不调，造成一系列社会问题；人才层次脱离实际，高级人才过剩，因而"一江春水向东流"，而初级人才欠缺，因而东南各地的"手艺人"大量涌入（仅青海格尔木一地，每年即流入各种手艺人及商贩约两万人,全省当不下五万人)。经过这几年人才市场的自动调整,西部人才比例反倒渐趋合理化。进一步,论者以美国、阿拉伯的息壤开发途径与我国西部开发进行了比较,又对我国西部工矿开发和农业开发的效率进行了比较,对我国西部工矿资源和农业资源进行了比较,提出中国西部开发以工矿为主、兼营农牧和有计划大规模移民和人才市场调节性移民相结合这两点战略设想。①

我们并不是要西部开发文学去写这些设想中的东西。但这些论者的思路,对我们很有启发。从政治、经济角度对西部开发所做出的评估,许多方面我们的创作还没有触及。更重要的是,这些议论整个预示着西部开发者生活即将面临新的变化,也预示着我们的文学对西部移民的描写,将进入更开阔的领域和新的境界。

三、盲流生活和心态的描绘

盲流——在社会上盲目流动而不固定在一个社区生活中的人,并不为中国西部所独有,在西部却较为典型。"盲流",是一个包容性很大的宽泛而模糊的社会群体。它以盲目离开原有生活社区的个体流动,而和游牧部落整个社区的集体流动,以及有组织有计划的移民集团区别开来;它以自己的非强迫性流动(其中有些虽是受到迫害而不得已流亡,但是否朝西部流亡却不带强制性)而和政治的、刑事的流放者区别开来;它又以自己的非自觉性(即盲)而和来到西部的旅游者或精神游历者区别开来。以前我们说起盲流,主要从贬义上来理解,而忽视了其中积极的一面。其实,正像鲍昌同志所感觉到的:"我在新疆的短暂停留期间,看到的一切都是粗犷的,富有活力的。……

---

① 参见毕可生:《移民、人才流动与西北开发》,载《社会科学参考》1986年第22期。

因为它太大了，太壮观了。它是开拓者的乐园，它向一切人展开了双臂。所以，不知从什么年月开始，无数的人自东徂西，来到新疆这块亚洲的腹地探险。他们在历史上有不同的名称，而在新中国建立后，被起了个政治化的名称——盲目流动人员，简称就叫'盲流'。这名称颇带贬义，仿佛比穷光蛋、流浪汉、叫花子高不了多少，有时更被看成了'罪犯'。但新疆生产建设兵团一位负责同志对我说，他们实际上是开拓新疆的有功之臣。几十万人'流'进新疆，象是撒向旷野的一把草籽，有的被风吹去了，有的却生根发了芽。"①

"盲流"，大多数是离开了土地的农民和流动的个体手艺人。前者在离开土地寻求新的生活出路上，虽然总体上带有盲目性，但在具体流动的时间空间上，并不是盲目的，每个人都从自己的价值标准出发，进行着自觉半自觉的选择：有土地，或有其他门路可以承载劳力，可以谋生的地方。在这些可以谋生的地方中，又以劳动价值较高的地方，最为他们所向往。关于个体手艺人的流动，自觉程度就更高一些——按商品经济的规律，哪个地区在同等社会必要劳动时间内产生的剩余价值越多，他们就涌向那里。当一个地方因为手艺人的增多引起了供求关系的变化，进而影响到他们的收入；当收入降低到具体人所不能忍受的下限时，他们就会流向新的劳力市场。可见，盲流之流并不盲目，它隐隐地受着生存需要、经济规律的支配，是在符合规律的基础上对生活方式、生活环境的一种半自觉的选择。正是在这一点上，我们看到了"盲流"在社会生活和思想观念上积极的一面——他们在没有生存空间和生活方式选择自由的时代，突破种种桎梏和成见，进行了自由的选择。在这种选择中，埋藏着变革现状的要求，冲决习惯势力和守旧思想的勇气，埋藏着竞争意识和择优原则，开放的、散发的思维，以及对规律的服从和对

---

① 何镇邦：《瑰丽的色彩　刚健的风格——简评长篇小说〈盲流〉》，载《小说评论》1985 年第 6 期。

违反规律的行政手段的蔑视,等等。从历史评价的角度,这些都应予以肯定。自然,盲流对社区正常生活秩序的破坏作用,盲流在流动过程中极容易沾染和传播的一些社会的、品格的弊病,也应该重视,并且采用相应的手段克服和消弭。

对盲流生活的反映,一直受到西部小说的关注,它们组成了西部小说中一类独特的人物形象。其中如张贤亮笔下的"米脂姑娘"(《肖尔布拉克》)、"卡门"(《吉普赛人》)、"女乞丐"(《邢老汉和他的狗》)、李秀芝(《灵与肉》),以及牛正寰笔下的金牛媳妇(《风雪茫茫》),都产生了相当的影响。正面对"盲流"生活做综合描写的,可以举长篇小说《盲流》和中篇小说《石坂屋》为例。

在《盲流》中,作者描写了三类盲流的生活:一种是以曲木三、崔连登为代表的几进几出新疆的老"盲流";一种是以史岱年、曲豆妹为代表的富有正义感、保持劳动人民本色的各种新一代"盲流";还有一种是何欢喜、杨德邻之类以"盲流"身份做掩护,搞投机倒把、坑蒙拐骗的少数社会渣滓。在这三类盲流中,作者又以主要的笔力展示了其中的积极力量,即第一、二类两代盲流形象。作者在创作体会中表示,主人公史岱年的形象是"故意把他写成是'四人帮'暴政下的'逃犯',用意是通过一个有正义感、有文化的青年形象,来改变人们对'盲流'的成见"(《盲流》后记)。但又不回避流浪生活在曲木三、崔连登身上所留下的那些带病态的痕迹,如油滑、目无法纪、玩世不恭等等。作者是把他们作为大西北特殊身份的开拓者和建设者来写的,既写出"盲流"成分的复杂、自身性格的复杂,又突出其积极的一面,构成了长篇小说的第一个特点。

小说的第二个特点是,将盲流生活放置在特定历史的社会环境和西部的自然环境中展开,通过盲流带有传奇色彩的命运的变迁,反映时代生活的曲折轨迹,展开壮丽雄险的西部风光。作者在谈到这部小说的创作时,曾说:

"通过主人公逃犯式的流浪生活,把新疆的各种景色和风土人情穿插进去。"小说随着几个主人公的足迹,描写了天山深处、伊犁河谷、南疆古城等地的美丽神奇的风光和习俗,表现了哈萨克族、维吾尔族兄弟姐妹的侠肠义骨,赞颂了各民族之间的情谊。和美丽的西部风光相对照,是盲流命运中游荡着的极左思潮和十年浩劫的浓重阴影。曲木三和曲豆妹的遭遇,反衬出20世纪60年代那些用行政和治安手段将农民死死地捆绑在贫瘠土地上的政策法令是如何不适应生产力的发展和违背农民群众的愿望。史岱年的遭遇,则是"文化大革命"的极左路线和丑恶品格相结合造成的直接恶果。人物命运和时代背景、自然环境的交融一体,不但使得人物形象厚实,作品的社会辐射面宽,而且显示了盲流形成的社会原因和此类形象特有的历史内容。

第三个特点,是描绘了盲流特有的生活画面和心理状态。

史岱年这个"四人帮"暴政下的逃犯,虽然流浪时间不长,但干过公路修理段的临时工,红星牧场的"张技术员",黑山林场的伐木工人和无名河上的放排工,又到砖厂打过砖,进天山采过药,受雇于何欢喜开汽车长途贩运冒险过冰达坂,到奎屯农场当过养鹿工人,最后在红星农场同曲豆妹安下家来。他在不长的时间里流浪过大半个新疆,过着相当典型的盲流生活。他在流浪中爱上了西部,成熟了自己,也完成了由"犯人"到"盲流"再到西部开发者的转变。曲豆妹生长在贫困的江南农村,为生活所迫,被父亲卖到宁夏矿区,嫁过两个丈夫,当过乞丐,又被迫来新疆流浪,也是比较典型的盲流命运。作者对盲流的生活方式和心理状态,也有较为成功的揭示。他细致地描写了史岱年"孤独的流浪者的悲哀",写他难以解脱的怀乡病,写他在强劲的生存奋斗的同时,所存在的消极厌世的一面:"可是,当他谛视着恒河沙数的繁星,凝睇于缓缓西移的银河时,他会从宇宙的永恒与无限,联想到生的短暂和人的微忽。这时,他会油然地产生一种他这个年岁的人根本不应该有的厌世之感。这种情感,在心理上是属于'减力型'的。它使史岱年陷入思想空虚、精神惝恍,对什么事物都失去了兴趣。严重的时候,他想到了自杀。"① 小说刻画崔连登的热情善良本质之外所包裹的那些"盲流职业病",如爱谝爱吹、"满嘴跑舌头"、懈怠油滑,内外既反衬又衔接,是成功的。曲木三三次进疆流浪,穷得卖儿女,而当他盘算着挣够一千元钱就要把女儿曲豆妹接到身边过一段好日子时,却在无名河放排中遇难。他的遭遇凝结着"盲流"们更多的血泪。何欢喜、杨德邻这些社会渣滓把西部作为冒险家的乐园,想来这里捞一把,也具有一定的认识意义。

赵光鸣的《石坂屋》(又名《戈壁滩上离乡背井人》)将"盲流"生活写出了相当的深度。小说写的是十多年前一支流亡者组成的施工队的故事。这支施工队体现了西部社会多色交汇的特点,既有不同民族的人,更多的是来自各地的汉族流浪者。他们带着各自悲惨的命运,自天涯海角相聚在戈壁滩这座小石坂屋里。小屋容纳了大家在那个特殊年代的苦难与创痛,也汇集了他们为命运苦斗时的互济互助、坚忍不拔。主人公花铁儿,新中国成立前由甘肃临夏逃到新疆,爱唱山歌"花儿",民族成分却没有人能说得清。回族?汉族?蒙古族?哈萨克族?都可能又都不确凿。他自己却说:"老子是世界民族!"寡妇石牡丹是甘肃定西人,三年困难时期逃到新疆落户;大工范侉子是河南的逃犯;穆生贵夫妇是新加入盲流队伍的东乡族苦命人;生产队副队长谷发的先人是左宗棠带去新疆的左家大兵;而"我"则是一个被发配的知青。这样一支流亡队伍的历史构成,使小说摆脱一般性社会暴露的构思格局而切近西部的历史文化背景,它将西部盲流各种类型的形象,收纳组构到一部作品之中。

如果说《盲流》是写由流动到组合,《石坂屋》是写流浪者临时组合的小社区,那么从生活环境看,张贤亮的《河的子孙》则写了一个流浪者在西

---

① 鲍昌:《盲流》,上海文艺出版社 1986 年版,第 46 页。

部重新组建的农村社区。小说的故事整个是在这个流浪者及其后裔组成的村落中展开的,因此,流动的生存观便不能不在许多人物、许多事情中投下影子。对此,作者在书中有一段精当的分析:

> 这个偏僻的河滩,庄户人都是历年逃荒来的灾民和在家乡吃了官司的穷人,他们自己传说是从山西省洪洞县的大槐树下来的,其实北方各省的人都有……有许多年,他们是天不管地不管的……荒村成了世外桃源。这样,他们的文化教育就靠着一部《百家姓》,道德教育就靠游乡串村的说书人嘴里那些封建而又反封建的故事。后来,国民党地方军阀统治了他们,成年男子被抓走了,庄子上碰头磕脑地尽是些妇女,在既无宗法束缚,又极少血缘关系的情况下,这一带就和十九世纪哥萨克的顿河区一样,两性关系终于按照纯自然的需要随便开了。①

从这段分析中,从韩玉梅的风流,甚至从魏天贵的怪癖中,我们不仅仅看到了盲流命运给人文化心理上的影响,更看到了内地人西部化的一个侧面,看到了中原农业文化和西部游牧文化在这条流亡线上的碰撞和交汇,形成一种两者兼而有之的"封建而又反封建"的交织状态。

还有一类是西部盲流中的风尘女子。那些"嫁给了青海高原"的"大水桥"女人(牛正寰《翻过橡皮山》、朱颖《唐古拉之梦》)是李秀芝的姐妹,只是没有找到许灵均那座小泥屋作为归宿。她们或嫁了刑满就业人员,或因为自己有前科而无颜回乡,就地成家,留在这高原上。她们既以屈辱自己人格的办法解决生计问题,因而往往对婚姻道德满不在乎,甚至表现出某种变态。这是浪迹天涯的生活道路和文化环境所造成的,也含有对生活不公的报

---

① 张贤亮:《河的子孙》,见《绿化树:中篇小说卷》,贵州人民出版社2013年版,第251—252页。

复,在其中可以听到女性对人生恶意嘲弄的笑声。

我们从大部分描写西部盲流生活的作品中,可以获得两个层次的悲剧感受。第一个层次,是失去土地流散四方的农民具体命运的凄苦和心理上的孤独感、失落感;第二个层次,是这些农民中大部分最终又不得不回到土地上来,不得不重新接受(甚至是重新争取)原先抛弃了的那条生活道路、那种生活方式和那些生活束缚。这是一种历史性的悲剧。农民阶级由于没有自己的政治理想,无法提出和建立新的生产关系,故而只能逃亡不堪忍受的旧的社会关系,而总是无法建立一种可行的新社会关系,并生活于其中。但"逃得了初一逃不了十五",他们往往在更换了地理空间之后,又掉进那完全没有更换的政治、经济空间。于是这种逃亡,也许可以改变个人命运,却总也改变不了这阶级的命运。从历史宏观的角度看,这些都是失败的流亡。农民流亡者命运的真正改变,在工人阶级政党领导的革命胜利之后才具备了可能性。而这种可能性,又只有在这场革命由政治思想领域转入切实的、科学的经济改革之后,才得以大踏步地转化为现实性。

进入新时期之后,廓清了极左思潮的影响,党的开放改革政策,扩大了人民群众选择生活方式和生存环境的自由度(只有适度的自由,才是积极的,不带破坏性的),承包责任制的实现,极大地激发了农民的生产积极性,随着农村生产力的发展,现有耕地已经无须将那么多的劳动力束缚在粮食生产上,大量的农村劳动力离开土地,或离土不离乡,或离乡不离土(到耕地多的地方去承包土地),或离土又离乡,大面积地打开新的出路,不但势在必行,而且成为促进城乡经济改革的重要因素,成为农民致富的重要途径。这样,原先的"盲流"便正了名,理直气壮地、光荣自豪地通过各种合法的,或合理的渠道流动起来,成为个体手艺人和集体手工业者。同时,兵团、国有农场、林牧场也使相当一部分内地农民在进入西部之后转化为农业工人,再转化为土地、山林、草场的责任承包者。重视劳力和人才流动规律，建立各种形式的人才市场，都是城乡经济改革中的新鲜事物。在这种情况下，"盲流"一词就其主体来说，已经完全改变了性质和形态，具有了崭新的历史社会内容，可以脱掉"盲流"的帽子了——满怀忧患和探索进入西部的这些流亡者，终于不是在个体的盲目流动之中，而是在党领导的社会主义初级阶段的经济、政治改革中，和他们留在内地的父老乡亲一道，进入了一个新的生活阶段。如果说现在还沿用"盲流"这个概念的话，新时期的"盲流"，除了原先那些消极的成分（如丐帮和流动性的流氓团伙）还继续存在，主要是指"一大批没有户口关系、工资关系、人事关系的城乡流动人口"。这一部分人的出现，正像朱晓阳在报告文学《盲流中国》中指出的，是对改革迟缓和社会阻力的一种惩罚；在职工队伍中，则是对僵化的劳动人事制度的一种挑战。文章中写道："浙江温州二百一十万农业劳动力，务农的只有六七十万，有四十万脱离土地，或是单帮或是结队，网状地撒向了全国。江苏省流动在西北的劳动力达四十万……""到八三年夏天，克拉玛依已收到来自全中国各地十万份左右的自荐信。一夜间戈壁荒滩上人才爆满。"[①] 在北京的安徽小保姆的劳动已远远超出家务范围，许多人受雇于个体户，当上了饭店服务员、施工队小工和商店营业员。这些自由流动已构成对统包统死人事制度的挑战。虽然政策允许，实际上他们还在许多方面受到不应有的歧视，被视为"非正常分子""社会流窜分子""社会闲散人员"，遇到是非比人矮三分。因此，新时期盲流作为一个社会现象、社会问题，仍然存在，仍然是文学描写的一个生活侧面。

---

① 朱晓阳：《盲流中国》，载《中国作家》1987年第4期。

四、流放者和精神游历者形象受到关注

中国西部自古以来是政治流放、贬谪官宦和驱遣落魄知识分子之地。忧患意识使他们获罪,来到西部之后,他们仍在忧患意识的激发下,或思考正义,或探求西部振兴之途。精神游历者,这里是借用评论界对张承志笔下一些人物的称谓。他们是新时期的知识分子,他们并不落魄,而且以时代前驱者的身份来到西部漫游,以科学世界观和新的知识体系,从大自然中,从民族原色和生活土壤中,感悟着和思考着。他们思索的不只是西部,而是从西部吸收感情营养和思想启动力,去思索人生,思索国家、民族,甚至宇宙中的种种哲理。这两类形象,一个命运多舛,一个生逢盛世;一个主要以政治实践入世,一个主要以思想发现入世;一个主体总被压抑,在压抑中闪光,一个主体得到张扬,在张扬中成熟。他们反映了不同时代中国知识分子(包括从政的知识分子)的不同命运,在忧患感、责任感这一点上,又一脉相承。由于这两类形象在本质上的类似,加之前面的章节对他们已做较多评介,这里想说得简略些,所以合在一起来谈。

王蒙的西部生活小说(主要收在《杂色》和《在伊犁》一书中),以及张贤亮的小说、昌耀的诗、艾青的纪实散文(《绿洲笔记》)都是写流亡者生活的。此外,还有一些散见的描写左宗棠、林则徐的流亡作品。这些作品前面已经多次谈到,不拟赘述。这里只想从表现流放的知识分子不同心态的角度,介绍余斌的一个看法。[①] 他认为,张贤亮笔下的章永璘,一方面展示了特定历史阶段知识分子悲剧命运的共同性(他们被"左"的思潮和路线所决定的命运),另一方面又展示了西部流亡线的文化心理背景如何强化他的原罪意识。那个融入西部人的文化心理结构下意识层中的"扶伏民"幽灵,使他更加自觉地穿上那件永远脱不掉的黑色囚衣,同时,他还以儒家的"天

---

① 参看余斌:《论中国西部文学》,载《当代文艺思潮》1986年第5期。

将降大任于斯人"的幻觉来做自我心理调节。这样，章永璘内心便产生了两个认同混乱：一个是和"左"认同，一个是和"土"认同。在落后的西部，环境的闭塞与民心的尚古，是习惯于用传统道德模式来约束自己的知识分子所易于接受的，这就给章永璘的"土"的认同——用"筋肉劳动者"否定文化和知识分子，实现"打成一片"提供了相宜的心理土壤。在中国，"封建"的链条将"左"和"土"这两个环节串联在一起，而又"土"又"左"的西部恰好为阉割知识分子准备了最充分的条件。在这样的典型环境中塑造出来的章永璘，充分表现了他的西部性。

在昌耀笔下，流放知识分子表现出另一种心态。由于诗人的灵感主要来自西部的山河、历史和人民，西部的荒凉与遥远会强化那些内地流亡者被抛弃、被遗忘的孤独感，但西部的野性和原始也是生命和创造力的象征，它可以给那些被摧残的灵魂注入新的活力。他认同"野性的大地"，认同"不朽的荒原"，认同这里的"台神"——人民："那些占有马背的人／那些敬畏鱼虫的人／那些酷爱酒瓶的人／那些围着篝火群舞的／那些卵育了草原、耕作牧歌的／猛兽的征服者／飞禽的施主／炊烟的鉴赏家／大自然宠幸的自由民／是我追随的偶像。"[①] 因此，如果说章永璘是罪人，昌耀诗的抒情主人公是企望得到、也得到了山川大地和人民群众救援的孤独的战士。由于得到了大地和母体的救援，这个戴着"荆冠"，穿着"垢辱的黑衣"的他，由"属于流放的一群"，转而为"他已属于那一片天空／他已属于那一方热土"，并且他"最后地将自己的归宿／系在这山野的民族"。这似乎是流放知识分子一种更为健康的灵魂。

王蒙笔下的曹千里，也是这西部流放一群中的一个。曹千里在流放中表

[①] 昌耀：《慈航》，见谢冕总主编、王光明分卷主编：《中国新诗总系》（7），人民文学出版社2009年版，第19—20页。

现出来的孤独是另一种色调,是被遗弃而不甘遗弃,是徒劳的却无法止息的追赶:

> 他梦寐以求那伟大的崭新的乐章的开始,谁知道,他竟然是不属于这个乐章的,他是不被这个乐队所喜欢的……他是一把旧了的、断了好几根弦的提琴?他是一面破了洞、漏了气、煞风景、讨人嫌的鼓?抑或他只是落到清洁整齐的乐谱上的一滴墨、一滴污水?①

这位落魄的知识分子仍然童心不泯,惦记着国家和人民的命运。而同样是西部流放一员的《在伊犁》中的王民,可以说是作者在那个历史时期的自画像,透露出一种渗透了忧患意识的、洋溢着爱的、温暖而略带伤感的幽默。《葡萄的精灵》说的是穆敏老爷做葡萄酒,其实是灵魂的象征。它蕴含着"夏的阳光,秋的沉郁,冬的山雪和春的苏醒";它像火一样有"劲",且又经历了伊犁河谷四季的煎熬,沸腾几次,再平静几次,终于净化,"晶莹剔透,超凡脱俗"。酿酒的艰难过程,是两种灵魂交汇的过程。一个是使葡萄汁翻滚的、"不安的灵魂",一个是蕴含着伊犁河谷葱郁与辽阔,"酸涩之中仍然包含有往日的充满柔情的灵魂";一个是个人的孤独和不安,一个是人民宽厚的爱。两相融合之后,个人的孤魂在伊犁河谷般宽阔的人民怀抱中,找到了精神的依托和归宿,净化为对人民深沉的爱。

寻访、踏勘、旧地重游,是张承志小说中最为常见的情节框架。有的论者说张承志笔下的主人公是"西部大地的精神漫游者",有的说是"行色匆匆的孤独的旅人"。"过去的某种遭遇、某段历史,往往成了人物走上路途作不息追寻的心理动机。他喜欢让人物处于动荡不安的漫游生活,然后让那些扑面而来的新鲜感受与原来陈腐、浅薄的念头在心灵中进行一番恶战。表

---

① 王蒙:《杂色》,见郭友亮、孙波主编:《王蒙文集》(第三卷),华艺出版社 1993 年版,第 152 页。

现他们命运的历史,一般则是通过对生活的横向截取去牵连起往昔的种种情思,从而在其背景上显出时间的跨度。更重要的是,人物内心生活的历时性又总是与某种地理环境相关联。那些山川大河、戈壁沙漠便理所当然地扮演着庄重而宁静的历史老人的角色,像那座老桥一样,联系着过去与明天。"①

有的论者说,张承志笔下的人物往往是一种"边缘人","从根本上说,白音宝力格是一个'边缘人'。他既非草原文化的产物,又很早脱离了他原来生活的圈子并且感到格格不入(从广义说,张承志作品的主人公都带有这种'边缘人'的痕迹),这就不可避免地决定了他悲剧性的命运冲突"。②结合张承志、杨镰的小说,以及大多数西部诗歌,我理解的所谓"边缘人",即指受过两种以上文化土壤的哺育,现在又往来于两种以上的文化圈,沟通着其间的信息,补汰着其间的优劣,在风尘仆仆的行旅中进行着自然、人生、社会、历史和生命的思考追索的人。

在张承志的小说以及西部诗的精神漫游者形象群中,人物表面常常处于一种思索的孤独之中,而那思索的内容却又是如何到人民中去、到实践中去,即非孤独的。表层和深层形成一种辩证的、对立状的统一。这些小说的人物和诗歌的抒情主人公,表面常给人一种隐隐的冷漠,但感情的深处,对人生、对人民却是温柔的、热烈的。问题在于,这是些思考者,在思考中,最终总有一种强有力的理性因素扩展开来,将柔情挤压下去。这也许是当代精神探索者的一个特征,有的论者对此做了很好的评述:"他们通常有高大健壮的身躯,有一张粗糙的脸;他们曾经打架、咽牙血,还用酒来温暖肚肠,吸烟并时常呛咽;他们一个人骑马徜徉;他们在山谷里,在河岸边独行;他们在烈日下或暴雨中晒着淋着,似乎在磨砺着自己的身体和意志。他们真的落落

---

① 颜纯钧:《张承志和他的地理文学》,载《文学评论》1987年第1期。
② 蔡翔:《在生活的表象之后——张承志近期小说概评》,载《当代作家评论》1984年第6期。

寡合吗？只要进入他们半敞开的精神世界，不难发现他们的感情之杯是满盛着的。然而他们已过了感情最为外露的年龄，变得沉郁而内向了。时间使他们趋于成熟，磨难使他们趋于理性，温情都化为记忆了。他们既赦免了年轻时的幼稚和过错，又不时在心灵深处重温美好的往昔。在张承志那些小说的表面，都有一个行色匆匆的孤独者，或重游故地、再别故地，或风尘仆仆、踏上征程。但在每个人的内心，对各自青春的记忆却是永恒，对各自的新信念牢固地维系于民族精神之上却是肯定无疑。特定环境所形成的孤独恰恰能最为充分地让主人公展开自己的回忆和思绪，以促使人们从个人身上发现一代人的追求、不满、向往和期冀，一代人的困惑、感慨、反思和成熟。这，难道还是一种孤独吗？"[1]

五、动态生存观对中国静态文化观的冲击

以上所说中国西部的游牧、移民、流放、盲流、游历等等生活，贯穿着一种生存观念，这就是动态生存观。

这种动态生存观和中国内地几千年的封建制度下的农业文化不同。封建宗法制的农业文化，涵养的可以说是一种相对静止的生存观念。和为贵、忍为高，实际也就是静为上。不忍、不和，则会产生种种激化状态的社会运动，在这种社会运动中，社会传播、文化交流日益深刻、广泛，社会竞争和竞争中的淘汰也日益加剧。这都加速了社会的变化，促进着社会革命的来到。这不利于封建统治者的政治统治，不适于封闭沉滞的自然经济形态，和那种不承认竞争、不承认才能、不承认劳绩的森严的封建等级制度格格不入，也为静止的生存观以及反映着这种生存观的生活方式、价值观念、思维习惯和心

---

[1] 吴亮：《自然·历史·人——评张承志晚近的小说》，载《上海文学》1984年第11期。

理定式所难以承受。尽管我们谈到的西部人动态生存观的以上种种表现，都远不那么完善，其中大部分甚至仍然和落后的经济基础、生产方式和社会现象联系、纠缠在一起，但是，从宏观的历史运动的角度来看，经过正负力量的各种抵消、平衡，我们应该承认这种动态生存观是社会进步的一种文化心理助力，它构成了对动态生存观的一种冲击、一种补充。它是历史发展中活跃的心理因子。这一点，从上面所举作品的分析中，已经可以看出来了。

这里再补充一个现实生活的例证。1987年9月，《中国青年报》连续登载了麦天枢、黎戈宁的新闻考察《西部贫困地区移民采访记》。国家为使甘肃中部和宁夏西海固干旱地区人民摆脱贫困，决定向沙西、黄河可垦灌区移民70万。从一个缺吃、缺穿、缺柴、缺水的地方，要搬到一个水土丰腴的地方去，国家准备好了基本生活条件，还按人口给以现金补助，又事先安排他们去新居住区参观了那里优裕的生态环境和老移民"一年定居，二年解决温饱，三年开始致富"的好日子。按常理，谁都愿意选择新的生活，结果却没有一个人报名，遭到了静态生存观和文化心态的抵制。道理是："人住惯哪儿哪儿好，穷就穷一点，穷日子安分。"在靖远县马塬，记者向人们说外面的世界，说新灌区的好处和原有移民今天过的好日子。一位汉子悠悠地说："嗨，人比人，活不成，人哪能比着好的过呢！"甘肃渭源县陡地沟不光灾害多，而且水质不好，大部分人患有大骨节病。可是全村人就是不搬，理由之一是："祖坟都在这山里头，活着的下去了，土里头的怎么办呢？"[①]这个材料，一针见血地道出了静态生存观和大锅饭、穷过渡的某种联系。

但是又要看到，这种动态生存观，又和西方，特别是美、澳、新这些新开发地区的动态生存观存在着千丝万缕的联系，一般不呈现为水火不容的对

[①] 麦天枢、黎戈宁：《难舍的祖宗之地——西部贫困地区移民采访记之二》，载1987年10月16日《中国青年报》。

立状态，而呈现为互补、交融的状态。自然，又正是在"动"这一点上，西部文化和西方文化有了某种衔接和交汇。

这个问题，我想摘编张承志和戴静的一次对话来说明它的复杂性。戴静是美国纽约的一位华裔律师。他们对话的题目就叫《"在路上"》：

戴：我十八岁去美国上大学……最让我兴奋的是美国有那么广大的土地，美国青年有一种招儿，叫"Hitch Hike"，翻成什么呢？"蹭车"，也许这么翻吧。我用这办法跑了不少地方。也许咱们使用"在路上"（英文是 On the Road），来当谈题更合适。这是美国文化意识中一个很重要的概念。美国人都是移民来的，他们的祖先也都是很富于冒险精神的。从美国历史上看：从东岸的定居到向西部的开拓，他们似乎一生出来就有了一个往前走的意识。没有太多对乡土的留恋，似乎越流动越好。美国人不象中国人，把"出门"看得很重……美国人根本不把出门看成一回事，说走就走。……人们说，美国文化有活力，我想，这是和"在路上"密不可分的。

张：我正在联想着我们的"在路上"……这些事直接与我们的文学，至少与我个人的经历与文学创作有关。提三个问题：

你觉得"在路上"和"在家"是一对相对立的词儿吗？

你觉得"在路上"就是"在家"吗？

你"在路上"的目的是不是最终想找到一个"家"？

戴：我对第三个问题的回答是否定的。至于什么是"家"，什么是"在路上"，我的理解是：什么地方有朋友，或是你对那地方有了感情，那地方就可以算作"家"。在中国，有人问我，"你家在哪儿？"我总是一时说不上来。我只能简单说我工作在纽约，但是我在纽约没有一个具体的地方。有段时期，我人在四川或西藏，东西和书却分别散布在北京、香港、密执安、亚特兰大，所以我说不出哪儿是家。我的家人也分布在三个城市。……我借用李欧梵的一句话：我是个在东西方文化中徘徊的人。在美国时我总想中国；而在中国又总想着美国。在这两个大的文化系统里，好象我很能安身，或是说很能进入角色。但是，我都没能获得一种彻底的"家"的感觉。

张：在我的感觉中，家的概念和路的概念是相当对立的。正因为家的概念总不能形成所以才去找路。或者我解释一句：《黄泥小屋》是人追求的最终目标。但是因为此世没有或是太艰难，因此人才不断地走……"在路上"是为了寻找安身安心的家。——而你的话，使我感到美国意识与我的不同。

戴：在马克·吐温的作品中，不是路，是条大河——密西西比河。这条河，包容了他一生的过程。那就是他的家，家就在筏上。你喜欢的歌手 Bob Dylan 总是唱到一个词，这你也注意过，就是 "Highway 61"，即61号公路；美国人听着他的歌，联想到在美国各地的公路上开车往前走。还有，美国有一首乡村音乐叫《又回到路上》（On the road again），歌手唱着：又回到路上了。歌里唱出的意思是：在路上才是他真正的家；一个固定的家反而让他觉得受拘束、不自由。……当然也可以反过来说他们没有根，没有很深的感情。有人批评美国人：见面对你很热情，不见面就把人忘了，这也是真的，这是美国社会的流动性带来的一种结果。

张：我自我感觉我在中国已经是一个相当典型的"在路上型"的人了。可能，一方面是经历造成的：在内蒙古牧区生活的影响。游牧民的本质就是移动，搬家——"家"本身是可拆卸的。一个蒙古包从拆卸开到车轱辘开始转动，只要一小时。另一方面是学习的影响：在大学我进的是考古学专业——考古是一种野外的学问……在外边跑……这些已经使我离不开"在路上"（？）这种东西了。对于"在路上"这个概念，也许中国人的理解与美国人的理解区别很大。在中国,是因为家的不发达,即"家穷",甚至"不蔽风雨",中国人模糊感到应该有个更理想的家,所以才走到路上。而实际上,在"寻求"这个过程中,因为家的并没有实现,人们又觉得"在路上"和"在家中"的区别更严重。……我也是一样,路走得越来越多,在外时间长了,就感到疲惫和想家。要出去,好象到了路上才能安心。而回了北京又不踏实,呆两个月又心烦意躁,又急急跑出去了。你看,多么可悲……

我认为:对一个优秀的中国艺术家来说,对"家"的感觉应当是极端强烈和敏感的。不仅《黄泥小屋》;我刚刚写完的长篇小说《金牧场》,也可以说写的就是一个找家的故事,有趣的是,它和你提出的题目 On the Road 互相关联,为了找家而迁徙不止。我不能理解,为什么有的中国作家对这个问题表现得那么无所谓和粗糙。……可是,我发现,比如斯坦贝克,无论是在《人与鼠》中或是在《愤怒的葡萄》中,他都流露了对"家"的强烈的依恋和追求。甚至我觉得,他在这一点上远较中国艺术家更敏感。

……现世中许多问题都与"家"相关连;很多丑恶、黑暗在本质上都是一种对"家"的破坏。你瞧,我总是不自觉地把很多问题都归结到"家"里面去,我想,这可能是一种东方文化……

……

我猜我明白了。美国式的"在路上",它的走,它的运动本身就是目的。美国人"家"的感觉不象中国人那么强烈。打动中国人或中国艺术家的与其说是"路",不如说是"家",尽管中国人的路也许走得更长,更充满惊险和浪漫,但中国人很难没有目的。[1]

---

[1] 戴静、张承志:《"在路上"》,载《文学自由谈》1987年第2期。

第十一章
中国和世界文艺格局中的西部文学

第一节　中国文学与世界文学大潮相迎合的一个重要表征

中国西部在近代是经济文化的落后地区，西部文学的实践在某种程度上可以说是落后地区开发、振兴文艺的一种尝试。但从整个文学发展的格局来看，可以说中国西部文学发展的实践，既是中国文学与世界文学大潮相感应的重要表征，又是中国文学在当代化过程中防止倾斜的一个有力支点。

一、各民族文学在交流中组构为一个整体的大趋势

马克思第一次提出并精辟地阐述过关于世界文学的观点："资产阶级，由于开拓了世界市场，使一切国家的生产和消费都成为世界性的了。……过去那种地方的和民族的自给自足和闭关自守状态，被各民族的各方面的互相往来和各方面的互相依赖所代替了。物质的生产是如此，精神的生产也是如此。各民族的精神产品成了公共的财产。民族的片面性和局限性日益成为不可能，于是由许多种民族的和地方的文学形成了一种世界的文学。"[①] 文学和文化从各民族、地域的圈子里突破出来，不但互相交流、共同发展，而且由原来拼接成世界格局的文学，真正交融为世界文学的有生命的整体，已经成为不可避免的历史趋势。钱念孙在一篇文章中，曾将各国文学的互相交流和影响，大致分为三个阶段："一是不同民族的文学彼此隔绝、单独发展阶段；二是邻近国家或同一语系的一组文学产生局部交往阶段；三是各民族文

---

① 中共中央马克思恩格斯列宁斯大林著作编译局编：《马克思恩格斯选集》（第一卷），人民出版社 1995 年版，第 276 页。马克思在这里说的"文学"一词，相当于"文化"一词的含义。

学普遍联系和互相影响阶段,即世界文学兴起和发展阶段。""从全球的整体性质来看,由民族文学向世界文学的发展,实质上使各国文学在性质上发生了由'无机体'到'有机体'转化的重大变化。"[①] 中国西部有它的特殊性,一方面它比较闭塞落后,另一方面它又迅速地跃入了先进的社会主义历史阶段,再加上它具有中西文化多层交汇的历史底色和与国内外一些地区的同构效应(即下面专门要谈的"类西部"现象),所以,文化交流的三个发展阶段,在中国西部文学中都同时存在着,即比起发达地区来,既显得闭塞自守,又和邻近国家或同一语系的文学,和自然、人文环境相类似地区和国家的文学有着较密切的交流,还和世界广大地区的文学以及各种世界性的文艺思潮、文艺实践开始了有益的接触。应该说总的发展趋势是正在逐步纳入世界文学的有机体中。

因此,我们不能不从中国文学和世界文学的总格局中对中国西部文学做必要的考察。当前文学舆论中有一种十分执拗的观点,似乎中国西部文学是美国西部文学的名词照搬,似乎中国西部文学的提法必然会混淆两种社会制度的文艺性质,以致许多人只好一味强调中国西部文学和外国类似文学现象的根本区别,而讳言中国西部文学和世界各国文学的交流,甚至不敢再提"西部文学"的概念。于是出现了一种难以理解的现象,当党中央、国务院在"七五"规划中明确将我国经济区划为中国东部、中部、西部三大块,经济战线正在加强探讨西部开发和西部协作,并且已经由西部各省政府出面成立了经济联络实体时,文学艺术却禁谈此题。笔者以为,在这种未必正常的情况下,我们更应该以马克思主义为指导,对西部文学与世界文学的确实存在的各种联系,特别是内在的深刻联系,做科学的探讨。

---

① 钱念孙:《马克思"世界文学"思想初论》,载《百家》1983 年第 1 期。

二、对世界文学和中国文学另一种分类：类西部现象

按不同的本质属性，可以对世界文学和中国文学做各式各样的分类，如从共时态看，当代世界文学可以分为现实主义、现代主义和民族主义三大潮流；而从历时态看，现实主义又可以分为古典现实主义、批判现实主义、社会主义现实主义和现代现实主义。为了考察西部文学在世界文学和中国文学格局中的地位，我们试着对世界文学和中国文学做另一种分类。未必很科学，主要是为了说明问题。虽然这种分类并不完全是从地理位置上着眼的，但恰好在地理上表现为经度上的区别，又恰好都是三类，姑且称之为对世界文学和中国文学的一种"纵向三分法"。

按这种纵向三分法，世界文学，一种是欧洲文化的产物，一种是东方文化的产物（这主要在亚洲），这两类都有较悠久的历史传统。还有一种，则是文化交汇的产物，这主要指美、澳两大洲的文化。因为这两大洲的文化主体，是杂居移民从世界各地引入交汇而成的。这一类文化，历史只有几百年，却有很强的活力。这三种文化在当今世界上已经三分天下。过去，包括文学在内的欧洲文化，由于受惠于史学界的欧洲中心论，显得地位显赫，成就卓著，以致使实际上与其不分轩轾的东方文化（文学）没有得到足够的评价。这种偏颇正在得到纠正。20世纪70年代以来，正如日本美学家今道友信在探索东西方艺术总体走向时曾经提出来的，"东西方艺术的逆现象同时展开"。他认为："东、西方关于艺术与美的概念，在历史上的确是同时向相反的方向展开的。西方古典艺术理论是模仿再现，近代发展为表现。……而东方的古典艺术理论却是写意即表现，关于再现即写生的思想则产生于近代。"①

中国文化也可以做这样的纵向三分：一类是中原文化，中华民族的主体

---

① 今道友信：《关于美》，鲍显阳、王永丽译，黑龙江人民出版社1983年版，第74页。

文化，凝重而端庄。另两类是边沿文化。东边是沿海文化，是主体文化和"海上丝绸之路"（泛指历代东渐的西方文化）带来的文化信息交汇的结晶，活跃而轻灵。西边就是西部文化，是主体文化和"陆上丝绸之路"（亦泛指历代的文化交流）带来的文化信息交汇的结晶，沉郁而雄健。这三种文化，在中国文化格局中也成了鼎足之势。

按照这样大体的划分和大体的概括，可以看出，世界文学和中国文学在格局上出现了某种同构现象。南北美洲、澳洲和中国西部在各自的文化格局中，处于同位点上。它们的文化和文学，必然要产生某种同构效应——在相互感应中，由相似、相关导致交流、交汇。这种同构效应使国内外的文化地图上，出现了一种"类西部"的文化现象。

"类西部"现象，是指在气质和形态上和中国西部文化、中国西部文学存在着某一方面的类似，地理位置却又不在西部的那些文化和文学现象。笔者在1985年春最早谈西部文艺的一篇短文《美哉，西部》中，就谈到，在纵贯南北美洲的落基山脉两侧的大原野和大丛林，在加拿大育空河畔的雪原冰山，在澳大利亚广袤的大草原，在非洲撒哈拉大沙漠和中部大峡谷，在苏联中亚细亚和西伯利亚，以及在中近东，我们都可以感受到那种雄奇豪阔的西部气质。在艾特玛托夫、马尔克斯、斯坦贝克等当代文豪和库柏、惠特曼、马克·吐温等大师的作品中，我们也可以感受到从题材、从风格、从艺术手段各方面蒸腾出来的某种属于西部的美质。甚至在梅里美的《嘉尔曼　高龙巴》、莱蒙托夫的《当代英雄》和托尔斯泰、肖洛霍夫描写顿河哥萨克生活的作品中，我们不也能感知到这种美质吗？张炯在他的《世界格局中的当代中国文学》[①]的论文中，认为战后对全球思想文化影响最大的力量有三支，一是西方人道主义的人生观、价值观，二是马克思主义的人生观、价值观，

---

① 载《文艺争鸣》1986年第3期。

三是民族主义的人生观、价值观。这三种思潮在文学界的代表依次为卡夫卡、艾特玛托夫、马尔克斯,其中有两位(后两位)就在"类西部"或"泛西部"气质之列。

在国内,我们从内蒙古草原、大兴安岭的原始森林、北大荒的屯垦戍边一直到生产建设兵团对云南、海南岛的热带丛林开发,从内蒙古民族作家的作品中,到梁晓声等北大荒作家和孔捷生等岭南作家的某些作品(如《今夜有暴风雪》《雪城》《大林莽》)中,也同样能感受到这种"类西部""泛西部"气质。近年来,这些作家创作的影响日渐增大,和西部文学遥相呼应,成为新时期文坛上极有实力的一群。可以说,在遥远的国境线上,在神奇的小村镇和小毡房里,在民族与民族交汇的地方,在现代文明和淳朴的农牧村社生活交汇的地方,在待开发的"息壤"上,在不息奔波的旅途上,在人独处于大自然中的时候,在人沉浸于浓重的宗教感的时候,在人的原始生命力得到张扬而现代社会给予他的压抑得到某种解脱的时候。或相反,在原始生命力一直处于舒张却乍然进入各种现代社会的文化规范中的时候,等等,等等,都容易产生"类西部"生活和"类西部"文学现象。也许正因为如此,一位当时还在复旦大学学习的中文系学生,在自己的学年论文中,将上述所有国内外的"类西部""泛西部"文学现象,都划入西部文学的范围,认为西部文学是一种国际性的大区域文学,实际上就是"息壤文学"①。他的分类由于失之过泛,不利于问题的深入展开,但他对"西部现象"敏锐的感觉和进言的勇气,却又分外可嘉。

三、美国西部文学和中国西部文学的比较

关于美国西部小说、西部诗歌和西部电影与中国西部文学的比较研究,

---

① 黄辉在《中国西部文学》杂志的实习报告《西部文学论稿》(油印稿)。

近年来已有一些文章涉及。① 我们在这里只能综合地做一点简约的介绍,并从介绍中引申出和中国西部文学研究有关的结论。

美国西部文学是随着新大陆移民的"西进运动"发展起来的。滚滚如潮的"西进运动"为西部带来了勤于拓荒、工于采矿、乐于狩猎、善于放牧的人流,以及唯利是图的投机商人,浑水摸鱼的冒险家,枪手和罪犯。西部的开拓者一方面要跟大自然斗,另一方面要对付贪婪成性的盘剥者和穷凶极恶的不法分子。这一切构成了最初的创作源泉,使西部文学的各种流派应运而生。当时主要有三种:以库柏为代表的绅士派文学,作品大都反映边疆生活,采用本民族题材,虽然最先一鸣惊人,推动了美国本土文学的发展,但没有摆脱英国绅士派文学的束缚;以欧文·威斯特为代表的西部浪漫派文学,该派创传统西部文学之先河,主要作品均被后来产生的"西部电影"搬上了银幕;以马克·吐温、布莱特·哈特、加兰、桑德堡等作家、诗人为代表的现实主义文学,则生动细致地描绘出了西部拓荒、采矿以及工业革命的时代画面。

从人物形象系列的发展线索看,美国传统的西部文学。大致也可分为三类:美国西部文学的雏形是浪漫的印第安人形象系列,西部印第安人的神奇特征,他们别具一格的生活方式、宗教信仰以及白人对印第安人的屠杀,都成了小说家涉猎的对象。印第安人成了美国式浪漫的中心人物。这些作品,一方面把印第安人理想化、完善化了,另一方面又表现出浓厚的文明社会的优越感和猎奇心理。詹姆斯·霍尔是写这类题材最有影响的作家,评论家认

---

① 如张凌、樊怀生的《美国西部文学的背景和概貌》,艾克拜尔·米吉提的《西部,西部——试谈对中美西部文学的看法》,阿灵、阿什河的《美国西部文学浅识》(以上分别见《中国西部文学》1985年第11期,1985年第10期,1985年第5期);王约西的《〈孤鸽镇〉与美国西部小说》(《文学报》1987年9月24日);张凌的《美国西部传统文学管窥》,杨中明的《从比较历史的窗口看中国西部文学的精神气质》,浩明的《中美西部诗歌之比较》(此三篇系伊犁中国西部文学研讨会论文);以及关于中美西部电影的大量论文。

为堪与美国文豪霍桑和爱伦坡相提并论。美国西部文学的发展是独来独往的大山人形象系列,他们对美国西部做了第一批开拓性远征,横穿沙漠,为大山命名,在印第安人中间混居、打猎、做生意,被称为白肤印第安人。他们传奇式的遭遇,独来独往、无拘无束的生活方式以及个人英雄主义精神和强者的体魄和品格,即欧文说的大山人的"罗宾汉风度",通过西部作家的笔一时成为美国社会的红人。最早一部以大山人为主角的小说是蒂莫西弗林特的《肖松尼峡谷1880》。最负盛名的大山人是基特卡桑,不但许多作家为他写了传记,他自己也写过自传和回忆录,描绘了许多大山冒险的经历。被《北美评论》称为"我们时代第一流天作品"的库柏的著名美国西部系列小说《"皮袜子"故事集》(五部曲)集中反映了西部大山人的生活,其中的《拓荒者》为作者取得了世界声誉。美国西部文学的成熟标志,是叱咤风云的牛仔形象系列的出现。最早的牛仔故事名为《得克萨斯的牛仔》。影响最大的写牛仔形象的作品是欧文·威斯特的小说《弗吉尼亚人》。《弗吉尼亚人》所以堪称美国西部小说史上的里程碑,不仅仅在于它成功地塑造了第一个浪漫的牛仔形象,为后来者所模仿,还在于它所阐明的主题几乎可以用来解释所有西部边陲的传奇故事,即西部边疆法网稀疏,如果执法者无力镇压犯罪分子,个体边疆居民(典型的西部英雄)就必须自己用武力来保护自己,即使暂时触犯刑律也在所不惜。它所使用的浪漫笔法,具有骑士风度的牛仔与亭亭玉立的女人的爱情插曲,提供了牛仔故事的范本。美国西部牛仔形象,后来经过西部电影的传播,为美国人以及世界上许多其他国家的人所崇拜、倾倒。亨利·基辛格就曾用牛仔来形容他的成功之道,并认为西部传统的浪漫传奇是经久不衰的奇葩。

如果说美国传统西部文学是以创造牛仔、枪手等系列形象的浪漫精神造成了广泛的社会影响,那么,布莱特·哈特、马克·吐温、加兰等人则描写了淘金者、农民的生活,给美国西部文化注入了幽默感和真实感,使之进入了更为深刻的现实主义的阶段。反映西部生活的小说《加利维拉县驰名的跳蛙》，使马克·吐温真正步入文坛，而他的代表作，被海明威评价为"全部美国文学来自一本马克·吐温的叫作《哈克贝利·费恩历险记》的书"①，也显著地吸取和表达了西部乡土文学中幽默故事的精髓，可算作美国中西部文学的精品。随后，加兰撕去了以往作品将西部拓荒描绘成一派田园风光的假象，真切地反映了拓荒农民的艰辛，读来催人泪下。而诺贝尔文学奖获得者斯坦贝克的《愤怒的葡萄》，则更以鞭辟入里的笔触，通过约德一家的命运，描绘了20世纪30年代大批农民在经济危机中破产西迁的悲惨遭遇，展现了垄断资本主义时代广阔的社会背景和阶级矛盾，荣获普策利奖，被誉为"20世纪美国最伟大的小说之一"。美国西部文学的主流，汇入了"要大胆地描写自己所生活的环境中的材料"的现实主义文学潮流。与此同时，美国西部片也由浪漫的经典西部片发展到反映社会生活逐步真实、深刻的成年西部片，又进而发展到带有现代色彩的反英雄的心理西部片。

从上述简约的介绍，我们可以看出美国西部文学，或扩而言之为美国西部文化的一些主要特征，譬如：

一，美国西部精神实际上就是美国民族精神，就是美国精神。1830年美国历史进入了向西部接近、开拓的阶段，直到1890年才终止，先后经历了近一个世纪。由于美国土著文化还停留在原始状态，加之资本主义开发对这块土地残酷地摧残，古老文化几乎被铲除，得由新型的美国人来填补、建设。各国移民共同向西部开发，不但造就了具有独特风格的西部文学，更造就了美国的疆土版图，造就了数代美国人竞争进取的、开发开放的、勤劳求实的、独立自主的、合作交流的民族性格或曰"美国精神"，"一部美国史大部可

---

① 引自1935年海明威的《非洲的绿色群山》一书，第22页。

以说是对大西部的拓殖史"。① 美国西部的这种开发，由于是整个美国民族的事业，便成为美国民族精神的体现。"拓荒在形成美国的民族性上起了头等重要的作用……意味着有可能挣脱旧文明的束缚，向广漠无垠的大地迈进，在新兴城市中飞黄腾达，出人头地。""美国是一个熔炉，各个种族一经汇合在一起，这只熔炉就会倒出不折不扣、道道地地的美国人来。"② 这一点和我国有所不同。我国民族精神的主体和核心是由汉族聚居地的中原文化、农业文化、儒家文化涵养而成的，中国西部文化只能算中华民族文化的一个有机组成部分，或者说是它的西部边缘部分。从类西部、泛西部的角度看，美国整个都是西部，在中国，西部仅仅是西部。中国西部文化本身，由于各民族的共同创造，有着深厚的历史传统，灿烂的艺术结晶：在千百年的共同创造和交流中，各民族文化、各宗教文化和农牧文化水乳交融，构成了有自己特性的稳态的文化模式。这个模式呈现出一种趋于封闭的结构，既不能抛弃，又不能很快使其开放，因而只能在已有基础上，在历史发展的进程中，逐步地改造、变革。但是，美国西部文学给我们一点很重要的启示是文学只有在整体上反映民族的实践活动，表现特定时代的民族精神（也就是时代精神），才能在人民群众中产生广泛的影响，在社会生活中显示自己的力量。

二，美国的西部开拓，是资本主义的开拓，政治上的扩张，经济上的掠夺，组织上的自发（个体和群体的自发），以及思想上的唯利是图、个人英雄主义、个人奋斗道路，成为美国西部精神，从而也是美国西部文学鲜明的特色。这在特定历史阶段虽有一定的积极性，在历史发展的长河中终避免不

---

① 中国美国史研究会编：《美国史论文集 1981—1983》，生活·读书·新知三联书店1983年版，第136页。

② 安德烈·莫鲁瓦：《美国史——从威尔逊到肯尼迪》，复旦大学历史系世界史组译，上海人民出版社1984年版，第8、5—6页。

了其阶级、时代的局限。这种局限不仅在进行事后的历史评价时能够明显地看出来，就是在当时，也给美国的西部开发事业带来了种种弊病，例如对自然生态恣肆的破坏，对印第安和本土居民残酷的掠夺，由于自发开发引起的各种混乱和矛盾（甚至经常引起大大小小的武装冲突），在竞争性开发中尔虞我诈、投机冒险、杀人越货等个人主义的恶性膨胀对社会道德的消极影响，等等。可以说，资本主义社会的一些先天性疾病，无一不在美国的西部开发、西部精神，从而也在美国西部文学中表现出来。这一点和我国也极为不同。我们现代的西部开发是通过社会主义农业牧业合作化道路，组织中国西部包括汉族在内的各兄弟民族共同进行的，再辅之以社会主义制度下有组织、有计划的移民屯垦。和资本主义的扩张掠夺、自发竞争截然相反，社会主义和民族大团结是现代中国西部开发的两面大旗，而团结合作振兴西部的集体英雄主义则是它的思想基础。这个区别，就是外国的学者也注意到了。加拿大女王大学英文系罗伯特·C.科斯贝教授在他的论文中明确指出："在美国西部，欧洲人的突然入侵摧枯拉朽地扫荡了几乎所有的最早的西部居民——印第安人和墨西哥人，所以，那块土地上的古老的文化对于后来发展起来的新文化几乎没有什么影响。与此形成鲜明对照的是，在中国的西部，虽然汉族与少数民族在经济生活和文化传统上存在着显著的差异，但他们仍然在为建设一个崭新的世界而团结奋斗，少数民族人民既保持着古老的民族文化，又是新生活的建设者。"[①] 中国古代的西部开发，虽然处在封建制度下，也常常是有组织的移民屯垦和戍边相结合，像清代。而且十分注意与当地民族的团结合作、和衷共济，历代汉族朝廷和西部、北部少数民族之间的和亲，著名的如文成公主、金城公主、王昭君、蔡文姬等等，也许可以证明这一点。

---

① 罗伯特·C.科斯贝：《西部情调随想》，高鹰译，载《中国西部文学》1985年第1期。

另外，自古到今，我国也有一部分自发的（自流的）西部开发者，如前述具有积极意义的"盲流"，终究构不成西部移民的主体。即便是这一部分人，也都是中国文化环境的产儿，很少带有美国西部的牛仔色彩。

三，美国自有了西部文学，才有了现今意义下自己的民族文学。而随着西部文学的日趋成熟，美国文学方才以一个具有独特性的、成熟的文学姿态走向世界，直到形成今天令人瞩目的美国文学。也就是说，美国文学在社会上的影响、在世界上的地位，相当程度上是由它的西部文学奠定的。威勒德·索普认为"'西部小说'是美国对世界的一大贡献"。① 很明显，中国西部文学在我国文学格局中目前还远没有这样的地位，大概今后也难有这样的地位。这不仅是指目前我们还没有像美国西部文学那样的创作数量和质量，没有美国那样具有世界影响的作家作品，而是指，既然中国西部精神不能像美国西部精神那样构成民族精神的主体与核心，那么，对这种精神的审美创造也就不可能成为整个民族文学艺术的主体和核心。我们研究中国西部文学，应该以科学的态度将它放在一个恰当的位置上，才能有利于它的发展繁荣。否则，过犹不及，过分地夸大它的作用和影响，反而不利于它的健康发展。但是，美国西部文学扎根于本民族的生活，注重表现本民族的特色，终于自立于世界文学之林，对我们很有参考价值。看来，中国西部文学首先作为一种民族文学的实践，而不要搞成外来观念的横向移植，是应该引起我们注意的。

四，美国的西部精神随着时代的发展，是不断变化的。作为这精神审美形态的西部文学，也相应地变化着。表现为西部文学历时态的发展线上，一个个浪潮迭起，在自我调节中更新自己的面貌，以保持在国内外文坛上的影

---

① 威勒德·索普：《二十世纪美国文学》，濮阳翔、李成秀译，北京师范大出版社1984年版，第12页。

响。最初,"西部文学"充满了开发者的浪漫主义气息,作品洋溢昂奋向上、勇敢正直之气。进入 20 世纪初之后,"西部开始意味着某些新的东西:一块逐渐失去繁荣的土地。一度有着美好未来的广阔天地,突然成为过去历史的一部分"①。生活的变化很快引起作品由浪漫向现实的转化,主人公由浪漫的印第安人、大山人向牛仔们的转化。到 20 年代以后,各种文学流派在美国迅速发展起来,西部文学成为各流派中的一支,再不能像以前那样成为美国文坛的象征了。这时,斯坦贝克又跳出原有的路子,给西部文学注入了新的生命和活力。他的代表作《愤怒的葡萄》以真切入微和鞭辟入里的笔触揭示了资本主义内部的难以克服的矛盾,反映了以往美国西部文学所没有的内容,引起世界的轰动。与此同时,在西部电影中,英雄形象也不断收纳着美国社会生活和时代思潮的变化,经历了几个不同的阶段:20 世纪四五十年代的成年西部片比之初期经典西部片,理想色彩、神话成分开始减弱,由对英雄形象的颂扬转入对社会不平的控诉,对资本势力的暴露。西部英雄仍是主要人物,他的目光已不在拓荒上,而在寻找个人价值。世态的炎凉已经使他们对自身的存在如此发问:"我到底是个什么样的人?""社会需要我吗?"而到了 20 世纪 60 年代的心理西部片中,主人公已经大多悲观厌世,找不到出路,成了滥用暴力或以武力寻求色情刺激的人物——实际上已经穿着牛仔服的现代颓废派了。美国西部文学不死守既定模式和风格,随着时代生活的发展而相应地更新自己,对我们是有启发的。同时也要看到,发展到今天,美国的西部精神已经失去了资本主义上升时期的活力,渐趋没落了。这又是我们在借鉴他们时不能不鉴别的。

以上我们从美国西部文学的特点,谈到了和中国西部文学的不同以及对

---

① 威勒德·索普:《二十世纪美国文学》,濮阳翔、李成秀译,北京师范大学出版社 1984 年版,第 8 页。

我们有启发的地方。除此而外，美国西部靠太平洋，和中国西部的标准内陆区这种地理位置的不同也会在各自的文学中反映出来。但中国和美国两个西部及其文学的共同点也是很多、很显著的，像大家都谈到过的，自然风貌的类似（山河之源，黄金之邦，高山、大河、草原、森林、沙漠的宏伟组合），民族聚居的类似（美国西部除了原有的印第安人、墨西哥人之外，还居住着撒克逊人、黑人、波多黎各人、印度人，中国、日本、菲律宾人，也可以称为人种博览会），垦殖历史的类似（两国西部的大规模开发都在18世纪初叶，即清代），文化交汇的类似（美国是各国移民文化的交汇），以及在文学作品中表现出来的阳刚审美气质、浪漫色彩、自然意象、命运感和人生感、硬汉强者性格以及手法上的种种类似。中、美两个西部的这些类似，使得我们无法回避它们之间的同构效应或交流互补。惠特曼对中国西部诗歌的影响是众所周知的，而美国当代诗坛对"中国诗风"的热衷，也世所公认。恩斯·默温甚至认为："到如今，不考虑中国诗的影响，美国诗无法想象。这种影响已经成为美国诗歌传统的一部分。"布鲁斯·威利克在《美国诗从惠特曼到桑德堡》一文中，干脆将"意象主义这个中国龙"与"象征主义这条法国蛇"相提并论，视之为美国诗歌外部影响的两个主要来源。[①] 看来，倒是应该鼓励和引导两国西部文学的交流，在交流的实践中互相学习又互相区别，逐步摸索自己的路子。有一点大家都是清楚的：所有这些类似，并不是横向交换、移植的结果，而是从各自国家与民族的土壤中长起来的。虽然精神的东西在具有了一定的形式之后，便取得了相对独立性，但一旦离开它们的母体，枯萎当然便是这些精神花朵的唯一结果。

---

① 转引自浩明《中美西部诗歌之比较》一文，该文系提交伊犁中国西部文艺研讨会论文（打印稿）。

四、苏联西伯利亚文学与中国西部文学的比较

苏联的西伯利亚是指苏联的亚洲部分，由乌拉尔到太平洋沿岸。其中乌拉尔到叶尼塞河流域的西西伯利亚（主要是苏联的中亚细亚）和我国新疆接壤。这里的自然风貌、人文习俗和新疆一带十分相似，也是苏联远东和中近东各民族聚居的地方，有许多民族，像哈萨克、俄罗斯、乌孜别克、塔吉克等族，同时分布在国境线两侧，同文同种，历史上经常互有迁徙，民间更是来去自由。在沙俄时代，对于俄国的内地——欧洲部分来说，这里也是远僻荒蛮的去处，常是流放者出没的地方。① 十二月党人、彼得拉舍夫斯基派、革命民粹派以及后来包括列宁在内的俄国无产阶级政党领导人，都在这里流放过。其中还有柯罗连科、车尔尼雪夫斯基、冈察洛夫、陀思妥耶夫斯基、契诃夫等著名文学家。正是这些流放者才使得西伯利亚文学接受了俄国进步文学的影响，于19世纪开始起步，但在十月革命前后还不成气候。

直到1928年，西伯利亚作家代表大会召开，才正式提出了西伯利亚文学这一概念。据马建勋介绍，当时也是经过一番争论，最后才取得了一致的看法，认为不管承认与否，也尽管西伯利亚文学还不够强大，总是一种客观存在，有它独特的内容和艺术特色，是以反映西伯利亚的生活为创作题材的地区性文学，又是俄罗斯文学的有机组成部分。这和中国西部文学提出的情况何其相似。高尔基当时曾热情地鼓励："既然西伯利亚在科学界出现了门捷列耶夫，在艺术界出现了苏里柯夫，那么文学界为什么就不能出现这样的大师呢！我以为，我们未来的大小说家将在西伯利亚人之中诞生。"这一预言不到半个世纪就实现了。一支包括法捷耶夫、马尔科夫、艾特玛托夫、伊凡诺夫、帕夫洛维奇、舍斯塔洛夫（曼西人）、霍泽尔（那乃人）、科克舍

---

① 此段关于西伯利亚文学的情况，引用马建勋《苏联西伯利亚文学与中国西部文学》中的一些资料，载《中国西部文学》1986年第4期。

夫（阿尔泰人）、多莫扎科夫（哈斯卡人）等著名作家在内的、由各民族作家组成的西伯利亚文学队伍出现了。19世纪30年代，高尔基又说："我们必须注意各地区的文学，尤其是东西伯利亚和西西伯利亚的文学，应该把它置于我们的视野之内。"这以后，发展更加迅速。仅在《西伯利亚和远东文学书目索引》一书中提到的卓有成就的作家就有286人之多。其中影响较大的有阿扎耶夫（《远离莫斯科的地方》）、马尔科夫（《大地的精华》《啊，西伯利亚》）、扎雷金（《在额尔齐斯河上》）、拉斯普京（《活着，可是要记住》）、舒克申（《红莓》）、顺季克（《快脚鹿》）、谢穆什金（《阿里泰到山里去》）、科普佳丽娃（《在乌拉尔河上》）、雷特海乌（《白雪》）、桑基（《狩猎时节》）、多莫扎科夫（《遥远的山村》）、巴若夫（《孔雀石箱》）等，形成著名的西伯利亚文学流派。

比较起来，苏联的西伯利亚和中国西部的相似之处似乎多于中、美中部。中、美两国西部在自然风貌、多民族聚居、交汇型文化和大规模垦殖等方面的类似，西伯利亚地区无一不具备。此外，这里和中国西部毗连一体，成为世界上最大的内陆区，而不像美国西部靠海。本地民族文化和中国一样，具有深厚的历史传统，因而新的西伯利亚文学也是在各民族文化基础上和现实生活交汇的结晶，不像美国是在摧毁土著文化的基础上搞全新的移民文化。还有，也许更重要的是，由于社会主义制度的全民性、计划性，苏联对西伯利亚的开发，基本上也是采取有组织、有计划的国有农场或集体农庄的边疆屯垦，而且比较注意发挥本地区各民族的积极性，这也和中国更为相近而和美国有了区别。从文学的角度，中苏也更为相近。西伯利亚文学题材广泛，反映社会主义建设者对这个地区的开发占了突出地位，历史题材也占了相当位置，并且注意了表现在开发自然"息壤"的同时，也开发内心的"息壤"。西伯利亚的自然生态和我国西部的阿勒泰、塔城、伊犁一带，十分相似。对人与自然关系的描写引起许多作家的兴趣。在描绘这一地区的现实生活和历史生活、文化习俗和自然风貌的基础上，西伯利亚文学着力塑造了崭新的人和崭新的西伯利亚性格，苏联人称为"大性格"即指这类形象的严峻豪迈、刚毅强健而言。这些都和我国西部文学创作有许多类似的地方。

　　以此之故，苏联西伯利亚文学和我国文学之间的互相影响交流不可忽视。20世纪50年代，苏联反映远东和中亚社会主义建设的作品，如《远离莫斯科的地方》《阿里泰到山里去》《共青城》《孔雀石箱》等，在我国广为流行，对我国"十七年"反映社会主义建设和西部开发的作品是有影响的。那以后，中苏文化交流几乎中断，但相互的影响却一直存在。艾特玛托夫和马尔科夫的作品在我国的风行就足以证明。吉尔吉斯族的艾特玛托夫，作品中表现出强烈的民族色彩和地域文化感。他善于汲取民间文学的传统，把民间传说、神话故事与现实生活结合起来，并以洋溢着热情的描绘使小说带有了强烈感人的抒情色彩。他获得列宁奖金的小说《查密莉雅》和《白轮船》在我国早已脍炙人口。他的作品对我国新时期许多作家，特别是西部文学作家都具有深刻的影响，"在张贤亮的《绿化树》、在张承志的《黑骏马》中，都可以看到这种影响的痕迹"[①]。

---

　　① 张炯：《世界格局中的当代中国文学》，载《文艺争鸣》1986年第3期。

第二节　中国文学当代化过程中防止倾斜的一个支点

一、当代文学的两种倾斜态势和西部文学的预应力

中国新时期文学的宏观格局基本上是两大块——现实主义为基点的创作、理论和具有现代主义倾向的文学。这两大块，在文学的继承与发展、传统与革新、普及与提高、群众化与"当代化"、民族性与世界性、主体性与客体性等一系列问题上，双方中的大多数都持"两结合"的态度，却又都有明显的侧重。也有少数同志在两极立论，按照这种两极的观点，新时期文学必定要出现这样那样的倾斜，虽然这种倾斜不一定就是坏事。我以为在这两大块中，西部文学的实践持了一种比较中和的态度。西部深厚的历史文化传统，使得它既有容受各种外来文化的气魄，又有整合、消化、吸收它们的强大机制。西部多色交汇型文化，使它既有在多方面接收新异信息的传统，又有让这多色文化在自己的肌体内碰撞、竞争而逐渐趋于最佳轨道的传统。西部在当代，特别在新时期的急速开发，更多地要求文学的当代化，但西部在近代经济文化的落后，人民群众接受主体一般水平的偏低，又要求审美客体和审美主体之间不能过分地拉开距离。所有这些，对作为一个群落的西部文学起着促发和控制的双重作用，使它成为中国文学当代化过程中防止倾斜的重要预应力。

二、平衡一：传统与当代的糅合

从作品的生活内容来看，反映新时期生活的变化和人的变化，在总体上占主要地位。即使是那些写古朴、荒蛮生活的，也大多能以当代观念去观照。虽然这里是当代生活的那些被遗忘的角落，却可以听到当代生活浪潮在远方

的涌动。有的论者认为，新时期文学中的北京作家群和湖南作家群，是以他们分别从中国社会的两极——知识分子和农民去落笔，而形成双峰并峙的局面。"恰恰是在农村与现代文明的结合部，在北京作家群和湖南作家群的内在联结点上，陕西作家群（路遥、贾平凹、陈忠实、邹志安、京夫等）找到了他们自己的沃土"，"湖南作家群长于反思历史，站在今天所达到的思想高峰上鸟瞰昨天的踪迹"，"陕西作家群则在捕捉生活中的新信息、快速追踪农村中的新变化上见出优势"。湖南作家群爱选取传统心态强大的封闭山区；陕西作家群笔下的山区总和城镇相连，向现代文明靠拢。湖南作家群笔下的女性，仍在传统生活道路上运行；陕西作家群笔下的农村青年，传统的价值观念正在和富有进取性的新的价值观念相交织，并逐步被替代。[1]这是很切实的看法。

西部作家中中青年一代的作品里，不少具有寻根色彩。他们的这类作品常常具有如下的特点：大多通过当代生活去寻找根之深远。从古代与现代，文明与荒蛮，人与自然，灵与肉的交叉中，多层面、多角度去追溯我们民族复杂而庞大的精神根系，而不局限在展示国民脑后那根不雅的辫子，突出地显示了整个根系的主干，是深深埋藏在一个古老民族、一块古老土地中的伟力，虽然经过岁月的消耗、地层的堆压，这伟力仍然带着西部的野性的活跃和强韧。而对那些暂时还弥补不了的现实缺陷，也少有怯弱者的怨天尤人和孤傲者的悲天悯人，常以西部方式寻求超越——在这些方式中，西部大地的沉寂和宽容，西部人入世而又出脱的幽默，久远的历史经验所形成的静观待变心理，世代的忧患意识遗传给西部人的对艰难困苦的超负荷能力，对力的膜拜凝结成的自信、豁达等，都是我们在作品中经常能够见到的。

---

[1] 张志忠：《论中国当代文学流派》，载《中国社会科学》1985年第5期。

三、平衡二：现实主义的当代化和现代主义的东方化

从艺术观念和创作方法来看，基本上是现实主义的当代化。杨牧说他"信奉现实主义"，又希望"在现实主义的砧木上嫁接一点别的东西"。他寻找着"一条在现实主义的土地上，既能连着民族传统又有某些现代手法，真正属于现代中国读者的路"。杨牧的追求在西部诗歌的创作中具有代表性，也说出了西部作家共同的声音。西部诗不再是对奇异风习和民间史诗等等的再现，也不是抒情主体纯内心的自我写照，而是物我互照，主客体认同。这使它既和17年反映西部生活的新诗区别开来，也和同时代的"朦胧诗"和"现代史诗"区别开来。诗评家谢冕指出，西部诗"较之后者现实性触发的因素更为鲜明：他们直接呼应现实生活的召唤，他们自觉地把握着现实的使命。西部诗的创作方法并不纯属于现实主义，但它拥有深层的现实主义精神"①。

无独有偶，文学界有人戏称"陕西作家群"在艺术观念和创作方法上是"正统的解放派"，即现实主义基础上的革新。贾平凹在不少青年作者忙于汲取西方文艺思潮的新信息时，却埋头到中国哲学、中国美学中去找新矿，找中西艺术观在历史上游的交汇，这使当代生活精神和当代艺术观念在他的笔下能以地道的中国打扮出现。张贤亮的作品当然是现实主义的，却也散发出异香异味，对灵与肉高度哲理的象征，竟然在充分现实主义的描写中找到了自己的形态（如马缨花对章永璘灵与肉的双重绿化，黄久香只能满足一个以文化为本质的人的一半而不是全部，于是所出现的灵与肉的分离）。还有那在再现性描写中插入的荒诞手法（如《男人的一半是女人》中作为象征物的阉马突发人语），都可以看出西部作家将现实主义的开放、革新和现代主义的吸收、改造结合起来以适应现代生活和现代审美思潮的可贵努力。

---

① 谢冕：《崭新的地平线——论中国西部诗歌》，载《中国西部文学》1986年第1期。

四、平衡三：追求美的综合性、整一性

从艺术美的追求上来看，一些西部文学作品开始致力于美的整一性和综合美的探求。美本来是以一种多维的、整一的、综合的形态散存在生活现象之中的，由于不同艺术样式（如文学、音乐、绘画），不同文学体裁（如小说、诗歌、散文、杂文），不同审美形态（悲剧、喜剧、正剧、闹剧）的分立，我们在创作中总是从专一角度来凝聚生活美的，这无疑加强了艺术美的浓烈程度和冲击力，亦即毛泽东说的比普通实际生活更高，更强烈，更有集中性，更典型，更理想，更带普遍性。但也要看到，在创作过程中这种审美形态、样式体裁的专一角度不可避免地会对生活美做这样那样的肢解，而破坏生活美原有的多维性、整一性、综合性。以此故，我以为新时期小说创作正在出现两个层次的综合趋势。

第一个层次的综合，是不同艺术样式的语言和描写手段经过整合被吸收，成为小说创作的有机组成部分。这一点，西部文学有着有利条件。西部自然和社会生活苍凉的历史感，浓郁的诗意和色彩感，辽阔大自然的天籁和溶解在各兄弟民族生活中的自娱性民间歌舞所构成的音诗、音画、节奏和旋律感，等等，使西部小说在融诗于文、融画于文、融乐于文方面显得突出。反映新疆、西藏、青海强烈阳光照射下的冰山、绿原、森林、荒漠作品的绚丽色彩，氤氲着叫你难以忘怀的异乡情调。反映甘肃、宁夏、陕西等地黄河上中游地区生活的作品，那由无数层次的黄色构成的黄土、黄水、黄天，牵引出难以遏止的历史沉思。兄弟民族小说对麦西莱甫、康巴歌舞的传神描写，张贤亮、路遥将宁夏花儿和陕北民歌作为刻画人物性格和心境、启动情节的有力手段，张承志用民歌的内在精神作为小说的题旨，以及林林总总的从构思到语言无不充满诗意的作品，都是西部小说在探求第一个层次综合中的成绩。

第二个层次的综合，是不同审美形态打破疆界，在小说中互相交织。可

以用喜剧来处理悲剧性冲突，也可以用悲剧方式来处理喜剧冲突，也可以悲、喜、正剧再加上闹剧手法，荒诞魔幻色彩一齐上，尽量将生活的杂色和多味表现出来。在这个层次的综合上，西部文学不能说走在前面，却已经显露出良好的端倪。在谈到批判、嘲弄社会病症时，王蒙表示过他的态度是"尖酸刻薄后面我有温情，冷嘲热讽后面我有谅解，痛心疾首后面我仍然满怀热忱的期待着"[①]。也许这是他的小说严肃与轻松、深情与幽默、热烈与冷峻、辛辣与温馨常常结合在一起的缘故。在他的西部题材作品中，这种色彩的丰富性表现得尤为突出。

---

① 王蒙：《王蒙小说报告文学选·自序》，北京出版社 1981 年版。